LAUREN SAMS

Deins, meins oder keins?

LAUREN SAMS

DEINS MEINS

oder keins?

Roman

Ins Deutsche übertragen von
Patricia Woitynek

INK
EGMONT

Die Originalausgabe erschien 2015 unter dem Titel *She's Having Her Baby*
bei Nero, an imprint of Schwartz Publishing Pty Ltd, Collingwood, Australia.

Deutschsprachige Erstausgabe März 2016 bei INK
verlegt durch EGMONT Verlagsgesellschaften mbH,
Gertrudenstraße 30–36, 50667 Köln

1. Auflage
Redaktion: Birgit Sarrafian
Satz: Greiner & Reichel, Köln
Printed in the EU (675292)
ISBN 978-3-86396-088-9

www.egmont-ink.de

MIX
Papier aus verantwortungsvollen Quellen
FSC® C083411

Für Annie und David, die meinen Blick auf alles verändert haben …
Und für jede Frau, die sich jemals fragen lassen musste, wann sie endlich Kinder bekommt.

PROLOG

»Wievielter Monat?«

Ich sah von meinem Einkaufskorb auf, der, wie mir plötzlich dämmerte, mein Geheimnis offen ausplauderte. Schwangerschaftsvitamine. Eiscreme mit Plätzchenteiggeschmack. Genügend Deodorant, um eine ganze italienische Fußballmannschaft schweißfrei zu machen. Und dann war da natürlich noch die bowlingballgroße Kugel, die von meinem Bauch Besitz ergriffen hatte. Die durfte man nicht vergessen.

Ich drehte mich zu der Frau hinter mir an der Kasse um. Ein kleines Kind – zu jung und kahl, als dass man es eindeutig als einen Er oder eine Sie identifizieren konnte – hockte in dem Einkaufswagen und amüsierte sich mit einem Plüschhasen.

Die Frau, die eine geknöpfte Hemdbluse über verwaschenen Jeans trug, auch bekannt als »die Mama-Uniform«, deutete lächelnd auf meinen vorgewölbten Bauch. »Wie weit sind Sie?«

Ich versuchte, mir mein Zähneknirschen nicht anmerken zu lassen. »Achter bis neunter.«

Ein breites, verträumtes Lächeln. »Ich wette, Sie können es nicht erwarten, Bekanntschaft mit ihr zu schließen. Oder mit ihm. Wissen Sie schon, was es wird?«

»Nein.« Ich machte mich wieder daran, meine Schätze auf das Band zu legen. Limonade. Ginger Ale. Kartoffelchips. Kondome.

Hemdbluse zog eine Braue hoch und ließ sie sogleich wieder sinken.

Ganz recht, Hemdbluse. Dies könnte *Die Nacht* werden, in der meine Endorphine einen berauschenden Höhenflug erleben. Darum senket Eure Brauen.

»*Ich* konnte nicht erwarten, es zu erfahren. Klar, andere lassen sich gern überraschen, aber ich musste es einfach *wissen*, verstehen Sie?«

Ich nickte, obwohl ich es nicht verstand. »Mhm.«

»Der Tag, an dem ich herausfand, dass Beige unterwegs war …« Sie machte eine Kunstpause, um das Baby zu tätscheln, von dem ich annahm, dass es sich um besagte/n Beige handelte. »Ach, ich geriet völlig aus dem Häuschen! Ich fing sofort an, das Kinderzimmer einzurichten, Anziehsachen zu kaufen und Gymboree-Kurse zu buchen … Sie werden es so was von genießen. Es ist eine unvergessliche Zeit!«

Beige? Armes Kind. Seine Zukunft war in Stein gemeißelt. Seine Eltern hatten es für ein Leben in Mittelmäßigkeit prädestiniert. Es würde voraussichtlich mit Kindern zur Schule gehen, die Sterling oder Titania oder Katniss oder Thor hießen – wie sollte ein/eine Beige mit einem Thor mithalten?

»Klingt nett.« Was an meinen Zwei-Wörter-Antworten war für Hemdbluse so schwer zu kapieren? Genug mit dem Baby-Gequatsche. Weichet zurück von der schwangeren Lady.

»Haben Sie ein Gefühl?«

Ich zückte meine Kreditkarte, um so schnell wie möglich die Flucht anzutreten. Doch der gelangweilte Teenager hinter der Kasse hatte meinen Kram noch nicht mal zur Hälfte eingetütet.

»In Bezug auf …?«

»Das Baby! Ob es ein Junge oder ein Mädchen ist. Bei Beige wusste ich es definitiv. Eines Tages, während meiner pränatalen Yogastunde, wir waren in der Shavasana-Haltung, da spürte ich, wie dieses … dieses Seelenwesen über mich kam und irgendwie in mich *hinein*. Mir ist klar, wie verrückt das klingt, aber ich versichere Ihnen, ich bin nicht meschugge. In diesem Moment wusste ich es einfach. Ich war eine werdende Mami. Denn genau darum geht es bei einer Schwangerschaft: um das Begreifen, dass alles, was man bis zu diesem Punkt getan hat, wertlos war.«

Ich verkniff mir ein Augenrollen und das Bedürfnis, mich zu übergeben. »Verstehe.«

»Verspüren Sie viele Gelüste?« Sie gestikulierte mit einem wissenden Lächeln zu meinen Tüten, die randvoll waren mit süßen und salzigen Leckereien.

Ich wusste genau, welchem Typus Frau Hemdbluse angehörte. Ich hatte Vertreterinnen ihrer Zunft auf dem Spielplatz mit Ellie gesehen – man konnte sie auf einen Kilometer Entfernung ausmachen. Sie nannten einen SodaStream und einen Thermomix ihr Eigen und benutzten beides regelmäßig. Sie beklagten das Ableben von Oprahs Buchclub und interessierten sich dafür, ihre eigene Seife herzustellen.

»Kann ich nicht behaupten. Ich esse immer so.« *Nimm den, Übermutter.*

Ich besah mir ihren Einkaufswagen. Quinoa, Bio-Blaubeeren, Amaranth, Weidelamm, nachhaltig gefangener Thunfisch, Reismilch. *Würg. Lasst mich an einer Kiwi ersticken.*

»Ach. Aber das wird sich noch ändern, sobald Sie anfangen zu stillen, lassen Sie sich das mit auf den Weg geben!« Mütter lieben es, ihre Ratschläge mit diesem Zusatz zu versehen, auch wenn man ihnen gar nicht erlaubt hat, einem so etwas mit auf den Weg zu geben. »Sie werden die nährstoffreichsten Produkte kaufen, um Ihr Baby zu versorgen. Ich habe so viel Kohl gegessen, dass ich schon dachte, meine Milch würde grün!« Hemdbluse gluckste, als wäre das der urkomischste Witz, den sie je gemacht hatte, was, unserer einseitigen Unterhaltung nach zu urteilen, vermutlich zutraf.

»Bar oder mit Karte?«, fragte der Kassierer.

»Karte«, antwortete ich und pfefferte sie ihm entgegen.

»Es hat mich sehr gefreut, Sie und Ihren kleinen Goldschatz kennenzulernen!« Hemdbluse lächelte versonnen, dabei starrte sie auf meinen Bauch, wie ich in ein Miu-Miu-Schaufenster starren würde. »Ach«, seufzte sie. »Sie können sich glücklich schätzen. Ich wünschte, ich könnte das alles noch einmal erleben. Die Kleinen werden viel zu schnell groß. Ich wette, Ihr Baby wird Ihre Locken haben. Wie niedlich.«

Am liebsten hätte ich ihr die wahre Geschichte dieses Babys und seiner Entstehung erzählt.

Aber noch mehr wollte ich, dass sie mir von der Pelle rückte. Ich »vergaß«, dass es uncool war, vor Kindern zu fluchen, und ließ den Schimpfwörtern freien Lauf.

»Wissen Sie was? Es kümmert mich einen Scheiß, was für Haare es haben wird. Wenn es nach mir geht, können sie rot wie ein Feuermelder sein. Ich habe es satt, schwanger zu sein. Aber noch mehr kotzt es mich an, von jeder dahergelaufenen Fremden darauf angesprochen zu werden.

'tschuldigung, Beige.«

ZWEI JAHRE FRÜHER

In meinem Gesicht ist Spucke, und sie stammt nicht von mir.

»Höhöhö!«, triumphierte die vom Wahn heimgesuchte Vierjährige, die mir den Speichelklops auf die linke Wange geballert hatte.

»He!«, brüllte ich. »Komm sofort wieder her!«

Aber es war zwecklos. Das kleine Mädchen – Ella? Bella? – war hämisch lachend stiften gegangen.

Ich wischte mir das Geschoss aus dem Gesicht. »Pfui Teufel. Wem gehört das Gör?«

Ellie schmunzelte. »Sal und Mickey, glaube ich.«

»Ich sollte ihnen sagen, was ihr kleines Monster gerade getan hat.«

Sie verdrehte die Augen. »Sie ist ein Kind, George. Sei etwas nachsichtig.«

Ich quittierte das mit einem Seufzen. Ich hatte es satt, Nachsicht mit Kindern zu üben, und sehnte mich nach einem Sonntagnachmittag, der nicht von diesen Dreikäsehochs diktiert wurde. War das zu viel verlangt?

»Sag mal, wird Nina kommen?«, fragte sie.

Ellie versuchte gerade mit mittelmäßigem Erfolg, ihren zappelnden einjährigen Sohn zu stillen, während sie ein Glas Weißwein – der so stark mit Wasser verdünnt war, dass sie ebenso gut Traubensaft hätte trinken können – auf seinem Kopf balancierte.

»Ich bin nicht sicher. Du weißt ja, was sie von diesen Anlässen hält …« Ich verstummte und gestikulierte zu dem Hinterhof, der voll mit Menschen war.

Dieser »Anlass« war ein Grillfest mit vielen Freunden … und deren Kindern. Nina versuchte schon seit einer Ewigkeit, ein Baby zu bekommen – bislang ohne Erfolg. Man musste ihr nicht extra vor Augen führen, dass alle glückliche Familie spielten, nur sie nicht. Egal wohin man sich bei diesem »Anlass« wandte, stieß man auf ein Baby, ein Kleinkind oder Brüste voller Milch.

»Ich habe übrigens gehört, dass die Nähe von Kindern hilfreich sein soll, wenn man schwanger zu werden versucht. Ich könnte Nina anrufen und ihr das sagen.«

Ich senkte den Blick und funkelte sie drohend an, während ich es gleichzeitig hasste, dass Ellie eine solche Reaktion bei mir hervorrief. »Untersteh dich.«

Sie gab den Versuch, Lucas zu stillen, auf und ließ den Wein in ihrem Glas kreisen wie der Schurke in einem Bond-Film. Nachdem sie daran genippt hatte, entgegnete sie: »Ich will doch nur das Beste für Nina.« Allerdings sagte sie das in diesem herablassenden Ton, den Menschen anschlagen, wenn sie gar nicht das Beste für jemanden wollen, sondern das, was sie für das Beste *halten*. Was nicht zwingend dasselbe ist.

Ich atmete tief durch. »Das glaube ich dir, El, aber könntest du ein bisschen … zartfühlender damit umgehen? Wie du weißt, macht sie eine schwere Zeit durch. Es ist hart für sie, alle anderen mit ihren Kindern zu sehen, während sie sich selbst so sehr eins wünscht. Das zu erkennen ist keine Raketenwissenschaft.«

Ellie wirkte zunehmend angesäuert. »Das ist mir *bewusst*, Georgie. Denkst du nicht, dass ich genau dasselbe durchgestanden habe?«

»Nein, eigentlich nicht. Soweit mir bekannt ist, hast du geschätzte elf Minuten gebraucht, um schwanger zu werden. Hör zu. Sollte Nina doch kommen, sprich das Thema einfach nicht an, okay?« Ich stand auf. »Ich brauch noch 'nen Drink.«

Ich machte mir nicht die Mühe, Ellie zu fragen, ob sie auch noch einen wollte, weil die Antwort lauten würde: »Nein, nein, ich trinke zurzeit eigentlich nicht.« Mit der Geburt ihres Sohns schien Ellie ihre Lizenz, eine Erwachsene zu sein, abgegeben zu haben.

Die spätsommerliche Sonne tauchte Petes und Vics Hinterhof in ein zauberhaftes Licht. Die Kinder hielten tropfendes Speiseeis in den Händen, die Erwachsenen Marmeladengläser mit Getränken, während sich der Tisch allmählich unter Burgern und Steaks und sorgsam ausgewählten Salaten mit raffinierten Zutaten bog, von denen niemand genau wusste, wie man sie aussprach, wie beispielsweise Radicchio oder Cavolo nero. Es war ein wahr gewordener Donna-Hay-Traum. Ich konnte absolut nachvollziehen, warum Nina diesen »Anlass« mied wie einen gammligen Döner.

Sogar ich hatte heute eigentlich keine Lust gehabt zu erscheinen. Wir hatten das Alter erreicht, in dem die Kinder den Erwachsenen bei Partys zahlenmäßig überlegen waren. Die wenigen Gäste ohne Nachwuchs standen mit Bier und verbrannten Würstchen herum und beäugten abschätzig die *mit* Nachwuchs – die allesamt umherhetzten, um sicherzustellen, dass Polly mit Sonnencreme eingeschmiert war und Max nicht auf dem Kies stolperte und Olivia nicht versuchte, ihre Windel auszuziehen, um sich den Inhalt ein weiteres Mal zum Fünfuhrtee einzuverleiben.

Ella/Bella hatte einem anderen Knirps seine Wasserpistole abgeluchst und fuchtelte damit herum wie ein Jason Bourne in Miniformat. Egal was Ellie sagte, dieses Mädchen war der Horror.

Ich fischte gerade ein Bier aus der Kühlbox, als eine breite Pranke auf meinem Hinterteil landete. *Autsch.*

Ich wirbelte herum und fand mich Tim gegenüber, einem von Petes abscheulichen Uni-Zimmergenossen. Er grinste mich an wie der North-Shore-Schuljunge, der er für immer bleiben wird. Tims Familie mochte ein Haus mit Blick auf den Hafen ihr Eigen nennen und einen Infinity Pool, der fast bis an diesen heranreichte, trotzdem besaßen diese Leute in etwa so viel Tiefe wie das Planschbecken in Petes Hinterhof.

»He, Georgie! Wie geht's dir, Mädel? Ist 'ne Weile her.«

Nicht lange genug. »Ja, stimmt.« Ich trank einen großen Schluck Bier und ermahnte mich, nett zu Tim zu sein. *Es ist ein Familien-Grillfest. Sei einfach höflich und kratz so bald wie möglich die Kurve.* Ein anderer, feministischerer Teil meines Hirns wandte ein: *Genau, George, es ist ein Familien-Grillfest. Darum könnte Tim seine beiläufigen sexuellen Belästigungen vielleicht stecken lassen.*

»Wie geht's Dave?«

»Wem?«

»Na, Dave. Dieser Kerl, mit dem du zusammen warst.« Tim war in Riverview zur Schule gegangen, sprach aber, als käme er aus Timbuktu. Sein Akzent war breiter als *The Big Bang Theory* erlaubte. Es war seine Art zu demonstrieren, dass er zu uns Plebs gehörte. Doch sein aufgestellter Kragen und die gepflegten Bootsschuhe verrieten ihn. Tim war durch und durch Oberschicht.

»Ach, *der* Dave. Das ist Jahre her. Wir haben uns getrennt.«

Tim legte die Hand auf meine Schulter. »Tut mir leid, das zu hören, Mädel.«

»Mach dir keinen Kopf. Ehrlich, Tim, das war vor drei Jahren. Ich bin drüber hinweg, glaub mir. Wir waren nicht sehr lang zusammen. Keine ernsthafte Sache.« Wieso erzählte ich ihm das alles? Erde an Georgie: Halt die Klappe.

»Also hat er mit dir Schluss gemacht?«

Ich fühlte, wie meine Kinnlade nach unten sackte. Am liebsten hätte ich mir mein Bier direkt in die Vene injiziert.

»Nein.«

Ich schaute mich nach jemandem um, mit dem ich Notfall-Augenkontakt herstellen konnte. *Mayday, Mayday, ich werde von einem Flachwichser in die Enge getrieben. Schickt das Rettungsteam aus.*

»Was treibst du sonst so? Triffst du dich mit jemand anderem?«

Die meisten Menschen betrachten es als universelle Wahrheit, dass eine alleinstehende Frau in einem gewissen Alter zwangsläufig einen Ehemann haben möchte. Ergo wurde ich mit meinen zweiunddreißig beinahe täglich mit solchen Fragen konfrontiert. Meine Antworten rangierten traditionsgemäß zwischen ausweichend (»Mal sehen, was passiert«) und offensiv (»In Anbetracht der Scheidungsrate heutzutage …«). Dann hatten Jase und ich zusammengefunden, und irgendwie war es ab da noch schlimmer geworden. Ich war so naiv gewesen zu glauben, dass die Leute jetzt Ruhe geben würden, doch stattdessen hatten sie noch beharrlicher darauf gepocht, dass meine biologische Uhr tickte und meine Eier noch schneller gar wurden als zuvor. Wir waren nicht einmal einen Monat zusammen gewesen, als man uns bereits fragte, wann wir heiraten würden. Unfassbar. Als ich mich bei Nina darüber beschwerte, erzählte sie mir, dass sie sich ähnlichen Attacken ausgesetzt sah, weil sie eine verheiratete Frau ohne Kind war. Worüber würden die Menschen eigentlich noch reden, gäbe es die Themen Hochzeit und Fortpflanzung nicht?

Über Immobilien, schätze ich.

»Ja, in der Tat. Mit Jase – äh, Jason. Er steht dort drüben.« Ich deutete auf Jase, der mit einer Hand Würstchen auf dem Grill wendete und mit der anderen eine Horde Kinder mit einer Wasserpistole nass spritzte.

»Das ist wunderbar, Georgie. Ganz ausgezeichnet.«

»Danke, Tim.« Ich wusste genau, was er damit andeutete:

Welch glorreiche Leistung es war, dass ich einen Mann aus Fleisch und Blut gefunden hatte, der eine Frau über Dreißig – mit einer On/Off-Beziehung zu ihrem Waxing-Studio und einer darniederliegenden Mitgliedschaft im Fitnesscenter – nackt sehen wollte. Ja, ich durfte stolz auf mich sein.

»Du weißt schon, was ich meine, Georgie. Es ist einfach schön, dich glücklich zu sehen.«

Hatte ich gesagt, dass ich glücklich war? Wieso nahmen verheiratete Menschen immer an, dass das Leben plötzlich wie ein Julie-Andrews-Film war, sobald man einen Partner hatte? Sicher, ich war glücklich mit Jase, aber darum ging es nicht. Tim konnte das nicht wissen. Seinem Kenntnisstand nach könnte ich ebenso gut den Vorsatz haben, meine Taschen mit Steinen zu füllen, um mich im Planschbecken zu ertränken.

»Danke.«

»Und, was macht er so?«

»Jase? Er ist in der IT-Branche tätig. Computer und so.« Genaueres war mir nicht bekannt. Wir trafen uns erst seit ein paar Monaten, und ich wusste nur vage, dass er irgendetwas mit Computern machte. Reparierte er sie? Vernetzte er sie? Jedenfalls konnte ich mich stets darauf verlassen, dass er mein iPhone aktualisierte.

»Schön, schön. Und, wie läuft's sonst so?«

»Äh, gut, ich wurde gerade zur Chefredakteurin befördert.«

Tim hob sein Glas. »Glückwunsch. Chefredakteurin von was?«

»Von *Jolie*, dem Magazin, für das ich seit etwa sechs Jahren arbeite.« Tim gehörte zu den Leuten, die immer den Eindruck erwecken wollten, völlig fasziniert von einem zu sein, aber jedes Mal, wenn ich ihn traf, musste ich meinen Lebenslauf aufs Neue runterbeten, als würde ich mich für den Job als seine Freundin bewerben. Ich hatte ihm schon ungefähr dreißigmal erzählt, dass ich für *Jolie* arbeite. Wir waren sogar auf Facebook befreundet, daher sah er meine Updates zu neuen Ausgaben. Trotzdem legte Tim erwartungsgemäß den Kopf schräg wie ein Welpe, der das Kommando seines Besitzers zu enträtseln versucht. »Nein … du hast für eine Zeitung gearbeitet.«

Ich schüttelte den Kopf. »Das stimmt nicht, ich bin schon seit einer Ewigkeit bei *Jolie.* Als ich zuletzt für eine Zeitung tätig war, wurden sie noch auf echtem Papier gedruckt.«

Tim zog eine Grimasse. »Doch, du warst definitiv bei einer Zeitung. Beim *Sunday Morning Herald.* Ich erinnere mich glasklar.« Tim ist Arzt, darum ist er es offensichtlich gewohnt, dass die Leute ihm sagen, wie recht er mit allem hat. Ich bin noch nie jemandem begegnet, der so selbstverliebt ist wie er. Er hatte keinen Gottkomplex, sondern einen Heiligenkomplex.

»Nein, wirklich, ich habe fast immer für Magazine gearbeitet. Du musst mich mit jemandem verwechseln.« Abgesehen von einer kurzen, bedauerlichen, unter den Teppich kehrbaren Periode bei einem Zeitungsverlag war ich immer bei Magazinen beschäftigt gewesen. Sie waren mein spirituelles Zuhause, wo ich Energie tankte und inneren Frieden fand. Wie ein Tempel für Buddhisten oder eine Saftbar für Vitaminjunkies.

Tim schlug sich auf die Stirn. »Ja, logo! Ich habe dich mit Lee verwechselt. Sie hat einen Walkley gewonnen, für diesen Beitrag über … Leugner des Klimawandels, glaube ich. Ich war mit ihr an der Uni. Mann, sie ist unglaublich.«

»Du meinst, Lee Stone? Ich liebe ihre Schreibe.«

»Ja, Lee Stone. Dann bist du jetzt Chefredakteurin. Coole Sache. Da hast du bestimmt 'ne Menge zu tun.«

Ich verzog das Gesicht. Warum half mir denn niemand? Sogar Tims Frau wollte ihn eindeutig von der Backe haben. Ich konnte sie sehen. Sie nippte an einem Mineralwasser und plauderte mit einigen der Kleinkinder in dem muschelförmigen Sandkasten, den Pete früher am Tag aufgestellt hatte. Sie unterhielt sich lieber mit unter Zuckerschock stehenden Dreijährigen als mit ihrem Ehemann. Das sagte alles.

»Das stimmt.«

»Ich hoffe nur, du bist nicht zu eingespannt, um darüber nachzudenken, wann du eine Familie gründen willst.« Das war das wirklich Fantastische an Männern wie Tim: Sie sind wie diese Pflanzen in Dokumentarfilmen von David Attenborough – die, die freundlich aussehen, in Wahrheit jedoch nur auf eine Gelegenheit warten, dich zu stechen. Aber genau wie diese Pflanzen konnte Tim seine wahre Natur verbergen, indem er behauptete, er habe ja nicht geahnt, dass mich das kränken würde, und sich mit nicht ernst gemeinten Entschuldigungen wie »Tut mir leid, dass du verstimmt bist« aus der Affäre ziehen.

Als ich gerade den Mund öffnete, um ihm einen dampfenden Teller voller Unflätigkeiten zu servieren, tippte mir jemand auf die Schulter. »Hallo, George.«

Nina. Dem Himmel sei Dank.

Ich umarmte sie so stürmisch, wie mir das mit einem Bier in der Hand möglich war.

»Wieso sprichst du mit Tim Kane?«, flüsterte sie.

»Das will ich doch gar nicht«, wisperte ich mit zusammengebissenen Zähnen zurück.

»Hi, Tim, wir verziehen uns in eine vollpfostenfreie Zone«, verkündete sie mit gerade genug Leichtigkeit in der Stimme, um ihn glauben zu machen, dass sie nur spaßte.

»Ein Glück, dass du gekommen bist«, sagte ich, als Nina sich bei mir unterhakte und mich wegführte. »Ich hatte nur noch einen Nerv übrig, und Tim stand genau drauf.«

»Er ist ein Arsch. Wieso ist Pete eigentlich immer noch mit ihm befreundet?«, fragte sie, als wir auf den sicheren Hafen des Büffets zusteuerten.

Ich zuckte die Achseln. »Altlastfreundschaft. Sogar Pete beklagt sich über ihn, aber sie sind schon so lange Kumpel … was soll er tun? Mit ihm Schluss machen? Ich fürchte, ab einem gewissen Punkt wird das schwierig.«

Nina nickte. »Ja, so ähnlich ergeht es mir mit dir.«

»He!« Ich stieß sie lachend mit dem Ellbogen.

»Autsch! Ich habe schon genügend Probleme da drinnen, ich brauch nicht auch noch eine Attacke auf meine Ovarien.«

»Nina …« Einerseits bewunderte ich sie dafür, dass sie Witze über ihren Fruchtbarkeitsfrust machte, andererseits hasste ich es. Ihr letzter – und dritter – Versuch einer In-vitro-Fertilisation lag erst wenige Wochen zurück, und sie war noch immer angeschlagen. Humor war ihr Bewältigungsmechanismus, und das honorierte ich, dennoch wusste ich nicht, wie *ich* mit dem umgehen sollte, was sie durchmachte.

Aber Nina war schon immer so gewesen. Ihre Mutter war während unserer Teenagerzeit mit sechsundvierzig an einem Herzinfarkt gestorben, und noch lange danach hatte Nina nur im Scherz darüber gesprochen.

»Alles gut, George. Wenigstens darf ich mir einen Wein gönnen, nachdem ich nicht schwanger bin.« Sie grinste und ging zu dem Holztisch, der mit Sauvignon-Blanc-Flaschen aus Marlborough überladen war – die bevorzugte Wahl für Ü-Dreißigjährige aus den innerwestlichen Stadtteilen Sydneys, die sich gern einbildeten, ein bisschen was von Wein zu verstehen, in Wahrheit aber nur fanden, dass Sauvignon Blanc eine sichere Bank war und Marlborough nach einem hübschen Ort klang.

Ich bemühte mich, Ninas Versuch, die Stimmung aufzuhellen, mit einem Lachen zu würdigen, aber ich wusste, dass sie im Austausch gegen ein Baby dem Alkohol für immer abschwören würde. Sogar den ganz edlen Tropfen. Sie wollte, dass ich mich wegen ihrer Unfruchtbarkeit nicht so sehr grämte, doch sie erreichte damit nur, dass ich umso mehr für sie hoffte.

Als Nina mit einem Glas Wein in der einen Hand und einem Stapel Cracker in der anderen zurückkehrte, hörte ich das unverwechselbare Geräusch eines Löffels, der gegen ein Glas geschlagen wurde. Alle drehten sich zu Pete und Vic um, die auf den Stufen zu ihrer Terrasse standen. Ihre kleine Tochter Polly klammerte sich an Vics Bein wie eine Säuferin an ihrer letzten Flasche Fusel.

Und dann sah ich es.

Vics Hand.

Auf ihrem Bauch.

So verstohlen wie möglich schaute ich zu Nina. Ihre Lippen waren zu einer dünnen Linie zusammengepresst, und sie schien den Atem anzuhalten. Ihre Finger hielten das Marmeladenglas so fest, dass ich fürchtete, es könnte zerbrechen.

Ich sah wieder zu Vic, versuchte, Blickkontakt herzustellen. Sie wusste, dass Nina es gerade ein weiteres Mal mit künstlicher Befruchtung versucht und es wieder nicht geklappt hatte. Sie konnte nicht vorhaben, vor versammelter Mannschaft zu verkünden, dass sie schwanger war. Das würde sie nicht tun. Ausgeschlossen. Endlich bemerkte sie mich. Sie lächelte auf diese leicht benebelte Weise, wie Menschen es tun, wenn sie eine tolle Neuigkeit zu verkünden haben.

»Danke, dass ihr heute gekommen seid. Es bedeutet uns so viel, alle unsere engsten Freunde hier zu haben«, setzte sie an. »Weil wir etwas sehr Aufregendes …«

Sie brachte den Satz nicht zu Ende, weil sie von tosendem Applaus und Jubelrufen, angeführt von Tim, unterbrochen wurde. *Halt den Mund, Tim.* Nichts gegen Vic, ehrlich, aber es war, als wollte sie bekanntgeben, dass sie in Kürze zum Mond fliegen würde, auf Einladung einer außerirdischen Lebensform, die sie ganz allein entdeckt hatte, wo sie in Wirklichkeit doch nur einen horizontalen Tango mit ihrem Mann hingelegt hatte, mit dem Ergebnis, dass seine Schwimmer erfolgreich in ihrem Pool gelandet waren.

Vics Gesicht leuchtete vor Freude, als Pete ihr den Arm um

die Taille legte und ihr einen lauten Schmatz auf die Backe gab. Ich merkte, dass meine Hände wie von einem Gummiband zusammengezogen wurden – *klatsch, du Idiotin, alle anderen tun es auch* –, aber ich konnte an nichts anderes denken als an Nina. Ich sah zu ihr rüber.

Sie applaudierte ebenfalls und trug ein kleines, angespanntes Lächeln zur Schau. Wüsste man es nicht besser, man könnte fast meinen, sie würde sich freuen.

I

Woche 1

TAG 1

»*Na na na, come on, come on, come on …*« Ich umfasste das Mikro mit beiden Händen, wie sie es bei *The Voice* machen, und schlüpfte aus meinen Schuhen, was ich wegen des klebrigen Bodens augenblicklich bereute. Ich kletterte auf den Tisch in der Mitte des Raums und kickte die Songbooks beiseite, dabei benötigte mein Fuß eine Sekunde, um sich von der Vinyloberfläche zu lösen. Es gab nur mich, das Mikro und die Musik.

»George! Geh da runter! Los, runter mit dir!« Nina zerrte an meinem Arm. Wieso wollte sie mich stoppen? Ich stand in Flammen.

»Komm rauf, Nina! *Cause I may be bad but I'm perfectly good at it …* Woo!« Ich sprang mit formvollendeter Anmut vom Tisch, und Nina fing mich in bester Dirty-Dancing-Manier auf. Gewissermaßen. Wenn Baby die Grazie eines neugeborenen Kalbs besessen hätte.

»George! Du hättest dich verletzen können! Komm, lass uns noch was trinken. Ich muss dich etwas fragen.«

Ich schüttelte den Kopf. »Wir haben noch keinen Sophie-B-Auftritt hingelegt.«

»Wir legen jedes Mal einen Sophie-B-Auftritt hin ... bitte, komm, es ist wichtig.«

»Geht es um die Schuhe, die du am Wochenende gekauft hast? Sicher, sie waren reduziert, aber ... ich weiß nicht recht, Nina.«

»He, die Dinger sind der Hammer! Ich mag sie. Und ich sage auch nichts, wenn du welche trägst, in denen du aussiehst wie eine Prostituierte, darum solltest du das Gleiche tun.«

»Wenn auch wie eine teure Prostituierte, gib's zu.«

»Die Beste, die man für Geld kaufen kann. Wie Billie Piper in dieser Callgirl-Show.«

Wir spazierten die George Street hinunter, auf der Suche nach einem Pub, der noch geöffnet hatte. Zu dieser nächtlichen Stunde wurden sie hauptsächlich von schmuddeligen Studenten und alten Männern frequentiert, die kein besseres Plätzchen hatten. Nina und ich stachen heraus wie zwei gut gekleidete Damen. Zum Glück blubberten so viele Champagnerbläschen in meinen Adern, dass ich es kaum bemerkte und mich erst recht nicht daran störte. Wir entschieden uns für den ersten und pflanzten uns an die Bar.

»Die zweitbilligste Flasche?«

»Oh George ... es ist Mitternacht. Ich weiß nicht, ob ich bei einer Flasche mithalten kann.«

»Es sind Schulferien, Nina. Du musst morgen nicht arbeiten.«

»Stimmt, aber du.«

»Meine erste Besprechung ist nicht vor elf. Ich werde tun, was ich immer tue: Dort aufkreuzen, Fran um einen Kaffee bitten und mir eine Schlummer-Latte gönnen. Kinderspiel.«

»Eine Schlummer-*was?*«

»Eine Schlummer-Latte. Das ist völlig legitim«, sagte ich und scannte die Karte nach unserem Lieblingstropfen. Nachdem in dieser Kneipe Wein vom Fass ausgeschenkt wurde, überraschte es wenig, dass unser edles Nass aus dem Clare Valley nicht draufstand. Dann eben ein Yellowglen. »Du trinkst einen Kaffee, machst ein Nickerchen von zwanzig Minuten, und wenn du aufwachst, hat das Koffein angefangen zu wirken, und du fühlst dich wie neugeboren. Es funktioniert tatsächlich. Ich habe sogar einen Artikel darüber geschrieben.«

»Das ist eine grandios schlechte Idee. Jemand wird dich dabei erwischen, wie du ein Nickerchen hältst.« Nina winkte den Barkeeper heran. »Zwei Gläser von dem offenen Sauvignon, bitte«, sagte sie und bedachte mich mit einem ihrer typischen Lehrerinnen-Blicke.

»Das wird nicht passieren. Ich bin der Boss. Sie haben alle zu viel Angst davor, mein Büro zu betreten. Also, auf uns und die Schulferien und das Trinken und … darauf, dass wir ein Leben haben, tatsächlich sogar ein cooles Leben, im Gegensatz zu unserer lieben, verblassten Freundin Ellie, die heute Abend nicht bei uns sein kann, weil sie langweilig, langweilig, langweilig ist.«

»George … sei ein bisschen nachsichtig mit ihr!« Nina war wesentlich toleranter als ich, vor allem wenn es um unsere Freundin – meine ehemalige Busenfreundin – Ellie ging, die geheiratet und ein Kind bekommen hatte und trotz ihres ausdrücklichen Versprechens, sich nicht zu verändern, die Art Mutter geworden war, die über die vollgeschissenen Windeln ihres Babys sprach, als wäre das eine Glanzleistung. Ellies wohlgemerkt, nicht die des Babys.

»Ich hatte Nachsicht mit ihr. Ich war in die ganze Schwangerschaft involviert und habe sogar ihre verflixte Babyparty organisiert, du erinnerst dich? Ich musste fünf verschiedene Sorten Wimpel für diese Frau kaufen. Wer ist sie, Goldlöckchen und die fünf Wimpel?« Sogar Nina lächelte nun. »Aber sie ist jetzt so anders … nicht mehr die Ellie von früher. Wir haben so oft darüber geredet, Nina. Seit Lucas auf der Welt ist, hat sie jeden meiner Geburtstage versäumt. Zu meinem letzten hat sie mir auf Facebook gratuliert. Ich war ihr noch nicht mal eine SMS wert!«

»Wir sollten nicht vergessen, dass du während dieser Zeit erst zweimal Geburtstag hattest, es ist also nicht so, als hätte sie sie dein ganzes Leben lang versäumt.«

Ich starrte sie ungläubig an. Auf wessen Seite stand sie?

»Das ist nicht der springende Punkt! Zwei Geburtstage sind viel! Sie sollte meine beste Freundin sein. Na ja, meine zweitbeste Freundin, du weißt, was ich meine.«

»Sie hat viel um die Ohren, Süße.« Nina nippte an ihrem Wein und verzog das Gesicht. »Igitt, was ist das? Die Tränen schmutziger alter Mechaniker?«

Für Nina war die Situation eine andere. Ellie war für sie eher so etwas wie eine angeheiratete Freundin, mit mir als Bindeglied. Sie standen sich nicht so nah, deshalb hatte sie auch nicht so sehr das Gefühl, dass Ellie nicht mehr richtig tickte. Aber für mich war sie zu einer vollkommen anderen Person mutiert als die, die sie an der Uni gewesen war. Würden wir uns heute über den Weg laufen, wäre ich mir nicht sicher, ob wir überhaupt Freundinnen würden.

»Sie hat viel um die Ohren? Ich leite ein Magazin! Ich arbeite fünfzehn Stunden am Tag! Trotzdem finde ich noch die Zeit, meine Freunde anzurufen, ihnen zum Geburtstag zu gratulieren und Blumen zu schicken.«

»Um bei der Wahrheit zu bleiben, schickt deine Assistentin diese Blumen«, stellte Nina klar.

»Weil ich sie darum bitte. Daran denken muss ich immer noch selbst.«

»Wir beide haben keine Kinder. Ich finde, wir sollten uns kein Urteil über Ellie anmaßen. Ihr Leben unterscheidet sich grundlegend von unserem. Wie sehr werden wir erst herausfinden, wenn wir selbst Nachwuchs haben.«

»Wenn *du* Nachwuchs hast.« Ich stieß seufzend die Luft aus, während ich abzuwägen versuchte, wie unsensibel dieser Satz wohl war. Ich wusste nie, ob es besser war, so zu tun, als wäre es noch immer selbstverständlich, dass Nina Kinder haben würde, wie sie es früher einmal gedacht hatte, oder ob ich das Thema ganz meiden sollte. Zum Glück für mich konzentrierte Nina sich auf den George-Teil meines Konters.

»Lass stecken. Nach dem Köder schnappe ich nicht. Von mir kriegst du kein ›Sag niemals nie‹ zu hören.«

»Genau darum liebe ich dich. Kinder sind niedlich, aber der Tag, an dem meine kleine Cousine auf meinen Schoß gekackt hat, war der Tag, an dem ich erkannte, dass die Mutterschaft nichts für mich ist. Du hingegen wirst eine fantastische Mama abgeben.«

Nina lächelte verkrampft und nickte. *Scheiße.* Ich wusste, dass ich nichts hätte sagen sollen. Das war mal wieder typisch für mich, dass ich auch noch mit einem dicken, hässlichen Windsor-Smith-Absatz in der Wunde herumstochern musste. Nina versuchte schon, schwanger zu werden, seit sie und Matt vor fünf Jahren geheiratet hatten. Das erste Jahr war in Ordnung gewesen: »Es heißt, ein gesundes, junges Paar braucht mindestens zwölf Monate, wir müssen uns also keine Sorgen machen.« Das zweite Jahr war schon härter: »Die Ärzte sagen, dass bei uns beiden alles in Ordnung ist, nur werde ich einfach nicht schwanger.« Im dritten Jahr hatten sie es zum ersten Mal mit künstlicher Befruchtung versucht. Pharmaka, Pharmaka und noch mehr Pharmaka – und zwar nicht von der Sorte, die Vergnügen bereiten. Eine der unseligen Nebenwirkungen der IVF ist, dass die Medikamente einen aufblähen, sodass es manchmal den Anschein erweckt, man sei bereits schwanger. Als Grundschullehrerin hat Nina sich mit so manchem arglosen Schüler und entsprechend tumben Eltern herumschlagen müssen, die alle wissen wollten, wann das Baby denn nun zur Welt komme. Dann folgten *Die Experten* – diese Scharlatane mit ihren alternativen Methoden, die alle behaupteten, ein Wunderheilmittel für Ninas Problem zu haben. Würde man von Akupunktur Einstichstellen zurückbehalten, so würde Nina nach all den Nadeln, die sie erduldet hatte, aussehen wie ein Junkie. Sie hatte übel riechende Pulver in ihren Morgentee gerührt und mehr Pillen eingeworfen als der Leadsänger einer britischen Boygroup. Sie hatte es mit Yoga, Pilates und – konsequenterweise – Yogilates versucht. Sie hatte ihre Zunge geschrubbt, Öl gezogen (fragt lieber nicht), Pessare von der Größe kleiner Handys in ihren Körper eingeführt und jeden Tag mehrfach ihre Temperatur gemessen, in der Hoffnung auf eine winzig kleine Veränderung, die den entscheidenden Unterschied ausmachen könnte. Aber immer wieder ... nichts.

Das vergangene Jahr war extrem hart für Nina gewesen. Nach der schwindelerregenden Freude und Erleichterung, die sie angesichts zweier blauer Linien auf einem Schwangerschaftstest erfahren hatte, musste sie acht Wochen später eine Fehlgeburt verkraften. Was sagt man zu seiner besten Freundin, nachdem sie das eine verloren hat, das sie sich so lange gewünscht hatte? Es war unbeschreiblich verstörend gewesen, zusehen zu müssen, wie der stärkste Mensch, den ich kenne, in sich zusammenkroch. Sie hatte monatelang in diesem Zustand verharrt.

Hinterher hatte Nina zu mir gesagt, es sei »möglicherweise an der Zeit, andere Optionen in Erwägung zu ziehen«. Ich war mir nicht ganz sicher, was sie damit meinte – eine Adoption? –, aber es klang sehr traurig. Es war schrecklich dabei zusehen zu müssen, wie bei meiner ältesten Freundin ein Herzschmerz den anderen jagte, vor allem, da ich ihren dringenden Kinderwunsch nicht nachempfinden konnte.

Ich riss schnell einen lahmen Witz, um meine wenig einfühlsamen Gedankengänge zu kaschieren. »Aber es ist wahr! Denk nur daran, wie du mir die Haare aus dem Gesicht hältst, wenn ich mich übergeben muss, oder an vorhin, als du wusstest, dass es an der Zeit war, das Karaoke zu beenden.«

»Ha! So wahr also. Aber es ist lustig, dass du das erwähnst, weil … es gibt da etwas, das ich dich heute Abend fragen wollte.«

»Ach ja?« Ich trank einen extragroßen Schluck von dem nach Messing schmeckenden Wein, um ihn so schnell wie möglich zu vernichten.

»Ja. Du weißt, du bist meine beste Freundin …«, begann sie mit einem nervösen Lächeln. Ich schaute runter auf ihre Beine. Sie kreuzte sie unaufhörlich, das linke aufs rechte, das rechte aufs linke.

»Tatsächlich weiß ich das schon, seit wir in der Achten im Sommercamp waren und du mich angeschnauzt hast, weil ich in der Gemeinschaftsdusche keine Badelatschen anhatte. Du hast gesagt, ich würde Fußpilz bekommen.«

»Ich kann nicht fassen, dass du dich daran erinnerst.« Jetzt zupfte sie den Papieruntersetzer in winzige Schnipsel.

»Ich war furchtbar beeindruckt! Das bin ich noch immer. Und es wird dich freuen zu hören, dass ich dank dir in öffentlichen Duschen bis heute Badelatschen trage.«

»Dann hat es ja Früchte getragen. Aber im Ernst, George … ich muss dich etwas Wichtiges fragen. Wahrscheinlich hätte ich nicht bis spät in die Nacht damit warten sollen, und dann auch noch die drei Flaschen Wein, aber … ich musste mir Mut antrinken.« Nina formte mit den Lippen ein O und atmete hörbar aus.

»Nina, worum geht es? Sag es einfach. Du kannst mich alles fragen. Ehrenwort.« Ich bemühte mich nach Kräften, ein ermutigendes Lächeln aufzusetzen, ähnlich dem, mit dem ich Praktikanten bedachte, die sich vor Angst in die Hose machten, wenn sie mein Büro betraten.

»Na ja … das mit der Schwangerschaft funktioniert einfach nicht.« Sie schluckte schwer. Gott, kämpfte sie etwa mit den

Tränen? Ich legte meine Hand auf ihre. Nina weinte nie. Das einzige Mal, dass ich sie den Tränen *nahe* gesehen hatte, war bei der Beerdigung ihrer Mutter gewesen, und selbst da hatte sie sich beherrscht. Ich nahm an, dass sie nach der Fehlgeburt zusammen mit Matt und auch allein geweint hatte, aber vor mir hatte sie noch nie eine Träne vergossen. Wie es sich wohl anfühlte, solche Trauer zu empfinden und dabei so stark und gefasst zu bleiben? Ich könnte das nicht. Schon gar nicht immer wieder aufs Neue. Wie konnten zwei Menschen Seite an Seite aufwachsen und sich dabei so unterschiedlich entwickeln?

»Offenbar liegt das Problem nicht bei Matt ... sondern bei mir. Die IVF hat nicht funktioniert, weil ich nicht schwanger bleiben kann. Die Ärzte haben nicht wirklich eine Erklärung dafür, aber allem Anschein nach ist mein Uterus kein sehr gastlicher Ort. Keine Netzwerkverbindung. Du weißt ja, wie Kinder heutzutage sind.«

Ich lächelte über ihren Versuch, es mit Humor zu nehmen. »Oh Nina, ich wünschte, ich könnte irgendetwas für dich tun. Wenn ich doch nur ein Baby für dich bekommen könnte ...«

»Nun ja ... tatsächlich wäre das möglich.«

Mein Herz geriet aus dem Takt. Worauf wollte sie hinaus?

»Matt und ich haben darüber gesprochen, dass es mir vielleicht einfach nicht bestimmt ist, ein Kind auszutragen, und wir uns eine andere Lösung einfallen lassen müssen. Wir haben uns wegen einer Adoption erkundigt, aber das wäre sehr teuer und würde extrem lange dauern – es könnten zehn Jahre vergehen, ehe wir ein Baby bekämen, und wir wären dann beide schon Mitte vierzig. Oder wir könnten uns um ein Pflegekind bemühen, aber auch das wäre sehr langwierig. Und was, wenn man uns unser Kind wieder wegnähme? Bei Pflegeeltern können sie so etwas tun, weißt du ...« Sie holte tief Luft. Ihre Beine zappelten noch immer unter dem Tisch. Das letzte Mal, als ich Nina derart nervös erlebt hatte, waren wir dreizehn gewesen, und sie hatte mir gebeichtet, dass sie versehentlich meine New-Kids-On-The-Block-Kassette überspielt hatte.

»Mit unseren Eizellen und Spermien ist alles in Ordnung, aber sie scheinen bei mir, nun ja, nicht andocken zu wollen. Darum haben wir über eine Leihmutterschaft nachgedacht.«

»Aha.« Ich bemühte mich, mein bestes Pokerface aufzusetzen und gleichmäßig zu atmen. *Jetzt kommt's. Sie wird mich bitten, mich als Leihmutter zur Verfügung zu stellen. Nein, wird sie nicht. Das wird sie ganz bestimmt nicht tun. So etwas passiert nur in Katherine-Heigl-Filmen. Heilige Scheiße, was, wenn sie doch fragt? Was soll ich dann sagen? Es gibt nur eine Antwort, oder? Scheiße, Scheiße, Scheiße.*

»Dies ist eine schwerwiegende Entscheidung, und ich würde es vollkommen verstehen, wenn du Nein sagst. Es ist schließlich nicht so, als würde man ein Kleid kaufen. Matt und ich könnten nachvollziehen, wenn du es nicht tun willst oder einfach nicht kannst. Und natürlich müsstest du zuerst mit Jase darüber sprechen. Er würde vermutlich einen Haufen Fragen haben, aber wir könnten sie ihm beantworten, oder die Ärzte oder Google. Aber …« Nina machte eine Pause und schaute in ihr fast leeres Weinglas, als suchte sie darin einen letzten Rest Selbstvertrauen. »George, ich weiß, du kannst das nicht nachempfinden. Du wolltest nie ein Kind, und das ist völlig okay. Verdammt, ich wünschte, ich wollte selbst keins, dann müsste ich das alles nicht durchmachen. Du bist die einzige Person, die ich darum bitten kann. Und es ist gut für mich und Matt zu wissen, dass du kein Interesse an Babys hast, denn so würdest du keine Bindung zu ihm aufbauen. Natürlich denke ich viel zu weit voraus, dabei haben wir es noch nicht mal richtig mit dir besprochen, genau genommen gar nicht, aber … Entschuldige, ich plappere wie ein Wasserfall.« Sie verstummte, trank den letzten Schluck ihres ekligen Weins und verzog das Gesicht, dann atmete sie tief durch. »Worauf ich hinauswill, ist, dass ich mir mehr als alles auf der

Welt ein Baby wünsche. Wirst du mir helfen, George? Würdest du ein Kind für mich austragen?«

Ich trank mein Glas aus und schnappte mir Ninas. Leer. »Barkeeper? Noch zwei!«

Nina schenkte mir ein mutloses Lächeln. »Ist schon gut. Du musst nicht sofort antworten. Es ist eine schwerwiegende Entscheidung – ich würde im umgekehrten Fall auch Zeit brauchen. Und selbst wenn du jetzt sofort Ja sagtest, stünden diverse Beratungsgespräche an, bevor du – bevor wir eine endgültige Entscheidung treffen. Aber du bist die Einzige, der ich vertrauen würde, das zu tun. Wirst du darüber nachdenken?« Nina klang, als würden ihr die Worte ausgehen oder der Atem oder beides, und ihre Hände zitterten.

Ich nickte bedächtig. Ich war völlig durcheinander und selbst einem Schwächeanfall nah. »Sicher. Ich denk drüber nach.«

Kaaaacke!

2

Woche 1

TAG 2

Ich erwachte vom Geräusch des Regens und einem dumpfen Schädelpochen. Atem: herb. Kopf: weh.

Ich konnte nur monosy- … monosyll- … *wie hieß das noch? Monosyllabisch denken. Ja, das klang richtig. Dann auf zu meinem Job, wo ich den ganzen Tag lang Wörter schreiben sollte.*

Ich stürzte ein Glas Wasser runter, als würde ich nie wieder etwas trinken. Was auch der Fall war – jedenfalls keinen Alkohol. Na ja, mit Ausnahme von einem Bierchen heute Abend, aber das wäre streng medizinisch, ein Konterbier eben.

»Guten Morgen, Lady Weinselig.«

Mein Genick knackte hörbar, als ich mich zu Jase herumdrehte. Er saß in seinem Sportoutfit auf der Bettkante. Dem Gefühl nach war ich gerade erst heimgekommen, aber ich wusste, dass er schon seine fünfzig Kilometer abgestrampelt hatte. Oder waren es sechzig? Ich behielt nie den Überblick über sein Trainingsprogramm. Er roch nach Schweiß – dem guten, sinnlichen – und war leicht angebräunt an den Stellen, wo seine Sonnenbrille aufhörte und sein Gesicht anfing.

»Guten Morgen, Lord Sattelfest.«

Ich wackelte mit den Augenbrauen, in der Hoffnung, dass er den Wink verstehen würde, aber er war bereits aufgestanden und fing an, sich aus seiner Lycra-Kluft zu schälen. Ich wusste genau, was er als Nächstes tun würde; der Ablauf änderte sich nie. Er würde sein Outfit in die Waschmaschine stopfen, damit der Moschusgeruch seines Schweißes nicht aus der Wäschetruhe miefte, anschließend würde er seine Trinkflasche mit eiskaltem Wasser füllen, die Hälfte davon runterschütten und für exakt dreidreiviertel Minuten unter die lauwarme Dusche springen. Danach würde er die Flasche leertrinken. Irgendwie waren die Zeit, die Wassertemperatur, die Elektrolyten und die Dusche darauf abgestimmt, sich positiv auf seine Muskulatur auszuwirken oder auf seine Erholung oder persönliche Bestleistung. Ich konnte mich nicht genau entsinnen, was von alledem, jedenfalls war es für Jase sehr wichtig.

»Ich hatte einen tollen Morgen, George. Du fährst gar nicht mehr mit mir Rad. Wieso eigentlich nicht?«, rief er aus der Dusche.

Ich betrachtete mich in der verspiegelten Kleiderschranktür. Mein Eyeliner hatte irgendwo in der Nähe meiner Wangenknochen Zuflucht genommen, und von meinem Lippenstift war eine Rottönung auf meinem Mund verblieben, die für diese frühe Stunde viel zu sehr an eine französische Mätresse denken ließ.

»Weil ich nicht mit dir mithalten kann«, antwortete ich, bevor ich leise murmelnd hinzufügte: »Außerdem ist das Ganze einfach zu schräg.«

Jase war vor nicht allzu langer Zeit ein normaler Mensch gewesen. Ich erinnerte mich noch gut. Bei unserem Kennenlernen hatte er die gleiche Einstellung zu Fitness gehabt wie jeder andere Mann mit einer Libido. Er trainierte, um flachgelegt zu werden. Es war relativ einfach und zeitigte Resultate. Ein paar

Ausdauerläufe pro Woche oder mehrere Einheiten im Fitnesscenter, fertig.

Ein halbes Jahr nach Beginn unserer Beziehung hatte Jase dann das Radfahren für sich entdeckt. Um keine Spielverderberin zu sein, hatte ich es etwa einen Monat lang ausprobiert, aber ... wie soll ich es ausdrücken? Fahrradfahren ist mega-öde. Es verursacht Schmerzen an Stellen, die nicht schmerzen sollten. Doch der Hauptgrund, dass ich mich nicht dafür erwärmen konnte, war der, dass dieser Sportart etwas Sektenähnliches anhaftet. Sie ist praktisch die Erwachsenenversion davon, als Kind Baseballkarten zu sammeln. Plötzlich scheint sich jeder dafür zu begeistern, ohne dass es einen ersichtlichen Grund gibt. Es ist ein zeitraubendes Hobby, und dafür, dass es sich dabei dem Vernehmen nach um eine Einzelsportart handelt, wollen ihn unerklärlich viele Leute gemeinsam betreiben.

Ganz zu schweigen davon, dass er auf den ersten Blick preisgünstig wirkt, in Wahrheit jedoch verdammt teuer ist. Zuerst die Klamotten, anschließend der neue Helm. Dann die technischen Accessoires, die piepten, wenn Jase einen bestimmten Statistikwert erreichte. Und zu guter Letzt ein neues Fahrrad. Eins, das mehr kostete als die Handtasche, die ich mir nach meiner Beförderung zur Chefredakteurin gegönnt hatte. Ich hatte monatelang mit mir gerungen, ob ich fünfzehnhundert Dollar für eine von mir angehimmelte Bobby-Pin-Carrier ausgeben sollte, aber Jase hatte die acht Riesen für den Drahtesel berappt, als würde er seinen morgendlichen Milchkaffee bezahlen.

Ich gesellte mich zu ihm ins Bad und linste durch den Duschvorhang, um die Nebeneffekte des Radfahrens zu bewundern. Sechs Monate strampeln hatten ihm einen beneidenswert V-förmigen Oberkörper eingebracht. Wenn ich die Augen zusammenkniff und ihn genau im richtigen Licht betrachtete, hätte ich schwören können, dass er einer der Hemsworth-Brüder war. Vielleicht keiner aus der A-Liga, aber trotzdem.

Ich trat zu ihm in die Dusche, dabei dachte ich mit leichter Wehmut an die Morgen zurück, an denen diese Zusammentreffen in einen hektischen Weg zur Arbeit mündeten, weil wir die zwanzig Minuten, in denen wir uns eigentlich fertigmachen sollten, anderweitig nutzten. Natürlich schliefen wir noch immer miteinander, aber jetzt geschah es eher am Ende eines langen Tages, eingewickelt in die Bettlaken und gekrönt von einem liebevollen Gutenachtkuss. Was auf seine eigene Art völlig in Ordnung war. Es war gut. Manche Paare hatten nie Sex. Und damit meine ich, nie. Ich würde darauf wetten, dass Lucas ein ewiges Einzelkind blieb, weil es völlig undenkbar war, dass Ellie und Simon es regelmäßig miteinander trieben. Vielleicht an ihren Geburtstagen. Aber Jase und ich hatten noch immer tollen, matratzenstrapazierenden, atemberaubenden Sex. Er fand eben nur nach *Lateline* statt.

Ich wusch mir gerade die Haare, als mir mein Gespräch mit Nina wieder in den Sinn kam. *Baby. Kann nicht schwanger werden. Brauche Uterus. Würde es dir was ausmachen?* Ich rief mir ihre zurückgehaltenen Tränen und ihr nervöses Lächeln ins Gedächtnis, als sie mir die wichtigste Frage stellte, die sie je einem Menschen stellen würde, und meine vollkommen beknackte Reaktion darauf. Ich Dumpfbacke hatte mehr Wein geordert. *'tschuldigung, aber bevor ich diese extrem bedeutungsvolle Frage beantworte, brauche ich noch ein Glas von dem Sauvignon für sieben Dollar*. Hätte ich noch unsensibler reagieren können?

Und konnte Nina es ernst gemeint haben?

Natürlich meint sie es ernst, du hirnvernagelte Idiotin. Welche Frau würde eine andere aus Spaß fragen, ob sie sich ihren Unterleib ausleihen dürfte?

Ich versuchte, das Ganze zu rekapitulieren. Nina und Matt wünschten sich ein Baby. Nina und Matt konnten kein Baby bekommen. Nina und Matt wollten, dass ich ein Baby für sie bekam. Sozusagen. *Mist, Mist, Mist. Aber ich würde nicht mit Matt schlafen müssen, oder? Komm schon, George, reiß dich am Riemen. Zu diesem Zweck gibt es doch Truthahnpipetten oder so was, richtig?* Richtig? Ich trat aus der Dusche.

»Willst du das nicht ausspülen?«

Ich schaute zu Jase hoch. Er starrte mich an, als würde ich eine Kröte als Kopfbedeckung tragen.

»Hä?«

»Babe, du hast immer noch Shampoo in den Haaren. Stell dich noch mal drunter!«

Oh verdammt. Er hatte recht. Ich trocknete mich gerade mit einem ganzen Kopf voll John Frieda ab. Heilige Scheiße. Aber wie konnte man zu einem Zeitpunkt wie diesem von einem Menschen erwarten, in Sachen Körperpflegerituale voll auf der Höhe zu sein?

Ich spülte meine Haare aus, als mir plötzlich dämmerte, dass ich ihn fragen musste, was er von all dem hielt. *Hey, Jase, ich weiß, wir sind erst seit einem Jahr zusammen, aber eine Freundin von mir benötigt meinen Uterus. Nur für ein paar Monate. Neun, um genau zu sein. Was hältst du davon?*

Mist. Wie sollte ich ihm das beibringen? Wir waren seit zwölf Monaten ein Paar, was, sobald man die dreißig überschritten hat, gleichbedeutend mit fünf Jahren in den Zwanzigern ist. Nach einem kurzen Liebeswerben inklusive Matratzenausdauersport hatten wir uns gemütlich in etwas eingerichtet, das in Mädchenzeitschriften als eine LZB (Langzeitbeziehung) bezeichnet wurde. Wir meinten es also ziemlich ernst miteinander. Jedenfalls vermutete ich das. Nach ein paar Monaten hatte ich meine Zimmergenossin sitzen lassen und war bei Jase eingezogen. Es schien die praktikabelste Lösung zu sein. Wir mochten uns sehr. Abgesehen vom Fahrradfahren hatten wir viele gemeinsame Interessen. Wir hatten großartigen Sex – wenn auch in letzter Zeit etwas seltener als früher. Wir hatten schon in einem recht frühen Stadium angefangen, Liebesbekundungen auszutauschen.

Aber Jase und ich hatten nie über Kinder gesprochen. Ich wollte schlicht und ergreifend keine und folgerte aus den verärgerten Blicken, die er abfeuerte, wann immer ihn Kinder bei seinem Eiweißomelett-Brunch störten, dass wir einer Meinung waren.

Es war an diesem Morgen sowieso keine Zeit, es Jase gegenüber zu erwähnen. Ich war zwanzig Minuten zu spät dran, und das nicht nur, weil wir rutschigen heißen Sex unter der Dusche gehabt hatten. Nachdem ich meine Haare ordnungsgemäß ausgespült, mich angezogen und genügend Concealer aufgetragen hatte, um die Spuren eines ganzen Lindsay-Lohan-Lebens voller Reue zu kaschieren, eilte ich schnurstracks aus der Tür. Ich rannte die Treppe des Apartmenthauses hinunter, als ich bemerkte, dass ich meine Handtasche oben vergessen hatte.

Es würde einer dieser Tage werden.

Nach einem wilden Sprint die Stufen hinauf hetzte ich zum Bus und kam ungefähr eineinhalb Sekunden zu spät. Ich schoss gerade um die Ecke, als ich hörte, wie sich die Türen mit dem Knarzen einer Ziehharmonika schlossen. Nicht zum ersten Mal verwünschte ich mich, weil ich nicht Auto fahren konnte. Im Zuge meiner Beförderung zur Chefredakteurin von *Jolie* hatte man mir einen der wenigen Parkplätze angeboten, die nach Jahren der Budgetkürzungen noch vorhanden waren. Dem CEO gestehen zu müssen, dass ich es nie über meinen Lernführerschein hinaus geschafft hatte, war fast so peinlich, wie zum dritten Mal durch die Führerscheinprüfung zu rasseln. Was zehn Jahre her war.

Fünf eisige Minuten später saß ich in einem Bus, der den Broadway entlangraste. Als ich meine Haltestelle erreichte, rief ich dem Fahrer ein »Danke« zu, stieg aus und strebte zu unserem Verlagsgebäude.

»Allo!«

Zauberer Graubart begrüßte mich wie jeden Morgen mit einem breiten, zahnlosen Grinsen.

Er hatte eine Karodecke über seine Schultern drapiert, ein Look, den ich mich erinnerte, erst kürzlich in meinem Magazin gesehen zu haben. Wir nannten ihn »verschroben« und ermunterten unsere Leserinnen, sich Capes für fünfhundert Dollar zu kaufen (die ehrlich gesagt aussahen, als könnten sie auch als Bettdecken herhalten) und sie als Oberbekleidung im Pashmina-Stil zu tragen. Die Ironie, dass dieser Obdachlose, der vor unserem Gebäude campierte, diesen Trend ebenfalls erkannt hatte, entging mir keineswegs.

»Hi«, sagte ich, so unverbindlich wie möglich. Ich weiß. Ich bin ein schlechter Mensch, weil ich mich nicht mit Zauberer Graubart unterhalten möchte. Aber es steckt nicht das dahinter, was man vermuten könnte. Nicht, weil er obdachlos ist, will ich nicht mit ihm reden, auch nicht, weil er leicht riecht wie eine streunende Katze und stark wie eine leere Thunfischbüchse oder weil er mich um einen Dollar anschnorren könnte. Ich spreche nicht gern mit ihm, weil er wirklich, wirklich grob zu mir ist. Das Einzige, worüber Zauberer Graubart mit mir plaudern will, ist mein Erscheinungsbild. An dem er einiges auszusetzen hat.

»Ihr Gesicht!«, sagte er, so ganz nebenbei.

Ich nickte und suchte den Boden meiner Handtasche nach Kleingeld ab. Ich fand einen Fünf-Dollar-Schein und warf ihn in Graubarts Becher, der, wie ich zu spät feststellte, halbvoll mit lauwarmem Kaffee war.

Als ich das Gebräu von meiner Hand schüttelte, fragte ich dümmlich: »Was stimmt nicht damit?«

Graubart machte mich auf den pflaumengroßen Pickel aufmerksam, der sich kürzlich in meiner Wange eingenistet hatte. Schön mittig, versteht sich.

Ich zuckte mit den Schultern.

»Besorgen Sie sich dieses Proactiv, Herzchen!«, rief er mir hinterher, als ich davonstolzierte.

Ich fragte mich, wo Graubart von Proactiv erfahren haben mochte. Vermutlich aus *Jolie* – vielleicht hatte er sich dort auch seinen verschrobenen Look abgeguckt.

Ich schaffte es in den Aufzug, wo ich selbstredend sofort meinen Gesichtskrater im Spiegel inspizierte. Graubart hatte recht. Ich brauchte dringend Proactiv.

»Morgen, Georgie!«, trällerte Fran, meine Assistentin, als ich das Büro betrat. Sie war nicht so sehr fröhlich als vielmehr die Mensch gewordene Fröhlichkeit. Ich hatte sie noch nie kummervoll oder verärgert erlebt. Fran musste rosarote Kontaktlinsen tragen, weil ihr rein gar nichts die Laune verhageln konnte. Ich wusste sofort, dass ich sie anheuern wollte, als sie mir (höchst ernsthaft) für meine (höchst kritische) Beurteilung einer Reihe von Probeartikeln dankte, die sie im Zuge ihrer Bewerbung für die Stelle verfasst hatte.

Und ungeachtet der Tatsache, dass in diesen Zeiten redaktioneller Kürzungen Fran weniger meine Assistentin als unser Mädchen für alles war, freute sie sich außerordentlich, als unser verlagseigener Lakai fungieren zu dürfen. Vergnügt besorgte sie mir meinen Kaffee, bediente für mich das Kopiergerät, half mir herauszufinden, wie man sich in eine Telefonkonferenz einklinkte, zusätzlich beaufsichtigte sie die Website des Magazins und schrieb gelegentlich einen Artikel. Und für die Ehre, das alles tun zu dürfen, zahlte man ihr grob einen halben Cent pro Stunde. Es war alles Teil der glamourösen Welt der Magazine im Jahr 2015. Niemand verdiente mehr, was er wirklich wert war. Nicht einmal ich.

»Hi, Fran! Wie lief's gestern Abend? Großes Date, hm?«

Fran errötete. Das passierte häufig. Letzte Woche war sie rot geworden, als ich mich erkundigte, wie es beim Hautarzt gewesen war. Keine Ahnung, warum.

»Georgiiiiiie!« Sie schlug verschämt die Hand vor den Mund.

»Komm schon, es ist sonst niemand hier. War's gut? Wie war

gleich noch mal sein Name? Alfie?« Ich schaltete den Computer ein und hörte nach dem Apple-Seufzen das *Pling* von mehreren hundert E-Mails, die über Nacht eingegangen waren.

»Alex. Seine Freunde nennen ihn Al.«

»Oje. Alex ist viel hübscher.«

»Da stimme ich dir zu, Georgie.« Welch Überraschung. Fran würde mir auch zustimmen, wenn ich vorschlüge, sie solle ihren eigenen Namen ändern.

»Also?«

»Oh! Na ja, es war okay. Wir waren in einem Restaurant, das war nett. Es gab dort vietnamesisches Essen, das hatte ich noch nie probiert. Die Küche ist recht scharf. Findest du das auch?«

»Du hast nie zuvor vietnamesisch gegessen?« Wieso schockierte mich das? Fran hatte noch nie einen Cappuccino getrunken, bevor sie bei *Jolie* anfing.

»Nein. Ich dachte, es wäre wie beim Chinesen, aber das war es nicht. Ich wollte Rindfleisch mit schwarzer Bohnensauce bestellen, nur gab es das nicht.« Manchmal – genauer gesagt, jeden Tag – beschlich mich das Gefühl, als entstamme Fran einer anderen Ära. Tatsächlich war das eins der Charakteristika, die ich am liebsten an ihr mochte. Ich hatte keinen Anhaltspunkt, aus welcher Zeit sie kam, aber es war eine, in der Angestellte ihre Chefs respektierten, keine Widerworte gaben und generell in jeder Bemerkung ihrer Vorgesetzten eine Inspiration sahen. Fantastisch. Aber Fran war auch in anderen Dingen unübertroffen. Wenn sie ins Kino ging, sah sie einen »Streifen«. Sie verlangte nach »Kribbelwasser«, anstelle von Mineralwasser. Den einzigen Hinweis, dass sie irgendetwas mit dieser Dekade zu tun hatte, lieferte ihr vages und furchtbar aufgeregtes Gebrabbel über ihre Lieblingsfernsehsendungen. Sie schwadronierte regelmäßig über irgendeine Serie, von der sie einfach *wusste*, dass ich sie lieben würde, und lieferte mir lange, bizarre, unnachahmlich verworrene Zusammenfassungen der Handlung vom letzten

Abend, wobei sie sorgsam jeden Spoiler vermied, für den Fall, dass ich sie mir irgendwann ansehen wollte.

»Nein, das hätte ich auch nicht erwartet. Es freut mich, dass es gut lief.«

Fran nickte ernsthaft – sie tat alles ernsthaft; das Mädchen würde keine Ironie darin erkennen, wenn es ein Messer bräuchte und zehntausend Löffel herabregneten – und wandte sich zur Tür.

»Fran? Bevor du gehst …«

»Kaffee?«, fragte sie und lächelte erwartungsvoll.

»Ja, bitte.« Gott segne Fran.

Ich fing an, mich durch die Flut von E-Mails zu arbeiten, die in meinem Posteingangsordner gelandet waren, seit ich das Büro vor weniger als zwölf Stunden verlassen hatte. Dreihundertvierundfünfzig insgesamt. Seit ich gestern Abend mit Nina aus gewesen war, hatte ich keine Gelegenheit gehabt, sie wie üblich über mein Handy zu beantworten, und jetzt hatte ich die Bescherung: Völlig verkatert wurde ich von einer E-Mail-Lawine überrollt. Es waren Mitteilungen von internationalen Nachrichtenagenturen, Fotoarchiv-Updates und mehrere Mails vom Management amerikanischer Promis mit Anfragen zur Titelbildgestaltung. »Könnte Jessica auf dem Coverfoto eine Flasche Vitaminwasser in der Hand halten?« Nein, konnte sie nicht. Ich seufzte. Die jüngste Nachricht, sie war erst vor wenigen Minuten abgeschickt worden, stammte von meiner Verlegerin Meg. Auch bekannt als Big Boss. Meg kümmerte sich um die Finanzen, machte bei den Titeln von ihrem Vetorecht Gebrauch und hatte eines der Büros mit Blick auf den Park, von denen man in Karriereratgebern las. Bei Meg gab es keine Grauzonen, etwas war Schwarz oder Weiß. Sie war jemand, der Sätze sagen konnte wie: »Sie haben sich heute einen mächtigen Feind geschaffen« und dabei völlig ernst und ausgesprochen Furcht einflößend wirken. Sie ist brillant und witzig und im Großen und Ganzen die Person, die ich sein möchte, wenn ich groß bin. Ich kann es immer noch nicht wirklich fassen, dass ich jetzt die Chefredakteurin bin, denn ich habe bei Jolie als Megs Assistentin angefangen. Ich war damals Fran. Nein, nicht ganz. Niemand ist Fran.

An: Georgie Henderson
Von: Meg Downing
Betreff: Jolie Website

George,
wie ist es momentan um unsere Website bestellt? Wie oft wird sie aktualisiert? Ich hatte gestern ein Meeting mit dem Digital-Team, und sie machten den Vorschlag, eine Paywall zu installieren. Ich halte das nicht für eine gute Idee. Sie sprachen auch über eine digitale Ausgabe, und ich denke, dass sich das besser für den Markt eignet. Wie viele Abonnenten hat die iPad-Ausgabe? Ich brauche Zahlen bis zum Meeting nächste Woche.
Ciao,
Meg

Ich suchte unsere Website in meiner Lesezeichenleiste, konnte sie jedoch nicht finden. Ich bin ein Stift-und-Papier-Mensch und besaß noch nicht mal ein iPhone, bevor der Verlag mir eins zur Verfügung stellte, damit ich stündlich meine E-Mails checken kann. Ich gab die Adresse ein: Jolie.com.au. Plötzlich tauchte eine nackte Frau mit gespreizten Gliedern auf meinem Monitor auf und gewährte mir einen Blick auf ihre Eileiter. *Heilige Scheiße! Was war mit unserer Website passiert?*

»Fran!«

Keine Antwort. Ich starrte auf den Bildschirm, wo sich ein Wirrwarr nackter Gliedmaßen umeinander schlang. Es war auf eine bizarre, verstörende Weise erregend. Doch es war definitiv nicht Jolie.com.au.

Fran kehrte mit meinem Kaffee zurück.

»Etwas stimmt nicht mit unserer Website. Sie muss zusammengebrochen sein.«

Sie hastete mit der Geschwindigkeit und Anmut eines Kleinkinds, das ein entwischtes Spielzeug einzufangen versucht, zu meinem Schreibtisch.

»Was ist denn passiert?«

»Ich habe keinen blassen Schimmer. Aber wieso ist ein Porno auf unserer Website?«

Frans Augen wurden so riesig, dass sie die Hälfte ihres Gesichts einzunehmen schienen. »Wovon sprichst du? Ich war gerade erst auf unserer Seite, und da war alles in Ordnung. Oh Gott, vielleicht habe ich auf irgendeine Taste gedrückt. Bestimmt habe ich sie kaputtgemacht. Oh Gott.«

»Wann genau hast du sie dir angesehen?« Ich stellte die anrüchige Musik auf der Seite leiser. Gott, meine Augäpfel. Ich würde sie mit Purell behandeln müssen.

»Gerade eben, auf meinem Handy. Während ich auf deinen Kaffee gewartet habe.«

»Echt? Zeig her.«

Fran reichte mir ihr Smartphone – das, wie könnte es anders sein, in einer Hello-Kitty-Hülle steckte –, und ich erkannte, dass sie recht hatte. Die Seite war einwandfrei.

»Was habe ich dann hier vor mir? Wieso kann ich sie nicht auf meinem Bildschirm sehen?«

Sichtlich nervös kam Fran um meinen Schreibtisch herum, so als fürchtete sie sich vor dem, was sie erwartete. Sie hatte vermutlich noch nie ihre eigene Muschi gesehen, und erst recht nicht die von jemand anderem.

»Oh! Oh großer Gott! Was macht sie da? Warum ist ihre Hand …«

Ich schüttelte den Kopf. »Nicht wichtig. Aber was stimmt nicht mit der Seite? Was soll ich tun? Ich dreh gleich durch,

Fran. Was, wenn unsere Werbekunden das zu Gesicht bekommen? Oder die Medienaufsicht?«

»Warte. Ich hole Lucy. Sie wird wissen, was zu tun ist.«

Ja, Lucy würde wissen, was zu tun war. Sie war geradezu beängstigend. Gerade erst zweiundzwanzig, ging sie gefühlt aber stramm auf die fünfundvierzig zu. Sie war die jüngste Kulturredakteurin in der Geschichte von *Jolie* – weltweit –, und das verdientermaßen. Lucy bekam ihren Kram besser auf die Reihe als jeder andere, den ich kannte, inklusive meiner Altersgenossen. Sie hatte vergangenes Jahr eine Anzahlung auf eine Eigentumswohnung geleistet, ganz nebenbei ihren Master in Publizistik angefangen und mehr als dreißigtausend Follower auf Twitter. Ich hatte keine Ahnung, wie sie das bewerkstelligte, und ich empfand eine gehörige Portion Respekt vor ihr. Sie besaß die Selbstbeherrschung einer jungen Gloria Steinem, den schlagfertigen Witz von Lorelai Gilmore und die scharfe Intelligenz Hillary Clintons. Sie war ein staunenswertes Wunderwerk, aber schwierig im Umgang. Lucy war außergewöhnlich, was sie selbst nur zu genau wusste. Doch nachdem meine stellvertretende Redakteurin Anfang des Jahres entlassen worden war, hatte Lucy sich untentbehrlich gemacht. Ich wäre verloren ohne sie.

Fran war in Sekundenschnelle mit Lucy im Schlepptau zurück.

»Was ist los?«

Ich warf die Hände in die Luft. »Keine Ahnung. Ich habe vorhin unsere Website angeklickt, und es scheint, als wäre sie gehackt worden.«

Lucy zog die Brauen hoch. »Gehackt?«

»Ja. Mit Pornos.« Fran zuliebe formte ich das Wort nur mit den Lippen.

Der Zweifel stand Lucy ins Gesicht geschrieben. »Lass mal sehen.«

Sie ging um den Schreibtisch herum, und ich gestikulierte zum Bildschirm. »Schau, da.«

»Klick auf ›Aktualisieren‹. Mal sehen, was passiert.«

Ich tat, wie befohlen, dann warteten wir. Fran hielt den Atem an, als guckte sie gerade den neusten Bond-Film. Lucy starrte konzentriert auf den Monitor.

»George …«, setzte sie an, während die Seite noch immer neu lud. Es grenzte an ein Wunder, dass es je eine Ausgabe in den Druck schaffte, bei der suboptimalen Technik, der wir uns bedienten. Herrgott, wir besaßen noch immer ein Faxgerät.

»Und?«, fragte ich, von Grauen erfüllt bei der Vorstellung, wie ich unseren Anzeigenkunden beibringen sollte, dass unsere Website offensichtlich für eine Sexfilmwerbung gekapert worden war.

»Es ist die falsche Adresse.«

»Was?«

Lucy zeigte auf die Adresszeile. »Es muss Joliemagazine.com heißen, nicht Jolie.com.«

»Oh, ach so. Upps.« Ich versuchte, meinen Lapsus mit einem Lachen abzutun, während mir die Schamesröte ins Gesicht stieg. Wie viele Male hatte ich diese URL schon gesehen? Sie stand sogar auf meiner Visitenkarte, verdammt noch mal. Ich versuchte, das Ganze auf eine vorübergehende geistige Umnachtung zu schieben, aber insgeheim vermutete ich, dass es mehr damit zu tun hatte, dass ich kaum jemals an unsere Website dachte. »Mein Fehler. Offenbar habe ich diesen Kaffee heute echt nötig.«

Fran lachte. »Möchtest du einen Toast dazu?«

»Ja, bitte. Mit Vegemite. Danke, Fran.«

»Ansonsten alles okay?«, erkundigte sich Lucy.

Ich nickte. »Klar, alles paletti. Diese Sache tut mir leid. Ich hatte den Kopf wohl ziemlich voll«, sagte ich in dem Versuch, meine absolute Unfähigkeit zu entschuldigen.

Großer Gott. Kater hin oder her, ich hatte meiner neunzehnjährigen Assistentin einen Porno gezeigt, weil ich mich nicht an die Internetadresse meiner eigenen Zeitschrift erinnern konnte. Ganz zu schweigen von der Tatsache, dass ausgerechnet Lucy mir aus der Patsche geholfen hatte. Ich könnte gefeuert werden. Ich speicherte Joliemagazine.com sofort in der Lesezeichenleiste und nahm mir vor, die Website öfter zu besuchen. Sprich, öfter als einmal pro Jahr, was mein derzeitiger Schnitt war.

Mein Handy piepte. Eine SMS von Nina.

Hab 'nen gewaltigen Brummschädel. Heute Mittagessen bei dir in der Nähe? Kann auch zu dir ins Büro kommen und Burger mitbringen. X

Gott, wollte sie am Ende heute eine Antwort? Ich hatte kaum die Zeit gehabt, mir die Wimpern zu tuschen, geschweige denn, über eine Verpachtung meiner Fortpflanzungsorgane nachzudenken.

Gerne. Um eins wäre perfekt. Treffpunkt im Pub nebenan. X

Es würde definitiv einer dieser Tage werden.

3

Woche 1

TAG 2

»Für mich bitte ein Coopers.« Theoretisch verabscheute ich das Konzept eines Konterbiers. Es war doch verrückt, noch mehr Alkohol zu trinken, um die Nebenwirkungen der bereits konsumierten Promille abzuschwächen. Doch in der Praxis funktioniert es hervorragend. Nach dem ersten, herrlichen Schluck – es muss unbedingt Bier sein – ist der Kater verschwunden und man kann sich wieder frisch ans Werk machen, als wären einem die drei Flaschen Sauvignon Blanc vergangene Nacht nie über die jungfräulichen Lippen geflossen.

Ich fand einen freien Tisch, setzte mich, genoss mein kaltes Coopers und spürte die Wirkung augenblicklich. Ach, Alkohol. Gibt es irgendetwas, das du nicht vollbringen kannst?

»Georgie, hey!« Nina kam rein wie frisch gewaschen und gebügelt in einem Maxikleid aus schwarzem Jersey und coolen Motorradstiefeln.

»Oh, mein Gott, wie schaffst du es nur, so umwerfend auszusehen? Ich fühle mich, als hätte ein Müllauto mich überfahren und eine Tonne Dosensaft auf mir ausgekippt. Du dagegen erweckst den Eindruck, als kämst du gerade vom Set für eine Deo-Werbung.«

Nina verdrehte die Augen. »Falsche Perspektive. Ich bin erst vor einer Stunde aufgewacht, konnte mich also ausschlafen. Du armes Ding – war wohl nichts mit deiner Schlummer-Latte, hm?« Sie setzte sich mir gegenüber und begann, die Weinkarte zu durchforsten.

»Kein Wein für mich«, sagte ich vorsorglich. Ich hatte meiner Assistentin heute Vormittag das Innenleben des weiblichen Reproduktionsapparats gezeigt. Weitere Fehler durfte ich mir nicht erlauben.

»Okay, dann verzichte ich auch. Ist wahrscheinlich eh das Beste. Aber vielleicht genehmige ich mir ein Bier mit dir.« Während Nina nach einer Marke stöberte, überlegte ich, wie unser restliches Gespräch beim Mittagessen wohl verlaufen würde.

Also, Georgie, wirst du jetzt ein Baby für mich bekommen?

»Ähhhhhh. Hmmm. Ähm.«

Betretenes Schweigen.

Oder vielleicht:

»Georgie, ich weiß, es ist viel verlangt, aber … meinst du, du könntest es tun?«

KRRRRRRRRZZZZZZZZZ. (Das war das Geräusch meines Stuhls, der über den Holzboden schrappt, als ich aufspringe und zur Tür stürze.)

Nina kam zurück, in der einen Hand ein mittelgroßes Glas Bier, in der anderen die Speisekarte. »George, ich wollte dir nur sagen … wegen letzter Nacht … ich habe dich in eine peinliche Situation gebracht. Das tut mir furchtbar leid.« Sie trank einen Schluck. »Ich hätte dich niemals etwas derart Wichtiges auf so triviale Weise fragen dürfen. Du bist meine beste Freundin, und ich schulde dir mehr als das.«

Ich winkte ab und schüttelte den Kopf. »Mach dir keine Gedanken. Ich war ein bisschen erschüttert, aber es ist wirklich okay.«

Nina kniff die Brauen zusammen. »Ehrlich? Du bist ein Schatz, George. Ich danke dir. Und es tut mir wirklich aufrichtig leid. Gott, ich wünschte, ich hätte dich das überhaupt nicht fragen müssen, aber …« Sie verstummte und lächelte gezwungen.

Da ich selbst nie ein Kind gewollt hatte, fiel es mir schwer zu verstehen, warum Nina sich so sehnlich eins wünschte – sogar mehr als alles andere. Versteht mich nicht falsch. Gelegentlich fand ich Kinder ganz amüsant. Ich liebe kleine Mädchen mit Pagenköpfen, die megalustige Sachen sagen – ich bin immerhin ein menschliches Wesen –, aber die Vorstellung, schwanger zu werden, zu gebären und zu alledem auch noch ein Kind großzuziehen, erschien mir nicht sonderlich verlockend.

Um ehrlich zu sein, konnte ich nicht immer ganz nachvollziehen, warum Nina unbedingt ein Baby wollte. Sicher, sie ist warmherzig und fürsorglich, zumindest insofern, als sie gelegentlich stehen bleibt, um Ortsunkundigen den Weg zu weisen, und sie ist nicht umsonst Grundschullehrerin. Doch im Grunde genommen betrachtete ich Nina und mich als ein und dieselbe Person. Es gab so viele Dinge, die wir beide mochten (Käsesorten mit abartigen Namen, *Arrested Development*, Lipgloss von Stila), außerdem glaubten wir grundsätzlich an dieselben Dinge (sei kein Arsch, Trinkgeld ist nur nötig, wenn der Service gut war, Pixie-Cuts funktionieren nur, wenn man das Engelsgesicht von Michelle Williams hat). Wir waren wie aus einem Guss, mit Ausnahme von dieser einen Sache: Nina hatte sich ihr ganzes Leben ein Baby gewünscht, und ich nicht. Ein sehr, sehr kleiner und sehr, sehr selbstsüchtiger Teil von mir war beinahe erleichtert, dass es bei ihr und Matt bisher nicht geklappt hatte. Was, wenn sie sich in eine zweite Ellie verwandelte?

Inzwischen hatte ich das Gefühl, immer wieder danach fragen zu müssen, ohne auch nur im Geringsten zu wissen, wie ich mit der Antwort umgehen sollte. »Wie steht's denn so?«, erkundigte ich mich von Zeit zu Zeit, wobei mit »denn so« in diesem Fall Ninas gesamtes reproduktives Leben gemeint war. »Nicht diesen Monat«, entgegnete sie jedes Mal. Meistens lächelte ich nur schwach und drückte ihre Hand. Aber als ich letzte Nacht zu ihr gesagt hatte, ich wünschte, ich könnte ein Baby für sie bekommen, hatte ein Teil von mir es hundertprozentig ernst gemeint. Ich wünschte nur, es wäre so einfach.

»Ich verstehe es einfach nicht«, hatte sie nach der Fehlgeburt geklagt. »Wieso ist es für alle anderen so einfach, nur für mich nicht? Ich sehe Teenager mit Babys. Ich sehe Drogenabhängige mit Babys. Das ist doch nicht gerecht. Ich kann zu keiner weiteren Babyparty mehr gehen und mir von anderen Frauen anhören, wie leicht es ist, schwanger zu werden. Ich kann mir nicht länger von Matts Mutter anhören, dass ich mich einfach zurücklehnen und entspannen soll. Oder von der verdammten Jill, dass es anstößig ist, über dreißig ein Kind zu bekommen. Ich kann mir von keiner werdenden Mutter mehr anhören, wie prächtig sie sich fühlt. Und erst recht kann ich es nicht mehr mit anhören, wenn sie über ihre Schwangerschaftsbeschwerden jammern. Denn inzwischen würde ich sie nur ansehen und dabei denken: ›Hast du sie noch alle? Weißt du, was ich dafür geben würde, an morgendlicher Übelkeit oder wunden Brüsten oder geschwollenen Knöcheln oder was auch immer dir so zu schaffen macht, zu leiden?‹«

Ich hatte damals nicht gewusst, was ich darauf antworten sollte, und weiß es bis heute nicht.

»Ach, Süße. Das alles ist so gnadenlos und grausam ungerecht. Du solltest unzählige Kinder haben. Mehr als Brad und Angelina. Mehr als Prinzessin Mary. Du solltest alle Kinder auf der Welt haben.«

Nina lächelte, doch ich wusste, dass mein lahmer Versuch, mich unbeschwert zu geben, vermutlich keine Hilfe für sie war. Es funktionierte besser, wenn Nina sich über sich selbst lustig machte.

»Wie sieht es denn mit Jill aus?«, hakte ich nach.

Sie verdrehte die Augen. Ihre jüngere Schwester war praktisch das genaue Gegenteil von ihr, eine Art böser Zwilling sozusagen. Nina war: zuverlässig. Jill: unzuverlässig. Nina: klug. Jill: schlief mit verheirateten Männern und hatte einmal ihre gesamten Ersparnisse wegen einer Kneipenschlägerei verloren. Nina: sparte. Jill: prasste. Nina: war fürsorglich. Jill: suchte sich gezielt Freundinnen, die mehr wogen als sie, sodass sie besser neben ihnen abschnitt.

»Ach, George. Als stünde das zur Debatte. Ich würde Jill nicht einmal fragen, ob sie mir ihr Lieblingskleid leiht, von ihrem verdammten Uterus ganz zu schweigen!« Sie schnaubte in ihr Bier.

»Verständlich.«

»Abgesehen davon ist sie die nächsten paar Monate in Belgrad, darum könnte ich sie nicht einmal fragen, selbst wenn ich wollte.«

»In Belgrad? Was hat sie denn da verloren?«

»Sie lässt sich die Nase machen. Es ist ihr Geburtstagsgeschenk von Dad und Leanne.«

»Wie bitte? Ist das dein Ernst?«

»Absolut. Dieselben, die uns keine zehntausend Dollar für eine IVF leihen wollen, ›weil das nicht natürlich ist‹, spendieren meiner Schwester eine Reise in einen Gulag, damit sie sich dort die Nase zertrümmern lässt. So einen Scheiß könnte ich mir nicht ausdenken.«

»Das ist echt lachhaft. Was stimmt denn nicht mit ihrer Nase?«

Nina schnitt eine Grimasse. »Na, toll ist sie wirklich nicht.

Eher wie eine Mischung aus Michael Jacksons ›Danach‹-Nase und Donatella Versaces ›Davor‹-Nase. Aber das gehört nicht zur Sache.« Nina seufzte und trank einen Schluck Bier. »Jedenfalls würde ich Jill niemals darum bitten. Sie würde einen Weg finden, sich komplett in den Vordergrund zu spielen. Ich könnte nicht einmal darauf vertrauen, dass sie uns das Baby am Ende auch überlässt, verstehst du? Ich wette, sie würde beschließen, dass es richtig cool ist, eins zu haben, weil Victoria Beckham so viele hat, es in Baby Dior einpacken und damit türmen. Darüber hinaus würde sie ihm vermutlich einen lachhaften Namen geben, wie Indigo oder Rain. Und ihn R-A-Y-N-E buchstabieren. Vielleicht noch einen Vokal oder so was hinzufügen, nur zum Jux.«

Ich nickte, doch ich konnte mich nicht auf sie konzentrieren und hörte ihr nur mit halbem Ohr zu. In Wahrheit wägte ich die verschiedenen Alternativen ab, um Nina zu sagen, dass ich es nicht tun konnte.

»Tut mir leid, Nina, aber ich bin derzeit beruflich stark eingespannt, und ein Baby für jemand anderen zu bekommen passt da nicht so gut in meinen Terminplan.«

»Tut mir leid, Nina, aber ich habe gerade eine Saftkur hinter mir und passe endlich in meine J Brands, und das würde ich nicht gern wieder kaputtmachen, du verstehst?«

»Tut mir leid, Nina, aber ich liebe Wein einfach zu sehr, als dass ich mir vorstellen könnte, neun Monate lang die Finger davon zu lassen. Dasselbe gilt für Brie.«

»Tut mir leid, Nina, aber was, wenn Jase zu dem Schluss gelangt, dass er mich nicht mehr liebt, weil ich fett und unappetitlich bin und das Leben nun mal kein Nora-Ephron-Film ist?«

Während ich alle diese Argumente in meinem Kopf durchging, wurde mir klar, dass keins gut genug war. Keins davon rechtfertigte auch nur ansatzweise, dass ich zu meiner besten Freundin sagte: »Nein, ich werde kein Baby für dich austragen.

Nimm es mir nicht übel. Also, Schnitzel oder Steak?« Wie wäre es mit:

»Nina, ich will meinen Unterleib nicht einmal für mein eigenes Kind benutzen – es käme mir irgendwie komisch vor, ihn deinem zur Verfügung zu stellen.«

Es käme mir komisch vor? Das war das Beste, was mir einfiel? Komisch?

Ich schaute Nina an, die ihr Bier trank und das Mittagsmenü studierte. Sie würde mich nicht weiter bedrängen, das war mir klar. Sie hatte die Karten auf den Tisch gelegt und überließ mir die Entscheidung. Ich wusste, dass egal, wie sie ausfiel, sie mich weiterhin lieben und meine Freundin sein würde. Selbst wenn ich Nein sagte, würde sie Verständnis haben. Auch wenn das bedeutete, dass sie niemals ein Kind haben konnte.

»Nina?«

»Hast du den Parma hier schon mal probiert? Ist viel Sauce dabei? Das mag ich nämlich nicht.«

»Nina, ich werde es tun.« Ich lächelte, in dem Bemühen, dem Satz eine besondere Betonung zu verleihen. Es war ein bedeutungsvoller, er hatte einen Tusch verdient.

»Was?« Nina griff zu ihrem Bier und ließ die letzten schaumigen Tropfen im Glas kreisen, bevor sie den Blick hob.

»Ich werde es tun. Ich bekomme ein Baby für dich.«

Sie hielt inne, war für einen Moment wie schockgefroren, ihre Lippen zu einem kreisrunden O geformt. Dann sprang sie auf, ließ ihr fast leeres Glas fallen und schlug die Hände vor den Mund. So stand sie da, mit geweiteten Augen und einem Meer aus Glasscherben rings um ihre fabelhaften Motorradstiefel. Der Barkeeper rief: »Taxi!«

»Nina?«

Ihre Lippen bewegten sich, aber sie sagte nichts.

»Nina? Ist alles in Ordnung?«

Sie nickte. »Ja«, hauchte sie schließlich.

»Es ist mir ernst. Ich werde es tun.«

»Okay.« Sie schaute zu Boden. Als sie wieder aufsah, war ihr Lächeln so breit und strahlend, dass ich das Gefühl hatte, sie zum ersten Mal zu sehen.

4

Woche 2

TAG 3

Das wirklich Tolle daran, Chefin zu sein, war, dass jeder dachte, man sei allzeit beschäftigt. Zu beschäftigt, um zu reden oder gestört zu werden oder E-Mails zu beantworten. Es war vermutlich das Beste an der ganzen Sache, vor allem vor dem Hintergrund, dass ich mich nicht an meinem Parkplatz erfreuen konnte. Daher überraschte es mich, ein zaghaftes Klopfen an meiner Tür zu hören, nachdem ich von einem Mittagessen mit einem Anzeigeninteressenten zurückgekehrt war. (Gesprächsauszug: »Besteht die Möglichkeit, dass wir unser neues, im Dunkeln leuchtendes Sexspielzeug in Ihrem Magazin unterbringen? Natürlich auf eine sehr subtile und homogene Weise. Zum Beispiel indem wir ein ganzseitiges Foto des Produkts zeigen. Nun, die Sache ist die … wir haben nicht viel Geld …«

Ich blätterte gerade durch eine unserer Konkurrenzzeitschriften, *Glam*, und blieb bei einem Foto der nymphenhaften Claire Danes hängen. Ob ich wohl so dünn wie sie sein würde, nachdem ich Ninas Baby geboren hatte?

Jawohl, das dachte ich.

Nicht: *Oh Scheiße, ich habe zugestimmt, für ein anderes Paar ein Kind zur Welt zu bringen.*

Nicht: *Wie zur Hölle soll das alles funktionieren?*

Nicht: *Brauche ich einen Anwalt oder geben wir uns einfach unser Indianerehrenwort?*

Nicht: *Wie wird es sein, wenn neun Monate lang ein menschliches Wesen in mir heranwächst und ich es anschließend für immer hergeben muss?*

Nicht: *Mist, ich habe Jase noch immer nichts davon erzählt. Mist, Mist, Mist. Wie soll ich ihm das beibringen?*

Nein, was mir wirklich durch den Kopf ging, war: *Werde ich in der Lage sein, ein hautenges Kleid zu tragen, für den unwahrscheinlichen Fall, dass man mich eines Tages zur Emmy-Verleihung einlädt und ich Seite an Seite mit Claire Danes fotografiert werde?* Man konnte durchaus sagen, dass ich derzeit eine Meisterin im Verdrängen war.

Ich löste den Blick von der wunderschönen, grazilen, rehäugigen Claire und stellte fest, dass Fran in der Tür stand.

»Was gibt es?«

»Entschuldige, Georgie, aber Ms Downing ist hier und möchte dich sehen.«

Scheiße! Das Meeting mit Meg. Sie erwartete irgendeine Auskunft von mir … nur welche? Scheiße im Quadrat. Ich zermarterte mir das Hirn, was Meg in ihrer E-Mail letzte Woche von mir gewollt hatte. Dann malte ich mir aus, wie ich zu ihr sagte: *»Sorry, Meg, ich hatte nicht die Zeit, X, Y und Z für Sie zu beschaffen, weil ich zugestimmt habe, für meine beste Freundin als Leihmutter zu fungieren, und das war in den letzten sieben Tagen das Einzige, woran ich denken konnte.«* Doch das sollte ich tunlichst unterlassen – Meg würde mich nur bitten, einen Artikel darüber zu schreiben.

»Ach ja. Danke, Fran. Schick sie rein.«

Meg, einst selbst Chefredakteurin von *Jolie* und noch immer so geschliffen und klug wie vor zehn Jahren, als sie auf meinem Stuhl gesessen hatte, trat ein und verströmte dabei das Selbstbewusstsein einer geschiedenen Französin, die in einem Café an der Seine sitzt und eine Zigarette raucht. Ich hatte meine Karriere bei *Jolie* als Megs persönliche Assistentin begonnen. Sie hatte etwas in mir gesehen, das mir entgangen war, und seitdem wollte ich sein wie sie. Megs sicheres Auftreten wirkte unangestrengt – sie gehörte zu den Menschen, denen diese angeborene Aura von »Ihr könnt mich alle, ich bin großartig« anhaftete. Folglich fühlte man sich als ihre Mitarbeiterin leicht ein wenig eingeschüchtert.

»George! Darling! Wie geht es Ihnen? Sie wirken ein wenig … wie soll ich das sagen? Lädiert? Zerknautscht? Nicht ganz taufrisch?«

»Ich habe meine Jo-Malone-Kerze sozusagen an beiden Enden angezündet, Sie wissen schon.«

»Gut! Das höre ich gern«, sagte sie mit ihrem forschen Primrose-Hill-via-Double-Bay-Akzent. »Dann haben Sie meine E-Mail zu unserer Website bekommen? Ich hatte eine Besprechung mit dem Entwicklungsteam – ich verstehe zwar nicht einmal die Hälfte von dem, was sie sagen, aber wer tut das schon? –, und sie scheinen davon auszugehen, dass die iPad-Ausgabe ein voller Erfolg werden könnte, wenn es uns gelingt, sie zu etwas Besonderem zu machen. Sie soll irgendetwas bei unserer Zielgruppe bewirken. Sie anpassen? Nein … optimieren, glaube ich. Sie wissen, was ich meine.«

Eigentlich wusste ich das nicht. Ich hatte mein halbes Erwachsenenleben für die Printmedien gearbeitet. Zuerst als Praktikantin bei einer Lokalzeitung, wo meine Lieblingsaufgabe darin bestand, mich an den Gerichten zu tummeln, um festzustellen, was meine ehemaligen Highschool-Kollegen auf dem Kerbholz hatten, wahlweise wovon sie abhängig waren.

Danach war ich bei einem Verlagshaus gelandet, wo ich einige eklatant schlechte persönliche Entscheidungen traf, die mir (in recht unfairer Weise) den Ruf des »Büro-Flittchens« eintrugen, gefolgt von Jobs bei verschiedenen Magazinen. Ich hatte sowohl für große Mainstream-Zeitschriften wie *Jolie* gearbeitet, als auch für kleinere, unabhängigere Journale, für Einrichtungsmagazine und Jugendzeitschriften und für einen kurzen, desaströsen Zeitraum war ich die Quotenfrau bei einem Männermagazin gewesen (Zitatbeispiel: »Haben wir die Vagina ausreichend retuschiert?«). Als ich schließlich zu *Jolie* zurückkehrte, wo meine Zeitschriftenlaufbahn begonnen hatte, waren mir die Printmedien so vertraut wie meine Lieblingsjeans. Ich kannte mich mit Begriffen wie Auflagen, Leserschaft, Werbeschaltung, Ausklappseiten und Paginierung aus. Man darf mich gern altmodisch nennen, aber ich liebte Magazine noch immer. Ich liebte es, sie an Zeitschriftenständen zu sehen, in all ihrer vielversprechenden, glänzenden Herrlichkeit. Ich liebte es, sie zu kaufen und die erste Seite aufzuschlagen, um festzustellen, welcher Anzeigenkunde sich die ausklappbare zweite Umschlagseite geleistet hatte (in erster Linie um Montagmorgen dort anzurufen und sie zu überzeugen, ihre Werbung stattdessen bei uns zu schalten).

Es gefiel mir herauszufinden, was andere künstlerische Leiter taten, wie andere Autoren mit Worten umgingen, wie andere Moderedakteure die Kollektionen in Szene setzten. Und ich war gut darin. Ich wusste, welche Geschichten funktionierten und welche fallen gelassen werden mussten, wie man eine Titelzeile verfasste und woran man erkannte, dass ein Cover-Model kommenden Monat gefragt sein würde. Doch von dem Online-Kram verstand ich nicht allzu viel und war auch nicht sonderlich interessiert daran, es zu lernen. Das lag mir einfach nicht.

Versteht mich nicht falsch – ich liebe das Internet – wie sonst könnte ich shoppen oder Leute ausspionieren –, aber ich begriff es nicht. Überhaupt nicht. Sicher, es gehörte mit zu meinem Aufgabenbereich, die Website zu managen, aber ich nahm an, dass das keine große Herausforderung sein würde. Ich hatte mir vor vielen Jahren meinen Weg in die schreibende Zunft praktisch erschlichen – wie schwer konnte es da sein, unsere Artikel zu kopieren und in die Blogseite, oder wie immer das hieß, einzufügen?

Darum nickte ich, obwohl ich keinen Schimmer hatte, wovon Meg oder dieses Entwicklungsteam laberten.

»Also, wie viele iPad-Abonnenten haben wir derzeit?«, erkundigte sie sich.

»Ähm … eine Sekunde. Die Info ist hier irgendwo.« Ich scrollte durch meinen Posteingangsordner, bis ich die E-Mail von Fran fand. »Ah, hier – es sind zwölfhundert. Hm, nicht übel.«

»Und wie viele bei der gedruckten Ausgabe?«

»Zwanzigtausendfünfhundertneunundvierzig«, antwortete ich wie aus der Pistole geschossen.

»Die alle zusätzlich Zugang zu der digitalen Ausgabe bekommen werden, womit die Anzahl der digitalen Abonnenten bei etwa … fünfundzwanzigtausend liegen dürfte.« Meg lächelte verschmitzt. »Doch was wir jetzt unbedingt tun müssen«, fuhr sie fort, »ist, Profit aus diesem Leserkreis zu schlagen. Wir brauchen Kunden, die allein mit dem iPad zufrieden sind. Wenn die Leute das Magazin herunterladen, müssen sie etwas Besonderes bekommen.«

Mir sträubten sich die Nackenhaare. »Aber sie bekommen etwas Besonderes. Sie bekommen *Jolie*.«

Meg schüttelte den Kopf. »Nein, George. Die Leser verlangen heutzutage mehr als das. Sie wollen interaktive Cover. Sie möchten in der Lage sein, auf ein T-Shirt zu klicken, das irgendein Modell trägt, um es auf der Stelle zu kaufen. Sie wollen mehr Inhalt – zum Beispiel Videos und Slideshows.«

Ich verdrehte die Augen. Erwarteten unsere Leserinnen

wirklich all das von *Jolie?* Konnten sie das nicht bei Facebook oder so bekommen? Wieso konnten sie sich nicht damit zufriedengeben, unsere wundervoll geschriebenen, fundiert recherchierten Artikel zu lesen? Mit den zahllosen Arbeitsstunden, die unser Modeteam in die Seiten steckte? Jeder konnte Chanel gut aussehen lassen, aber unsere Leserinnen wollten hippe, tragbare Marken, und die lieferten wir. Und es war nicht so einfach, wie es den Anschein hatte, die Billigkopie eines Marc-Jacobs-Kleids nach einer Million Dollar aussehen zu lassen oder auch nur nach den hundertvierzig, für die es die Läden in den Einkaufsmeilen verkauften.

»Okay … wer wird das alles übernehmen? Mein Team hat nicht die Zeit, interaktive Cover oder Videos zu erstellen, Meg.«

Sie tat das mit einem Achselzucken ab. »Sie werden die Zeit finden müssen. Es geht nicht mehr nur um Print.« Meg sah mich an, als wüsste ich das. Ich wusste es nicht. Zumindest wollte ich es nicht wissen. Sie sprach weiter. »Betrachten Sie es einmal von dieser Warte: Wir sitzen direkt an dieser fantastischen Quelle. Es ist eine Chance, neue Leserinnen zu gewinnen und die bereits vorhandenen noch besser zu unterhalten. Wir müssen an einem Strang ziehen, um diese digitale Strategie umzusetzen. Darin liegt die Zukunft.«

Ich kniff die Brauen zusammen und schwieg.

»Nicht doch, George. Ich kenne diesen Blick. Wir haben schon früher über das Thema gesprochen. Wir müssen uns die digitalen Perspektiven zunutze machen, daran führt kein Weg vorbei. Es wird mehr Arbeit bedeuten, aber ich weiß, Sie schaffen das.«

Mehr Arbeit? Wie sollte ich mein jetzt schon überbeanspruchtes und zu dünn besetztes Team bitten, noch mehr zu leisten?

»Entschuldige, Katie, ich weiß, du brauchst über eine Woche, um unser Printcover zu designen, aber könntest du zwei weitere Auf-

träge für unsere iPad-Ausgabe reinquetschen? Es sollte nicht viel Zeit in Anspruch nehmen.«

»He, Lucy, während du dieses Interview führst, in das du Wochen investiert hast, um eine Zusage zu bekommen und das nicht länger als sieben Minuten dauern darf, weil die Presseagentin ein Biest ist, könntest du zehn weitere Fragen für den zusätzlichen Inhalt in unserer iPad-Ausgabe stellen? Lieb von dir.«

»Fran, du wirst ›Videofilmerin‹ zu deiner Funktionsbeschreibung hinzufügen müssen, denn du musst ab jetzt Videos drehen über … ich weiß selbst nicht so genau, worüber … für unsere iPad-Ausgabe, die aus irgendeinem unerfindlichen Grund plötzlich viel wichtiger ist als die Printausgabe. Danke.«

»Meg, ich kann mein Team nicht bitten, noch mehr zu arbeiten. Es ist schon jetzt hart an der Grenze. Aber ich sehe auch noch immer nicht das Problem. Wir erzielen hohe Werbeeinnahmen, haben sogar ein paar neue Kunden gewonnen, und wir verleihen den Woman-of-the-Year-Award. Es geht uns besser als jemals zuvor.« Diese Preisverleihung war unser Aushängeschild, mit dem wir die einflussreichsten Frauen des Landes ehrten. Es war gleichzeitig eine höchst rentable PR-Nummer, für die wir in der Regel einen Tampon-Hersteller baten, uns Hunderttausende Dollar zur Verfügung zu stellen, um eine Party zu schmeißen, dank der wir in den Sonntagszeitungen Erwähnung finden würden.

»Das ist alles irrelevant, George. Jedes andere Magazin dieses Verlagshauses verfügt über eine anständige digitale Strategie – nur wir nicht. Sie sollten mal sehen, was *Duke* so macht – unglaublich. Die Anzahl der Instagram Follower schnellt geradezu in die Höhe. Hier geht es einzig und allein um eine clevere Geschäftsidee.«

Plötzlich sah ich mich ein Jahr später, mittellos (und möglicherweise schwanger), weil ich nicht dahinterstieg, was ein Hashtag war, und deshalb *Jolie*, mein geliebtes, kluges, brillantes Magazin, nicht davor bewahren konnte, nur noch auf Instagram zu erscheinen.

Darum beschloss ich, mich für den Moment Megs Meinung anzuschließen.

»Okay, ich denke, das ergibt Sinn. Ich möchte nur nicht, dass die Zeitschrift der iPad-Version zuliebe abgeschlachtet wird. Die Menschen wollen noch immer Magazine, Meg, und nicht nur Twitter und irgendwelche Blogs.«

Sie lächelte ironisch. »Doch, Darling, das ist genau das, was sie wollen. Wir müssen nur einen Weg finden, Kapital daraus zu schlagen.«

»Meg!« Vor Schock entgleisten mir die Gesichtszüge, und meine Schultern sackten nach unten. Wie konnte sie so etwas sagen? Sie liebte Magazine. Sie war mit der Grund, warum *ich* sie so sehr liebte. Sie lagen ihr im Blut, waren in ihrer DNA verankert.

»George, ich wünschte, es wäre nicht so.« Sie schüttelte langsam den Kopf. »Sie wissen, wie sehr mein Herz an *Jolie* hängt. Aber Dinge ändern sich nun mal. Sie sind clever genug, das zu erkennen. Lassen Sie uns die Konkurrenz mit ihren eigenen Waffen schlagen.«

»Wir schlagen sie schon mit ihren eigenen Waffen! *Jolie* ist die beste Frauenzeitschrift auf dem Markt. Die anderen spielen nicht einmal in unserer Liga. Was ist mit dem Preis, den Lucy letztes Jahr für ihre Geschichte über verpfuschte Schönheitsoperationen gewann? Was mit dem Titel, der für eine Maggie nominiert wurde? Falls es hier um gute PR geht – die haben wir längst. Erinnern Sie sich an das Cover mit dem Plus-Size-Model? Die Medien waren verrückt danach. Oder an unsere Kampagne gegen häusliche Gewalt?« Wie konnte Meg das alles so ohne Weiteres aus ihrem Gedächtnis streichen? *Jolie* hatte die Nase noch immer weit vorn. Und zwar die Nase eines Supermodels.

Meg lächelte sanft und nickte verständnisvoll. »Ich weiß das alles. Sie leisten hervorragende Arbeit, Schätzchen. Ich bin stolz auf Sie. Genau wie die anderen in der oberen Etage. Betrachten Sie es einfach als die nächste Stufe. Als eine weitere Chance, die Konkurrenz auszuschalten.«

Ich nickte, doch insgeheim sträubte ich mich.

»Das wird schon«, ermunterte sie mich. »Es geht im Endeffekt nur darum, die Dinge zu optimieren, verstehen Sie? Uns anzupassen, wie wir es immer getan haben. Die Schlipsträger arbeiten bereits an ein paar Ideen.«

Na toll, dachte ich. Das hatte mir gerade noch gefehlt. Finanzheinis, die mir vorschrieben, was ich zu tun hatte, obwohl sie nicht die Bohne von dem Magazin oder unseren Leserinnen verstanden. Das letzte Mal, als so etwas passiert war, hatte man einen Buchhalter damit betraut, *Jolie* aufzupolieren. Er hatte das Wort »knorke« auf der Titelseite verwenden wollen.

Was ich wirklich fragen wollte – jedoch nicht über mich brachte –, war, ob das Schiff im Untergehen begriffen war. Meg sagte das nicht, aber ich hatte in den vergangenen zehn Jahren genügend Zeitschriften sterben sehen, um zu wissen, dass eine Veränderung oft das Ende einläutete. Ich meine, wieso sollte man an einem Gewinner herumdoktern? Ich war der Kapitän, und natürlich würde ich mit versinken müssen – aber es wäre nett, wenn der Kapitän informiert würde, bevor das Schiff den sprichwörtlichen Eisberg rammte. Das könnte ihm nämlich dabei helfen, den Kurs noch zu ändern.

Meg konnte die Panik in meinen Augen sehen.

»George, machen Sie sich nicht zu viele Gedanken. Wir bekommen das hin. Es ist nur eine Veränderung. Keine große Sache. Ich weiß, Sie können das schaffen.«

Nachdem Meg gegangen war, betrachtete ich die Wand hinter mir, die mit alten *Jolie*-Titeln plakatiert war. Die allerersten – aus den Staaten – belegten den Ehrenplatz in der Mitte. Diese

Cover repräsentierten Geschichte. Sie zeigten die letzten vierzig Jahre der Frauenbewegung, der Mode … einfach alles. Da waren die Supermodels. Hungerhaken, glamouröse Brasilianerinnen, fremdartig aussehende osteuropäische Lolitas. Die Schlagzeilen über HIV und die Pille und gleicher Lohn für alle und eine besonders abstruse, die ich zu ignorieren beschloss. Sie schlug vor, man solle seinen Boss zu einer »Unterhosenparty« einladen. Traumhafte Locations bildeten den Hintergrund für diese Sammlung. Einige dieser Aufnahmen waren von den besten Fotografen der Welt gemacht worden. Von denen, die so bekannt waren, dass allein ihr Vorname genügte. Und rechts oben in der Ecke war die Ausgabe von *Jolie*, in der zum ersten Mal mein Name im Impressum auftauchte – ganz weit unten, praktisch nach allen anderen. Dort hatte alles für mich begonnen. Es war der Ort, wo ich mich am meisten zu Hause fühlte, wo ich genau wusste, was ich tat. Wenigstens hatte ich das geglaubt. Ich dachte an all die Artikel und Schlagzeilen und Titelzeilen, die ich verfasst oder zu verfassen geholfen hatte, an all die Cover, die ich ausgewählt hatte und an den Kick, den es mir gab, die Arbeit meines Teams an den Zeitungsständen zu sehen, dieses Gefühl von Stolz, der sich wie Umarmung und Abklatschen gleichzeitig anfühlte.

Es musste doch jedem klar sein, dass eine Website das nicht vollbringen konnte.

5

Woche 4

TAG 2

Es schien, als hätte mein Gehirn meinem Körper bereits das Signal gegeben, verrückt zu spielen, denn an diesem Morgen hatte der Pickel, auf den Graubart mich so genüsslich angesprochen hatte, eine Art Zuchtprogramm gestartet. Jetzt waren es Pickel im Plural, und sie hatten nicht nur die Farbe einer Coladose, sondern auch den festen Willen, mein ganzes Gesicht zu besiedeln.

Als ich mich später mit Nina zum Mittagessen traf, war das Erste, was sie fragte: »Hast du aufgehört, Proactiv zu nehmen?« Großer Gott. Hatten Graubart und Nina eine geheime Koalition geschmiedet? Dann setzte sie hinzu: »Hast du es Jase schon gesagt?«

Ich schüttelte den Kopf. »Ich weiß selbst nicht, warum.« Ich spießte ein Stück Kohl aus meinem Salat auf die Gabel, dabei wunderte ich mich, wieso ich Kohl aß und nicht einen in Senf ersoffenen Hotdog, auf den ich wirklich und wahrhaftig Lust hatte. *Weil du eine zivilisierte Erwachsene bist, die in der Öffentlichkeit speist, George. Und nicht ein bekiffter, siebzehnjähriger Teenager.*

Es war gelogen.

Nicht das mit dem Hotdog, sondern das mit Jase. Ich wusste genau, warum ich es ihm nicht erzählt hatte. Denn würde ich das tun, müssten wir über Babys sprechen, und das wollte ich nicht.

Zumindest wollte ich es so lange wie möglich hinauszögern. Ich wusste, wie *meine* Antwort auf die Baby-Frage lautete – aber tatsächlich hatte ich keine Ahnung, wie die von Jase ausfallen würde. Und ich wollte nicht die Böse sein, die ihm den Nachwuchs verwehrte, den er sich möglicherweise wünschte.

»George, hast du es dir doch noch mal anders überlegt? Sagst du es Jase nicht, weil du insgeheim einen Rückzieher machen willst?«

Wieder schüttelte ich den Kopf, vehementer diesmal. »Nein, Nina, natürlich nicht! Mein Entschluss steht fest, und daran wird sich nichts ändern. Wir ziehen das gemeinsam durch, mach dir keine Sorgen.«

»Okay«, nuschelte sie, den Mund voller Salat. »In dem Fall sollten wir das amtliche Verfahren einleiten. Wir müssen beide einen Anwalt aufsuchen, und natürlich stehen die Beratungsgespräche an – nur um sicherzugehen, dass es keine unterschiedlichen Auffassungen gibt, du verstehst?«

Ich nickte. »Ja, klar.«

»Mach dir keinen Kopf, es ist eine reine Formsache. Ich weiß, dass du das Baby abgeben wirst.«

Ich lachte. »Da kannst du unbesorgt sein. Ich werde es definitiv nicht behalten.« Ich machte mich wieder über meinen Salat her. »Für gesundes Essen ist das hier ziemlich lecker.« Nicht so lecker wie ein Hotdog, aber das wäre wohl auch zu viel verlangt.

Nina rümpfte die Nase. »Er ist nicht gut angemacht. Ich sollte etwas sagen.«

»Bitte nicht.« Ich schob Salz und Pfeffer auf ihre Tischseite. Ninas gastronomische Pingeligkeit war legendär und musste unter allen Umständen im Zaum gehalten werden. Einmal hatte sie versucht, eine Tüte Chips zum Hersteller zurückzuschicken, weil sie sie »ein wenig pikant« fand.

Schicksalsergeben nahm sie das Salztöpfchen und sprenkelte die kleinen rosa Flocken über ihren Salat. »Du musst es ihm sagen, George.«

»Mhm. Ich weiß.«

»Oder du musst es beenden«, ergänzte sie und zog eine Braue in die Höhe.

»Was?«

»George, ich habe dich durchschaut. Du hast das bisher in jeder deiner Beziehungen so gehalten. Du meidest die wichtigen, konfliktbehafteten Themen, weil du dich nicht ganz auf jemanden einlassen willst, solange er nicht jedes noch so merkwürdige Kriterium erfüllt, das der ›perfekte Mann‹ für dich aufweisen muss.«

»Das stimmt nicht.« In Wahrheit hatte sie den Nagel auf den Kopf getroffen.

»George, wie lange sind wir schon beste Freundinnen? Zwanzig Jahre? Einundzwanzig? Ich kenne dich besser als jeder andere, vielleicht mit Ausnahme von Ellie.«

Ich lachte. »Jedenfalls besser als die Mutter Oberin.«

»Das definitiv. Jedenfalls will ich darauf hinaus, dass das eine Angewohnheit von dir ist. Und zwar keine gesunde. Ich meine das nicht auf eine passiv-aggressive Art nach dem Motto: ›Du musst einen Mann finden und dich häuslich niederlassen‹. Ich sage das, weil es die Wahrheit ist. Es gibt keinen perfekten Mann. Du wirst lernen müssen, dich mit neunzig oder fünfundneunzig oder auch nur fünfundachtzig Prozent von dem zu arrangieren, was du dir erhoffst, denn das ist das reale Leben.«

Ich sagte nichts, sondern konzentrierte mich darauf, die winzigen, kreisrunden Quinoas eins nach dem anderen aufzuspießen.

Nina ließ sich davon nicht beirren. »Jason ist ein guter Mann. Und nach dem vielen Fahrradtraining ist er inzwischen ein guter, sexy Mann. Er ist klug, er ist nett. Er trennt Müll. Deines Wissens war er nie im Gefängnis, er hat weder eine Scheidung noch eine Pleite hinter sich. Das ist eine beachtliche Leistung. Du würdest staunen, wie viele Kerle an diesen Kriterien scheitern. Besonders in unserer Altersklasse.«

Ich schnaubte verächtlich. »In unserer Altersklasse? Wir sind Anfang Dreißig. Ich finde nicht, dass wir schon jetzt solche Sätze von uns geben müssen.«

»Du bist fünfunddreißig.«

»Vierunddreißig!«

Nina grinste. »Fast fünfunddreißig.«

»Und wenn schon, damit gehöre ich noch längst nicht zum alten Eisen. Mir bleibt noch jede Menge Zeit, um jemanden zu finden, den ich liebe.«

Nina quittierte das mit einem halben Augenrollen. »Das steht außer Frage. Ich habe nicht das Gegenteil behauptet. Was ich sagen will ist, dass du einen guten Partner hast – streich das –, du hast einen fantastischen Partner. Willst du ihn wirklich verlieren? Was ist schon dabei, wenn er Mumfort and Sons und Vampire Weekend hört? Du bist auch nicht perfekt.«

Natürlich war ich nicht perfekt, trotzdem war ich mir nicht sicher, ob ich den Rest meines Lebens die rührseligen Klänge von Indie-Band-Musikern ertragen könnte, die darüber jammerten, wie hart es war, ein weißer Mann aus der Mittelschicht zu sein.

Und ja, Jase war ein guter Kerl. Daran bestand kein Zweifel. Aber war er der einzig Wahre? Mein Bauchgefühl sagte mir, dass, wenn ich mir diese Frage stellen musste, die Antwort in Richtung eines dicken, fetten Neins tendierte.

»Tatsächlich ist dies der perfekte Zeitpunkt, um mit Jason über das Thema zu sprechen. Er muss erfahren, dass du keine

Kinder haben möchtest, George. Es reicht nicht, ihm gegenüber die Augen zu verdrehen oder über Ellie und Lucas zu lästern. Du musst es laut aussprechen, von Angesicht zu Angesicht. Es ist nicht fair, einfach so weiterzumachen und so zu tun, als wüsstest du seine Antwort. Das bist du ihm schuldig.«

Zögerlich nickte ich. Nina hatte recht. Gott, sie würde eine fantastische Mutter abgeben.

In Wahrheit hatte sich die ideale Gelegenheit vor ein paar Tagen geboten, aber ich hatte sie ignoriert wie ein leeres Bankkonto, in der Hoffnung, dass es einfach vorüberging. In der seichten Frühstücksfernsehsendung, die im Hintergrund lief, während Jase und ich uns zur Arbeit fertig machten, war ein Beitrag über Leihmutterschaft gekommen. Zwischen Deoroller und Parfüm hatte ich vernommen: »Leihmutterschaft erfreut sich zunehmender Beliebtheit in Australien.«

»Hey, Babe, sieh dir das an. Es geht um Leihmütter.«

Für eine Sekunde geriet ich in Panik, während ich mich hektisch fragte, woher Jase von Nina und mir wissen konnte, bevor ich begriff, dass er vermutlich nur eine Idee für *Jolie* vorschlug. Jase war in dieser Hinsicht einfach großartig, ständig mailte er mir Links zu Geschichten, von denen er dachte, dass sie sich für das Magazin eignen könnten.

»Ach ja?«, rief ich aus dem Bad und bemühte mich um einen möglichst beiläufigen, desinteressierten Tonfall. Ins Wohnzimmer zu gehen würde bedeuten, eine Unterhaltung über Leihmutterschaft führen zu müssen, und wenn ich es Jase dann endlich (bald, ganz bald) erzählte, würde er mich bezichtigen, ihn angelogen zu haben. Was natürlich exakt der Wahrheit entsprach.

»Ja. Offenbar gab es eine Steigerung um sechzehn Prozent seit ...« Er verstummte und wartete auf weitere Informationen. »Seit 2000.«

»Das heißt nicht viel.« Ich gab vor, weit mehr über Statistiken zu wissen, als es der Fall war, und konnte nur hoffen, dass er meinen Schwindel nicht enttarnte, während ich noch überlegte, welchen Lippenstift ich auftragen sollte. Meine innere Stimme schrie mir zu: *Leg den Lippenstift weg. Stell dich dem Problem. Du bist erwachsen. Es besteht die reelle Möglichkeit, dass du in nicht allzu ferner Zukunft einem Menschen das Leben schenken wirst. Du solltest dir momentan weniger Gedanken über die minimalen Unterschiede zwischen* Champagne Showers *und* Everything but the Kitchen Pink *machen.* Trotzdem beschäftigte ich mich weiterhin mit der Wahl der Lippenstifte, als wäre das mein größtes Dilemma und nicht etwa die Frage, ob ich meinem Freund von der schwerwiegendsten Entscheidung erzählen sollte, die ich je getroffen hatte.

»Es gibt etwa zwei oder drei Leihmutterschaften pro Jahr in Australien«, fabulierte ich. »Wenn diese Quote in fünfzehn Jahren um sechzehn Prozent steigt, ist das nicht gerade beachtlich.«

»Echt nicht?«, fragte Jase und tauchte in der Badezimmertür auf. »Sie hatten eine Frau zu Gast, die ein Baby für ihre Schwester bekommen hat. Man sollte meinen, dass Jill das auch für Nina tun würde, findest du nicht? Jedenfalls dachte ich, es könnte eine gute Story für das Magazin sein.«

Ich hielt mitten im Auftragen von *Champagne Showers* inne und starrte mich mit aufgesperrtem Mund im Spiegel an, während Jase seine rituelle Morgenwaschung fortsetzte, ohne sich der Ironie seiner Worte bewusst zu sein.

Wird deine Nase schon länger, George? Weil du nämlich eine schreckliche, infame Lügnerin bist.

»Oh, äh, ja«, war das Einzige, was ich herausbrachte.

Dann küsste Jase mich zum Abschied, bevor er sein Rad aus dem Apartment schob (er konnte sich nicht überwinden, es im Keller abzustellen). Es war vorbei. Ich stieß einen erleichterten Seufzer aus, wohl wissend, dass ich der Sache nicht ewig aus dem Weg gehen konnte.

»Und wenn er wirklich Kinder will? Was dann?«, fragte ich Nina, während ich versuchte, die Erinnerung an meine Unehrlichkeit gegenüber Jase zu verdrängen.

Sie zuckte die Schultern. »Damit kannst du dich auseinandersetzen, wenn es so weit ist. Sollte er tatsächlich Kinder wollen, ist er nicht der Richtige für dich, oder? Damit hat sich der Fall.«

Das war genau das, wovor ich Angst hatte. Danke, Nina.

»Okay, wir haben jetzt lange genug über mich gesprochen. Wie geht es dir?«

»Ganz hervorragend.« Sie lächelte auf eine Weise, wie ich es schon seit langer Zeit nicht mehr an ihr gesehen hatte. Es war das Lächeln eines Oscar-Gewinners, kurz nachdem sein Name gefallen war. »Den Ärzten zufolge soll ich so etwas nicht zu dir sagen, weil es dich zu sehr unter Druck setzen könnte und du ja auch immer noch jederzeit deine Meinung ändern könntest, nachdem bisher noch nichts eingeleitet wurde, aber … ich bin unfassbar glücklich darüber, dass du dich dazu bereit erklärt hast. Es kommt mir vor, als wäre ich eine Ewigkeit lang auf der Stelle getreten und könnte mich nun endlich weiterbewegen. Ich weiß, das klingt furchtbar kitschig, aber ich meine es wirklich so. Es ist schwer zu erklären, wie es sich anfühlt … irgendwie so, als würde sich nun endlich alles zum Guten wenden. Ehrlich, George, du ahnst nicht, wie glücklich du Matt und mich damit machst. Ich danke dir von ganzem Herzen.«

Tatsächlich hatte Matt mich an dem Abend, nachdem ich zugestimmt hatte, meinen Unterleib zu verleihen, angerufen und mir unter Tränen gedankt. »George, du kannst dir nicht vorstellen, wie viel uns das bedeutet. Es ist das größte Geschenk überhaupt.« Daraufhin hatte ich geweint, dann wieder er. Auf einmal war Jase hereingekommen, und ich hatte mir eine Lüge aus dem Ärmel schütteln müssen, der zufolge *Jolie* zehntausend Exemplare zu wenig verkauft hatte.

»Ist schon gut.« Ich wusste noch immer nicht, wie ich mit Ninas fortwährenden Dankesbekundungen umgehen sollte. »Gern geschehen« zu sagen, kam mir prätentiös und arrogant vor – als würde ich ihr damit unter die Nase reiben, dass sie nicht selbst schwanger werden konnte.

»Wir haben bisher noch niemandem davon erzählt, um keine zu großen Hoffnungen zu schüren. Wir möchten warten, bis wir sicher wissen, dass du schwanger bist, bevor wir etwas darüber verlauten lassen. Ist das in Ordnung für dich?«

Ich nickte. »Ja, sicher. Ich habe auch niemandem etwas gesagt«, erklärte ich mit einem gezwungenen Lachen.

»Nicht einmal deiner Mutter?«

Ich schüttelte den Kopf. Das war mir gar nicht in den Sinn gekommen, weil sich das Ganze bisher nur zwischen Nina, Matt und mir abgespielt hatte. Plötzlich wurde mir bewusst, dass ich den Leuten Bescheid sagen musste. Und zwar nicht nur ein paar, sondern allen. Es war nicht länger nur ein Abkommen zwischen Freundinnen nach zu viel Weißwein und einer Reihe von Gesprächen mit Nina und Matt. Es würde reale Formen annehmen. Mein Körper würde es praktisch herausschreien. Ab einem gewissen Punkt (nach acht Monaten?), gäbe es keine Möglichkeit mehr, es zu vertuschen. Ich hatte Visionen von bizarren Gesprächen mit Fremden, die mir Angst einjagten, bis ich realisierte, dass ich es Meg sagen musste – und auf einmal wirkte Geplauder mit Fremden über meinen Unterleib wie ein Picknick im Park.

»Was glaubst du, wie sie es im Verlag aufnehmen werden?«, fragte Nina, die mal wieder meine Gedanken las.

Das blieb abzuwarten. Eigentlich sollte ich noch mehr Arbeitsleistung aus meinem Team herausholen und nicht Nachmittagsschläfchen halten, zu Arztterminen hetzen und mir fruchtbarkeitsfördernde Medikamente injizieren. *Ja, Nina, Meg wird ein Freudentänzchen aufführen. Bestimmt fängt sie sofort an, Babysöckchen zu stricken.*

»Meg wird es gelassen nehmen«, antwortete ich.

»Gut! Es ist toll, dass du auf ihre Unterstützung bauen kannst«, sagte sie. Ich konnte mir die Unterstützung, die sie mir zukommen lassen würde, bildlich vorstellen: eine einmalige Abfindungszahlung bei Beendigung des Arbeitsverhältnisses.

»Mhm«, machte ich, von dem verzweifelten Wunsch beseelt, über etwas anderes zu reden. »Sag mal, hältst du es für möglich, dass man Vor-Schwangerschaftsgelüste hat? Weil ich gerade auf der Tafel mit den Tagesempfehlungen gelesen habe, dass es mehlfreien Schokokuchen gibt, und ich da richtig Bock drauf habe.«

Nina nickte. »Absolut. Ich schließe mich an – aber nur, wenn du es Jason heute Abend sagst. Abgemacht?«

Ich biss mir auf die Lippe, nickte jedoch. »Abgemacht.«

6

Woche 4

TAG 2

»Wann genau hattest du vor, mit mir darüber zu reden?«

Ich fühlte, wie sich mein Kiefergelenk aushängte. »Wie bitte?«

»Ich glaub das einfach nicht, Georgie. Soll das heißen, du hast diese Entscheidung – diese verflucht riesige Entscheidung – einfach getroffen, ohne mich auch nur zu fragen? Was, wenn ich Nein gesagt hätte?«

»Wenn du Nein gesagt hättest? Du hast diese Entscheidung nicht zu treffen!«

»Verdiene ich nicht, zumindest miteinbezogen zu werden? Es klingt, als stünde dein Entschluss bereits unumstößlich fest.«

Jase hatte aufgehört, das Gemüse zu zerkleinern, das für unsere Suppe angeschwitzt werden sollte. Ich fragte mich, ob wir dieses Gespräch je beenden und uns wieder an die Zubereitung unseres Abendessens machen würden. Ich hatte einen Bärenhunger.

»Ja, Jase, mein Entschluss steht unumstößlich fest. Darum wollte ich es dir erzählen.«

»Siehst du?« Sein Ton war anklagend. »Achte mal auf deine Wortwahl: Du wolltest es mir ›erzählen‹. Wir sind seit einem Jahr zusammen, Georgie. Du kannst so etwas doch nicht einfach tun, ohne mich auch nur zu fragen, ob es okay ist.«

Georgie. Er hatte mich Georgie genannt. Zweimal hintereinander.

»Erstens habe ich noch gar nichts getan, zweitens muss ich dich nicht fragen, ob es okay ist, weil es mein Körper ist und ich darüber bestimme. Ende der Debatte.«

Ich hätte nicht gedacht, dass Jase' Augenbrauen noch höher wandern konnten, aber sie taten es. Band of Horses spielte im Hintergrund und bemächtigte sich der schockierten Stille, die auf jeden einzelnen Satz folgte. Konnte er sich denn nie Musik anhören, die Menschen glücklich machte, sondern nur Mist, der das Bedürfnis in einem weckte, seine Sorgen in einem Fass Wodka zu ertränken? Was war so falsch an Katy Perry? Oder Robyn? Oder Rihanna? Oder Beyoncé? Diese vier vermittelten einem das Gefühl, dass das Leben schön war, und nicht als stünde man kurz davor, bei seiner eigenen Hochzeit versetzt zu werden.

»Ich habe noch nie etwas derart Selbstsüchtiges gehört«, sagte er mit einer tonlosen Endgültigkeit, die ich vermutlich als Hinweis darauf hätte begreifen sollen, dass die Unterhaltung – zumindest für den Moment – beendet war. Doch ich hatte ein Problem damit, als selbstsüchtig abgestempelt zu werden, wo das, was ich vorhatte, in Wahrheit der Inbegriff von Selbstlosigkeit war.

»Hör doch nur, was du da sagst, Jase. Wie kannst du mich selbstsüchtig nennen? Ich werde ein Baby für Nina austragen. Ein Baby! Das ist das exakte Gegenteil von selbstsüchtig. Es ist so weit von selbstsüchtig entfernt, wie ein Mensch handeln kann, ohne eine verflixte Prinzessin Diana zu sein.«

Doch er schüttelte den Kopf. »Willst du ernsthaft behaupten, dass du das Problem nicht erkennst?«

»Jawohl. Natürlich haben wir jetzt ein Problem, und sei es auch nur, weil du so uneinsichtig bist. Ich verstehe nicht, inwiefern sich diese Sache auf unsere Beziehung auswirken sollte, Jase.« Das war gelogen, und ich wusste es. »Ich bekomme das Baby, gebe es Nina, nehme dreißig Kilo ab, und alles wird wieder sein wie zuvor. Schließlich habe ich nicht beschlossen, ein Kind mit einem anderen zu kriegen und es zu behalten.«

Jase kratzte sich mit geschürzten Lippen am Kopf. Dann seufzte er, wenn auch nicht auf die dramatische, unterschwellig aggressive Art, mit der ich gerechnet hatte. Wortlos wandte er sich wieder dem Gemüse zu und schnibbelte die Babykarotten in derart winzige Stücke, dass sie nicht mehr als Möhren zu erkennen waren.

Auf der Suche nach einer Flasche Wein ging ich zum Kühlschrank, als mir wieder einfiel, dass ich im Vorstadium der Schwangerschaft keinen Alkohol trinken sollte. Scheiß drauf. Ich war noch nicht schwanger und brauchte einen Drink. Ich entdeckte einen halb vollen Chardonnay und wedelte damit in Jase' Richtung. »Möchtest du einen Schluck?«

»Darfst du das denn?«, fragte er bissig.

»Allerdings«, zischte ich durch die Zähne. Warum musste er sich so arschig benehmen?

»Nein, danke.« Na toll. Jetzt stand ich da wie ein Alkie und er wie ein Heiliger.

Ich nahm meinen Wein mit ins Wohnzimmer und sank auf die Couch. Ich checkte mein Handy und entdeckte eine E-Mail von Meg mit einem Haufen Links zu Street-Style-Blogs und Buzzfeed-Einträgen. »Lassen Sie uns mehr davon im Magazin bringen«, schrieb sie. Ich süffelte meinen Chardonnay, während ich überlegte, wie viel Muskelkraft erforderlich wäre, um mich durch die Glasscheiben der Balkontür zu stürzen.

Aber ich blieb auf dem wunderschönen Sofa im Fischgrätmuster sitzen, das ich für uns anlässlich meines Einzugs gekauft hatte. Jase hasste es, er saß fast nie darauf. »Wieso hast du eine orangefarbene Couch gekauft?«, hatte er gefragt. »Weil sie hübsch ist«, hatte ich geantwortet. Die Farbe war auch nicht Orange, sondern ein rostroter Marmeladenton. Abgesehen von unserem Bett war es eins der wenigen Dinge in der Wohnung, das sich wie meins anfühlte – alles andere trug einen Jase-Stempel. Es war sein Apartment, das hatte ich beim Einzug zwar gewusst, trotzdem aber angenommen, dass es sich irgendwann wie unseres anfühlen würde. Meine Bücher türmten sich noch immer in schiefen Stapeln neben den Regalen, weil Jase sich einfach nicht überwinden konnte, ein paar von seinen der Wohlfahrt zu stiften, um Platz für meine zu schaffen. Meine Töpfe und Pfannen pferchten sich unter seine, aber wenn er kochte, benutzte er ausschließlich seine eigenen. Vermutlich war es absurd, dass mir das auffiel, doch es war noch absurder, sich so zu verhalten.

Ich fragte mich, was Jase als Nächstes sagen würde. War es das für uns gewesen? Er wirkte aufgebrachter, als ich ihn je erlebt hatte, sogar aufgebrachter als an dem Tag, an dem sein Neunzig-Kilometer-Wohltätigkeitsradrennen wegen schlechten Wetters abgesagt werden musste.

»Das Essen ist fertig«, ertönte es aus der Küche. Es kam mir vor, als würde ich erst ein paar Minuten hier sitzen, aber als ich zur Uhr sah, stellte ich fest, dass ich eine geschlagene halbe Stunde die Wohnzimmerwand angestarrt hatte. Ich war noch nicht einmal schwanger und verlor bereits die Kontrolle.

Ich setzte mich an den Tisch, Jase gegenüber, wie immer. Er sagte nichts, daher schwieg ich ebenfalls. Auf diese Weise vergingen zehn Minuten, in denen wir auf unsere Teller starrten, unsere Suppe löffelten und einander ignorierten. Irgendwann bemerkte ich: »Gute Suppe.«

»Danke«, sagte Jase.

Als er fertig war, schob er seinen Teller beiseite und verschränkte die Arme auf dem Tisch.

»Es ist schon merkwürdig, dass du etwas hättest sagen können, als wir erst vor ein paar Tagen über das Thema Leihmütter sprachen.«

Ich erwiderte nichts, sondern tauchte meinen Löffel so vorschriftsmäßig ein, wie man es in Benimmkursen lernte. Gab es die heutzutage überhaupt noch? Die Tatsache, dass sich Jeans als vorherrschende Oberbekleidung etabliert hatten, ließ das Gegenteil vermuten.

»Dir ist bewusst, dass wir nie über Kinder gesprochen haben, oder?«, fragte er und lenkte meine Aufmerksamkeit damit zurück auf die Gegenwart.

Ich nickte. »Ja.«

»Darum verstehst du vielleicht, warum ich überrascht bin, genauer gesagt schockiert, dass du ein Baby für eine andere Frau austragen willst, während wir beide nie auch nur über dieses Thema gesprochen haben.«

»Jase …«

»Nein, lass mich ausreden. Ich weiß, es ist dein Körper und letztendlich auch deine Entscheidung, George. Ich gehöre nicht zu diesem Schlag Männer. Aber wir leben zusammen. Du kennst meine Eltern, ich kenne deine. Ich habe mich mit ganzem Herzen und allen Konsequenzen auf diese Sache eingelassen. Ich weiß, der Vergleich hinkt, aber wäre dies meine Entscheidung, ich hätte dich von Anfang an eingeweiht. Dich gefragt, wie du darüber denkst. Vielleicht hätte ich dich nicht um Erlaubnis gebeten, aber ich hätte dich zumindest miteinbezogen. Du gibst mir das Gefühl, als spielte ich überhaupt keine Rolle, als hättest du nie auch nur am Rande an mich gedacht.«

»Oh Gott, Jase, es tut mir so leid. Natürlich spielst du eine Rolle. Ganz bestimmt sogar.« Ich stand auf, ging um den Tisch herum und setzte mich neben ihn, dann schlang ich die Arme um seine Taille und zog ihn an mich. Zu meiner Überraschung erwiderte er die Umarmung.

»Ich bin mir nicht sicher, ob das wahr ist, George. Würde ich dir so viel bedeuten, wie du mir bedeutest, hättest du mich nicht angelogen.«

»Ich habe nicht gelogen.«

»George, hör auf! Ich lieferte dir die Gelegenheit, etwas zu sagen – auch wenn ich mir dessen nicht bewusst war –, und du hast sie verstreichen lassen. Begreifst du, wie dumm ich mir vorkomme?«

»Entschuldige.«

Er schüttelte den Kopf, dann räusperte er sich, als wolle er etwas entgegnen, doch er schluckte es hinunter.

»Was wolltest du sagen?«, drängte ich ihn.

»Ich denke ...« Er seufzte und fuhr sich mit der Hand durchs Gesicht, als würde es ihn anstrengen, mit mir zu reden. »Ich weiß einfach nicht, woran ich bei dir bin.«

»Jase, ich liebe dich.«

»Mag sein«, sagte er bedächtig. »Aber es geht um mehr, meinst du nicht? Wir hatten beide schon Beziehungen zu anderen, jeder von uns hat schon mal jemanden geliebt. Und es hat nicht funktioniert. Weil es um mehr geht als nur um Liebe.«

»Was soll das heißen?« Er quittierte das mit einem Du-weißt-genau-was-das-heißen-soll-Blick. »Willst du damit sagen, dass es aus ist? Jase, es tut mir leid, dass ich es dir nicht erzählt habe. Ganz ehrlich. Ich habe nur nach einem Weg gesucht, es dir beizubringen. Um dich nicht zu verschrecken.«

»Mich verschrecken? George, das Einzige, das mich verschreckt, ist die Tatsache, dass du mich belogen hast.«

»Dafür habe ich mich entschuldigt.«

Jase verzog übertrieben erschöpft das Gesicht und ballte die Fäuste. »Gott, George, du kannst diesen Fehler nicht mit einer schnöden Entschuldigung aus der Welt räumen. So läuft das nicht.«

»Soll das heißen, dass du nicht mehr mit an Bord bist?«

Ich schaute ihn an, betrachtete ihn prüfend und aufmerksam. Er wirkte nicht wütend, nur enttäuscht. Wie ein Lehrer, der einem sagt, dass man nicht sein ganzes Potenzial ausgeschöpft hat.

Ich fasste nach seinen auf dem Schoß verschränkten Händen, aber er hob sie wieder an sein Gesicht, wenn auch nur, um sie mir zu entziehen.

»George, ich würde dir niemals sagen, dass du es nicht tun sollst. Und hättest du mich von Anfang an eingeweiht, hätte ich es sogar verdammt großartig von dir gefunden, dass du das für Nina tun willst. Zumindest glaube ich das. Aber … ich brauche etwas Zeit zum Nachzudenken. Ich werde erst mal bei Brendan übernachten. Ich ruf dich an.«

Zeit zum Nachdenken? Er ruft mich an? Ich hatte genügend Entschlüssle-seine-Textnachrichten-Artikel geschrieben, um zu wissen, dass Jase im Begriff war, mit mir Schluss zu machen, er es nur nicht in diesem Moment tun wollte.

»Aber … es ist deine Wohnung.«

Er nickte, nahm sein Handy und schob es in seine Gesäßtasche. Ordnungsfreak, der er war, trug er seinen Teller und seinen Löffel zum Spülbecken und hielt sie kurz unters Wasser. Nicht einmal mitten in unserer größten Auseinandersetzung schaffte er es, gegen seine Zwangsneurose anzugehen.

»Ja«, bestätigte er. »Bleib du einstweilen hier. Wir können das später besprechen.«

Wäre ich Taylor Swift, würde ich im Geiste bereits einen Song über diesen speziellen Moment schreiben. Aber ich war Georgie Henderson, und das Einzige, das mir einfiel, war: »Okay.«

Jase stand auf und schnappte sich seine Umhängetasche. »Vergiss deinen iPod nicht«, erinnerte ich ihn und deutete mit schlaffer Hand zu der Ladestation in der Küche. Band of Horses spielte noch immer. Er nickte.

»Ich melde mich, George. Gute Nacht.«

»Gute Nacht, Jase.«

Ich ließ meinen Tränen erst freien Lauf, nachdem die Tür ins Schloss gefallen war.

7

Woche 6

»Irgendwelche STDs?«

»Verzeihung?«

»Hatten Sie je eine Geschlechtskrankheit? Chlamydien sind sehr verbreitet bei Frauen Ihres Alters. Gonorrhö? Herpes?«

»Äh, nein.« Ich schüttelte den Kopf. Ich fühlte mich schon verletzlich genug in dem hauchdünnen Krankenhauskittel und den Papierunterhosen, die so weit waren, dass sie als Bootssegel hätten herhalten können, und dieses Bombardement von intimen Fragen trieb das Ganze noch auf die Spitze.

»Haben Sie sich testen lassen?«

»Ja.« Ich bin eine nicht den Amischen angehörige Frau Mitte dreißig, die mit der Vorstellung groß geworden ist, dass mich der Sensenmann holen würde, wenn ich ungeschützten Sex hätte. Natürlich hatte ich mich testen lassen. Hinzu kam die Tatsache, dass ich im Lauf der letzten Dekade Dutzende – womöglich sogar Hunderte – Artikel über sexuell übertragbare Krankheiten geschrieben hatte. Ich war eine vehemente Befürworterin von Kondomen.

»Wie regelmäßig lassen Sie einen Pep-Abstrich machen?«

»Alle zwei Jahre.« Häkchen.

»Gab es je einen auffälligen Befund?« Dr. Fischer blickte von ihrem Laptop auf und lächelte mich an. Es war ein beiläufiges »Nehmen Sie es mir nicht übel, dass ich Ihnen die persönlichsten Fragen Ihres Lebens stelle«-Lächeln. Als wären wir gute Bekannte, die zusammen ein Gläschen Chardonnay trinken würden, nachdem sie mir in den Unterleib geguckt und mich nach meinem Sexleben ausgehorcht hatte. Nur dass es für mich eine Weile keinen Chardonnay geben würde.

»Einmal, vor etwa zehn Jahren. Aber es war nichts weiter.«

»Also harmlos?«

»Ja.« Doppelhäkchen.

»Wer war damals Ihr Arzt? Ich benötige einen Bericht darüber.«

»Ähm …« Hätte Dr. Fischer mich gefragt, wer mir 1996 einen Stufenhaarschnitt à la Jennifer Aniston verpasst hatte, ich hätte es ihr wie aus der Pistole geschossen sagen können. Hätte sie wissen wollen, wer mein erstes Brazilian Waxing gemacht hatte, wäre mir auch dieser Name nach kurzer Überlegung eingefallen. Aber der Arzt, der mir mitgeteilt hatte, dass ich Gebärmutterhalskrebs haben könnte? Keinen blassen Dunst.

»Meine Güte, das ist 'ne Weile her.«

Dr. Fischer lupfte eine Braue. »Sie wissen es nicht mehr?«

»Äh, nicht wirklich. Ist das schlimm?« Ich versuchte, es mit einem Lachen abzutun, aber Dr. Fisher spielte nicht mit. Sie lächelte höflich, doch ihr Urteil über mich stand fest.

»Es wäre hilfreich, wenn Sie sich erinnern könnten. Können Sie sich zumindest noch an den Namen der Praxis entsinnen?«

Ich wusste nur noch, dass es die kassenärztliche Klinik gegenüber dem Büro gewesen war, in dem ich damals gearbeitet hatte. Mich beschlich der Verdacht, dass Dr. Fisher diese Information nicht reichen würde.

»Ich melde mich diesbezüglich noch mal bei Ihnen.«

»In Ordnung. Wie ist Ihre Periode?«

»Äh, gut.«

»Wann war Ihre erste Menarche?«

»Verzeihung?«

»Ihre erste Menstruation. Wie alt waren Sie?«

»Ach so. Ich war zwölf. Eine witzige Geschichte – aus unerfindlichen Gründen dachte ich, es wäre ähnlich wie Pipi, aber als ich es dann in meinem Schlüpfer sah, bin ich total ausgeflippt. Können Sie sich das vorstellen?«

Dr. Fisher lächelte, allerdings sah sie dabei aus, als wollte sie mir den Kopf tätscheln. »Es kann verwirrend sein für ein junges Mädchen. Erinnern Sie sich noch an den Monat?«

»Meiner ersten Periode?«

»Ja.« Sie nickte.

Aber sicher, selbstverständlich erinnere ich mich an jedes Detail von etwas, das vor zweiundzwanzig Jahren passiert ist.

»Hm, es war heiß, darum muss es im Sommer gewesen sein, schätze ich … vielleicht im Februar? Nein, eher Januar. Könnte sein, dass wir noch Schulferien hatten …«

Heiliger Bimbam. Nina hatte mich gewarnt, dass die Arztbesuche nervenaufreibend sein würden, aber mit dem hier hatte ich nicht gerechnet. Ich konnte mich kaum erinnern, was ich gestern zu Mittag gegessen hatte, und erst recht nicht, wie es mir mit meiner ersten Periode vor mehr als zwei Jahrzehnten ergangen war. Und dies war erst der Anfang, hatte sie gesagt. Ich hatte bereits Blut- und Urintests hinter mir, um zu gewährleisten, dass ich gesund war. Bald würde ich anfangen, Medikamente zu nehmen, um meinen Unterleib optimal funktionstüchtig zu machen. Anschließend würden die Ovulationskontrollen und der Transfer an sich erfolgen und dann, falls ich tatsächlich schwanger wurde, wöchentliche Arztbesuche und Bluttests und Ultraschalluntersuchungen, bevor endlich neun Monate später ein Baby da wäre. Es waren erst fünfundvierzig Minuten verstrichen, und ich fühlte mich bereits komplett erledigt. Wie hatte Nina das so lange durchgestanden? Es war praktisch ein Vollzeitjob.

»Das reicht mir fürs Erste. Sie war immer regelmäßig?«

»Ja, meistens«, sagte ich, eifrig bemüht, ein guter kleiner Brutkasten zu sein. In Wahrheit schenkte ich meiner Periode so gut wie gar keine Aufmerksamkeit. Solange sie einmal im Monat anklopfte, war ich zufrieden. Wann sie kam und wie lange sie blieb, konnte ich nicht sagen. Der Nagelhaut an meinen Zehen zeigte ich mehr Interesse als meiner Menstruation.

»Nehmen Sie die Pille?«

»Inzwischen nicht mehr. Ich habe sie abgesetzt, nachdem ich zugestimmt hatte, mich als Leihmutter zur Verfügung zu stellen.«

»Wie lange haben Sie sie davor eingenommen?«

»Hm, mal überlegen ... mit Unterbrechungen ungefähr sechzehn Jahre.«

»Irgendwelche Nebenwirkungen?«

»Heftige Biestigkeitsattacken einmal im Monat. Zählt das?«

»Nein.« Puh, war das eine harte Nuss. Im Geiste nahm ich mir vor, nicht länger zu versuchen, Dr. Fishers Humor herauszukitzeln.

»Wie ist es um Ihre allgemeine Gesundheit bestellt? Waren Sie je im Krankenhaus?«

»Äh ja, ich hatte eine Blinddarmentzündung, mit etwa neun.«

»Das war alles?«

Ich nickte.

»Nehmen Sie irgendwelche Pharmaka?«

Ich stutzte. »Sie meinen so was wie Aspirin?«, fragte ich hoffnungsvoll.

»Nein, ich dachte eher in Richtung Ecstasy.« Sie lächelte ironisch.

»Äh, nein … Ecstasy nicht. Und inzwischen sowieso nicht mehr, aber … ich habe schon mal Drogen genommen. Gelegentlich. In gewissen Stadien meines Lebens. Betonung auf dem Plural«, haspelte ich, während ich mich fragte, wie es dazu gekommen war, dass ich über meine Sexgewohnheiten und meinen Drogenkonsum Rede und Antwort stehen musste. Es fühlte sich an, als wäre ich zurück auf der Highschool.

»Das ist nicht weiter schlimm, Georgie. Nehmen Sie derzeit Drogen?«

»Nein! Selbstverständlich nicht! Ich glaube, ich habe zuletzt an Silvester einen Joint geraucht. Eigentlich war es eher ein halber. Ja, nur ein halber. Aber das war's, das schwöre ich.«

»Wie steht's mit Alkohol? Trinken Sie viel?«

Trank ich viel? Noch während sie die Frage stellte, hörte ich das Klirren leerer Weinflaschen, die auf dem Boden meiner Wertstofftonne landeten. »Ähm … Ja, das könnte man vielleicht so sagen.«

»Wie viel pro Woche?«

Ich errechnete meinen Alkoholkonsum im Kopf. Ein oder zwei Gläser jeweils Montag-, Dienstag- und Mittwochabend, Donnerstag eher eine halbe Flasche. Freitag und Samstag ging es meist hoch her, und Sonntagnachmittage gingen in der Regel mit einem Biergartenbesuch einher. Mir fiel auf, dass Dr. Fisher mich erwartungsvoll ansah. Ich brauchte zu lang.

»Äh, zehn Gläser«, untertrieb ich maßlos.

»Das ist recht viel. Ich empfehle Ihnen, sich auf ein Glas pro Woche zu beschränken, wenn wir die Leihmutterschaft in die Wege leiten. Und sobald Sie schwanger sind, sollten Sie selbstverständlich überhaupt nicht mehr trinken.«

Ich nickte einsichtig, dabei stellte ich mir vor, wie entsetzt Dr. Fisher wäre, wüsste sie, dass ich die Anzahl meiner Drinks um mindestens die Hälfte reduziert hatte.

»Wie viele Geschlechtspartner hatten Sie?«

»Achtzehn«, sagte ich schnell, damit sie nach meiner letzten, zögerlichen Antwort kein vorschnelles Urteil über mich fällte. »Nein, neun- … Zwanzig. Ja, zwanzig.«

»Haben Sie derzeit Sex?«

»Nein. Derzeit nicht.« Hätte sie mich vor ein paar Wochen gefragt, hätte die Antwort anders gelautet.

Dr. Fisher machte sich eine Notiz, dann fuhr sie fort, mich über jede Einzelheit meines Lebens auszufragen. War ich schon einmal schwanger gewesen? Irgendwelche Abtreibungen? Was war mit meiner Familie – gab es Behinderungen, Fruchtbarkeitsprobleme, genetische Störungen? Hatte ich je an einer Geisteskrankheit gelitten? Und dann, zu guter Letzt, warum tat ich das? »Sie scheinen eine durchaus geeignete Kandidatin für eine Leihmutterschaft zu sein, Georgie. Der einzige Haken ist, dass wir Leihmüttern in der Regel empfehlen, ihre eigene Familienplanung abzuschließen, bevor sie ein fremdes Baby austragen. Sie haben noch nicht einmal damit begonnen.«

Sie ließ den Kommentar in der Luft hängen, während sie auf meine Erwiderung wartete. Es war eine klassische Interviewmethode, die ich selbst schon angewendet hatte, vor allem, wenn ich mit Popstars sprach, die gerade einen Reha-Aufenthalt wegen »Erschöpfung« hinter sich hatten.

»Ich habe noch keine Familie gegründet, weil ich keine haben will.«

»Sie sind sich da ganz sicher?«

Ich gab mein Bestes, mich nicht so sehr von der Frage provozieren zu lassen, wie ich es für gewöhnlich tat. Wieso nahmen die Leute automatisch an, dass man bluffte, wenn man sagte, dass man keine Kinder haben wollte? Um ehrlich zu sein, wunderte ich mich viel mehr über die, die welche wollten. Ist das euer Ernst? Ihr wollt einen menschlichen Wecker, den ihr nie abschalten könnt? Ihr wollt jemandem drei Jahre lang den Hintern abwischen? Ihr wollt jeden Liedtext lernen, den die Wiggles je geschrieben haben? Ihr wollt jedes Jahr lieber nach Fidschi fliegen als nach Paris?

Tatsächlich hatte ich mich selbst nie mit Kindern gesehen. Es lag nicht daran, dass ich sie nicht mochte – obwohl ich es bei einigen definitiv vorgaukeln musste –, es reizte mich einfach nicht, eigene zu haben. Und ja, ich hatte viel darüber nachgedacht, und nein, ich würde meine Meinung nicht ändern. Ich wollte einfach keine, so wie andere unbedingt welche wollten. Mehr steckte nicht dahinter.

»Ja«, bestätigte ich und nickte, um meine Entschlossenheit zu unterstreichen.

»Haben Sie einen Partner?«

»Mm.«

Dr. Fisher sah auf. »Also ja?«

Ich setzte zu einem Nicken an, korrigierte es jedoch rasch in ein seitliches Kopfwackeln, das ein Vielleicht ausdrücken sollte.

Sie zog die Brauen hoch, um mir nähere Informationen zu entlocken.

»Es ist … kompliziert.«

Jase war gestern Abend nach Hause gekommen – in sein Zuhause, das ich noch immer okkupierte –, um sich noch was zum Anziehen zu holen. Zwei Wochen waren seit unserem Streit vergangen, und der einzige Kontakt seitdem hatte in einem Austausch förmlicher Kurznachrichten bestanden, in denen es darum ging, dass der Vermieter wegen anstehender Reparaturarbeiten Zugang zum Badezimmer benötigte. Jede Nacht war ich allein in unserem Bett eingeschlafen und hatte darüber nachgesonnen, wie ironisch es war, dass ich einen Mann gefunden hatte, der so rücksichtsvoll war, mich weiter in seinem Apartment wohnen zu lassen, obwohl wir praktisch getrennt waren.

»Und, wirst du die Sache durchziehen?«, hatte er gefragt. Sein Tonfall ließ sich nicht dechiffrieren.

»Ja.« Ich konnte Jase nicht ansehen, darum konzentrierte ich mich auf die Wand hinter ihm, genauer gesagt auf das Bild, das seine Schwägerin ihm vor ein paar Monaten zum Geburtstag geschenkt hatte. Ich hatte immer gefunden, dass es zu sachlich war, um gut zu sein, aber jetzt bewunderte ich den kühlen, grauen Schwung der Fahrradreifen auf dem sandigen Asphalt. Es war eine nette Geste von Emily, das für Jase zu tun. Warum hatte ich nicht netter zu ihm sein können?

»Okay.« Er nickte. »Das dachte ich mir schon.«

Wir schwiegen für einen Moment, jeder allein mit zu vielen eigenen Gedanken.

»Wann wird es, na ja … passieren?«

»So bald wie möglich. Ich habe morgen einen Termin in der Klinik. Wenn das gut läuft … geht es sofort los.«

»Ich verstehe.«

»Jase …«

»Ich denke, ich sollte nach Hause kommen.«

Für einen kurzen Moment flackerte Hoffnung in mir auf, bevor ich begriff, was Jase meinte. Er würde nach Hause kommen; und ich würde gehen.

»Oh. Ja, natürlich.«

Ich dachte an all die Küsse, die wir uns gegeben hatten, und daran, dass ich mich nicht einmal mehr an den letzten erinnern konnte. War es gewesen, nachdem er am Abend unseres Streits heimgekehrt war? Am Morgen desselben Tages? Jetzt, da es nie wieder passieren würde, schien es mir wichtig, das letzte Mal, als Jase und ich uns geküsst hatten, als eine Art Andenken im Gedächtnis zu behalten.

»Wo wirst du wohnen?«

»Na ja, bei Nina, schätze ich. Könntest du mir vielleicht noch ein paar Tage geben? Damit ich alles organisieren und Nina und Matt fragen kann, ob sie Platz für mich haben.«

»Du willst ein Baby für sie bekommen, George, da würde ich

schon meinen, dass sie dir für ein paar Nächte ein Bett zur Verfügung stellen können.« Jase machte eine Pause und ließ das Gift aus seinem Ton sickern. »Entschuldige. Klar, nimm dir ein paar Tage. Ich werde am Wochenende zurückkommen.«

»Okay.«

»Okay.«

»Kompliziert«, wiederholte Dr. Fisher meine Bemerkung.

Ich schnitt eine Grimasse. »Eigentlich ist es nicht kompliziert. Ich habe keinen Freund. Ich hatte einen. Aber jetzt nicht mehr. Wir hatten auch nicht vor, ein Kind zusammen zu bekommen. Machen Sie sich keine Sorgen, dies ist nicht eine von den verrückten Aktionen, zu denen Menschen sich hinreißen lassen, um sich von einer Trennung abzulenken. Wie ein mieser neuer Haarschnitt oder ein Trommelworkshop.«

»Na schön. Sie werden noch eine Reihe von Beratungsgesprächen führen, bevor wir die Sache in Angriff nehmen, und während dieser Sitzungen über all das sprechen. Es steht eine Menge auf dem Spiel, und Sie müssen alles sorgfältig durchdenken.«

Ich nickte.

»Gut. Die letzte und vermutlich wichtigste Frage, die wir potenziellen Trägerinnen stellen, lautet: Aus welchem Grund tun Sie es? Sie wissen, dass es in Australien illegal ist, eine Leihmutter zu bezahlen?«

»Ja, natürlich.«

»Also, warum tun Sie es?«

Ich atmete tief durch.

»Weil ich mir nicht vorstellen kann, es nicht zu tun.«

Sie nickte und sah mir jetzt direkt in die Augen.

»Darf ich fragen, wieso?«

»Weil Nina meine beste Freundin ist und sie sich dieses Baby mehr als alles auf der Welt wünscht. Ich kann mir nicht einmal vorstellen, mich so sehr nach etwas zu sehnen, wie sie sich nach einem Kind sehnt. Ich habe nichts, was sich damit vergleichen ließe. Nicht einmal annähernd.«

Von plötzlichem Mitgefühl mit Nina übermannt, senkte ich die Augen. Kein Kind zu haben war für sie, als würde sie Tag für Tag trauern, nur irgendwie schlimmer, weil da niemand war, um den sie trauern konnte. Sondern nur die Idee von etwas, ein Schemen irgendwo. Und so, wie es die Trauer mit sich bringt, dass man bei allem und jedem an jemanden erinnert wird, war die Tatsache, dass sie kein Kind hatte, für Nina allgegenwärtig. Der Gedanke, dass ich etwas tun konnte, um ihr zu helfen, war zu übermächtig. Ich musste es einfach tun.

Gleichzeitig fühlte sich ein anderer Teil von mir schuldig. Weil ich vermutlich etwas haben könnte, das Nina verwehrt wurde. Etwas, das sie sich so sehr wünschte, während ich daran kaum einen Gedanken verschwendete.

Wieder ein anderer Teil von mir dachte: *Was sind schon neun Monate?*

»Es ist Ihnen klar, dass es ausführliche Beratungsgespräche geben wird, ehe wir zur nächsten Stufe übergehen?«

»Ja«, sagte ich.

»Und Ihnen ist klar, dass Nina und Matthew die rechtlichen Eltern des Kindes sein werden?«

»Oh ja.« Das war so klar wie der Gin Martini, nach dem es mich seit Beginn dieser Sitzung verlangte.

»Dann lassen Sie uns anfangen.«

8

Woche 9

Immer wenn ich mein monatliches Editorial schrieb, musste ich unwillkürlich an die »Briefe-Bücher« denken, die Nina und ich während der Highschool geführt haben. Sollte ich je wirklich berühmt werden, wird meine Biografin oder die Regisseurin des auf meiner Lebensgeschichte basierenden Films (im Idealfall Kathryn Bigelow, die ich einmal interviewt habe und die ziemlich krass drauf war, aber ich würde auch Sofia Coppola nehmen, wegen der traumhaften Kleider, der geilen Soundtracks und der Möglichkeit, dass sie Josh Hartnett als den Mann meiner Träume besetzen würde) diese Briefe-Bücher als frühen Hinweis darauf anführen, dass mir schon immer vorherbestimmt war, eine der großartigsten Zeitschriftenredakteurinnen aller Zeiten zu werden.

Das oder ein unglaublicher Nerd.

Ein Briefe-Buch ist, so ernüchternd wie wahr, exakt das, wonach es klingt. Ich schrieb Nina nachmittags einen Brief, gab ihn ihr am folgenden Schultag und sie antwortete darauf. Und immer so fort. All diese Mühe, obwohl wir bereits sechs Stunden zusammen verbracht hatten, und das fünf Tage die Woche, vierzig Wochen im Jahr. Wieso war man als Kind nur so süchtig nach Kontakt? Ich dachte an all die Ausflüchte, nach denen ich vergangenen Monat gesucht hatte, um mich vor gesellschaftlichen Verpflichtungen zu drücken und für mich zu sein. Damals hätte ich mich am liebsten an Nina festgetackert. Wir quatschten den ganzen Tag in der Schule, schoben uns im Unterricht Zettelchen zu und flüsterten miteinander, wann immer uns ein Lehrer den Rücken zukehrte. Wir unterhielten uns auf der Busfahrt nach Hause und hatten uns immer noch mehr zu erzählen, darum schrieben wir es in unser Briefe-Buch. Rückblickend betrachtet war der Austausch täglicher Briefe – wir sprechen von den Neunzigern, wir hätten auch miteinander chatten können! – der ultimative Beweis dafür, dass Nina und ich zu der Sorte Nerds gehörten, die sich den Begriff eigentlich als Marke hätten schützen lassen können, so sehr verkörperten wir ihn.

Ich bezweifle, dass Mädchen sich heutzutage noch Briefe schreiben. Wahrscheinlich verbringen sie Stunden damit, ihre schön drapierten Outfits für den nächsten Tag zu fotografieren und auf Instagram zu posten, sich gegenseitig zu taggen und mithilfe von Emojis zu verkünden, was sie zum Fünfuhrtee hatten (Ananas, Blinzeln, Donut).

Vor jedem Brief hatten Nina und ich einen kleinen Fragebogen auszufüllen – als wären wir Berühmtheiten in einer Illustrierten; ein weiterer Beweis –, um unsere topaktuellen Vorlieben und Abneigungen herauszufiltern. Als wäre es das Normalste auf der Welt, dass die sich täglich änderten.

Ich erinnere mich, dass ich das Briefe-Buch benutzte, um leidenschaftlich für Dylan und gegen Brendan zu plädieren und Gedichte hineinzuschreiben, die Drazics Augenbrauenring gewidmet waren. Nina benutzte es, um über unsere Lehrer zu lästern und ihre Methoden, »uns zu gängeln« beziehungsweise »davon abzuhalten, unsere Meinung zu äußern«. Wir behandelten die Briefe, als wären es Kopien von *Smash Hits* oder Beanie

Babies, von denen wir ernsthaft geglaubt hatten, sie würden eines Tages Sammlerobjekte.

Wenn ich einen Leitartikel verfasste, fragte ich mich jedesmal, wie mein fünfzehnjähriges Ich es schreiben würde. Wen mochte ich gerade? Was wünschte ich mir? (Wenn ich mich recht entsinne, wünschte sich die fünfzehnjährige George sehnlichst ein bauchfreies Top und die dazugehörige Taille, um darin zu glänzen. Sie wäre vor Scham gestorben, hätte sie gehört, wie Zauberer Graubart ihrem vierunddreißigjährigen Pendant sagte, dass es »heute Morgen gesünder in der Magengegend« aussieht).

Was ich mir wünschte: dass Nina das Baby bekam, von dem sie immer geträumt hatte.

Was ich mir nicht wünschte: den Druck, dass Ninas Baby jetzt in meiner Verantwortung lag.

Nachdem ich in den obligatorischen Beratungssitzungen sämtliche Details meines Lebens preisgegeben hatte – inklusive solcher, die für diese Sache absolut keine Relevanz zu haben schienen –, blieb noch immer die Hauptfrage: Was, wenn es nicht klappte? Wie sollte ich Nina je wieder gegenübertreten, wenn dies ihr letzter Versuch war … und es nicht klappen würde? Wenn es mit *mir* nicht klappen würde?

Ich wollte die Uhr zurückdrehen und netter zu Jase sein.

Doch trotz allem, was passiert war, wollte ich nicht umkehren und das Babygespräch mit ihm führen.

Schöne Scheiße.

Auch wenn die fünfzehnjährige George es nicht glauben würde, war diese Situation viel komplizierter als ihre dreijährige Highschool-Vernarrtheit in Mark Daley.

Ich hörte ein Klopfen an der Tür und sah hoch. Es war Lucy.

»Hallo, was gibt's?«

»Die Programmbesprechung. Willst du sie wirklich jetzt noch abhalten …?

»Ja! Unbedingt! Kannst du bitte die anderen zusammenrufen?«

Die Arbeit war mein Rückzugsort geworden, aber es lief noch immer chaotisch, was ich Meg zu verdanken hatte, die mich mit täglichen E-Mails bombardierte, in denen sie wissen wollte, ob wir die Zahl unserer iPad-Abonnenten über Nacht steigern konnten und ob ich den jüngsten Forumsbeitrag auf MamaKnowsBest.com gelesen hatte, einer Website, auf der Frauen vorgaben, den Feminismus zu unterstützen, während sie sich in Wirklichkeit gegenseitig nur anzickten. Bis jetzt hatten wir uns alle über sie lustig gemacht, aber es ließ sich nicht bestreiten, dass es die einflussreichste Frauen-Website des Landes war, die ständig neue Autorinnen verpflichtete. Wir hatten schon seit einer Weile niemanden mehr unter Vertrag genommen und auch nicht meine entlassene Stellvertreterin ersetzt. Folglich musste ich zugestehen, dass Meg recht hatte. Es konnte nicht schaden, uns ein Beispiel an ihnen zu nehmen.

Lucy kam mit dem Team im Schlepptau zurück. Heute trug sie einen Jumpsuit aus schwarzer Seide, dazu Stilettos mit Leopardenmuster. Ihr aschblondes Haar war zu einem Pferdeschwanz zusammengefasst, der Blake Lively neidisch gemacht hätte, und ihre Nägel sahen aus, als wären sie erst vor fünf Minuten manikürt worden. Das war Lucy. Sie hätte sich nie in einen solchen Schlamassel hineinmanövriert.

Sie übernahm das Kommando, wie ich es erwartet hatte, während ich mich zurücklehnte und zuhörte, wie meine Mitarbeiterinnen mit Feuereifer Ideen austauschten. Diesen Teil meines Jobs mochte ich am liebsten.

Irgendwo zwischen dem Vortrag meiner Beautyredakteurin Dom über eine neue Technik, bei der Fettzellen vereist werden, und Lucys Beharren auf einem Interview mit einer Frau, die eine App zur Bekämpfung von sexueller Belästigung auf der Straße entwickelt hatte, erhielt ich eine E-Mail von Nina.

Laut Klinik eignest du dich hervorragend. Habe gerade mit Dr. Fisher gesprochen, und sie sagt, dein Getriebe ist in bester Ordnung – kein bisschen verrostet von dem vielen Wein, den wir letztes Jahr im Hunter Valley getrunken haben. Hurra! Jetzt müssen wir nur auf deine Periode warten, dann können wir loslegen.

P. S. Matt kocht Pad Thai zum Abendessen. Hau mittags ordentlich rein. Es sind nur Päckchennudeln mit Sojasauce und mariniertem Huhn.

Matts Kochkünste waren berühmt. Vielmehr berüchtigt. Das Schlimme war, er liebte es zu kochen. Und Menschen, die wirklich gern kochten, hielten sich meistens für gut. Wie Leute, die gern singen. Oder tanzen. Wenn schlechte Tänzer zwei linke Füße haben, dann hatte Matt zwei linke … Gaumen.

Bei Nina und Matt zu wohnen hatte den Vorteil, dass ich in sicheren vier Wänden in einem Bett schlafen konnte, anstatt in einem Frauenasyl, oder wo immer ich aufgrund meiner derzeitigen Obdachlosigkeit untergekommen wäre. Gleichzeitig war es, als wäre man der einzige nüchterne Gast auf einer Party. Alle machten es sich am Abend gemütlich und genossen das süße, vertraute Abschalten bei einem Drink – außer mir. Darum war es eine Erleichterung, im Verlag zu sein.

»George?«

Ich hob den Kopf.

»Was hältst du davon?«

Ich zog die Stirn kraus. »Wovon?«

Lucy lächelte schief. »Von dem Aufmacher ›soziale Medien‹, über den wir gesprochen haben.«

»Ach ja. Der Soziale-Medien-Aufmacher. Wessen Vorschlag war das gleich noch?«

»Meiner«, sagte sie. »*Charm* hat das in den Staaten gebracht. Ich finde, es ist eine fabelhafte Idee. Sie hatten Natasha Cook auf dem Cover.«

Jeder im Raum – mit Ausnahme von mir – machte »Aah« und »Ooh«.

Ich räusperte mich. »Wer ist das?«

Für eine kleine, klitzekleine Sekunde sah ich, wie Lucys Augen verärgert blitzten. Dann rang sie sich ein weiteres schiefes Lächeln ab. »Du weißt schon, Tash Cook. Sie ist die Betreiberin von *We The Sheeple.*«

Ich schüttelte ratlos den Kopf. »Irgendeine Nischendesignerin, von der ich nie gehört habe?«

»Nein, es ist ein Blog. Über kopierte Mode. Sie macht an ein und demselben Tag zwei Personen auf der Straße ausfindig, die praktisch identisch gekleidet sind. Das ist eine ganz große Sache. Ich bewundere sie sehr.«

Weil sie zwei Leute mit demselben Outfit auftat? Wie schwer konnte das sein? Außerdem war jede Mode kopiert.

»Soll das für die Jubiläumsausgabe sein? Weil ich denke, wir werden bei dem Rückblick bleiben«, sagte ich.

»Ach so?« Dieses Mal kniff sie die Brauen zusammen. Wieder meinte ich, einen Hauch von Verärgerung zu bemerken.

»Du erinnerst dich? Wir haben beim letzten Meeting darüber gesprochen. Wir blicken auf die gesamten vierzig Jahre zurück. Wir werden alle ehemaligen Chefredakteure für ein Foto zusammentrommeln, die wichtigsten Titel abdrucken, das ganze Paket. Und hat nicht jemand ein Sex-Special vorgeschlagen? Das könnten wir integrieren.«

Ende des Jahres war *Jolies* vierzigster Geburtstag in Australien. In Anbetracht von Megs Beharrlichkeit, dass wir dem Magazin ein neues Image verpassten – obwohl unser aktuelles unübertroffen war –, hatte ich das Projekt in meinen Hinterkopf verbannt. Wie würde *Jolie* in sechs Monaten aussehen, wenn ich all die Änderungen vornahm, die Meg verlangte? Wie eine Kurznachricht? Ein Instagram Account? Würg, kotz, spuck.

Trotzdem wusste ich, dass, um *Jolie* zu retten, das vierzigste Jubiläum ein Geschenk des Himmels war. Ich stellte mir eine große Werbekundenparty vor, so wie wir sie früher, als ich bei den Magazinen angefangen hatte, geschmissen hatten, zu einer Zeit, die so unbeschwert und lebensfroh war, dass man sie hätte verbieten müssen. Wir hatten Partys gefeiert, nur weil wir es konnten. Es war Januar, warum nicht eine Sommerparty? Es war Februar, warum nicht eine Valentinstagparty? Es war Juni, warum nicht eine Party anlässlich des Geburtstags der Königin? Wir hatten die Kunden Champagnerflasche um Champagnerflasche weichgekocht, sie mit charmantem Small Talk bezirzt, ihnen erzählt, wie sehr wir und die Leserschaft ihre Produkte liebten ... und sie hatten alle ihre Werbedollars in uns investiert. Jeder war glücklich. Ich weiß noch, wie ich damals dachte, dass das alles schrecklich viel Arbeit machte, aber dem war nicht so. Ganz und gar nicht. Es waren die unbeschwerten Jugendjahre, die Zeit bevor es WLAN und MamaKnowsBest gab und jede Göre, die im Einzelhandel arbeitete, ihren eigenen Street-Style-Blog hatte. Die Zeit, in der jedes Unternehmen Geld wie Heu hatte und alle das wussten. Ich war überzeugt, Meg würde die Idee mit der Party gefallen – ein großes Hurra, um der Welt zu beweisen, dass *Jolie* noch am Leben war und weiterhin den Frauen eine Stimme gab und den Anzeigenkunden genügend großformatige Hochglanzseiten, um auf ihnen Haarspray und Nagellack anzupreisen.

»Doch, ich erinnere mich, dass du uns davon erzählt hast«, bemerkte Dom. Was nicht ganz der Wahrheit entsprach. Es war eine Team-Idee gewesen, oder nicht? »Du meinst so etwas wie eine versiegelte Beilage, in der wir alle von dem verrückten Sex-Kram berichten, den wir für das Magazin gemacht haben?«

Ich nickte. »Nur ein paar Seiten. Zusätzlich zu einem größeren Special, einem Rückblick darauf, wie *Jolie* sich in all den

Jahren verändert hat, auf unsere vielen Fortschritte. Das war ein Witz, Leute.« Die Tatsache, dass ich mein Team erst darauf hinweisen musste, war kein gutes Zeichen – aber erkannten sie denn nicht, dass die Sex-Retrospektive eine wirklich lustige Idee wäre? Im Laufe der Jahre hatte ich – ohne spezielle Reihenfolge – folgende Produkte in der Praxis erproben müssen: eine Vagina-Abdeckung, die mir während des Hochs (wahlweise Tiefs) des Brazilian-Waxing-Wahnsinns meine Sittsamkeit erhalten sollte, ein Pulver, das angeblich den Geschmack des – ähem – Produkts meines damaligen Freunds verändern sollte, ein Dildo-Set und ein sogenanntes Shewee, bei dem es sich um einen kleinen Plastiktrichter handelte, der es Frauen erlaubte, im Stehen zu pinkeln. Als wäre das Pinkeln im Sitzen das Einzige, das uns einschränkte.

»Aber egal«, sagte ich aus dem Gefühl heraus, weitersprechen zu müssen. »Hat jemand irgendwelche anderen Vorschläge?«

»Das Thema ›soziale Medien‹«, verkündete Lucy, als wäre dies ganz offensichtlich die einzige Idee, die verdiente, dass man sich mit ihr befasste.

»Hm, ich bin nicht wirklich überzeugt. Arbeite ein Exposé aus, dann sprechen wir noch mal. Ich habe mir überlegt … wir erleben gerade diese coole feministische Phase. Beyoncé ist Feministin, und es gibt mehr Autorinnen und Regisseurinnen und an Frauen gerichtete Fernsehsendungen und Filme als je zuvor – und es geht gerade erst los. Ich kann mich nicht erinnern, wann es jemals so deutlich gewesen wäre. Ich denke, dass diese Ausgabe das widerspiegeln muss, versteht ihr? *Jolie* gibt es nun seit vierzig Jahren, was beachtlich ist. Wir könnten für jedes Jahrzehnt eine Autorin, die man damit in Verbindung bringt, bitten, darüber zu schreiben, wie sich der Feminismus seit den Siebzigern, Achtzigern und so weiter verändert hat. Wir lassen sie von Jen stylen, und Christina kann die Fotos machen. Tatsächlich ist das ein richtig guter Ansatz – wir sollten es an die große Glocke hängen, dass jeder, der an dieser Ausgabe mitarbeitet, eine Frau ist.«

Ich ließ den Blick über mein Team schweifen, in froher Erwartung ihrer begeisterten Reaktionen. Dom trug Überlack auf ihre Fingernägel auf. Lucy schraffierte sorgfältig das Dreieck, das sie auf ihren Notizblock gezeichnet hatte. Nur Fran schaute mich an, lächelnd wie immer.

»Leute?«, sagte ich scharf.

Lucy hob den Kopf. »Hm … ich weiß nicht. Darf ich aufrichtig sein?«

Ich hielt meine Verärgerung im Zaum. »Immer doch«, sagte ich und hoffte, es klang aufrichtig passiv-aggressiv.

»Ich halte das nicht für sehr … progressiv. Mir kommt es ein bisschen angestaubt vor.«

Ich schürzte die Lippen. »Wirklich.«

»Ja. Ich weiß, es geht um das vierzigste Jubiläum, trotzdem finde ich, wir sollten den Blick nach vorn richten und nicht zurück. Das ist irgendwie langweilig.«

Ich räusperte mich. »Nun, danke für deine Offenheit, Lucy. Dom, irgendwelche Vorschläge an der Beauty-Front?«

Sie nickte mit der Aufregung eines Kindes am Weihnachtsmorgen. »Und ob! Ich habe gewartet, bis alles in trockenen Tüchern ist, aber … Emily Collins will mit uns zusammenarbeiten!«

Wer?

»Wer?«

Dom starrte mich an. »Emily Collins. Die Vloggerin?«

Ich starrte zurück.

»Emilycollins.com? Die, die diese Haul-Videos macht?«

Davon hatte ich schon gehört. Da war ich mir sicher. Es hatte irgendetwas mit dem Internet zu tun. Vermutlich.

»Ach ja. Ist das nicht diese Geschichte, wo Mädchen Sachen kaufen und sie dann vor die Kamera halten?« Ich zog skeptisch die Brauen hoch. Dom wollte doch nicht allen Ernstes mit ihr zusammenarbeiten, oder? Diese Göre war bestenfalls eine Eintagsfliege. Dom war Beautyredakteurin – sie kannte den Unterschied zwischen BB- und CC-Creme, zwischen Concealer und Highlighter. Sie spielte seit zehn Jahren bei den Großen mit. Herrgott, sie hatte Kate Middletons Friseur interviewt.

»Genau! Sie hat gerade einen lukrativen Werbevertrag bei Beauty Savers unterzeichnet. Dadurch haben wir jetzt Zugang zu ihr!« Wir haben jetzt Zugang zu ihr? Wie schwer konnte es sein, eine Studentin, die noch zu Hause wohnte und nebenbei ein paar Videos drehte, dazu zu kriegen, unseren Anruf entgegenzunehmen? Dom überbrachte die Nachricht, als wollte sie uns mitteilen, dass Channing Tatum in Kürze eintreffen und Cocktails für uns mixen würde, bevor er in der Stadt einen mit uns draufmachte.

»Hattest du ein Meeting mit Beauty Savers?«

Beauty Savers war ein großer Anzeigenkunde. Eine Kosmetikkette im unteren Preissegment, der man das nicht ansah, mit ihrem pastellrosa Merchandising und den ewig lächelnden Verkäuferinnen (wenn man eine der Filialen betrat und die Person, die einen bediente, nicht lächelte, bekam man gratis ein »Smile«-Täschchen voller Schönheitsartikel). Beauty Savers hatten jede Menge Geld zur Verfügung. Und im Gegensatz zu anderen Kunden stellten sie selten Forderungen an uns. Beauty Savers würde mich niemals fragen, ob wir eine vierseitige Strecke über einen – wortwörtlich einen – Lippenstift bringen können, weil sie wussten, dass das lahm und überzogen war. Sie besaßen das, was den meisten Unternehmen fehlte: Selbsterkenntnis. Wir liebten sie.

»Ja, vor ein paar Tagen«, bestätigte Dom, als wäre das allgemein bekannt. »Meg war dabei. Ich glaube, du warst gerade beim Mittagessen mit der Mode-Lobby.«

»Kann sein.« Ich versuchte, mir meine Erschütterung nicht

anmerken zu lassen. Wieso war Dom ohne mich zu einem Treffen mit einem unserer größten Werbekunden eingeladen worden? Wenigstens war Meg dabei gewesen. »Und, was hast du für eine Idee?«

Dom verknotete die Finger wie ein aufgeregtes Schulmädchen. »Emily und ich werden *Jolies* Beauty-Channel lancieren, gesponsert von Beauty Savers.«

»Wie cool«, sagte Fran, ihre Augen vor Entzücken geweitet. »Das klingt super! Darf ich mit von der Partie sein? Bitte!«

»Mal sehen«, meinte Dom unverbindlich. Fran verehrte Dom auf dieselbe Weise wie Teenager Taylor Swift verehrten: leidenschaftlich und ausschließlich. Fast rechnete ich schon damit, dass sie einen Dom-Fanclub gründete. Zugegeben, damit stand sie nicht allein. Dom war die klassische Beauty-Redakteurin – gleichermaßen hübsch wie gewitzt und freundlich, dabei aber nie einschüchternd. Ich war schon bei Anlässen, wo erwachsene Frauen sich ihr gegenüber wie hysterische Fans benahmen. »Für den Anfang begnügen wir uns mit sechs Videos, und das Konzept steht bereits fest. Aber vielleicht in der nächsten Runde.«

Ich schüttelte den Kopf. »Einen Moment. Ich habe nichts davon abgesegnet. Meg etwa?«

Ein Ausdruck der Verwirrung trat auf Doms reizendes Gesicht. »Ja, hat sie. Ich habe nur noch auf Emilys Zustimmung gewartet, aber … ich dachte, es wäre deine Idee, George.«

Es fiel mir schwer, nicht gekränkt zu sein. »Äh, nein. Es war nicht meine Idee …« Ich hielt inne und versuchte, das alles zu begreifen. Meg hatte einen Deal mit Beauty Savers unterzeichnet, ohne mich auch nur über das Meeting zu informieren? Ich spürte, wie Ärger in mir aufflammte.

»Ich persönlich halte das nicht für eine gute Idee«, wandte Lucy ein. »Um was soll es in den Videos gehen?«

Dom hob ihre anmutigen Brauen. »Im ersten wird Emily mir zeigen, wie man perfekte Smokey Eyes schminkt …«

»Nein«, sagte ich und hielt meine Hand einhaltgebietend hoch. »Das kommt nicht infrage. Zum einen weil ich jemanden mit einem Kajalstift erdolchen werde, wenn ich ein weiteres Video über Smokey Eyes sehe. Und zum anderen weil du die Expertin bist, Dom! Und nicht diese verdammte Emily Collins. Nein, das kommt absolut nicht infrage.«

»Warum nicht?«, fragte sie schmollend.

»Weil es eine grottenschlechte Idee ist!«

»George, es war deine!«

Ich schnaubte spöttisch. »Es war *nicht* meine Idee. Und wir werden es nicht machen. Wir müssen uns auf Konzepte für die Jubiläumsausgabe konzentrieren und nicht auf Videos über Augen-Make-up, das jeder mit einem Klick im Internet finden kann. Gib Emily keine Rückmeldung, solange ich nicht mit Meg gesprochen habe, okay?«

Dom nickte, ihr Mund enttäuscht verzogen. »Okay«, sagte sie dumpf.

Die Mädchen verließen das Zimmer, und ich checkte den Terminkalender von letzter Woche. Hatte ich eine Besprechungsanfrage übersehen? Ich hoffte es. Dann könnte man mich lediglich der Unprofessionalität bezichtigen, und nicht der Überflüssigkeit. Ich war die Chefredakteurin. Es war meine Aufgabe, mit den Kunden zu reden und dafür zu sorgen, dass sie sich gut bei uns aufgehoben fühlten, damit sie weiterhin Inserate schalteten. Wie sollte ich das bewerkstelligen, wenn ich nicht einmal zu den Meetings eingeladen wurde?

Fehlanzeige. Keine Besprechungsanfrage.

Scheiße.

Ich griff zum Hörer und wählte Megs Nummer.

»Hallo, Darling«, sagte sie.

»Hi, Meg. Hören Sie, ich habe gerade mit Dom gesprochen, und …«

»Sie hat Ihnen das mit Beauty Savers erzählt?«

»Ja. Was ist da los?«

»Ich wollte warten, bis alles unter Dach und Fach ist, bevor ich Sie einweihe. Emily Collins wird …«

»Das weiß ich alles. Meg, warum haben Sie mich außen vor gelassen? Ich stand wie eine Idiotin vor meinem Team. Ich war über nichts informiert. Und wäre ich es gewesen, hätte ich nicht zugestimmt.«

»Exakt das ist mein Punkt. Ein Kunde wie Beauty Savers liebt diese Art von Ideen. Sie stecken hundertfünfzigtausend Dollar in das Projekt. Wir können die Videos in die iPad-Ausgabe einfügen – es ist eine großartige Gelegenheit, um *Jolie* aufzuwerten, wie wir es uns vorstellen. George …« Meg seufzte hörbar. »Wären Sie bei dem Meeting gewesen, hätten wir Beauty Savers nicht dafür gewinnen können.«

»Was? Das ist absurd! Für hundertfünfzig Riesen hätte ich den Mund gehalten, Meg!«

»Aber Sie wären nicht fähig gewesen, sich diesen Ausdruck zu verkneifen, den sie bekommen, wenn Leute über die Möglichkeiten digitaler Medien reden. Jeder hätte Ihnen angesehen, wie Sie in Wahrheit darüber denken. Sie haben absolut kein Pokerface, George.«

Es stimmte. Das hatte ich nicht. Es verblüffte mich noch immer, wie ich es geschafft hatte, den Plan mit der Leihmutterschaft so lange vor Jase zu verbergen. Ein Glück für mich, dass Jase ebenso schlecht darin war, Signale aufzufangen, wie ich gut darin war, sie auszusenden.

»Also ist es beschlossene Sache?«

»Ja. Und es ist ein großartiger Deal. Wenn ihnen die ersten sechs Videos zusagen, unterschreiben sie für weitere zwölf. Wir brauchen dieses Geld, George, und wir brauchen das Vertrauen unserer Werbekunden, dass wir uns in der virtuellen Welt auskennen. Momentan vermitteln wir das nicht.«

Ich seufzte. »In Ordnung. Sie haben recht. Nur …«

»Ja, Darling?«

»Bitte, treffen Sie keine weiteren Entscheidungen über meinen Kopf hinweg, Meg.«

»Gewiss nicht, Liebes.«

9

Woche 13

»Bist du *sicher*, dass ich dir nicht noch irgendetwas holen kann?«

Ich schüttelte den Kopf. »Würdest du dich endlich setzen, Nina. Es geht mir gut.«

»Bitte entschuldige. Ich … ich möchte mich nur vergewissern, dass du alles hast, was du brauchst.«

Nina schwirrte um mich herum wie eine Fliege um eine übrig gebliebene Wurst, seit ich vor vier Wochen bei ihnen gestrandet war, wie eine vom Pech verfolgte Kitschromanheldin, meine Klamotten in einem angesichts meines derzeitigen Beschäftigungs- und Beziehungsstatus (wacklig beziehungsweise desaströs) absurd teuren Koffer.

»George, ich kann dir nicht beschreiben, wie dankbar wir dir sind«, erklärte Matt beim Frühstück. Ich wusste nur zu gut, wie dankbar er und Nina mir waren, weil sie es mir beinahe täglich versicherten. »Trotzdem sollst du wissen, dass es selbstverständlich in Ordnung ist, falls du deine Meinung doch noch änderst. Solltest du dich umentscheiden, sag es uns bitte.« Noch einmal: Das hatten wir alles schon.

Ich nickte, während ich meinen extraknusprigen Frühstücksspeck kaute. »Das werde ich.«

Würde es sich furchtbar anhören, wenn ich ihnen sagte, dass es mir zum Hals heraushing, dauernd darüber zu reden? Vermutlich ja. Aber neben meinem Zusammenleben mit Matt und Nina hatte ich auch noch die juristischen und sozialen Beratungen zu absolvieren. Es war, als wäre mein Radio fortwährend auf den »Baby-Kanal« eingestellt. Klar wollte ich den beiden unbedingt helfen, und ich würde keinen Rückzieher machen. Aber all dieses Gerede über Eizellen und Befruchtung weckte in mir das Bedürfnis, meinen Kopf auf einen Teller Ricotta-Pfannkuchen zu legen und Ahornsirup in meine Gehörgänge zu träufeln, bis ich es nicht mehr hören musste.

»Wie läuft's bei den Beratungsgesprächen?«, erkundigte er sich. Nina warf ihm einen warnenden Blick zu. Matt breitete entschuldigend die Hände aus. »Tut mir leid, George, das steht mir nicht zu.«

Ich schüttelte den Kopf und schaufelte Ei auf meine Gabel. »Schon okay. Ganz gut, denke ich. Sie stellen mir eigenartige Fragen. Ziemlich persönliche. Aber ich schätze, das ist Sinn und Zweck der Übung.« Ich blickte von meinem Teller auf und stellte fest, dass Nina und Matt mich aufmerksam ansahen und dabei wissend nickten. Zu behaupten, dass ich mich leicht unter Druck gesetzt fühlte, meinen Part bei dem Ganzen möglichst gut zu absolvieren, wäre maßlos untertrieben.

Ich war bereit, ihnen den Gefallen zu tun, aber ich wollte es hinter mich bringen. Am liebsten sofort. In den Wochen, seit Nina mir *Die Frage* gestellt hatte, hatte ich mehr Geschichten über Unfruchtbarkeit gehört als frische Slips angezogen. Dabei hatte ich noch nicht einmal damit begonnen, die Außenwelt über die Leihmutterschaft zu informieren. Nina, Matt und ich hatten beschlossen, damit zu warten, bis das Brötchen sicher im Ofen backen würde, bevor wir den Menschen dort draußen von unserem bizarren kleinen Fortpflanzungsdreier erzählten. Trotzdem schien mich das Thema Baby und Fruchtbarkeit neuerdings auf Schritt und Tritt zu verfolgen. Es war, als hörte man zum ersten Mal eine neue Band, und plötzlich hört man sie immer und überall, und man wundert sich, wie sie einem bisher entgangen sein konnte, denn auf einmal scheint es, als könnte man nie mehr das Radio anschalten, ohne dass ihre Songs liefen.

Ellie hatte es eingeläutet. Wer sonst?

»Meine Freundin Eva brauchte ewig, um schwanger zu werden. Schließlich versuchte sie es mit In-vitro-Fertilisation, aber dann betrog ihr Mann sie. Doch was hätte sie zu dem Zeitpunkt tun sollen? Die IVF abblasen? Sie war achtunddreißig. Ihr blieb nicht mehr viel Zeit. Also verzieh sie ihm und nahm sein Sperma. Inzwischen sind sie verheiratet und haben ein dreijähriges Kind.«

Ellie erzählte das mit einer Beiläufigkeit, die über die Lächerlichkeit der Situation hinwegtäuschte. Obwohl ihr Ehemann fremdgegangen war, hatte diese Frau die Sache durchgezogen und ein Baby mit ihm bekommen? Mir lief es kalt den Rücken hinunter.

Wann immer ich im Büro eine Zeitschrift aufschlug, entdeckte ich darin eine Geschichte über den schwindenden Vorrat an Eizellen. Über schlechte Spermienqualität. Die Kosten einer IVF und die Sorgen potenzieller Eltern aus der Mittelschicht darüber, wie sie sich eine künstliche Befruchtung *und* Privatschulen leisten sollten. In einem Artikel wurde eine Frau namens Bernice mit den Worten zitiert: »Ich musste so lange auf ein Baby warten. Ich habe so viel in meinen Sohn investiert. Ich weiß nicht, wozu das alles gut gewesen sein soll, wenn ich ihn nicht nach Cranbrook schicken kann, damit er in die Fußstapfen seines Vater tritt.« Ich bemühte mich um Verständnis, aber Bernice überspannte den Bogen.

Journalistin, die ich bin, hatte ich angefangen, mir mit der Leidenschaft einer neunzehnjährigen, Kapuzenpulli tragenden Technokratin die Nächte bei Google um die Ohren zu schlagen.

Mein Hirn wurde überschwemmt von Akronymen wie: IUI, IFV, ART, GIFT, ICSI … Und von Statistiken. So viele deprimierende Zahlen. Pro IVF-Zyklus besteht eine Chance von dreiunddreißig Prozent, dass eine Schwangerschaft zustande kommt. Mit Ninas fünfunddreißigstem Geburtstag hatte sich das Risiko einer Fehlgeburt für sie von fünfzehn auf zwanzig Prozent erhöht. Selbst auf herkömmliche Weise schwanger zu werden – in einem Bett, umgeben von Kerzen und Rosen – war nicht einfach. Hier lag die Wahrscheinlichkeit bei fünfzehn Prozent. Wie war das möglich? Die Erfolgschancen sprachen komplett gegen uns. Wie wurde überhaupt je eine Frau schwanger?

Ich verlor mich in den Geschichten, auf die ich in den Unfruchtbarkeitsforen stieß. Da war eine Frau, die eine Leihmutter suchte, weil sie mit Anfang Dreißig einen Schlaganfall erlitten hatte und zeitlebens Medikamente einnehmen musste, die Geburtsfehler zur Folge haben würden. Eine andere fühlte sich unverständlicherweise schuldig, weil sie kein Kind mit ihrem zweiten Ehemann bekommen konnte, obwohl sie mit ihrem ersten eins gezeugt hatte. Wieder eine andere war auf der Suche nach einer Eispenderin, nachdem ihre eigenen anscheinend »alle im Karton zerbrochen« waren.

Und dann war da noch MummytoBe73. In der Vermutung, dass die »73« für ihr Geburtsjahr stand, rechnete ich schnell nach und gelangte zu einem deprimierenden Ergebnis: Sie war über Vierzig. Ihr Forum-Thread »Suche eine Tragemami« (ein beliebter Ausdruck für Leihmütter in diesen Foren) war schon seit 2006 aktiv. Seit ihrem ersten Beitrag, in dem sie erklärte, dass sie und ihr Mann keine Kinder bekommen konnten, hatte sie jeden Monat ein Update gepostet. Das letzte war erst wenige Wochen alt. Und sie suchten noch *immer*. Ich wunderte mich, woher sie die nötige Hoffnung nahm, um nach all diesen kummervollen Jahren weiterzumachen. Ich versuchte, mir die Frau vorzustellen, wo sie lebte, was sie machte, wie viel Zeit sie tagein, tagaus damit verbrachte, an das Baby zu denken, das sie sich so sehnlich wünschte. Es war zu deprimierend.

Ich las Geschichten über Stichelung der Eierstöcke und beschloss, diesen Begriff sofort aus meinem Gedächtnis zu löschen. Ich stieß auf andere medizinische Ausdrücke wie »Gelbkörperphase« und »niedrige Spermienanzahl« und auf schrecklich traurige Kommentare wie »die Hoffnung stirbt zuletzt« oder »Mal wieder negativ«. Das Einzige, worauf jeder in diesen Foren zu hoffen schien, waren zwei blaue Linien auf einem Schwangerschaftstest.

Es war ein gigantisches, kräftezehrendes Paralleluniversum, von dessen Existenz ich nicht einmal etwas geahnt hatte. Ich fühlte mich schuldig und erleichtert zugleich, weil ich selbst nie hatte schwanger werden wollen. Auf einmal gab ich den neugierigen, viel zu intimen Fragen in Bezug auf meinen nicht vorhandenen Kinderwunsch, die ich mir im Lauf der Jahre hatte anhören müssen, bei Weitem den Vorzug vor diesem niemals endenden Elend.

Gleichzeitig beunruhigten mich diese Foren. Es gab dort Frauen, die von ihrem vierten oder fünften Versuch einer IVF mit einer Leihmutter berichteten. Was, wenn es nicht funktionierte? Was, wenn ich nach einem gescheiterten Anlauf die Nase voll hätte? Was würde das über mich aussagen? Dr. Hewitt, mein Berater, hatte mir diesbezüglich auf den Zahn gefühlt. In meiner Vorstellung würden Nina und ich den Transfer vollziehen, ich würde schwanger werden, und Abrakadabra, neun Monate später würde Nina ihr Baby bekommen – zugegeben, technisch gesehen, würde ich ihr Baby bekommen –, und alles wäre wieder beim Alten.

»Es klappt nicht immer auf Anhieb«, warnte mich Dr. Hewitt. Er war ein ulkig großer Kerl, mit einer seltsam femininen Figur. Ich hatte nie einen birnenförmigen Mann gesehen, bis ich Dr. Hewitt kennenlernte. Es schien, als bräuchte er dringend einen Besuch von Trinny und Susannah, damit sie ihm mit einem Taillenmieder zu einer vorteilhaften Figur verhalfen. »Einige Leihmütter werden nicht beim ersten Versuch schwanger und scheuen vor einem zweiten zurück. Wie denken Sie darüber?«

Wie oft konnte man ernsthaft von einer Frau erwarten, dass sie ihren Unterleib verlieh?

»Ich bin mir nicht sicher«, sagte ich in Anbetracht der Möglichkeit, dass mein Körper den Strapazen, denen ich ihn aussetzen wollte, nicht gewachsen sein könnte. »Vermutlich werde ich das erst wissen, wenn der Fall eintritt und ich diese Entscheidung treffen muss.«

Dr. Hewitt nickte. »Aber was ist mit Nina und Matt?«

Ich stieß seufzend die Luft aus und zuckte mit den Schultern. Darauf wusste ich keine Antwort.

»Ich versuche nicht, Ihnen Steine in den Weg zu legen, Georgina – äh, Georgie …«

»George.«

»George. Es ist nicht meine Aufgabe, Sie zu entmutigen, andererseits muss ich sicherstellen, dass Sie sämtliche Unwägbarkeiten in Betracht ziehen. Verstehen Sie das?«

Ich nickte. »Ja, sicher.« Doch was anfangs wie eine unglaublich einfache Lösung ausgesehen hatte, um meiner Freundin zu helfen, entpuppte sich zunehmend als extrem steiniges Terrain. Dabei fürchtete ich noch nicht einmal, dass ich eine Bindung zu dem Baby entwickeln und versuchen könnte, es zu kidnappen oder so etwas Irres – wenngleich man mich auch mit solchen Fragen konfrontierte –, es war mehr die Tatsache, dass meine eigentlich geradlinige Entscheidung inzwischen so viele winzig kleine Fragen nach sich zog, dass ich kaum eine Ahnung hatte, wie ich sie alle beantworten sollte. Mich überkam jeden Tag von neuem das Gefühl, als würde ich mich um eine Stelle bewerben, die möglicherweise gar nicht existierte. Dr. Hewitt hatte alle möglichen Szenarien angesprochen, auf die ich selbst nicht gekommen war. Was, wenn ich schwanger wurde und Komplikationen auftraten – wäre es mir möglich, strenge Bettruhe zu halten, schlimmstenfalls über Monate hinweg? Dieses Risiko war mir nie in den Sinn gekommen. Ich malte mir aus, wie ich Meg mitteilte, dass ich das Magazin eine Weile vom Bett aus leiten würde. Mein Bauchgefühl sagte mir, dass das nicht gut ankommen würde. Welche Art Kontakt würde ich zu dem Kind wollen? Und was, wenn es diesbezüglich eine Diskrepanz zwischen meiner und Ninas und Matts Vorstellung gab? Es machte mich ganz schlapp, auch nur über all das Was-wäre-Wenn nachzudenken.

Die schlimmste Frage, die Dr. Hewitt gestellt hatte, war rückblickend betrachtet zugleich die offensichtlichste. Aber wie bei all den anderen hatte ich mir auch darüber bisher nicht den Kopf zerbrochen.

»Was denken Sie, wie sich diese Sache auf Ihre Freundschaft mit Nina auswirken wird?«

In meiner höchst selbstgefälligen Fantasie stellte ich mir vor, wie Nina mir ewig dankbar sein, mich mit Geschenken überhäufen und von Zeit zu Zeit mit einem Hauch Traurigkeit, jedoch viel mehr Freude im Blick ansehen und dabei denken würde, wie anders ihr Leben verlaufen wäre, hätte sie nicht mich, George Henderson, Verleiherin einer Spitzengebärmutter, als beste Freundin.

Dann ging Dr. Hewitt mit mir sämtliche Gründe durch, die Nina finden könnte, um mir zu grollen. Vielleicht würde sie das von Anfang an tun, sobald die Überraschung und Aufregung über meine Schwangerschaft verebbt und ich für sie nur eine weitere Frau wäre, die im Gegensatz zu ihr ein Kind erwartete. Vielleicht würde dieser Moment jahrelang auf sich warten lassen, doch sobald er eintrat, würde er den Effekt einer Vollbremsung auf unsere Freundschaft haben und ich ein Schleudertrauma davontragen.

Nina unterbrach meinen Gedankenfluss, indem sie über den Tisch fasste und ihre Hand auf meine legte. »Keine Sorge, wir werden dich nicht nach den Details fragen. Du musst uns nicht sagen, was bei den Sitzungen abläuft.« Sie und Matt tauschten ein ironisches Lächeln, immerhin hatten sie diesbezüglich selbst ihren Teil mitgemacht.

»Ist schon okay. Aber vieles davon ist einfach neu für mich, und ich muss mich noch immer daran gewöhnen.«

Nina nickte, offenbar zufrieden mit meiner Antwort. »Das ist verständlich. Und denk dran, solltest du irgendetwas brauchen, dann sag es uns, in Ordnung?«

Ich grinste. »Na ja, es gibt da dieses neue Portemonnaie von Chloé, das ich gern zu Weihnachten hätte.«

Sie quittierte das mit einem Lächeln. »Ich meine es ernst, George. Du bekommst alles, was du brauchst. Sag es uns einfach, und wir kümmern uns darum.«

»Mhm.« Das mit dem Portemonnaie war ein Spaß gewesen, das wussten wir beide. Nina und Matt hatten fast jeden Dollar, den sie besaßen – und einen beträchtlichen Batzen, den sie bei der Bank geliehen hatten –, in dieses Baby investiert, das sich erst noch materialisieren musste. Druckpunkt Nummer 457.

»Die gute Nachricht ist, dass wir anfangen können, sobald die Beratungsgespräche abgeschlossen sind, was ziemlich bald sein dürfte. Nachdem noch eingefrorene Eizellen von meinem letzten Versuch übrig sind, könnten wir praktisch sofort loslegen. Wir müssen nur auf den Beginn deines Monatszyklus warten.«

Ich warf einen Blick zu Matt, der sich während unseres Gesprächs ungerührt seinen verbrutzelten Speck einverleibt hatte. Manch anderer Mann hätte bei dem Wort »Monatszyklus« einen Würgereiz bekommen, aber nicht Matt. »Das ist großartig«, kommentierte ich.

Nina plapperte weiter – über Embryos und zähflüssigen Schleim und rektale Temperaturmessung –, und ich bemühte mich um eine möglichst stoische Miene, während ich mich zwingen musste, den Kaffee in meinem Mund runterzuschlucken.

Sei nicht so verkrampft. Das sind vollkommen normale Themen.

Auf einmal realisierte ich, dass ich bald schwanger sein könnte. Was ich nie geplant hatte.

»Ich schätze, ich sollte mir den Wein abgewöhnen«, bemerkte ich, um die Stimmung etwas aufzulockern.

Nina und Matt tauschten wieder einen Blick.

»Du hast noch nicht aufgehört zu trinken?« Ein Anflug von Verärgerung verdunkelte Matts Stimme.

»Na, *so* viel trinke ich nun auch wieder nicht«, konterte ich.

»Matt!«, wies Nina ihn scharf zurecht. »Mach dir keine Gedanken, George. Aber du solltest die Finger vom Alkohol lassen, damit dein Körper für ein Baby bereit ist. Es trifft sich gut, dass du währenddessen bei zwei eingefleischten Abstinenzlern wohnst.« Im Zuge ihrer vielen Versuche, ein Kind zu bekommen, hatten Nina und Matt nicht nur dem Alkohol abgeschworen, sondern auch Wurstaufschnitt, Zucker, Salz und allen möglichen anderen Dingen, die sich angeblich hinderlich auf eine Empfängnis auswirkten (es sei denn, man war ein amerikanischer Teenager – die schienen schon schwanger zu werden, wenn sie einander nur anniesten). Insgeheim hatte ich vermutlich gewusst, dass ich das eine oder andere würde aufgeben müssen, mir war nur nicht klar gewesen, wie bald das sein würde. Druckpunkt Nummer 458.

»Kein Problem. Solange ihr mir nicht sagt, dass ich auch auf Kaffee verzichten muss.«

Nina und Matt lachten. »Doch, natürlich«, sagte sie.

Ich zog die Brauen zusammen, aber sie fuhr ungerührt fort. »Da wir schon mal beim Thema sind – wenn du außerdem deinen Zuckerkonsum einschränken könntest, das wäre ideal. Wie viel Bewegung bekommst du?«

Ob der Gang zum Kopiergerät zählte? »Ähm, ich treib ein bisschen Gymnastik, wenn ich Zeit dazu habe.«

»Du besuchst doch noch das Fitnessstudio in eurem Verlag? Dr. Fisher sagt, Yoga ist mit das Beste, was man machen kann, wenn man versucht, schwanger zu werden, eventuell könnest du das mal ausprobieren.«

»Wenn du meinst.«

Allmählich kam mir der Verdacht, dass Nina mich überhaupt nicht kannte. Kein Kaffee? Yoga? Bewegung? Alter Falter. Sie ließ mir gegenüber die Paltrow raushängen.

Was ein absolutes No-Go unter besten Freundinnen war.

»Aber du musst dich wegen all dem auch nicht verrückt machen«, fuhr sie fort. »Übertreib es nicht.«

»Kein Problem.«

»Manche Frauen drehen halb durch bei dem Versuch, einen perfekten Nährboden zu schaffen, verstehst du?«

Ich nickte, dabei dachte ich an all die Dinge, die Nina auf sich genommen hatte, um genau das zu erreichen. Matt musste dasselbe durch den Sinn gegangen sein, denn er wechselte hastig das Thema.

»Jedenfalls sollst du wissen, wie dankbar wir dir sind und wie glücklich wir uns schätzen, dich zur Freundin zu haben. Besonders nach dieser Sache mit Jase. Und fühl dich bitte nicht genötigt, dir eine andere Bleibe zu suchen. Wir sind für dich da.«

Ich hatte etwas Ähnliches zu Dr. Hewitt gesagt, als er mich fragte, warum genau ich mich als Leihmutter zur Verfügung stellen wollte. »Weil ich für Nina da sein möchte. Sie ist meine beste Freundin. Ich weiß, sie würde für mich dasselbe tun.«

Auf sein wortloses Nicken hin hatte ich weitergesprochen.

»Halten Sie es nicht für extrem unfair, dass manche Leute Kinder bekommen können, obwohl sie sich nicht als Eltern eignen?«

Keine Reaktion.

»Ich schon. Und ich sage das als jemand, der eine unglaublich selbstsüchtige und schlechte Mutter abgeben würde. Nur bin *ich* mir darüber im Klaren. Deshalb möchte ich auch keine Kinder. Nina hingegen … sie wäre eine wundervolle Mutter. Und Matt der denkbar beste Vater. Und beide zusammen …« Ich suchte nach den richtigen Worten. »Sie sind ein großartiges Team, verstehen Sie? Sie sind schon seit einer Ewigkeit zusammen und kennen einander in- und auswendig. Ich weiß, dass sie ihre Sache ganz fantastisch machen werden.«

Ein schwaches Nicken. Ich merkte mir vor, niemals gegen diesen Mann zu pokern.

»Was ich jetzt sage, mag klischeehaft und abgedroschen klingen, aber Nina hat es verdient. Sie verdient eine eigene Familie, eine, die sie selbst gegründet hat, weil ihr Vater und ihre idiotische Schwester und ihre Stiefmutter …« Ich versuchte, es höflich auszudrücken. »Sie lassen ziemlich zu wünschen übrig. Nina hat dieses Baby verdient. Und wenn ich helfen kann, wieso sollte ich es nicht tun? Darf ich ganz ehrlich sein? Der Hauptgrund, warum ich das tun will, ist, dass ich nicht den Hauch einer Ahnung habe, was Nina durchmacht. Ich teile ihr Bedürfnis nicht. Ich kann nicht nachempfinden, wie es ist, wenn man sich so sehr und so lange nach einem Kind sehnt und dieser Wunsch einfach niemals in Erfüllung geht. Aber ich kann mir nichts Herzzerreißenderes vorstellen. Und ich weiß, dass es Nina das Herz zerreißen würde, wenn sie ihre Hoffnung ein für allemal begraben müsste. Sie soll ihr Baby bekommen. So einfach ist das.«

Ich glaubte, ein winziges Lächeln in Dr. Hewitts Gesicht zu sehen, aber vermutlich bildete ich mir das nur ein.

10

Woche 16

Ich hatte im letzten Monat mehr Pillen eingeworfen als bis dato in meinem ganzen Leben, inklusive der vier Wochen auf Costa Rica, als ich neunzehn war. Mein Nährboden war schon jetzt fruchtbar, doch da Ärzte nun mal kein Risiko eingehen, verschrieben sie mir einen ganzen Sack voller Hormone und anderer Medikamente, um meinen Uterus zu Höchstleistungen anzuspornen. Hinzu kamen die Großpackungen Vitamine, die Nina für mich kaufte – Pillen, die dem Baby eine gesunde Entwicklung von Rückenmark und Gehirn versprachen und der werdenden Mutter tolle Haare und Nägel. Ergo profitierten beide davon.

»Ich frage mich, warum das so lange dauert.«

Mein Blick glitt zu Nina, die im Warteraum auf und ab tigerte. »Ärzte lassen sich doch immer ewig Zeit. Bestimmt haben sie in ihren Büros Geheimtüren, die direkt auf einen Golfplatz führen.«

Nina konnte sich kaum ein Lächeln abringen. »Sie sagten, dass wir warten sollen. Ich frage mich, wozu? Ich dachte, wir wären hier fertig. Eigentlich sollten wir doch gleich nach dem Eingriff gehen dürfen.«

Ich schüttelte ratlos den Kopf. »Keine Ahnung. Vielleicht wollen sie uns noch sagen, was für wunderbare Eizellen du hast und wie gut sie sich in ihrem neuen Zuhause akklimatisiert haben.«

Nina lachte verhalten. »Ich dachte, es würde länger dauern.«

»Was meinst du?«

»Den Transfer. Es ging sehr schnell, findest du nicht?«

Ich zuckte die Achseln. »Schätze schon … aber ich kann das nicht beurteilen. Es ist schließlich nicht so, als würde ich so etwas jede Woche machen.« Ich stand ziemlich neben mir – man hatte mir Valium zur Muskelentspannung verabreicht, und es wirkte auf höchst angenehme Weise. »Setz dich, Nina. Es ist bestimmt alles in Ordnung. Egal was die Ärzte sagen, wir gehen hinterher ein Eis essen, okay?«

Sie nickte und marschierte weiter auf und ab. Innerlich war ich genauso nervös wie sie. Falls der Embryo ordnungsgemäß implantiert worden war, könnte ich sehr bald schwanger sein. Genauer gesagt in wenigen Stunden. Natürlich würden wir das erst in ein paar Wochen mit Sicherheit wissen, aber die Vorstellung, dass sich mein Leben komplett ändern würde – wenn auch nur vorübergehend –, füllte mein ganzes Bewusstsein aus. Es konnte sein, dass ein Baby – ein winziges, unerkennbares Tüpfelchen von einem Baby – in mir gedieh, wenn ich heute zu Abend aß. Ein Baby, das wachsen und meinen Bauch anschwellen lassen würde, das mir Übelkeit und Schweißausbrüche und vermutlich geringfügige Attacken von Wahnsinn bescheren würde. Mann, die Vorhersehbarkeit unserer biologischen Reaktionen konnte deprimierend sein.

Es überraschte mich, dass ich so empfand. Bis zu diesem Morgen hatte ich mich eher losgelöst gefühlt von all dem. Und die Beratungsgespräche hatten ihr Übriges dazu beigetragen. *Es wird Ninas und Matts Baby sein. Ich helfe ihnen nur. Es ist wie ein Geschäftsvorgang, nur dass ich die beiden liebe und nicht die Ab-*

sicht habe, sie über den Tisch zu ziehen. Ich hatte mir die Injektionen verpasst und die Tabletten geschluckt. Heute hatte ich, nur mit einem grünen Kittel bekleidet, auf einem sterilen Krankenhausbett gelegen, während ein Arzt einen winzigen Embryo in mich einpflanzte. Bis dahin war mir das alles nicht real genug vorgekommen, um irgendwelche Emotionen auszulösen. Doch jetzt, während ich in diesem Warteraum saß, der mir im Lauf der letzten Wochen so vertraut geworden war, mit derselben griesgrämigen alten Empfangsdame, die schon vor langer Zeit in Rente hätte gehen sollen, und denselben abgegriffenen Zeitschriften, die sie am besten gleich mit nach Hause genommen hätte, da fühlte ich es. Etwas hatte sich verändert. Ich konnte es spüren.

Ich schaute wieder zu Nina, die immer noch hin und her lief. Ich bedeutete ihr, sich zu setzen, aber sie schüttelte den Kopf.

»Nina?«, sagte ich leise, obwohl wir die Einzigen im Zimmer waren. Was ein Glück war. Ich glaubte nicht, dass ich es noch einmal ertragen hätte, in einem Raum voller abgespannter, erschöpfter Gesichter von Menschen zu sitzen, die zu viel Verzweiflung erlebt hatten.

An einem Tag war eine Frau aus dem Wartezimmer verjagt worden, weil sie ihren dreijährigen Sohn mitgebracht hatte. Mit in Tränen schwimmenden Augen hatte sie die anderen Frauen um Verständnis angefleht.

»Man nennt es sekundäre Unfruchtbarkeit«, hatte sie geklagt.

»Das ist mir egal! Ich will das hier nicht sehen«, hatte die Frau neben ihr gefaucht. »Das« war der verstrubbelte Knirps, der unschuldig an seiner Wasserflasche genuckelt und die Beine unter dem Stuhl, für den er zu klein war, vor- und zurückgeschwungen hatte. Er hätte nicht unbescholtener aussehen können, wenn er es versucht hätte. »Schwester! Sie verstößt gegen die Regeln!«

Nina und ich hatten einen überraschten Blick getauscht, doch inzwischen konnte ich beinahe verstehen, was in der Frau – die ich zum fraglichen Zeitpunkt schrecklich gefunden hatte – vorgegangen war. Das hier war *hart*. Im Sinne von: »Pack lieber deine Tasche, und geh nach Hause, wenn du nicht darauf vorbereitet bist, dass dein Herz entzweibricht.«

Nina reagierte noch immer nicht. »Nina!«, flüsterte ich wieder. Sie hob den Kopf, und ich sah, dass sie die Augen öffnete. Hatte sie etwa gebetet? Meine atheistische Freundin, die an unserer katholischen Highschool zu zwei Wochen Nachsitzen verdonnert worden war, weil sie es in der Debattierstunde gewagt hatte, das Thema AIDS anzuschneiden? Ausgeschlossen.

»Was ist?«, fragte sie.

»Was tust du?«

Sie zuckte die Achseln. »Ich kann nicht still herumsitzen und eine Zeitschrift lesen. Dies ist unsere *letzte* Chance.«

Ich stand auf und führte sie behutsam zurück zu unseren Sitzplätzen. Sie legte den Kopf auf meine Schulter.

»Es geht einfach schon zu lange, verstehst du? Wenn es nicht geklappt hat … kann es sein, dass wir es aufgeben …« Mitten im Satz brach ihre Stimme und machte lautlosen Schluchzern Platz. Ich versuchte, mir ein Verlangen vorzustellen, das so übermächtig war wie Ninas nach einem Baby. Es überstieg in vielerlei Hinsicht meine Vorstellungskraft. Vor Jase hatte ich mir mit schmerzvoller Sehnsucht einen Partner gewünscht, doch das war nicht vergleichbar. Man musste darauf warten und konnte es nicht erzwingen. Also gewöhnte man sich ans Warten. Und es war leicht genug, sich abzulenken – man schlief mit unpassenden Männern, futterte Nutella direkt aus dem Glas und nannte es Abendessen, man unternahm allein teure Urlaubsreisen, bei denen man »vergaß«, sich die Tate Modern anzusehen, weil man stattdessen die Hotelbar entdeckte. Doch die ganze Zeit über war man voller Zuversicht – vielleicht nicht zu hundert Prozent, aber annähernd –, dass es eines Tages passieren würde. Und bis dahin hatte man Nutella.

Nein, es war nicht vergleichbar.

Ninas Beschreibung zufolge fühlte es sich an, als triebe man auf einem Ozean. »Es ist, als wüsste man verstandesmäßig, wie man ans Ufer gelangt, aber da ist diese zweite Seite in einem, mächtiger als die verstandesmäßige, und sie sucht einen anderen Weg nach Hause. Es ist, als würde dir dein Bewusstsein sagen, dass dort draußen etwas ist, etwas, nach dem du Ausschau halten und an dem du dich festklammern musst, andernfalls wirst du es nie heil zurückschaffen.« In ihren optimistischeren Momenten hatte sie mir erzählt, das Traurigste daran sei, dass man sich, sobald der ursprüngliche Plan definitiv gescheitert war, ganz genau überlegen musste, was man mit dem Rest seines Lebens anfangen wollte. »Ab einem gewissen Punkt erwartet dein Umfeld von dir, dass du nach vorn siehst und mit dem vorliebnimmst, was du hast … aber es ist so schwer zu vergessen, was man *nicht* hat.«

Ich lehnte meinen Kopf an ihren und schloss sie fest in die Arme.

»Sei ganz ruhig, Nina. Es wird alles gut«, murmelte ich, bevor ich mich daran erinnerte, dass das einer der Sätze war, die man niemals zu jemandem sagen durfte, der auf ein Baby hoffte. *Mist.*

»Ms Henderson?«

Die verkniffen dreinguckende Sekretärin richtete sich hinter ihrem Schreibtisch auf.

»Ja?«

»Dr. Fisher wird Sie jetzt empfangen.«

Nina wischte sich die Tränen aus den Augen und versuchte sich unter enormer Anstrengung an einem echten Lächeln. Wir nickten einander zu, eine wortlose Bestätigung von Freundin zu Freundin, dass wir das zusammen bewältigen würden.

Ich streckte ihr die Hand hin – keine Ahnung, ob ich das je zuvor getan hatte –, und Nina ergriff sie.

Dr. Fisher öffnete ihre Bürotür, um uns in Empfang zu nehmen.

»Georgie?«

Ich nickte. Sie bedeutete mir einzutreten. Ich schaute Nina an, deren verdutzte Miene vermutlich meine eigene widerspiegelte.

»Kann ich …«, setzte sie an, wurde jedoch von Dr. Fisher unterbrochen.

»Zunächst möchte ich mit Georgie allein sprechen. Danke, Nina.«

Ich sah sie wieder an und zuckte die Achseln, woraufhin sie zu ihrem Platz zurückkehrte und das Gesicht in den Händen vergrub.

Ich ging in Dr. Fishers Büro und setzte mich.

»Zunächst die gute Nachricht«, sagte sie.

II

Woche 16

TAG 4

Von: Georgie Henderson
An: Jolie Redaktion

Hey, Leute,
bitte um sofortiges Treffen im Besprechungsraum.
George x

Kaum dass ich auf »Senden« geklickt hatte, wurde mir klar, dass ich die E-Mail anders hätte formulieren sollen. Eilig versammelte sich das Team im Besprechungszimmer und nahm geordnet und arbeitseifrig Platz, so wie es das auch bei jedem anderen Meeting tun würde. Doch mir entgingen weder die nervösen Blicke noch das ratlose Schulterzucken.

Sie glauben, dass sie entlassen werden. Oh verdammt.

Die Schwangerschaft hatte mein Gehirn offenbar neu verdrahtet. Heute früh war ich aus dem Haus gegangen, mit meinem Morgenmantel über meiner Arbeitskluft, in der Annahme, es sei mein Blazer. Ich war schon an der Bushaltestelle, ehe mir auffiel, dass ich einen Hausmantel, den ich aus dem Park Hyatt gemopst hatte, über meinen seidenen Haremshosen trug. Skurrilerweise funktionierte der Look halbwegs.

Ich weigerte mich zu glauben, dass die Hormone schuld waren – ich war einfach zu überwältigt von dem Gedanken, schwanger zu sein. Es war eine vollkommen surreale Vorstellung, dass genau in diesem Moment ein winziges Herz in mir pochte. In *mir*.

Ich pflanzte mich auf meinen gewohnten Stuhl und warf einen Blick in die Runde. Alle saßen auf denselben Plätzen wie immer. Lucy neben mir, eins weiter Katie, unsere Kreativchefin. Von dort aus gehorchte die Sitzordnung mehr oder minder der verlagsinternen Hierarchie. Die Mädels aus der Moderedaktion steckten die Köpfe zusammen und blätterten in der neuesten Ausgabe der *Phive*, einem Luxusmodemagazin, um das das Team sich jeden Monat riss. Greer, unsere Chefkorrektorin, wirkte leicht ungeduldig, weil dieses Meeting kostbare Minuten in Anspruch nahm, die sie darauf verwenden könnte, jemandes Rechtschreibung zu verbessern. Fran, unerschütterlich wie immer, saß der Tür am nächsten, damit sie hörte, wenn das Telefon läutete.

»Leute, ich habe dieses Meeting anberaumt, weil ich ein paar Dinge mit euch besprechen muss.« Einige schnappten hörbar nach Luft. »Nein, nein, macht euch bitte keine Sorgen – es sind keine schlechten Nachrichten.«

Schultern entspannten sich, Atemzüge entwichen, Augenbrauen senkten sich. Ich hatte in den vergangenen Jahren genügend Kündigungen miterlebt, um zu wissen, dass ich diese E-Mail nicht hätte schreiben sollen, sie hatte verständlicherweise Verunsicherung hevorgerufen. Neuigkeiten verbreiteten sich besonders schnell in einem Gebäude voller Autoren, und die Häufung von Megs Besuchen hinter verschlossenen Türen in letzter Zeit war dem Team sicherlich nicht entgangen.

»Allerdings wird es ein paar Änderungen geben. Die Verkaufszahlen von *Jolie* sind gut – tatsächlich so gut, dass wir die digitale Ausgabe des Magazins ausbauen werden.« Ich machte eine Pause und wartete, ob irgendwer meine himmelschreiende Lüge durchschaute. Doch niemandem schien aufzufallen, dass ich keinen direkten Augenkontakt herstellte – das verräterischste Zeichen für eine Unwahrheit –, darum fuhr ich fort. »Wie ihr alle wisst, bieten wir eine iPad-Ausgabe an, die sehr gut angenommen wird. Aber wir wollen sie noch weiter verbessern. Ich bin sicher, jeder von euch kennt die iPad-Edition von *Charm*.«

»Ich habe sie sogar abonniert«, bestätigte Katie. »Sie verfügt über ein virtuelles Cover, und der jeweilige Star darauf gibt eine kurze Einführung zum Inhalt. Das ist total cool.«

»Ja, du sagst es. Und genau so etwas werden wir auch machen.«

Dieses Mal seufzten die Mädchen selig. Sie nickten begeistert und strahlten. *Wow. Das läuft ja besser als gedacht.*

Alle schienen ganz aus dem Häuschen, außer Lucy. Sie saß einfach nur stumm da und bemühte sich, so desinteressiert wie möglich auszusehen.

»Die Videos mit Emily Collins werden sich fantastisch für das iPad eignen. Nicht wahr, George? Besteht die Möglichkeit, dass die Leserinnen direkt auf den Seiten shoppen können? Mit einem einzigen Klick? Die Werbekunden würden das toll finden«, sagte Dom.

Ich nickte, dabei glitt mein Blick zu Greer, deren Augen sich vor Schreck geweitet hatten angesichts der Perspektive, gefühlt eine Million Hyperlinks in jede Ausgabe setzen zu müssen.

Die Modefreaks sahen von ihrer Zeitschrift auf. »Unsere Geschichten kommen auf Papier besser rüber – die Fotografen inszenieren sie eigens dafür«, wandte Jen, unsere Modechefin ein. Sie war sogar noch länger bei *Jolie* als ich, trotzdem könnte sie optisch als Praktikantin durchgehen. Zum Teil lag es an ihren täglichen Yogastunden und Stehpaddel-Einheiten, zum Teil an ihren guten eurasischen Genen, dass sie mit zweiundvierzig aussah wie dreiundzwanzig. Die Frau verjüngte sich vor meinen Augen wie Benjamin Button.

»Ich weiß, Jen, aber das Grafikteam kann die Qualitätsunterschiede ausgleichen. Wir werden sicherstellen, dass die Geschichten auf dem Bildschirm genauso gut aussehen wie im Heft.«

Jen nickte, schien jedoch wenig überzeugt. Wären wir unter uns gewesen, ich hätte ihr beigepflichtet. Modeaufnahmen *sahen* auf Papier besser aus – dafür waren sie schließlich geschaffen. Von einer Seite zur nächsten zu wischen war einfach nicht so sensorisch und unmittelbar wie das Blättern in einer Zeitschrift, wo man die Kleidungsstücke praktisch mit den Fingerspitzen fühlen und sich vorstellen konnte, das Model zu sein, das sie trug. Egal was alle behaupteten – niemand glaubte wirklich, dass diese Blogger mehr von Mode verstanden als davon, wie man einen übergroßen Pulli zu einem schrulligen Rock kombinierte, den man von einem freigiebigen Designer geschenkt bekommen hatte.

»Georgie?«, meldete sich Fran zu Wort. Es hätte mich nicht gewundert, wenn sie die Hand gehoben hätte wie in der Schule. Die sie, um fair zu sein, erst letztes Jahr beendet hatte.

»Ja?«

»Was ist mit unserer Website? Werden wir etwas daran ändern?«

Ich nickte. »Ja, definitiv. Wir wollen sie re-« Ich suchte nach dem richtigen Wort, versuchte, mich zu entsinnen, was das Digitalteam mir letzte Woche erzählt hatte. Renovieren? Remastern? Reduplizieren?

Mein Handy, das auf meinen Schoß lag, piepte. Eine SMS von Ellie.

Lucas' erstes Toilettentraining. Upps. Das ging daneben. Beim nächsten Mal klappts besser! P.S. Er liebt die ABC-Lernkartei mit den Bauernmarktmotiven, die du ihm geschenkt hast. Er fragt mich immer wieder nach einem »Gwamataffel«!

Ich verdrehte die Augen und wandte mich wieder meinen Mitarbeiterinnen zu, die alle durcheinanderquasselten, wie sie es immer taten, wenn sie aufgeregt waren und begierig darauf, sich in die Arbeit zu stürzen. Endlich machte auch Lucy den Mund auf.

»Ja, es gibt eine Menge Dinge, die wir tun sollten. *Charm* ist hierfür ein gutes Beispiel, weil es dort schon seit langer Zeit gemacht wird.« Sie ließ den Blick über die Anwesenden schweifen. »Es sind die kleinen Details, die sie immer richtig hinbekommen. Wie die Icons am Ende jeder ihrer Geschichten, damit man sie in den sozialen Medien teilen kann. Auf diese Weise haben sie so vieles viral werden lassen. Und alle ihre Autoren haben ihren Twitter-Namen in ihrer Verfasserzeile, damit man ihnen persönlich folgen kann. Zudem gibt es bei ihnen keine Trennung zwischen den digitalen und redaktionellen Teams – alle arbeiten zusammen, und der Erfolg spricht für sich.«

»Absolut«, stimmte Dom ihr zu. »Ihre Beauty-Seiten sind ebenfalls voll interaktiv. In die iPad-Edition kann man so viel zusätzliche Info packen.«

Ich nickte, aber mir schwirrte der Kopf vor Begriffen, von denen ich wusste, dass ich keinen verständlichen Satz daraus bilden konnte. Wie um alles in der Welt sollten wir *Jolie* »viral« werden lassen? Falls es irgendwie mit Videos über Katzen zusammenhing, sollte ich am besten gleich meinen Hut nehmen.

»Äh, Leute, das ist echt super. Danke für euren Enthusiasmus. Aber wie gewöhnlich haben wir keine riesigen Summen zur Verfügung, darum werden wir das alles hausintern regeln müssen.«

Es war eine Umschreibung, die im Grunde nichts anderes bedeutete als: »Ihr werdet die ganze Arbeit leisten, und zwar gratis.«

Ich wollte ihnen erklären, dass es nicht meine Schuld war, sondern eine geschäftliche Entscheidung, gegen die ich keine Handhabe hatte. Ich wollte diesen klugen, begeisterungsfähigen Frauen mitteilen, wie die Dinge meiner Ansicht nach wirklich standen: Wenn wir es nicht hinkriegten, würden wir alle fliegen, noch bevor wir »freiwilliges Ausscheiden« japsen konnten. Stattdessen wählte ich den feigen Weg und stand auf, um zu signalisieren, dass das Meeting beendet war.

»Wer noch Fragen hat, soll zu mir kommen«, sagte ich, bevor ich mich in mein Büro verzog und die Tür hinter mir schloss.

Minuten später wurde sie von Lucy geöffnet.

»George«, begann sie, nachdem sie sich gesetzt hatte. »Wir müssen über diese digitale Sache reden. Ich weiß, sie ist nicht dein … Lieblingsthema, aber wir müssen mehr anbieten als nur Kaufen-per-Mausklick. Und die Smokey Eyes mit dieser Vloggerin … Das sind olle Kamellen.« Sie brach ab und – vielleicht bildete ich es mir nur ein – gluckste. So kurz und leise, dass es kaum wahrnehmbar war.

»Dem kann ich nicht widersprechen.«

Lucy hatte recht. Sogar ich kannte Kaufen-per-Mausklick, dabei konnte ein Blinder sehen, dass ich von der virtuellen Welt nicht das Geringste verstand.

»Findest du nicht, wir sollten wissen, was als Nächstes kommt?«, fragte sie und klang dabei ein bisschen wie Ellie, wenn sie Lucas fragte, ob es nicht Zeit wäre, seine Windel anzuziehen, nachdem er eine Stunde mit nacktem Po herumgelaufen war. »Die anderen zu kopieren genügt nicht. Wir müssen eigene Perspektiven entwickeln.«

Ich merkte, dass ich eine Sekunde zu lang blinzelte. »Nun, was schlägst du vor, Lucy?«

Sie zuckte mit den Schultern. »Ich hätte ein paar Ideen. Zum Beispiel das Thema ›soziale Medien‹. Wir müssen unseren Leserinnen zeigen, dass wir uns damit auskennen. Wir dürfen uns nicht abhängen lassen. Bitte, George, das ist wichtig.«

»Ja, schon gut. Lass uns demnächst ein Meeting dazu abhalten.« Demonstrativ wandte ich mich wieder meinen E-Mails zu, weil ich das Gespräch beenden wollte. »Und hoffen, dass wir einen Durchblick bekommen, wie diese digitale Welt funktioniert.«

Lucys Blick huschte zur Seite, dann zurück zu mir. »Den habe ich bereits, George.«

Überrascht sah ich hoch. »Echt?«

Sie nickte. »Ja. Ich arbeite an meinem Master in Digitalkultur, wenn du dich erinnerst. Denn, weißt du … ich lebe in dieser Welt, und zwar im Jahr 2015.«

Glocken klingelten. Sie klangen leicht herablassend.

»Das ist großartig.« Erleichterung durchströmte mich. Lucy konnte mir aus der Klemme helfen. Sie besaß Kenntnisse über … Dinge. Sie würde wissen, was zu tun war. »Lass uns ein Meeting vereinbaren und das alles durchsprechen, okay?«

Sie nickte, etwas bedächtiger diesmal. »Es wartet eine Menge Arbeit auf uns, George. Wir fangen mit Bruchsteinen an. Alle anderen haben ihre Gebäude bereits fertig, wenn du weißt, was ich meine.«

»Ja, das weiß ich. Aber Meg steht voll hinter dieser Sache, und ich bin sicher, wir bekommen die Ressourcen, die wir benötigen.« Es war eine Lüge, und ich konnte nur hoffen, dass Lucy nicht clever genug war, sie zu durchschauen.

»In Ordnung. Ich werde dir eine Besprechungsanfrage schicken.«

Nachdem sie gegangen war, lehnte ich mich in meinem Stuhl zurück und schloss die Augen. Wie war es dazu gekommen? Wie hatte das alles eine derartig katastrophale Wendung nehmen können? Lucy sollte mir nicht sagen, wie ich meinen Job zu machen hatte. Ich sollte mich nicht darauf verlassen müssen, dass sie meinen Hals aus der Schlinge zog. Und das waren noch die allergeringsten meiner Probleme.

»Zuerst die gute Nachricht«, hatte Dr. Fisher gesagt. Ihre Miene war absolut ausdruckslos, was nicht untypisch für sie war. Aber ich hatte schon genügend Berühmtheiten interviewt, die über ihren Anteil am Verfassen ihrer Autobiografie oder am Entwerfen ihrer Modelinie gelogen hatten, um zu wissen, dass etwas faul war. »Wie Sie wissen, haben Ninas Eizellen sehr gut auf die künstliche Befruchtung reagiert. Das Sperma ließ sich mühelos injizieren.«

Ich gestattete mir ein Lächeln. »Das ist doch toll.«

Die IVF war glatt verlaufen. Das war die gute Nachricht. Was bedeutete, dass es auch eine schlechte gab. Sofort stürzte sich mein Hirn auf die denkbar schlimmste Möglichkeit. Ich war todkrank, was sonst?

»Habe ich … ein Problem?«

Nachdem Dr. Fisher mich als potenzielle Kandidatin durchleuchtet hatte, war sie überzeugt gewesen, dass ich mich exzellent als Leihmutter eignete. Sie hatte sich sogar zu der Bemerkung hinreißen lassen, dass ich einen »wunderbaren Gebärmutterhals« hatte. Was ein Kompliment ist, das man nicht alle Tage bekommt.

Sie lupfte eine einzelne Braue. »Tja … das kommt ganz auf den Standpunkt an.« Ihre Pause dauerte einen Moment zu lang, und plötzlich hörte ich in meinem Kopf nur noch die Begriffe »Streukrebs« und »inoperabler Tumor« im Wiederholungsmodus. In weniger als einer Sekunde stellte ich mir meine Beerdigung vor und wer alles kommen würde, gefolgt von abstrusen Überlegungen darüber, was aus *Jolie* werden würde und ob Jase traurig wäre.

»Georgie, Sie sind schwanger.«

»Was?«

»Sie sind schon schwanger.«

»Was?«

»Ich weiß, das ist schwer zu verdauen.«

»Nein, nein …« *Pizza von Meatlovers ist schwer zu verdauen. Das ist … warte, wovon spricht sie überhaupt?* Sie hatte gesagt, dass es ein Problem gab. Das ergab keinen Sinn. »Eine Sekunde … Was? Der Eingriff war doch eben erst. Woher wollen Sie das schon wissen?«

Dr. Fisher holte tief Luft, dabei schaute sie mich unverwandt an. »Georgie, ich sagte, dass Sie *schon* schwanger sind.«

Ich starrte sie an.

»Wir haben die Implantation nicht zu Ende geführt. Bei der Blutuntersuchung heute Morgen fiel uns auf, dass Ihr Östrogenspiegel sehr, sehr hoch ist. Ihr HCG-Spiegel wies darauf hin, dass bereits eine Schwangerschaft vorliegt. Aber Ninas Eizellen sind in Sicherheit.«

Ninas Eizellen sind in Sicherheit? NINAS EIZELLEN SIND IN SICHERHEIT? Was ist mit MEINEN Eizellen? Meine Eizellen, die offenbar kolonialisiert wurden!

»Ich … aber … wie …? Sie haben den Transfer überhaupt nicht durchgeführt?«

Dr. Fisher lächelte gütig und schüttelte den Kopf. »Nein, wir können keinen Embryo übertragen, wenn die Leihmutter bereits schwanger ist.«

Ich neigte meinen Kopf zur Seite, als wäre dieser leicht veränderte Winkel das Einzige, das mich davon trennte zu begreifen. »Ich weiß nicht … das macht doch …«

»Georgie, Sie sind schwanger.« Sie wartete. »Verstehen Sie, worauf ich hinauswill?«

Ich fragte mich, wie Dr. Fisher außerhalb ihres Büros sein mochte. War sie stets so sachlich und in sich ruhend? Überbrachte sie Nachrichten immer, als würde sie einem Studenten die beste Vorgehensweise zeigen, ohne Emotion oder menschliche Zwischentöne? Ich stellte mir vor, wie sie zu ihrem Ehemann sagte: »Es tut mir leid, Mr Fischer. Unser Hund ist verstorben. Hier sind die Formulare für die Einäscherung.«

Ich zwang meine Gedanken zurück in die Realität. Verstand ich, worauf sie hinauswollte? Verstand ich … *oh Scheiße. Ohhhh Scheiße!*

Lateline.

Ich war schwanger, und *Lateline* war schuld.

12

Woche 17

Das Brillante daran, eine kürzlich zur Übermutter mutierte ehemalige Busenfreundin zu haben, ist, dass sie kaum mit der Wimper zuckt, wenn man an einem Dienstagnachmittag um halb vier an ihrer Türschwelle auftaucht und aussieht, als hätte man gerade seine beste Freundin verloren, weil exakt das passiert war.

Ich hatte mich zu Ellie geflüchtet, da ich nicht wusste, wohin sonst. Nein, das war nicht ganz richtig. Ich hätte bei meiner Mutter Unterschlupf suchen können, aber dann hätte ich ihr von der … Situation erzählen müssen, und dazu war ich noch nicht bereit. Würde es vermutlich niemals sein.

Ich konnte unmöglich zurück zu Nina und Matt, so viel stand fest.

Und ich wäre definitiv nicht willkommen bei Jase. Abgesehen davon wusste er nichts von der *Situation*. Ich hatte ein paar Mal kurz darüber nachgedacht, wie er reagieren würde, mich aber jedes Mal sofort zur Räson gerufen, dass dieses Brüten zu nichts führte. Weil es schon bald eine Nicht-Situation sein würde.

»Komm rein«, hatte Ellie gesagt, ohne auch nur zu fragen, was in Herrgottsnamen passiert war. Von Dankbarkeit übermannt erinnerte ich mich plötzlich wieder, warum wir befreundet waren, und gelobte mir, netter zu ihr zu sein.

Aber ich konnte mich nicht bewegen. Ich stand wie angewurzelt auf Ellies und Simons Veranda. Ich hatte es bis dahin geschafft; das war genug. Ich konnte keinen Schritt weiter.

Also kam Ellie zu mir und schloss mich fest in die Arme, ohne sich um Lucas zu kümmern, der lauthals verlangte, dass sie ihm die Wiggles anschaltete.

»Komm rein«, sagte sie sanft. »Wir finden eine Lösung. Was immer es ist, wir bekommen das hin.«

Siebzehntausend Tassen Tee und eine Woche später hatten wir das noch immer nicht getan.

Lucas flitzte mit seinem neuen Roller durchs Haus, ohne sich um Ellies Appelle, doch bitte langsamer zu machen, zu scheren.

»Manchmal hört er einfach nicht.« Sie fuhr sich mit den Händen durchs Haar und lächelte reumütig. »Möchtest du eine Tasse Tee?«

»Ja, bitte. Hast du Pfefferminz?«

»Nein, der ist leider aus. Aber ich habe diesen Fruchtbarkeitstee, auf den die Frauen in Nairobi seit Jahrhunderten schwören. Ich habe ihn getrunken, als ich mit Lucas schwanger war. Er schmeckt wie Erde, ist aber wirklich gut für das Baby. Willst du ihn probieren?«

Ich hob erstaunt die Brauen. »Im Ernst? Gibt es in der Dritten Welt eine Fruchtbarkeitskrise, von der ich nichts gehört habe?«

»Sei nicht so zynisch, George. Der Tee würde dir guttun. Er ist super gesund. Möchtest du nun eine Tasse oder nicht?«

»Eigentlich habe ich kein echtes Fruchtbarkeitsproblem, aber warum nicht?«

»Das ist er«, verkündete Ellie und brachte einen glamourös verpackten Würfel zum Vorschein, in dem sich meiner Vermutung nach der berühmte Zaubertee versteckte. Das Preisschild hing noch dran. Siebenunddreißig Dollar neunundneunzig.

»Heilige Scheiße, Ellie, du hast vierzig Mäuse für *Tee* ausgegeben?«

»George! Nicht fluchen!« Sie legte hastig den Finger an die Lippen, aber es war zu spät.

»Scheiße, Scheiße, Scheiße!«, krakeelte Lucas vergnügt und sauste wieder an uns vorbei. Ellie zuliebe verkniff ich mir mein Lachen.

»Tut mir leid, Ellie. Lucas, Tante George ist ein ganz schlimmes Wort herausgerutscht. Du darfst das nie wieder sagen. Es ist sehr hässlich«, ermahnte ich ihn mit so viel Autorität, wie ich aufbringen konnte.

»Scheiße! Scheißescheißescheiße! Scheiße. Scheiße. Scheiße!« Na toll. Ich hatte Lucas Tourette verpasst. Während er »Scheiße!«-schmetternd durchs Wohnzimmer rollerte, funkelte Ellie mich an.

»Danke, Tante Georgie«, ächzte sie theatralisch.

»Tut mir leid, Ellie«, wiederholte ich verlegen. Gott, es war echt hart, Mutter zu sein. In keinem anderen Lebensstadium hatte man so viel Grund zu fluchen, und dann durfte man es noch nicht mal. Ob das Baby mich gerade fluchen gehört hatte? Was, wenn sein erstes Wort »Scheiße« oder »Kacke« oder »Wichser« war? Mann, es lastete so viel Druck auf dieser Situation. *Nicht-Situation*, rief ich mir ins Gedächtnis. *Nicht-Situation.*

»Ist schon gut. Du musst einfach genau darauf achten, was du in seiner Gegenwart sagst. Er ist der reinste Schwamm. Letzte Woche hat er zu Simon gesagt: »Verpiss dich«, weil er mich das beim Autofahren hat sagen hören. «

Nicht lachen. Nicht witzig. Nicht niedlich. Nicht lachen.

»Herrje. Wie hat Simon reagiert?«

Ellie verdrehte die Augen. »Er hat gelacht, was sonst? Und jetzt denkt Lucas, es ist der Hit, es immer wieder zu sagen.

Willst du jetzt eine Tasse von dem Tee? Alternativ hätte ich Kamille.«

»Kamille, bitte.«

»Also, wie fühlst du dich?«

»Eigentlich ganz okay. Ich glaube, die Quelle meiner Tränen ist versiegt.«

»Das ist gut«, bemerkte sie und stellte kurz darauf einen dampfenden Becher vor mich hin. Darauf stand: »Wenn es in einen Toaster passt, kann ich es kochen.« Ellies Heim strotzte vor solchen Gimmicks, doch ironischerweise war sie das Paradebeispiel der klassischen Hausfrau. Sie bereitete Lucas' Mahlzeiten mit der Hingabe eines Sternekochs zu. Und ich war dabei gewesen, als sie Simon zur Schnecke gemacht hatte, weil er den Nachbarn erzählt hatte, dass sie an einem Montag Shepherd's Pie gegessen hatten. »Sag das niemandem! Es ist fleischloser Montag«, hatte sie erbost geflüstert, als würde Stella McCartney höchstpersönlich lauschen. Doch im gleichen Atemzug brüstete sie sich damit, wie nachlässig sie und Simon sich ernährten und dass sie selbst praktisch nur auf Grundlage von Lucas' abgenagten Äpfeln und Unmengen Latte mit Sojamilch überlebte. Ich schien die Einzige zu sein, die fand, dass diese Art von Selbstaufopferung die Sache nicht wert und zudem vollkommener Schwachsinn war.

»Hast du inzwischen mit Nina gesprochen? Oder mit Jase?«

Ich schüttelte den Kopf und starrte in meinen Tee.

»Das musst du aber. Du kannst bleiben, solange du willst, George, aber du musst dich dem Problem wie eine Erwachsene stellen. Du bist schwanger. Setz dich damit auseinander.«

Ellie hatte zweifelsohne recht, aber ich wusste einfach nicht, wie ich das tun sollte. Ich hatte meinen Lebensgefährten sowie meine beste Freundin verloren und stand vor einer Entscheidung, mit der ich niemals hatte konfrontiert werden wollen.

»Es tut mir unendlich leid, Nina«, hatte ich gesagt, nachdem Dr. Fisher ihr die Situation erklärt hatte. Offenbar war mein HCG-Wert noch so niedrig gewesen, als man mich vor Beginn der Medikamenteneinnahme getestet hatte, dass meine Schwangerschaft nicht aufgefallen war. Außerdem bekam ich noch meine Periode – na ja, nicht wirklich, wie wir inzwischen wussten. Es waren Schmierblutungen, wie sie im Frühstadium einer Schwangerschaft häufig auftreten. Ich dachte, ich würde ovulieren, dabei war ich schon in der sechzehnten Woche. Aus jetziger Sicht hatte es eine Million Hinweise gegeben, die mir entgangen waren. Die Pickelepidemie in meinem Gesicht, gleich zu Beginn. Mein noch gesteigertes Verlangen nach dem, was in Restaurantkritiken neuerdings als »Edel-Junkfood« bezeichnet wurde, mir hingegen bis dato als »schmackhaftes Frittiergut« geläufig war.

Nina hatte keine Reaktion gezeigt. Was weitaus schlimmer war, als wenn sie geweint oder mich angeschrien hätte. Es war, als wäre sie geistig gar nicht anwesend, als hätte sie es nicht gehört. Sie hatte nicht einmal geblinzelt. Für sie war es nur eine weitere Enttäuschung in einer langen Serie von Niederlagen.

»Nina?«

Sie schüttelte den Kopf und stand auf.

»Trotzdem danke.« Mit diesen Worten hatte sie das Zimmer verlassen.

Ich war mit dem Bus zu Ellie gefahren. Was hätte ich sonst tun sollen?

»Erklär mir noch einmal, warum wir uns diese Sendung ansehen. Sie ist deprimierend.«

»Heutzutage ist alles im Fernsehen deprimierend«, entgegnete Ellie. »Diese vielleicht einen winzigen Tick mehr als andere.«

Das stimmte nicht ganz. Sie handelte von einem goldigen Kerlchen, das sich ein bisschen ausgenutzt fühlte, woraufhin es zum Meth-Dealer, Drogenbaron und waschechten Killer mutierte. Deprimierender ging es kaum. »Können wir nicht *Golden Girls* oder so was gucken?«

»Sicher, mir egal. Ich glaube, sie laufen gerade auf einem dieser Kanäle.« Ellie zappte durch das Fernsehprogramm auf dem Bildschirm, um Dorothy & Co. zu finden.

»Wann wird Simon zu Hause sein?«, erkundigte ich mich.

»So gegen acht.«

Ich nickte und sann über potenzielle Gesprächsthemen nach. Wie ich festgestellt hatte, half nichts besser, um sich vor grauenvollen Entscheidungen zu drücken, als den lieben langen Tag über alles und nichts zu reden. Sobald Lucas – dankenswerterweise – im Bett verschwunden war, kehrte im Haus eine Stille wie in einem Museum ein. Ich suchte nach Methoden, um sie zu durchbrechen, damit ich mich nicht zu sehr in meinen Gedanken verhedderte.

Leider gab es für Ellie nichts Schöneres, als in ihnen herumzustochern.

»Erinnerst du dich noch, als Nina diesem widerlichen Typen, mit dem du damals zusammen warst, eine verbale Klatsche verpasst hat?«, fragte sie und programmierte den Festplattenrekorder, um die nächste Folge *Golden Girls* aufzunehmen, bevor sie den Ü-Dreißig-Musikkanal (*Lahme Welle*, heißt er, glaub ich) anschaltete.

»Könntest du etwas spezifischer werden?«

»Dieser schräge Vogel, mir dem du zusammengearbeitet hast. Der, der auf flotte Dreier stand. Erinnerst du dich nicht?«

»Ach der. Doch, ich erinnere mich.« Aber die Details waren verschwommen. Wäre Nina hier, würde sie den Vorfall in allen Einzelheiten wiedergeben können. Ich musste mir nie etwas merken, weil Nina sich alles für mich einprägte. Sie war meine Erinnerungsfestplatte, mein Back-up. Wenn bei mir Lücken klafften, füllte Nina sie für mich.

»War das nicht das erste Mal, dass du Nina und Matt zusammen gesehen hast?«

»Ja, du hast recht.«

»Wie hieß er gleich noch mal?«

»Der Widerling? Robin. Würg. Der Kerl war so abartig, dass Radiohead einen Song über ihn geschrieben hat.«

Allmählich kehrte die Erinnerung zurück. Nina hatte etwas Geld von ihrer Mutter geerbt und damit eine Contiki-Reise gebucht – ihr dürft sie deswegen nicht verurteilen. Sie fehlte mir mehr als ein Schuss Soda in einem Wodka, gleichzeitig verstand ich ihr Bedürfnis, rauszukommen und ihr eigenes Ding durchzuziehen. Auch wenn das nur eine Metapher dafür war, mit vierzig verschwitzten Australiern per Bus von einer europäischen Touristenfalle zur nächsten kutschiert zu werden.

Während Nina Bier aus Humpen trank und kitschige Fotos am Schiefen Turm von Pisa knipste, versuchte ich verzweifelt, bei einem Magazin unterzukommen. In diesem Bestreben hatte ich mich irrigerweise für einen Job bei einem Buchverlag beworben, weil ich dachte, das wäre ein guter Einstieg, um anschließend bei einer Zeitschrift zu landen, bevor es zu spät war. Ich hatte die Stelle bekommen (zum fraglichen Zeitpunkt war ich derart pleite, dass ich nicht ablehnen konnte) und dort Robin kennengelernt. Ein merkwürdiger Name für einen Mann, nicht? Wie Lindsay oder Gill oder Benedict Cumberbatch. Ich hätte dem unbedingt mehr Augenmerk schenken müssen. Robin hatte einen schaurigen Namen und ein schauriges Wesen. Ich war Junior Assistentin (mit deutlicher Betonung auf dem »Junior«) und Robin das männliche Pendant dazu, nur war bei ihm die Betonung auf dem »Junior« etwas schwächer, sodass er sich mehr für eine Art CEO hielt. Nicht, dass wir einen CEO gehabt hätten, schließlich waren wir kein eigenständiges Unternehmen, sondern nur der ungehobelte australische Außenposten eines ums Überleben kämpfenden amerikanischen Verlags. Fitzwilliam Fallow war einmal – im Sinne von ein einziges Mal – der Clou gelungen, das Erstlingswerk eines viel beachteten afroamerikanischen Schriftstellers zu publizieren, doch konnte der Verlag in den Jahren danach nicht mehr an diesen Erfolg anknüpfen.

Anfangs fand ich Robin cool. Er trug Bootsschuhe (ich kannte den Namen nur, weil ich ihn in *Jolie* gelesen hatte, von der ich schon damals besessen war), und er las Bücher. Keine Schundliteratur oder Pflichtlektüren wie die meisten Männer, für die ich mich vor ihm interessiert hatte. Robin las *gute* Bücher – die Sorte, die ich liebte und von der ein Snob wie ich schwer beeindruckt war. Er lebte in einer Wohngemeinschaft mit älteren Leuten – sie waren Ende Zwanzig und kamen mir ungeheuer reif vor. Sie hatten echte Jobs und Beziehungen, sogar Haustiere. Sie bewahrten ihre Spaghetti in einem hohen Glas auf der Küchenbank auf. Sie besaßen eine französische Kaffeepresse. Sie kamen mehr auf meine Eltern als ich.

Wir schliefen zweimal miteinander und schrieben uns während der Arbeit fortwährend Textnachrichten. Ich nahm mir Samantha Jones zum Vorbild und sagte mir, dass das total cool und erwachsen war, doch insgeheim wünschte ich mir, jemanden kennenzulernen, der wirklich Zeit mit mir verbringen wollte.

»Hi, Georgie«, sagte Robin und rückte mir am Faxgerät auf die Pelle. *So* lange ist das tatsächlich her: In dieser Geschichte kommt ein Faxgerät vor.

»Hallo.« Ich versuchte, den Überblick über die Zahlenfolge zu behalten, die ich eingab. Es war eine lange, internationale Nummer, darum musste ich immer wieder checken, ob ich an der richtigen Stelle war. Ich hatte schon so viele Fehler in diesem Büro gemacht (hauptsächlich weil mir der Job komplett am Arsch vorbeiging), dass ich mir buchstäblich keinen weiteren leisten konnte. Man würde mich feuern (ohne viel Federlesens, vermutete ich. Es würde keine herzzerreißende Szene geben, in der ich mit einer Topfpflanze und einer Pappschachtel mit meinen Habseligkeiten betrübt davonschlich. Nein, ich würde einfach mit meiner armseligen Fiorucci-Handtasche und dem halben Blaubeer-Muffin, der von meinem Frühstück übrig war, das Gebäude verlassen). Ich hatte weder Ersparnisse noch einen Notfallplan. Keinesfalls konnte ich zurück nach Hause. Ich hatte so viel in diesen Versuch, das Leben einer Erwachsenen zu führen, investiert, dass ich befürchtete, meine Aktien würden sich nie mehr erholen, wenn ich nicht die Kurve bekam.

Robin bemerkte entweder nicht, dass ich mit dem Fax beschäftigt war, oder es war ihm egal. »Ein paar von uns gehen heute Abend ins O'Hooligans, gleich um die Ecke.«

Ich kannte die Kneipe. Es war ein Irish Pub (was sonst?), in dem es nach Schweiß und ungewaschenen Rucksackreisenden stank und das immer irgendwie zu klein wirkte für den großen Andrang an Zechern. Jede Nacht drängten sich die Gäste bis auf den Gehsteig und sogar auf die Straße. Sobald das passierte, rief jemand die Polizei, die die Leute wieder ins Innere quetschte oder ihnen befahl, nach Hause zu gehen. Es war eine furchtbare Kaschemme, allerdings zahlte man dort bis zweiundzwanzig Uhr nur einen Dollar fürs Bier. Das machte einiges wett.

»Ach ja?« Ich war endlich bei der letzten Ziffer angelangt und tippte mit schwungvoller Geste auf »Senden«. Mit seinem unnachahmlichen Knurpsen futterte das Faxgerät das Schreiben.

Robin nickte. »Bist du dabei?«

»Bittest du mich um ein Date?«, fragte ich.

Er schaute mich entgeistert an. »Äh … keine Ahnung. Wir sind nur eine Clique von Leuten, die einen draufmachen.«

Also kein Date. Ich war gut genug, um gelegentlich flachgelegt zu werden, aber für ein Date reichte es nicht. *Mach dir keine Hoffnungen, George.* Robin hatte Ulysses gelesen – angeblich –, doch er konnte mich nicht fragen, ob ich mit ihm ausgehen wollte, auch wenn er genau das eben getan hatte. Aber meine Selbstachtung war im Keller, außerdem brauchte ich dringend einen Drink und ein bisschen Ablenkung, um diesen Job weiter zu ertragen, darum willigte ich ein.

»Wie lange bist du schon bei Fitzwilliam Fallow?«, erkundigte sich Casey, eine Assistentin, die noch mehr »Junior« war als ich, später am Abend.

»Etwa zehn Monate.« Ich genehmigte mir einen tiefen Zug von meinem billigen Bier. Zehn Monate, drei Wochen und einen Tag, um genau zu sein. Ich hatte mir gelobt, dass ich ein Jahr durchhalten und mir anschließend eine andere Stelle suchen würde, wo es nicht zu meinen Aufgaben gehörte, den Boden meines Chefs zu wischen ... ich spreche von dem in seinem Privathaus. Darum zählte ich die Tage, bis die Dreihundertfünfundsechzig voll war.

»Puh, das kommt mir lange vor«, kommentierte sie. »Ich bin erst seit drei Wochen dabei und weiß schon jetzt nicht, ob ich das durchstehe.«

»Ja, es ist ziemlich beschissen.«

Sie lachte, und ich stimmte ein. »Welcher Job würde dich wirklich reizen? Gesetzt den Fall, dass du nicht für den Rest deines Lebens Faxe nach Wisconsin schicken willst. Oder jeden Tag auf der anderen Seite der Stadt Milchkaffee für Pubus besorgen.« Pubus war unser Boss – eigentlich hieß er Parbus, aber wir hatten das geändert, weil er ein Riesenarsch war und somit einen arschigen Spitznamen verdiente.

»Bestimmt nicht! ›Extraheiß, Georgie! Und zehn Stück Zucker, vergessen Sie das nicht!‹«, sagte ich mit übertriebenem britischem Akzent, um Pubus zu imitieren. »Ob du es glaubst oder nicht, aber ich habe tatsächlich höhere Ziele. Ich möchte für ein Magazin arbeiten.«

»Echt wahr? Ich liebe Magazine. Für welches denn?«

Ich zuckte die Achseln. »Mir ist jedes recht. Ich glaube, ich könnte das gut.«

Casey nickte. »Davon bin ich überzeugt. Du bist mit Robin hier? Ich habe gehört, wie er dich fragte, ob du mitkommen willst. Ich glaube, er mag dich.«

Ich rollte mit den Augen. »Nein, das denke ich nicht«, schnaubte ich. Nina musste dringend zurückkommen. Sie hätte mir schon vor Wochen geraten, die Sache mit Robin zu beenden, weil er zwar ganz niedlich, dabei aber ein echter Flachwichser war. Ersatzweise beschloss ich, mich Casey anzuvertrauen, meiner neuen Freundin seit fünf Minuten. »Ich war so blöd, ihn zu fragen, ob das hier ein Date ist, und er hat Nein gesagt. Folglich sind wir nicht zusammen hier.«

»Aha.« Sie lehnte sich in dem abgewetzten Kunstledersofa zurück. »Würde es dich dann stören, wenn ich mich an ihn ranmache?« Sie nahm eine Strähne ihrer augenfällig blond gefärbten Haare und zwirbelte sie auf eine lächerliche Weise um den Finger, was mich lächerlicherweise tierisch nervte.

»Äh, nein. Nicht wirklich. Nein, es stört mich nicht. Feuer frei. Meinen Segen hast du. Auch wenn du ihn nicht brauchst.« Ich räusperte mich. »Ich hole mir noch einen Drink. Willst du auch was?«

Casey nickte eifrig. »Ja, ein Bier, bitte.«

»Okay. Hast du einen Dollar?« Auf gar keinen Fall würde ich dieser Tussi ein Bier spendieren, egal wie billig es war.

Ich bahnte mir meinen Weg zur Bar durch das Gedränge nachlässig gekleideter Backpacker – die meisten noch in ihren Tagesoutfits, bestehend aus Shorts, Trikothemden und Turnschuhen, nicht zu vergessen die unvermeidlichen Bikiniabdrücke bei den Frauen –, als mir jemand ins Auge stach. Sie war nicht wie eine Rucksackreisende gekleidet, sondern trug schmale Jeans, ein ärmelloses Top und Ballerinas. Sie wirkte viel zu adrett für eine Spelunke wie diese, wo ihre Schuhe am Ende des

Abends klebrig von Bier sein würden. Sie sah aus wie Nina. Oh mein Gott, es *war* Nina!

»Nina!«

Sie drehte sich zu mir um – ja, sie war es tatsächlich. Sie sah noch genauso aus wie bei ihrer Abreise – es waren ja auch nur zehn Monate vergangen. Dieselben schulterlangen roten Haare, dasselbe sommersprossige Gesicht, dasselbe breite Grinsen.

»George!« Sie schien meinen Namen mit ihrem ganzen Körper zu rufen, während sie sich durch die Menge drängte. Wenige Sekunden später stand sie vor mir.

»Du bist zurück?«

Sie nickte lächelnd. »Ich habe Bangkok ausgelassen. Zu heiß. Und wenn man einen Satay-Spieß gegessen hat, hat man alle gegessen, findest du nicht?«

»Allerdings! Aber du hast mir gar nichts gesagt!«

»Ich wollte dich überraschen! Ich bin gerade erst angekommen. Darum sehe ich so scheiße aus. Wir alle. Aber wir dachten uns, wir laden nur schnell unser Gepäck ab und ziehen gleich wieder los – nach alter Contiki-Manier!« Ich versuchte, mein Schaudern zu verbergen, und hoffte, diese Worte nie wieder aus Ninas Mund zu hören.

»Sag mal, was machst *du* eigentlich hier?«, fragte sie.

»Sozusagen ein Arbeitstreffen. Mein Büro liegt direkt um die Ecke.« Nina war die meiste Zeit im Ausland gewesen, seit ich bei Fitzwilliam Fallow arbeitete, daher hatte sie geschätzte siebentausend Klagen darüber verpasst, wie sehr es mich deprimierte, dort jeden Tag auflaufen zu müssen.

»Stimmt ja. Ist es noch immer der schlimmste Ort auf Erden?«

»Absolut. Zum Glück sind meine Kollegen unglaubliche Charmebolzen, andernfalls hätte ich mir längst einen Strick genommen.« Ich gestikulierte in Richtung des Rudels Fitzwilliam-Mitarbeiter in der Ecke, die sich bei diesem grauenvollen Chumbawumba-Song Schnaps hinter die Binde kippten.

»Ja, wir waren auch nicht versessen auf diese Pinte, aber sie ist die nächstgelegene zu der Backpacker-Unterkunft, wo wir wohnen.«

»Wir?«

Nina nickte und deutete auf die Gruppe hinter ihr. »Das A-Team. Die Aussies auf großer Tour. Die Leute aus Sidney halt. Und, äh, Matt.«

»Matt?«

Nina und ich hatten per E-Mail Kontakt gehalten, aber sie hatte nie einen Matt erwähnt. Auch keinen anderen Kerl.

Ein Ausdruck von Verlegenheit spiegelte sich in ihrer Miene, was ich nicht von ihr kannte. »Du erinnerst dich an Matty Ingleton? Von der Highschool?«

»Er ist hier?«

»Ja, ist er.«

»Warum?«

Nina lächelte zaghaft. »Na ja, wir sind *zusammen* hier, George.«

»Du gehst mit Matt Ingleton? Aber … wie kommt das denn?« Matt war so groß und dünn und blass, dass er wie eine männliche Tilda Swinton aussah. Er war außerdem lustig, ein wenig tollpatschig und sein Haar notorisch zerzaust, und damit so gar nicht Ninas Typ. Doch dann fiel mir ein, dass ihr einziger »Typ«, von dem ich wusste, Ryan Hastings war, der picklige Cricket-Star, in den sie fast die ganze Highschool-Zeit über verschossen gewesen war.

»Er war im selben Bus. Und ich glaube … ich habe mich in ihn verliebt?« Es klang wie eine Frage, aber ich hörte aus ihrer Stimme heraus, wie aufgeregt sie war. Ich öffnete den Mund zu einer Entgegnung, doch sie kam mir zuvor. »Komm und sag Hallo zu ihm, anschließend holen wir uns was zu trinken, okay?« Sie hakte sich bei mir unter, und wir gesellten uns zu ihren Freunden – ausschließlich Pärchen –, die gerade lautstark über die Vorzüge von Paris gegenüber Berlin debattierten.

»In Berlin gab es *Bier*«, argumentierte ein junger Mann in einem Manchester-United-Trikot.

»Im Gegensatz zu Paris. Dort bekamen wir nicht einen einzigen Tropfen«, pflichtete ihm das Mädchen zu seiner Linken bei. Sie piekte ihn verspielt in den Arm, dann küssten sie sich.

»In Paris bekamen wir zu jedem Abendessen Wein serviert«, fuhr Man U fort.

»Leute, ich möchte euch meine beste Freundin George vorstellen. Wir kennen uns schon seit der Highschool«, kündigte Nina mich an. Ich lächelte höflich, die Gruppe lächelte höflich zurück und wandte sich wieder ihrem Gespräch über Bier in Berlin zu.

»George!«, sagte ein Mann, den ich nicht kannte. Dann begriff ich, dass es Matt war. Er würde Bibo aus der Sesamstraße noch immer einen harten Wettkampf bieten, allerdings hatte er Muskelmasse zugelegt, seit ich ihn das letzte Mal gesehen hatte. Seine Brust war nicht mehr eingesunken, seine Schultern waren breit, nicht knochig. Er hatte noch immer Jochbeine, mit denen man Brie schneiden könnte, doch seine Gesichtszüge waren markanter geworden. Sein weißblonder Schopf hatte sich seit der Highschool zu einem rötlichen Braun verdunkelt. Kurzum, er sah aus wie Prinz Harry. Während wir anderen unsere Zeit darauf verschwendet hatten, uns William krallen zu wollen, hatte Nina diesen Schritt umgangen, und siehe da – es hatte funktioniert. Alle Achtung, Nina. Cleverer Schachzug.

»Oh mein Gott, George!« Er umarmte mich stürmisch und hob mich ungelogen in die Luft.

»Hallo, Matt. Wie ich höre, spielst du jetzt in der Oberliga mit«, foppte ich ihn, als er mich runterließ.

Er nickte und zog Nina an sich. »Jawohl. Ich bin vom Markt, Mädels, darum haltet euch zurück. Nichts für ungut.«

Ich lächelte. »Ich sollte euch einen Drink spendieren.«

Matt schüttelte vehement den Kopf. »Kommt nicht in die Tüte. Ich übernehme das. Dies ist ein bedeutsamer Moment. Wie lange habt ihr euch nicht gesehen? Über Monate hinweg nicht, richtig? Wie habt ihr es bloß ohne einander ausgehalten?«

Nina und ich sahen uns an. Keine antwortete.

»Champagner für alle«, verkündete Matt.

»Oh nein, das muss nicht sein«, wiegelte ich ab. »Das ist viel zu teuer. Für mich bitte nur ein Bier.«

»Auf keinen Fall. Wartet hier. Ich bin gleich zurück.« Er steuerte die Bar an.

Nina wandte sich mir zu. »Wer hätte gedacht, dass Matty Ingleton sich zu einer solchen Sahneschnitte entwickeln würde, hm?«

»Er ist großartig, wirklich. Ich wusste nicht, dass er so cool ist – ich habe die Zeichen eindeutig übersehen«, sagte ich und meinte jedes Wort davon. Obwohl er erst zweiundzwanzig war, wirkte Matt wie ein Mann. Im Vergleich zu ihm war Robin ein verwöhnter Bengel. Kein Wunder, dass Nina sich Hals über Kopf in ihn verliebt hatte. Er war wie eine wunderschöne Blume in einem Feld voller Kuhfladen.

»Wie kommt es, dass du mir nie von euch erzählt hast?«, fragte ich.

»Bitte entschuldige. Es war schrecklich für mich, es vor dir geheim zu halten. Aber ich wollte es dir nicht in einer E-Mail schreiben. Außerdem wusste ich nicht, was daraus werden würde. Ich dachte, vielleicht ist es nur ein Urlaubsflirt. Aber … es könnte mehr sein. Matt hat gesagt, dass er mich liebt.«

»Wirklich?«

Sie nickte mit strahlenden Augen.

»Das freut mich wahnsinnig für dich. Du musst mir alles erzählen, jedes einzelne schnulzige Detail.«

»Ganz sicher?«

»Oh ja … nach alter Contiki-Manier.«

Nina stieß mir den Ellbogen in die Rippen. »Ach, sei still. Es ist eben – wie nennen sie das? – Teil der ganzen Erfahrung.«

Ich grinste. »Schon klar.«

»Was gibt's bei dir für Neuigkeiten? Gehst du mit jemandem?«

Mein Blick schweifte zu Robin, der mit Casey in einer Ecke auf Tuchfühlung ging. Er stützte eine Handfläche gegen die Wand, sodass sein Unterarm auf einer Höhe mit ihrem Gesicht war. Ekelhaft. Dabei drängte er sich ihr lüstern entgegen, aber sie schien seine Aufmerksamkeit zu genießen.

Das hätte sich also erledigt, dachte ich. *Zeit, dass ich mir einen neuen Job suche, bevor alle erfahren, dass er mich für Casey in den Wind geschossen hat.*

»Nein, nicht wirklich«, sagte ich.

»Ich wittere eine Story.«

Wie machte sie das nur? Woran merkte sie, nach Monaten der Trennung, dass etwas nicht stimmte?

»Ach, nur die altbekannte Geschichte. Ich hatte was mit einem Arbeitskollegen und dachte, es würde mehr daraus, aber er inspiziert gerade frische Ware, darum nein, ich gehe mit niemandem.«

»Was für ein Idiot! Ist er hier?« Nina sah sich um.

Ich nickte. »Ja. Der Kerl dort drüben mit dem Mädchen.« Ich zeigte so unauffällig ich konnte in ihre Richtung. Das Letzte, was ich brauchte, war, dass Robin und Casey sich einbildeten, ich würde über sie sprechen, auch wenn ich genau das tat.

»Gott, George! Er trägt eine Sonnenbrille auf dem Kopf, und das in einer Bar – falls man diese heruntergekommene Spelunke so nennen darf. Was für ein Armleuchter. Du hast etwas viel Besseres verdient.«

»Ich weiß. Er ist auch noch schlecht im Bett.« Das war er. Nur ahnte er das nicht mal ansatzweise.

»Ja, so sieht er auch aus. Er war immer schon attraktiv, nehme ich an? Hatte nie eine unsichere Phase. Ich glaube nach wie vor daran, dass man eine unsichere Phase durchgemacht haben muss, um ein guter Liebhaber zu sein.«

Ich lachte. »Liebhaber? Wer bist du? Lady Chatterley?«

Nina stimmte in mein Gelächter ein. »Nein, aber ich spreche aus Erfahrung.«

Wie aufs Stichwort kehrte Matt mit der versprochenen Flasche Champagner zurück. Zugegeben, es war nur ein tasmanischer Sekt, aber wer Tooheys trank, durfte nicht wählerisch sein. Ihm auf dem Fuße folgte Robin, der Casey bei der Hand hielt. Er gab mir ein Zeichen.

»Was ist?«, fragte ich, von neuem Selbstvertrauen erfüllt, nachdem ich erkannt hatte, was Robin wirklich war: ein notgeiler Penner.

»So, äh … Casey und ich werden jetzt die Düse machen.«

Ich zog eine Braue hoch und schwieg einfach nur. Es war ein Trick, den ich mir in Filmen abgeguckt hatte – die Cops sagten nichts, um ein Geständnis aus den Bösewichten herauszupressen. *Bei NYPD Blue klappte das immer.*

Robin hüstelte. »Und, na ja, wir haben uns überlegt, ob du vielleicht mitkommen willst.«

»Was?« Fragte er etwa …? Nein, das konnte nicht sein. Nicht in aller Öffentlichkeit, vor jedermanns Augen.

Robin schnitt eine Grimasse. »Du weißt, was ich meine, George. Tu nicht so prüde. Kommst du jetzt mit oder nicht?« Heilige Scheiße, er fragte tatsächlich.

»Mensch, wie könnte ich eine solch charmante Einladung zu MEINEM ERSTEN FLOTTEN DREIER ablehnen?«

»Schsch! Würdest du die Stimme senken? Gott, Georgie, sei nicht so eine Zicke. Wir haben nur gefragt.« Als hätte er mich »nur gefragt«, ob ich einen Kaffee wollte oder Hilfe mit dem verfluchten Faxgerät bräuchte.

»Oh, wie überaus höflich von dir! Vielen Dank, dass du so viel Rücksicht auf meine Gefühle nimmst. Was bist du doch für eine Seele von Mensch, Robin. Und jetzt verpiss dich.«

»Alles in Ordnung, George?«, erkundigte Nina sich. Sie taxierte Robin mit einem Blick, wie Liam Neeson es getan hätte, wäre er mein Vater.

Ich nickte.

»Halt du dich da raus, Mädchen. Ich habe George nur eine Frage gestellt. Kein Grund zur Aufregung.« Er wandte sich wieder an mich. »Es bleibt also definitiv bei einem Nein?«

»Worauf du einen lassen kannst! Und jetzt verpiss dich.«

»Du hast sie gehört«, sagte Nina. »Verpiss dich, Robin, bevor ich dem Rausschmeißer sage, dass du K.-o.-Tropfen in ihren Drink geschüttet hast.«

Robin, der mit derlei Mitteln vermutlich nicht ganz unvertraut war, verpisste sich tatsächlich, und seither waren es Nina und ich gegen den Rest der Welt.

Bis ich mich versehentlich schwängern ließ, obwohl ich eigentlich *ihr* dabei helfen sollte, ein Kind zu bekommen.

Ausnahmsweise einmal dankbar für eine mütterliche Freundin, kuschelte ich mich an Ellie.

»Raus mit der Sprache, El. Warum sollte ich mir ausgerechnet diese Geschichte ins Gedächtnis rufen?«

»Weil sie den Beginn deines Lebens als Erwachsene markiert, George.«

»Das klingt nach etwas, das Oprah sagen würde.«

»Gut so. Oprah weiß, wovon sie redet. Und diese Geschichte sagt viel über dich und Nina aus.«

»Da bin ich mir nicht so sicher.«

»Ich aber. Hör zu, George. Dieses Band zwischen Nina und dir ist etwas ganz Besonderes. Ihr steht euch noch näher als beste Freundinnen. Ich weiß, dass es bei uns nicht so ist, aber das ist in Ordnung.«

Ich drehte den Kopf zu ihr und sah, dass sie eine Träne zerdrückte. »Was ich damit sagen will …« Sie streichelte mir sanft über die Haare. »Die Sache wird sich wieder einrenken.«

Ich schüttelte den Kopf und lächelte kläglich. »Das sagst du nur so.«

»Nein, das tu ich nicht. Du wirst eine Lösung finden. Nina und du, ihr werdet euch versöhnen. Es braucht nur Zeit.«

Es war lieb von ihr, das zu sagen. Wenn es doch nur wahr wäre.

13

Woche 17

TAG 5

»Lucas! Lucas! Lucas! Es *reicht* jetzt! Mami zählt bis drei. Lucas! Eins … Lucas, ich meine es ernst. Mami zählt jetzt. Eins … Zwei …«

Ellie dabei zuzuhören, wie sie ihren Sprössling zu bändigen versuchte, war nervenaufreibender, als sich mit irgendwelchen angeschickerten PR-Tussen auseinanderzusetzen, die ihre nicht kompatiblen Produkte in *Jolie* unterzubringen versuchten. *»Tut mir leid, aber unsere erfolgreichen, gebildeten, hochbezahlten Leserinnen haben kein wirkliches Faible für schrittoffene, essbare Slips, selbst wenn sie nach gesalzenem Karamell schmecken. Trotzdem danke.«*

»Lucas! Du bekommst Zimmerarrest … Eins … Zwing mich nicht, bis drei zu zählen, Lucas. *Untersteh* dich!«

Was hatte es mit diesem Zählwarnsystem auf sich? Es erinnerte mich an die Schilder vor einer Radarfalle – welchen Sinn soll eine Sanktion haben, wenn man den Leuten vorher einen Wink gibt und ihnen genau verrät, wie man ihr entgeht? Wenn ich in meiner Kindheit Mist gebaut hatte, gab es keine

Vorwarnung, sondern einfach einen geschmeidigen Klaps auf den Po.

Es wäre eine Untertreibung zu behaupten, dass ich mich noch nicht ganz an das Leben bei den Hughes gewöhnt hätte. Obwohl ich erst eine Woche dort wohnte, war ich schon ganz beduselt von den inneren Abläufen. Lucas wachte jeden Morgen Punkt zehn vor sechs auf. Sogar am Wochenende! Naiverweise hatte ich gedacht, dass er zumindest drei bis vier Stunden auf sich allein aufpassen konnte, während wir anderen weiterpennten, doch anscheinend war das nicht der Fall. Um fünf vor sechs war *jeder* wach. Doch das wirklich Seltsame war, dass es Ellie und Simon nichts auszumachen schien. Sie krochen aus den Federn, brühten gut gelaunt Kaffee auf und machten sich für den Tag bereit. Wenn ich mich nach einer Dusche endlich in die Küche schleppte, hatten sie bereits gefrühstückt, Lucas gefüttert, das Geschirr gespült, drei Ladungen Wäsche gewaschen sowie den Boden gesaugt und gewischt. Und das alles vor sieben Uhr morgens.

Die größte Anpassungsschwierigkeit war für mich Lucas' ununterbrochene Präsenz. Er war *immer* da. Mir war bis dato nicht klar gewesen, *wie* zeitraubend Kinder waren. Da Lucas unfähig schien, sich länger als zehn Minuten allein zu beschäftigen, benötigte er von der Minute seines Aufwachens bis zum Schlafengehen (um neunzehn Uhr dreißig, Gott sei Dank) permanente Stimulation. Es gab Ausflüge in den Park, Spielgruppen, Verabredungen mit anderen Kindern, Musik- und Kunstunterricht, Gymboree-Stunden und Mandarin-Kurse. Zu Hause wechselte er zwischen seinen Spielsachen wie die Moderedaktion von *Jolie* zwischen Hosenröcken, Haremshosen, engen Röhren und wieder Hosenröcken. In der einen Stunde bedeutete ihm sein Roller *alles*, in der nächsten würdigte er ihn keines Blickes. Zum Glück besaß der Junge so viel Spielzeug, dass er es sich leisten konnte, sie auf seiner Liebe-Hass-Skala hoch- und runterzuschieben.

»Wie lange hast du noch, bevor … du weißt schon«, fragte Ellie, die Lucas samt angedrohtem Zimmerarrest für einen Moment vergaß.

»Drei Wochen. Ein bisschen weniger.«

»Das ist länger, als ich dachte. Dir bleibt noch eine Ewigkeit.«

Ich schaute sie perplex an. »Hältst du das wirklich für eine Ewigkeit, um die wichtigste Entscheidung meines Lebens zu treffen?«

Ich hatte vor einigen Tagen mit einer stadtbekannten, diskreten Klinik telefoniert. Wegen der *Situation.* Die leichte Panik in der Stimme der Rezeptionistin, nachdem ich geendet hatte, entging mir nicht. Ich steckte bis zum Hals in der Scheiße, und die Rettungsleine wurde immer kürzer. »Da Sie schon in der sechzehnten Woche sind, sollten Sie Ihre Entscheidung schon sehr bald fällen und dann gegebenenfalls sofort zu uns kommen«, sagte sie. »Zum jetzigen Zeitpunkt ist es noch immer ein sehr sicherer und verlässlicher Eingriff, aber es bleiben Ihnen nur noch wenige Wochen, danach können wir ihn nicht mehr durchführen.«

»Vielleicht änderst du deine Meinung über das Kinderkriegen ja doch noch«, meinte Ellie sanft.

Ich schwieg und lauschte Lucas, der sich im Spielzimmer amüsierte. Er sang die Melodie von »Funkel, funkel, kleiner Stern«, dabei ersetzte er jedes Wort durch »Scheiße«. Um nicht Ellies Zorn zu provozieren, unterdrückte ich mit aller Macht ein Lachen.

Aber sie hatte recht – Lucas' Präsenz könnte mir dabei helfen, meine Meinung zu ändern. Wenn sie sich ändern ließe. Was mehr als unwahrscheinlich war. Dabei war noch nicht einmal der Gedanke an Kinder – vielmehr das Kind – das Problem. Im Allgemeinen hatte ich nichts gegen sie. Sie konnten witzig und niedlich sein, und gelegentlich mochte ich sie sogar. Wenn sie mir nicht gerade ins Gesicht spuckten oder meine Geburtstagstorte mopsten. Es ging mir einfach nur wahnsinnig gegen den Strich, dass Menschen wie Ellie oder Simon ihr ganzes Leben nach ihnen richteten. Die Kinder an sich waren gar nicht so schlimm. Lucas zum Beispiel hatte sich angewöhnt, mich »Tante Schorschi« zu nennen, was ich total putzig fand. Gleichzeitig strapazierte er meine Nerven, hinzu kam meine Angst, dass ich mich durch ein eigenes Baby in eine zweite Ellie verwandeln könnte. Anders ausgedrückt, in eine leere Hülle der Person, die ich früher einmal war. Ich mochte die aktuelle George und wollte nicht, dass sie sich auflöste.

»Andernfalls könntest du das Baby einfach Nina überlassen.« Ich konnte nicht erkennen, ob Ellie das als Witz meinte oder nicht, allerdings musste ich einräumen, dass mir dieser Gedanke schon durch den Sinn gegangen war. Gefühlt im Zwanzig-Minuten-Takt. Aber seit dem Termin in der Klinik war inzwischen mehr als eine Woche vergangen, und Nina hatte noch nicht mal ihre Facebook-Seite aktualisiert und mir erst recht keine Nachricht zukommen lassen. Ellie war so nett gewesen, zu ihr zu fahren und meinen Kram zu holen. Es hatte mich meine ganze Kraft gekostet, sie nach ihrer Rückkehr nicht mit Fragen zu löchern. Kam Nina zurecht? Hatte sie mich erwähnt? War Matt zu Hause? Was hatte er gesagt? Was machten sie für einen Eindruck? Wie sehr hassten sie mich, und für wie lange würde das anhalten?

»Tja, wäre das nicht eine hübsche Lösung?«, spottete ich, in dem Versuch, die Stimmung aufzulockern.

»Einerseits ja, andererseits nein. Eine Schwangerschaft ist eine alles verändernde Erfahrung, George. Als ich von der Leihmutterschaft hörte, habe ich mich, ehrlich gesagt, gefragt, ob du am Ende fähig sein würdest, das Baby herzugeben. Viele Frauen überlegen es sich dann doch noch anders. Verständlicherweise.«

Arrrgggg. Wann war meine supertolle, coole Freundin Eleanor Hughes so unsensibel geworden? Wann hatte sie sich in eine solche Trantüte verwandelt? Wann war ihr Glas halb leer geworden? Sie war früher nicht so gewesen. Es gab noch eine andere Ellie. Ellie VL. Vor Lucas. Ich hatte sie an der Uni kennengelernt, und man hatte einen Mordsspaß mit ihr haben können. Sie war nicht nur der Mittelpunkt einer jeden Party gewesen, sie *war* die Party. Ich war so hin und weg von ihr gewesen, dass ich sie aufgefordert hatte, sich dem Zweiergespann, bestehend aus Nina und mir, anzuschließen. Ellie hatte uns absolut das Wasser reichen können. Tatsächlich waren Nina und ich gelegentlich fast verblasst neben ihr. Ähnlich wie Mick Jagger verglichen mit Keith Richards ein richtiger Opa war. »Ach ja, der Mick. Er ist halt spießig. Der würde nicht mal die Asche seines Vaters sniffen, dieser Biedermann.« Aber Ellie war der Hammer. Sie hatte einen tollen Musikgeschmack und dieses verblüffende Talent, instinktiv zu wissen, wann der richtige Zeitpunkt war, um »Kokomo« oder einen anderen Song zu spielen, den die Leute unter normalen Umständen ätzend und peinlich, mit genügend Alkohol im Blut und schummriger Beleuchtung jedoch ultrageil fanden. Anlässlich ihres fünfundzwanzigsten Geburtstags waren wir alle Fallschirmspringen gegangen. An ihrem dreißigsten waren wir drei nach Melbourne geflogen, um zu shoppen und zu trinken. Zu ihrem letzten, dem fünfunddreißigsten, hatten wir einen Brunch veranstaltet. Einen *Brunch*. An ihrem *Geburtstag*. Wir hatten noch nicht mal Mimosas getrunken!

Als sie Mutter wurde – eigentlich schon mit Beginn ihrer Schwangerschaft –, hatte Ellie sich komplett verändert. Sie ging nicht mehr aus, und wenn wir uns trafen, dann an Wochenendvormittagen im Park, umringt von rotzverschmierten Gören und ihren Helikopter-Eltern. Was würde ich dafür geben, noch einmal mit einer Flasche Champagner in Ellies alter Wohnung in Newtown aufzutauchen, vor uns eine ganze Nacht, in der wir tun und lassen konnten, was wir wollten? Allerdings hatte ich das Gefühl, dass Ellie ihre Samstage inzwischen *lieber* auf Spielplätzen verbrachte, anstatt sich eine Maniküre und Pediküre zu gönnen und sich wie ein normaler Mensch von ihrem Kater zu erholen. Ich fürchte, unter einem ausgelassenen Freitagabend versteht sie heute Pizza, eineinhalb Gläser Shiraz und die neueste Folge von *Walking Dead*. Doch das war nicht das Einzige, was mich irritierte. Sondern, dass sich *alles* um Lucas drehte. Ich hatte ihre Facebook-Posts geblockt, weil sie darin praktisch stündlich Lucas' Tagesablauf auf den neuesten Stand brachte.

6 Uhr 20. Aaarrgg! Lucas, weißt du nicht, dass Sonntag ist? #daslebeneinermutter #losraffdichauf

6 Uhr 50. Die Vorteile frühen Aufstehens: haben den Park für uns allein! #wannöffnetdascafé?

8 Uhr 05. Oh nein, Mr Lucas, es ist noch nicht Zeit für ein Nickerchen! Nur weil du früh aufgewacht bist … #schlaftrainingistanstrengend #aberumsolohnenswerter

Ich stand ganz knapp davor, meine einzige Freundin in den Wind zu schießen.

»Also wirklich, Ellie. Das hätte ich niemals getan.«

Sie schaute mich unheilvoll an. »So etwas passiert.« Sie klang, als wäre ihr von vorneherein klar gewesen, dass ich nur einen Blick auf den von Fruchtwasser triefenden Fremdling werfen müsste, der aus mir schlüpfen würde, um zu beschließen: »Oh ja, der da ist meiner.«

Ich verdrehte die Augen. »Es bringt doch sowieso nichts, jetzt noch darüber zu debattieren.«

Ellie nickte. »Mhm.« Sie stand auf und räumte unsere leeren Teetassen in die Küche. Ich blieb auf dem Sofa sitzen, an derselben Stelle, wo ich die letzten sieben Tage gehockt hatte, wenn ich nicht gerade meine acht bis zehn Stunden bei *Jolie* ableistete, und starrte auf Ellies Bücherregal. Der Raum, den einst Didion und Shriver und politische Memoiren eingenommen hatten, gehörte nun Kinderbüchern von Lynley Dodd und Mem Fox sowie Ratgebern mit Titeln wie: *Die Kunst, ein hochbegabtes Kind großzuziehen* oder *Bindung ist alles – eure Kinder brauchen euch mehr als das Büro*.

Ich zog an einem hellrosa Buchrücken, der mir besonders ins Auge stach. *In Erwartung von Liebe*. Auf dem Cover war eine gescheit dreinblickende, bebrillte Frau mit einer Haartracht, wie sie normalerweise Militärkadetten vorbehalten war, abgebildet. Sie hielt ein nacktes, schlafendes Baby in den Armen. »Der *einzige* Elternratgeber, den Sie je benötigen werden«, lautete die Empfehlung auf dem Buchdeckel, von keiner Geringeren als Oprah Winfrey verfasst. Die meines Wissens kinderlos war.

Ich blätterte durch die Seiten, als Ellie zurückkam.

»Ist das *In Erwartung von Liebe?*«, fragte sie. Ich nickte. »Das ist ein tolles Buch. Ich war völlig am Ende, bevor ich es las. Aber Gemma Knight erklärt den ganzen Babykram auf einprägsame Weise. Vor allem was das Schlafen und Füttern betrifft. Falls du, na ja … bleibst, wie du bist, solltest du es dir unbedingt zu Gemüte führen.«

Ich lächelte ironisch und schlug wahllos eine Seite auf.

Viele Eltern berichten mir, dass ihnen in den ersten paar Jahren – oft dauert es nicht länger als zehn – nach Ankunft ihres kleinen Engels der Schlafmangel am meisten zu schaffen macht. Es ist erstaunlich, dass frischgebackene Eltern noch immer meinen, ein Baby könne ohne ihre Hilfe die Nacht durchschlafen. Hier eine kurze Biologielektion, um mit diesem Irrglauben aufzuräumen: Im Mutterleib schlummern Babys ausgezeichnet. Die Bedingungen sind ideal, es ist dunkel und warm, hinzu kommt die konstante körperliche Nähe zu ihrer Mama. Außerhalb des Mutterleibs ist die Welt ein Furcht einflößender Ort für Babys. Sie ist ja auch Furcht

einflößend. Babys fragen sich: Wer sind diese Menschen? Wieso ist dort so viel Licht und Lärm? Warum legt man mich zum Schlafen in ein großes, leeres Bett, wo ich es doch gewöhnt bin, eingekuschelt in Mamas Bauch zu schlummern?
Das alles sind ausgezeichnete Fragen – aber ganz ehrlich, kein Baby sollte sie je stellen müssen.
Die beste Methode, um sein Kleines zum Einschlafen zu bewegen, ist, Bedingungen wie in einem Mutterleib zu schaffen. Ich weiß, das klingt ein wenig albern. Aber es ist ja nicht für immer. Die meisten Eltern schaffen den erfolgreichen Sprung vom simulierten Mutterleibschlaf zu selbstständigem Einnicken innerhalb von fünf bis sieben Jahren. Womöglich gehören Sie sogar zu den Wenigen, deren Kind schon mit vier die Kunst des selbstständigen Einnickens beherrscht (wenngleich dies keinesfalls empfohlen wird).

Einführung in den simulierten Mutterleibschlaf

Sorgen Sie im ganzen Haus (nicht nur im Schlafzimmer!) für größtmögliche Ruhe. Falls Sie in einer lauten Gegend wohnen, sollten Sie gegebenenfalls über einen Umzug nachdenken.
Schließen Sie die Jalousien, um vollständige Dunkelheit zu gewährleisten. Babys können nicht schlafen, wenn ihre nicht fertig ausgereiften Augen von Licht drangsaliert werden. Es ist sogar gefährlich, schlafende Babys Helligkeit auszusetzen, weil es ihren Schlaf-Wach-Rhythmus durcheinanderbringt und sie keine ausreichenden Erholungsphasen bekommen.
Machen Sie etwa alle zwanzig Sekunden »Schsch«.

Heilige Scheiße. Ich klappte das Buch zu und versuchte auszuatmen, musste jedoch feststellen, dass meine Luft irgendwo zwischen »Schlaf-Wach-Rhythmus« und »selbstständigem Einnicken« steckengeblieben war.

»Mann, die meint das ernst.«

Ellie lächelte. »Ich weiß, es klingt zum Teil recht abstrus. Man muss selbst herausfinden, was am besten funktioniert, anstatt blind auf das zu hören, was die Experten sagen. Weil die nämlich nicht da sind, wenn dein Baby mitten in der Nacht einfach nicht schlafen will, egal wie viele Schlummerlieder du ihm vorsingst.«

Hätte ich jedes Mal, wenn Ellie das sagte, einen Dollar bekommen, könnte ich es mir inzwischen leisten, Harper Beckham für Nina zu klonen.

»Ein paar von Gemmas Ratschlägen sind nichts für mich«, bekannte sie. »Zum Beispiel ist sie eine Verfechterin davon, dass man sein Kind erst abstillen soll, wenn es aufs Klo geht – angeblich ist das weniger traumatisch –, aber ich hatte nach zwei Jahren einfach keine Milch mehr.« Sie zuckte die Achseln, als wollte sie sagen: »Was soll man machen?«. Ich bemühte mich um einen angemessenen Gesichtsausdruck. »Entschuldige, George, ich sollte nicht über diese Dinge reden, solange du nicht dazu bereit bist«, sagte sie mit einem seltenen Aufflammen von Sensibilität. Für einen kurzen Moment war meine alte Freundin Ellie zurück. »Fühlst du dich eigentlich so weit okay? Keine Morgenübelkeit?«

»Nein. Ich wünschte, mir wäre morgens übel, dann hätte ich früher von diesem Schlamassel erfahren. Aber offenbar waren die Monsterpickel, die ich vor einer Weile hatte, das einzige Indiz.«

»Bei mir war das genauso«, entgegnete sie, in altbekannter Ellie-Manier. Die Alibi-Frage nach meinem Befinden war nur dazu gedacht gewesen, den Ball ins Rollen zu bringen und ihr eine Rechtfertigung zu liefern, mal wieder über sich selbst zu schwadronieren. So benahm sie sich gegenüber jeder Schwangeren, mit der sie ins Gespräch kam. Ich nannte das eine Empathie-Umkehr. »Es ging mir ganz wunderbar, bis ich mir fast schon Sorgen deswegen machte – aber nach sechs Monaten fing es dann an.«

Natürlich würde Ellie sich Sorgen gemacht haben, wenn *keine* Probleme auftraten. Es schien, als wäre ihr mit Beginn ihrer Schwangerschaft ein Angst-Chip implantiert worden. Wo war bloß meine alte Freundin abgeblieben? Ellie war früher ein Musterbeispiel für Sorglosigkeit und Unbeschwertheit gewesen.

Ellie sabbelte weiter über jede Schwangerschaftsbeschwerde, die sie geplagt hatte (googelt mal »jede nur mögliche Schwangerschaftsbeschwerde«, dann wisst ihr, was sie durchlitten hat), als hätte ich das nicht schon geschätzte vierzigmal gehört. Wie immer nickte ich höflich, dabei überlegte ich, welche Komplikationen in meiner eigenen Schwangerschaft auftreten müssten, um Ellies Erfahrungen zu toppen. Allem Anschein nach reichte es nicht ansatzweise, dass ich versehentlich von meinem Ex schwanger geworden war, anstatt meiner besten Freundin als Leihmutter zur Verfügung zu stehen.

»So, genug jetzt von mir«, sagte sie, nachdem sie die Geschichte zu Ende gebracht hatte, wie ihre Fruchtblase geplatzt war und sich über ihren Kater ergossen hatte. Sie erzählte sie jedes Mal ein bisschen anders. Diesmal stellte sie einen direkten Zusammenhang zwischen der unfreiwilligen Dusche des armen Rocco und seiner extremen Abneigung gegen Lucas her. Aber vermutlich lag sie damit gar nicht so falsch. »Du steckst wirklich in der Patsche, George. Lass mich dir helfen.«

Da war er wieder, dieser flüchtige Blick auf meine alte Freundin Ellie. Die, unter dem Berg von Babyklamotten und Bio-Zwieback und bizarren Internetforen, wo Frauen darum wetteiferten, wer die schlimmste Entbindung hinter sich hatte.

»Okay«, willigte ich ein.

»Das Wichtigste zuerst. Du *musst* mit Jason reden. Es ist letzten Endes deine Entscheidung, aber er verdient, dass du es ihm sagst. Das gebietet der Anstand.«

Ich dachte nach. Indem ich Jase einweihte, würde es real werden. Wirklich real. Ich war nicht sicher, ob ich damit umgehen konnte. Und was, wenn er wollte, dass wir uns versöhnten und das Baby bekämen? Oder das Baby bekämen, *ohne* uns zu versöhnen? Ich war ziemlich sicher, dass die Sache zwischen uns vorbei und es so vermutlich am besten war. Es war merkwürdig, dass ich ihn nicht vermisste. Doch noch merkwürdiger war, dass mich das nicht einmal *juckte*. Jase hatte die Wahrheit vor mir erkannt. Hätte er mir so viel bedeutet, wie ich behauptet hatte, hätte ich das Babythema früher aufs Tapet gebracht und ihn auch nie wegen der Leihmutterschaft belogen.

Ellie hatte selbstverständlich recht. Ich würde es Jase irgendwann sagen müssen. Der Einfachheit halber am besten, bevor ich aussah, als würde ich Achtlinge erwarten.

»Da bin ich ganz deiner Meinung«, stimmte ich ihr zu.

»Das trifft sich gut. Weil er in einer halben Stunde herkommt.«

14

Woche 17

TAG 5

Nach den seltsamen Gesprächen, die ich in letzter Zeit geführt hatte, würde dies nur ein weiteres in einer langen Reihe werden. Zumindest redete ich mir das ein. *Ja, Nina, ich werde ein Kind für dich bekommen. Ähm, Jase, ich werde übrigens ein Kind für Nina und Matt austragen. Upps, tut mir leid, Nina, aber ich* bin momentan schon schwanger. *Frag in ein paar Monaten noch mal nach.* Welchen noch größeren Schaden konnte ich potenziell anrichten, indem ich Jase mitteilte, dass ich ein Kind erwartete? Sein Kind, genau genommen. Worauf er vermutlich pochen würde.

Lucas stürmte zur Tür, sobald er das Klopfen hörte. Nur in Unterwäsche und einem Superman-Umhang flitzte er durch die Diele, dabei brüllte er: »Lucas macht auf! Lucas macht auf!« Offensichtlich bereitete es kleinen Kindern immense Freude, Türen zu öffnen. Wer hätte das vermutet?

»Ja, Lucas, du darfst die Tür aufmachen.« Ellie warf einen Blick über die Schulter, um sich zu vergewissern, dass ich ihnen folgte. Ich nickte ihr zu. Ja, ich würde das schaffen.

»Lucas macht auf! Lucas macht auf!«, verkündete er wieder und löste sein Versprechen ein.

Jase stand auf der anderen Seite und erweckte ganz und gar nicht den Eindruck, als hätte er gerade eine traumatische Trennung hinter sich. Er sah *gut* aus. Gebräunt und fit. *Richtig* fit. Wie war es möglich, dass er noch durchtrainierter wirkte als sonst? Vielleicht waren die Schwangerschaftshormone oder die Distanz schuld daran, dass sich auf einmal zärtliche Gefühle in meinem Herzen regten. Ich schmachtete ihn geradezu an.

»Hallo, die Damen«, sagte er. *Gott, war seine Stimme schon immer so sexy gewesen?* »He, Kumpel«, begrüßte er Lucas und wuschelte ihm durch die blonden Locken. »Dein Umhang gefällt mir.«

»Das ist nicht mein Umhang, sondern der von Superman«, korrigierte Lucas ihn. Er schüttelte empört den Kopf über so viel erwachsene Dummheit.

»Du hast recht. Mein Fehler.«

»Komm rein, Jase«, forderte Ellie ihn auf. »Möchtest du etwas trinken?«

»Nein, danke. Hallo, George.«

Ich lächelte ihn an. »Hi, Jase.«

Ellie schaute mich vielsagend an. »Komm, Lucas, lass uns das Abendessen zubereiten. Tante George muss mit Jason sprechen.«

»Fischstäbchen?«, fragte der Kleine hoffnungsvoll.

Ellie lachte nervös. »Ja, Lucas. Mamis *hausgemachte* Fischstäbchen. Keine aus der Schachtel.« Damit rechtfertigte sie sich gegenüber zwei Menschen, die es nicht einmal bemerken würden, wenn sie ihrem Sohn in Bourbon getunkte Instantnudeln zum Abendessen kredenzte.

Jase und ich setzten uns ins Wohnzimmer, in dem das übliche Lucas-Chaos herrschte. DVDs von den »Wiggles«, Bücherstapel, Buntstifte, Bastelpapier, Legosteine und Plastikbälle in sämtlichen Größen, Formen und Farben okkupierten den Fußboden. Es sah aus wie in einer Besserungsanstalt für straffällig gewordene Kleinkinder und nicht wie das Zuhause von zwei Akademikern Mitte dreißig und ihrem Sohn. Es gab praktisch keinen Hinweis darauf, dass hier Erwachsene lebten.

»Ich bin nicht ganz sicher, warum ich hier bin. Ellie rief mich heute Morgen an, aber sie wollte nicht so recht mit der Sprache herausrücken, weswegen wir reden müssen«, begann er. »Bevor du also irgendetwas sagst, möchte ich …«

»Ich bin schwanger, Jase«, platzte ich ohne Nachdenken heraus.

Sein Mund klappte leicht auf. »Wow … das ging aber schnell. Ich dachte, so etwas dauert ewig.«

Ich nickte, dabei versuchte ich, mir den nächsten Satz zurechtzulegen. »Ja, aber es … es ist nicht Ninas Baby.«

Jase kniff die Augen zusammen und schürzte fragend die Lippen. »Was soll das nun wieder heißen?«

»Es ist deins. Unseres.«

Ihr kennt diesen Ausdruck »die Gesichtszüge entgleiten«? Tja, Jase entglitten sie buchstäblich. Binnen einer Sekunde sackte sein Kiefer nach unten, seine Wangen erschlafften, seine Augen wölbten sich vor.

»Was?« Seine sonst so gleichmütige, ruhige Stimme klang wie ein Donnergrollen.

Ich nickte. »Ja. Siebzehnte Woche.«

»Aber … du siehst nicht schwanger aus.«

»Doch, eigentlich schon. Wenn man genauer hinschaut.« Ich deutete auf meinen Bauch, wo sich allmählich eine leichte Wölbung bemerkbar machte.

»Bist du sicher?«

»Dass ich schwanger bin?«

»Dass es von mir ist.«

»Ja, Jase! Natürlich bin ich sicher, dass es von dir ist. Ich habe mit niemandem sonst geschlafen. Wir haben uns erst vor sechs Wochen getrennt!«

»Vor zwei Monaten.« Etwas an der Art, wie er mich korrigierte, verriet mir, was er mir hatte sagen wollen. Er hatte eine Neue.

Ermutigt von der Tatsache, dass mir das am Arsch vorbeigehen musste, entlockte ich ihm die mir bereits bekannte Antwort. »Bist du mit einer anderen zusammen?«

Er biss sich auf die Lippe und nickte.

»Schön. Das freut mich für dich.« Ich bemühte mich um einen möglichst ungezwungenen Tonfall. Immerhin war es nicht so, als hegte ich irgendwelche Heile-Welt-Fantasien. Kein Problem. Auf zu neuen Ufern. Jase war einfach nicht der Richtige für mich.

Ich setzte mich, und Jase gesellte sich zu mir. Wir schwiegen eine Weile. Ich fragte mich, wie dieses Gespräch verlaufen würde, wenn wir noch zusammen wären. Wäre die Stimmung heiterer? Oder noch spannungsgeladener, weil ich trotzdem nicht wüsste, ob ich es behalten wollte?

»Was wirst du tun, George?«, fragte er leise.

»Ich weiß es nicht.«

»Okay.«

»Ich habe wirklich alles verbockt, nicht wahr?«

Jase lächelte mich an. Es war ein echtes, warmes Jase-Lächeln. »Ja«, sagte er und lachte. Ich stimmte ein. Ich hatte schon seit einer Woche nicht mehr gelacht. Es fühlte sich gut an, so wie wenn man den Kronkorken einer Limonadenflasche öffnet und eine Sekunde lang der Druck entweicht.

»Trotzdem verstehe ich nicht, wie das passieren konnte. Ich dachte, du würdest die Pille nehmen.«

Ich zuckte mit den Schultern. »Das stimmt ja auch. Aber dann habe ich sie wegen Nina abgesetzt. Da muss wohl einer durchs Netz geschlüpft sein.«

Jase atmete bedächtig aus. »Sieht ganz so aus. Wann hast du es herausgefunden?«

»Letzte Woche. Es tut mir leid, dass ich es dir erst jetzt sage, aber ich brauchte etwas Zeit.«

Ich erzählte Jase die ganze Geschichte, angefangen bei dem Schock, der mich in Dr. Fishers Büro erwartet hatte, als sie den einen Satz sagte, den ich niemals hatte hören wollen.

Als ich fertig war, legte Jase seine Hand auf meine. »Das ist eine ganz schön verfahrene Situation.«

»Allerdings.«

»Wie denkt Nina darüber?«

»Ich weiß es nicht. Sie hat seither nicht mehr mit mir gesprochen.«

Sie fehlte mir schrecklich. Ich hatte ihr mehrere Nachrichten geschickt, mit der Bitte um ein Treffen und eine Aussprache, aber sie hatte nicht geantwortet. Es war schlimmer als jede Trennung, die ich je durchgemacht hatte. Mir fielen immer wieder Dinge ein, die ich ihr unbedingt sagen wollte. Damit meine ich nicht nur Entschuldigungen und Erklärungen – obwohl mir beide fast unaufhörlich im Kopf herumgingen –, sondern auch alltägliche Erlebnisse, wie vor ein paar Tagen, als im Bus ein Mann gesessen hatte, der hustete, ohne sich die Hand vor den Mund zu halten. Normalerweise hätte ich Nina in einer SMS davon berichtet, und wir hätten uns über die Unerlässlichkeit von Hygiene in der Öffentlichkeit ausgelassen. Stattdessen musste ich meinen Abscheu für mich behalten. Später sah ich dann eine Wiederholung von *Seinfeld* – die Folge, in der sie sich um eine Parklücke zoffen. Das erste Mal hatte ich sie zusammen mit Nina in ihrem alten Zimmer geguckt und so getan, als würde ich meine Hausaufgaben machen. Mir fiel erst wieder ein, dass ich Nina wohl besser keine SMS deswegen schicken sollte, als ich gerade auf »Senden« tippen wollte. Sogar wenn ich Ellies Kühlschrank öffnete, wurde ich mit Erinnerungen an Nina konfrontiert. Ich entdeckte ein Stück Fetakäse und erinnerte mich daran, wie sie mir einmal erklärt hatte, dass sie keinem Essen traute, das in Lake eingelegt worden war.

Ich fragte mich, ob wir je wieder Freundinnen sein würden. Falls nicht, konnte ich mir nicht vorstellen, noch einmal eine beste Freundin zu haben. Uns würden weder die vielen Jahre gemeinsamer Erinnerungen verbinden, noch der Humor oder die stichwortartige Sprache, die Nina und ich entwickelt hatten. Und was, wenn ich mir einbildete, eine neue beste Freundin gefunden zu haben, und ihr das sagte, aber sie teilte diese Empfindung nicht? Das wäre noch viel, viel schlimmer als der Moment, in dem ich einem Exfreund meine Liebe gestanden und er mit »Okey-dokey« geantwortet hatte.

»Nina wird darüber hinwegkommen«, meinte Jase.

»Ich bin mir da nicht so sicher. Sie hat kein Wort gesagt, als die Bombe geplatzt ist, sondern saß einfach nur da und hat vor sich hingestiert. Es war, als hätte sie es gar nicht gehört. Dann ist sie aufgestanden und gegangen. Seither habe ich nichts von ihr gehört.«

»Hast du sie angerufen? Oder Matty?«

Ich schüttelte den Kopf. »Ich habe ihr Nachrichten geschickt, aber sie hat nicht darauf reagiert. Es ist wohl besser, ich warte, bis sie bereit ist.«

»Du solltest sie anrufen. Sie braucht dich jetzt. Und du brauchst sie.«

»Ja, du hast recht.«

Jase benahm sich wahnsinnig einfühlsam. Das war nett von ihm, aber ich spürte instinktiv, dass er nicht preisgab, was wirklich in ihm vorging.

»Was denkst *du* über das alles?«, fragte ich.

Jase zog die Brauen zusammen. »Na ja, mit so etwas hatte ich nicht gerechnet, so viel steht fest. Um ehrlich zu sein, weiß ich nicht, was ich denken soll. Ich bin ein bisschen geschockt.«

Das konnte ich nachempfinden. »Verständlich«, war alles, was ich herausbrachte.

»Ich hatte noch nie eine Beziehung, in der das passiert ist.«

»Echt nicht?«

»Du etwa?«

»Nein. Ich war in Sachen Verhütung immer sehr penibel … bis zu diesem Ausrutscher.«

Wieder trat für einen Moment Stille ein.

»Es ist deine Entscheidung, George. Wie auch immer sie ausfällt, ich werde dich unterstützen.«

»Das ist exakt das Sprüchlein, das von dir erwartet wird.«

»Das ist nicht der Grund, warum ich es gesagt habe.« Dann wechselte er abrupt das Thema, vermutlich um uns beiden eine Verschnaufpause zu verschaffen. »Also lebst du jetzt hier?« Wir ließen beide den Blick über das Durcheinander schweifen, das Wirbelsturm Lucas hinterlassen hatte.

»Oh Gott, nein«, sagte ich hastig. »Na ja, praktisch gesehen schon, bis ich etwas anderes gefunden habe. Aber ich *lebe* nicht hier. Zumindest nicht für immer. Ich könnte zu meiner Mutter ziehen.«

Wir schwiegen beide eine Weile, dabei überlegte ich, mit wem Jase zusammen sein könnte. Ich tippte auf jemanden aus seinem Fahrradverein. Sie hatte vermutlich einen klangvollen Namen wie Saskia oder Samara, lange, athletische Beine und eine Dauerbräune vom vielen Fahrradfahren. Wahrscheinlich leitete sie einen Hedgefonds und las in ihrer Freizeit analphabetischen Kindern vor. Und offensichtlich war sie eine Granate im Bett.

»Ich weiß mir ehrlich keinen Rat, was wir jetzt tun sollen.«

Ich quittierte das mit einem Achselzucken. »Lass uns das doch bei einem Drink besprechen.«

»George …«

»War nur ein Scherz.«

»Kannst du denn gar nichts ernst nehmen?« Jase' Miene verdüsterte sich, und er bedachte mich mit einem strafenden Blick.

»Soll das ein Witz sein? Glaubst du wirklich, ich würde diese Sache nicht ernst nehmen? Es ist das *Einzige*, woran ich denken kann. Ich bin alleinstehend und schwanger. Meine beste Freundin hasst mich, weil ich sie unwissentlich hintergangen habe. Ich bin die Zimmergenossin eines Dreijährigen. Ach ja, außerdem scheine ich nichts mehr von meinem Job zu verstehen. Das Leben ist einfach *großartig*. Ich nehme das ernst, Jase, sehr ernst sogar – aber hin und wieder muss ich mich eben ein bisschen aufheitern, okay?«

Sein Mund war zu einem schmalen Strich zusammengepresst, aber er nickte. »Okay.«

»Jase, ich habe dir das nicht erzählt, damit du mir aus der Klemme hilfst. Ich schaffe das allein, trotzdem fand ich, du solltest es wissen.« Gleichzeitig fand ich es überflüssig, ihm auf die Nase zu binden, dass Ellie darauf bestanden hatte, es ihn wissen zu lassen.

»Ist ja schon gut. Bitte entschuldige. Ich will nicht einer von diesen Wichsern sein, George.«

Ich seufzte. »Du bist kein Wichser.«

Dann hob ich die Augen zur Decke, weil ich merkte, dass sich Tränen in ihnen sammelten. Mit zurückgeneigtem Kopf beschwor ich sie, sich zu verziehen.

Jase legte den Arm um mich und zog mich an sich. Es fühlte sich gut an. Der einzige Mensch, der mich in letzter Zeit anfasste, war Lucas, aber meistens wischte er nur seine Nase an meinem Arm ab. Jase küsste mich auf den Hals, und ich entzog mich ihm nicht.

Schließlich setzte ich mich auf und rieb mir mit der Hand durchs Gesicht.

»Hör zu, George … ich weiß nicht, wie man mit einer solchen

Situation umgeht, aber was ich gesagt habe, war mein voller Ernst. Wozu auch immer du dich entschließt, ich stehe hinter dir. Es ist deine Entscheidung und …« Jase machte eine Pause und schaute unbehaglich drein. »Vielleicht klingt das platt oder ungehobelt, aber falls es sehr teuer ist, können wir uns die Kosten teilen oder was immer dir vorschwebt. Entschuldige. Ich möchte nicht den Eindruck erwecken, als wollte ich das Problem mit Geld lösen, aber …«

»Nein, ich weiß, wie du es meinst.« Ich lächelte ihn an, dabei sann ich darüber nach, wie ironisch es war, wenn der eigene Exfreund sich großzügig bereit erklärte, einem eine Abtreibung zu finanzieren. Moderne Liebe eben. »Danke, Jase.«

»Das versteht sich von selbst. Du bedeutest mir noch immer viel, George. Ich werde für dich da sein. Gemeinsam finden wir eine Lösung.«

Später an diesem Abend, als Hurrikan Lucas endlich schlief (nachdem Simon ihn zweiundzwanzig Minuten lang gehätschelt und dabei »Schsch« gemacht hatte, bevor Ellie ihm weitere sechzehn Minuten in Dauerschleife »Funkel, funkel kleiner Stern« vorgesungen hatte) und sämtliche Lichter erloschen waren – mit Ausnahme von dem in meinem Kopf –, lag ich im Bett und las die amerikanische *Jolie*, wenn auch nur mit halber Konzentration. Es Jase zu sagen hatte den erwarteten Effekt gehabt: Die *Situation* war real geworden. Ich fühlte mich nicht schwanger und sah auf den ersten Blick auch nicht so aus, daher hatte ich mir relativ einfach vorgaukeln können, es nicht zu *sein*. Aber jetzt hatte ich es an die Öffentlichkeit getragen. Jase wusste Bescheid. Er würde es seiner fahrradbegeisterten Freundin erzählen, vermutlich bei einem Glas kalten, köstlichen, teuren Weißwein, den sie beide trinken konnten, weil sie nicht in anderen Umständen waren. Wahrscheinlich redeten sie genau in diesem Moment darüber, während im Hintergrund irgendeine grauenvolle, prätentiöse Indie-Band spielte. Bestimmt tat ich ihnen leid. Gut so. Ich tat mir selbst auch leid.

Natürlich würde ich Meg einweihen müssen. Ich fragte mich, wie sie reagieren würde. Sie hatte keine Kinder. Wie sie mir einmal erzählt hatte, waren sie und ihr Mann schon früh in ihrer Beziehung zu dem Entschluss gelangt, dass sie keine wollten. Das war einer der Gründe, warum ich mich Meg so nah fühlte. Sie konnte nachvollziehen, dass ich schlichtweg keinen Kinderwunsch hegte und sich dahinter keine tiefere Bedeutung versteckte. Ich wollte keinen Nachwuchs und damit basta.

Und ich musste meine Mutter informieren. Keine Ahnung, was sie dazu sagen würde. Vermutlich irgendetwas Passives, mit genau der richtigen Prise Aggressivität. Zu oft hatte sie mir vorgebetet, wie bereichernd es war, Mutter zu sein, dass es das Einzige sei, was sie sich immer gewünscht hatte. Ich hatte es aufgegeben, ihr begreiflich machen zu wollen, dass ein Kind für mich nicht infrage kam, oder zu antworten, wenn sie mir sagte, dass ich nur eine Phase durchmachte.

Mein Handy piepte.

Bist du wach? N x

Ich fühlte, wie mein Herz schneller schlug. Endlich!

Ja. G x

Kann ich anrufen?

Ich wollte schon »Ja« tippen, als ich eine bessere Idee hatte.

Triff mich in der Kneipe nicht weit von Ellies Haus. Die neben der Haltestelle. G x

Es dauerte ein paar Minuten, die sich für mich ewig hinzogen, doch dann kam die Antwort.

Wir sehen uns in 15 Minuten.

15

Woche 17

TAG 5

Es ist eine allgemein bekannte Wahrheit, dass man, wenn man selbst nüchtern ist, betrunkene Menschen beinahe unerträglich widerwärtig findet. Man kann sich in seinem abstinenten Zustand nicht vorstellen, wie andere derart besoffen sein können, und das auch noch vorsätzlich. Ich befand mich in besagtem Zustand, als ich die Gäste des Alte-Männer-Pubs in der Nähe von Ellies Haus beäugte. Es waren natürlich die alten Männer anwesend, von denen sich die meisten gut benahmen, während sie sich ein kleines Schlummerbierchen genehmigten. Doch dann waren da noch Grüppchen von Leuten in meinem Alter, die sich um halb elf Uhr abends an einem Dienstag in dieser feuchtkalten Schankstube im Suff völlig gehen ließen. Die Wochen erzwungener Trockenheit hatten mir offenbar eine Amnesie beschert. Auf einmal kam es mir vollkommen grotesk vor, dass ich mich je so schlecht benommen haben könnte wie diese Rüpel, die völlig schief Songs von Cold Chisel grölten, als spielten sie in einer Proll-Version von *Glee* mit. Ich hatte die Erinnerung daran, wie ich erst vor ein paar Monaten mit Nina »99

Luftballons« geschmettert hatte, fein säuberlich aus meinem Gedächtnis radiert.

Ich setzte mich mit meinem Mineralwasser hin und musste mich beherrschen, es nicht in einem Zug zu leeren. Eine unerwartete Begleiterscheinung meiner Schwangerschaft war mein außerordentlicher Durst. Nichts konnte ihn stillen. Insgeheim dachte ich, dass ein Bier das schaffen würde – dieses Mal kein Witz, so wie bei Jase –, aber ich fühlte mich zu schuldig, um eine Flasche meine Lippen berühren zu lassen. Außerdem war ich hundemüde. Am Nachmittag hatte ich in der Arbeit auf meinem Bildschirm die Uhrzeit abgelesen und schockiert festgestellt, wie früh es noch war. Wie konnte es erst zwei sein, wo ich mich doch so dringend hinlegen musste?

Die Tür ging auf, und ein Tisch voller junger Typen drehte die Köpfe, um festzustellen, wer da kam. Es war Nina, die matt und ausgelaugt aussah – so wie ein graues T-Shirt, das früher einmal weiß gewesen war. Die Kerle wandten sich desinteressiert wieder ab. Ich verspürte an Ninas Stelle einen Anflug von Ärger.

Sie entdeckte mich und lächelte dünn. »Hallo«, sagte sie mit einem schlaffen Winken.

Ich setzte ein frohes Lächeln auf und erhob mich, um sie zu begrüßen. Ihr Blick glitt sofort über meinen Bauch. *So wird es von nun an also sein*, dachte ich. Es würde für immer eine Kluft zwischen uns bestehen.

»Hallo, Nina.«

»Hi, George.«

Dann sagte keine mehr etwas. Es schienen endlose Minuten zu verstreichen, obwohl es vermutlich weniger als zehn Sekunden waren.

»Wie geht es dir?«, wagte ich einen Vorstoß.

Sie zuckte die Achseln. »Ganz okay. Und wie läuft's bei dir so?«

»Gut.« Ich seufzte und verdrehte die Augen. »Nein, eigentlich läuft's richtig scheiße.«

»Ja, ich kenne dieses Gefühl.«

»Es tut mir so furchtbar leid, Nina. Ich hatte wirklich keine Ahnung. Ich war genauso schockiert wie du. Wahrscheinlich sogar noch mehr.« Ich fasste über den Tisch, und Nina ließ zu meiner freudigen Überraschung zu, dass ich ihre Hand nahm. *Vielleicht fügt sich doch noch alles zum Guten.*

»Ich weiß. Und ich entschuldige mich dafür, dass ich an dem Tag einfach abgehauen bin. Ich war vollkommen überfordert. Ich saß etwa drei Stunden in meinem Auto, bevor Matt kam, um mich abzuholen. Ich glaube, er hatte Angst, dass ich gegen einen Baum fahren würde oder so etwas.«

Bei dem Gedanken, dass Nina versuchen könnte, sich etwas anzutun, schlug mein Magen Volten.

»So etwas würdest du doch niemals tun, oder?«

»Nein.« Sie drückte meine Hand und lächelte, etwas wehmütig zwar, aber ich war trotzdem erleichtert. »Es ist nicht deine Schuld, George. Du musst dich nicht schlecht fühlen. Du wolltest uns einen unglaublichen Gefallen tun, und dafür sind wir dir noch immer sehr dankbar.«

Ich zuckte verlegen die Schultern.

»Ich war an dem Tag am Boden zerstört. Es fällt mir sehr schwer, das zuzugeben, aber ... ich bin so neidisch. Es ist ein grauenvolles Gefühl, neidisch auf dich zu sein, George. Weil ich dich liebe ... doch da ist auch noch dieser andere Teil in mir, der unbeschreiblich wütend auf dich ist. Nein, nicht auf *dich*, sondern auf diese Situation. Mir ist klar, dass du nichts dafür kannst und nicht einmal schwanger sein willst – zumindest nehme ich das an –, aber ich komme einfach nicht dagegen an. Du musstest es noch nicht einmal versuchen und wurdest schwanger!«

Nina holte tief Luft und starrte auf ihren Schoß. Sie wirkte vollkommen erschöpft – ähnlich wie man es von frischgebackenen Eltern kennt, was der Gipfel der Ironie war.

Ich schwieg, weil ich nicht wusste, wie ich mein schlechtes Gewissen in Worte kleiden sollte. Es war geradezu erdrückend.

Ich fühlte mich schuldig, weil ich in Sachen Verhütung derart unachtsam gewesen war, dass ich es nicht einmal bemerkt hatte, als sie versagte. Und ich fühlte mich schuldig, weil ich nicht wusste, wie ich zu diesem Baby stand.

Ich dachte an die vielen Tabellen und Apps, die Nina benutzt hatte, um den Überblick über jede körperliche Veränderung zu behalten. An *ihr* schlechtes Gewissen wegen all der Fehler, die sie sich vorwarf. Sie glaubte, dass sie zu spät angefangen, zu viel getrunken, zu viele Party-Pillen eingeworfen und zu wenig Folsäure genommen hatte. Ich hatte Schwangerschaftsvitamine nie eines Blickes gewürdigt, trotzdem war ich jetzt schwanger.

Schlimmer noch, ich fühlte mich wie eine Betrügerin, weil ich mich trotz alledem noch immer nicht ganz in Nina hineinversetzen konnte. Ich hatte nie diesen übermächtigen Drang verspürt, Mutter zu werden. Was meine Schuldgefühle nur verstärkte.

Nina atmete tief durch und schniefte ein paar Tränen zurück. »Noch mal: Du kannst nichts dafür, und ich entschuldige mich, weil ich dir eine grauenvolle Freundin bin, indem ich mich so sehr in den Fokus rücke.«

Ich schüttelte vehement den Kopf. »Machst du Witze? So würde ich nie von dir denken, Nina. Du hast jedes Recht, aufgebracht zu sein.«

»Ja … und nein. Eigentlich müsste ich mich für dich freuen, oder? Freundinnen tun das. Vorausgesetzt, du entscheidest dich dafür.« Sie hielt kurz inne. »Das ist die andere Sache. Ich kann nicht aufhören, daran zu denken, dass, wenn du dieses Baby nicht willst, du es nicht bekommen wirst. Ich bin nicht sicher, ob ich damit klarkäme.«

Ich nickte und trank den letzten Schluck von meinem Wasser. Gott, ich brauchte einen anständigen Drink.

»Gleichzeitig weiß ich nicht, ob ich es verkraften könnte, wenn du das Baby austrägst. Wenn du eins hättest und ich nicht. Mir ist klar, wie abscheulich das klingt, George, aber … es ist einfach nicht gerecht.«

Nein, es war nicht gerecht. Andererseits war diese Situation in vielerlei Hinsicht auch mir gegenüber nicht gerecht. Doch der Instinkt sagte mir, dass dies kein guter Zeitpunkt für diesen Einwand war.

»Der langen Rede kurzer Sinn: Ich bin momentan ein bisschen durcheinander. Ich dachte wirklich, dass das mit der Leihmutterschaft klappen könnte, dabei hatte ich mir lange Zeit nicht gestattet, mich noch an die Hoffnung zu klammern. Tatsächlich brauchte ich eine geraume Weile, ehe ich mich mit dem Gedanken an eine Leihmutter anfreunden konnte. Denn ich möchte nicht einfach nur ein Baby bekommen, sondern auch eine Schwangerschaft erleben, in dem Wissen, dass da ein kleiner Mensch in mir heranwächst. Doch irgendwann begriff ich, dass es die beste Option war. Vielmehr die einzige, die uns blieb. Doch jetzt …« Sie verstummte und senkte den Kopf. Plötzlich wünschte ich mir verzweifelt meine selbstironische Nina zurück. Dieser Moment war zu intensiv, es wurde zu viel gesagt. Auf einmal verstand ich, warum Nina stets bemüht gewesen war, sich sogar über Tragödien wie den Tod ihrer Mutter lustig zu machen. Es war viel einfacher zu lachen als zu weinen.

Schweigend wartete ich, dass sie weitersprach. Dabei beobachtete ich, wie die Eiswürfel auf dem Boden meines Glases schmolzen und hoffte, dass sie bald einen trinkbaren Zustand erreichten. Dieses Baby schien alle Flüssigkeit aus mir herauszusaugen.

Nina ließ einen Stoßseufzer entweichen. »Ich habe diese Entscheidung damals nicht leichtfertig getroffen. Du ebenso wenig, das weiß ich. Doch dann ließ ich mich ganz und gar darauf ein und glaubte fest daran, dass es ein gutes Ende nehmen würde.« Sie schüttelte resigniert den Kopf. »Ich hätte nicht so sehr darauf bauen sollen.«

»Das ist doch nur verständlich. Ich dachte genau wie du, dass es funktionieren wird. Es tut mir unendlich leid, Nina.«

»Ist schon gut«, sagte sie, obwohl es das keineswegs war.

»Du hast jedes Recht, mich zu hassen. Ich hasse mich selbst ein bisschen, weil du das meinetwegen durchmachen musst.«

Sie hob ihre Mundwinkel zu einem halben Lächeln. »Wie hat Jase reagiert?«

»Tja, er war ein wenig überrascht. Gelinde gesagt.«

»Das kann ich mir vorstellen.«

Ich wusste, dass Nina mich fragen wollte, ob ich das Baby bekommen würde. Doch sie schien sich nicht überwinden zu können. Zum Glück, denn ich hatte noch immer keine Antwort.

Offen gestanden beunruhigte es mich, dass ich mir noch nicht schlüssig war. Wie sollte ich das deuten? Hätte man mich vor einem Jahr – ja, sogar noch vor wenigen Monaten – gefragt, was ich angesichts dieser zwei verräterischen blauen Linien tun würde, wäre meine Antwort ohne Zögern erfolgt. Ich hätte die Schwangerschaft schneller, als Usain Bolt über eine Ziellinie sprinten konnte, beendet.

Oder vielleicht auch nicht. Schließlich hatte ich mich nie zuvor mit dieser Frage auseinandersetzen müssen.

Ich tendierte weder verstärkt in die eine noch in die andere Richtung. Die Frage steckte in meinem Kopf fest wie in einem Sumpf.

Ich war dankbar gewesen für die nüchterne Wortwahl der Klinikärzte. Ich würde nicht »schwanger«, sondern nur eine »Trägerin« sein. Es war kein »Baby«; es war ein »Embryo« oder eine »Zygote« oder ein »Fötus«. Das hatte mir dabei geholfen, emotional Distanz zu wahren. Ich hatte etwas, das Nina wollte, und war bereit, es ihr zur Verfügung zu stellen. Ende der Geschichte. Aber jetzt, da ich tatsächlich schwanger war, war es mit einem Mal ein »Baby«. Ich war eine »werdende Mutter«, ob es mir gefiel oder nicht. Es wurde immer schwieriger, die Trennlinie zu ziehen.

Irgendwie hatte ich angenommen, dass mein Gespräch mit Jase mir bei der Entscheidungsfindung helfen würde. Seine eindrucksvoll feministische Reaktion war zweifelsohne die richtige Herangehensweise, doch ein alberner Teil meines Bewusstseins konnte nicht aufhören, sich auszumalen, wie wir, wäre dies ein Nancy-Meyers-Film, inzwischen zusammen die Farben für das Kinderzimmer auswählen würden und ich ihn um ein Uhr morgens aus dem Haus scheuchte, um Fastfood für mich zu besorgen.

Zumindest hätte ich in dem Fall eine Entscheidung getroffen.

»Er sagte, dass er mich unterstützen wird, egal wozu ich mich entschließe.«

»Das ist gut. Klingt ganz nach Jase.«

»Das ist wahr.« Ich wollte gern mit Nina darüber reden, denn sie war der einzige Mensch, mit dem ich dieses Gespräch führen könnte. Ironischerweise war sie zugleich der einzige Mensch, mit dem ich dieses Gespräch *nicht* führen konnte.

»Nina …«

Sie hob die Hand, um mich zum Schweigen zu bringen. »Ich muss es nicht wissen. Du brauchst es mir nicht zu sagen.«

Ich zuckte zusammen, dann runzelte ich die Brauen. »Was soll das heißen?«

»Das soll heißen, dass ich etwas Abstand zu dir benötige, George. Und ich denke, dass du eine klügere Entscheidung treffen wirst, wenn du mich dabei nicht berücksichtigst.«

»Hä?«

»Ich halte es für das Beste, wenn wir uns eine Zeit lang nicht sehen.«

Mein Hirn arbeitete so träge, als kämpfte es sich durch Treibsand.

»Soll das bedeuten … dass du mir die Freundschaft kündigst?«

Es klang, als würde sie lachen, aber es war mehr ein tiefes Seufzen. »Kann sein. Nicht für immer. Zumindest denke ich das. Aber ich schätze, für eine Weile.«

Der Kneipenchor, wenn man ihn so bezeichnen durfte, jubelte begeistert in seiner Ecke, als Daryl Braithwaites »Horses« erklang. Alle standen auf, legten die Hand aufs Herz und sangen mit, als wäre es ihre Nationalhymne. Was wohl gewissermaßen auch zutraf.

Ich konnte die Worte nicht verstehen, hörte nur eine gedämpfte Version der Melodie, weil Nina nicht mehr meine Freundin sein wollte und ich mich plötzlich fühlte, als wäre ich wieder zwölf und ganz allein in der Mittagspause, weil niemand neben mir sitzen wollte. Ich blickte erst wieder auf, als ich das Knarzen von Ninas Stuhl auf dem Hartholzboden hörte. Sie legte eine Hand auf meine Schulter und lächelte, wenn auch nur mit einem Mundwinkel.

»Es tut mir leid, George. Aber ich kann das im Moment nicht.«

16

Woche 18

»George! George!«

»Mm …«

Jase schlang die Arme um meine Taille und beugte sich vor, um mich zu küssen. Sein Mund war so weich, als hätte er das Lippenpeeling benutzt, das ich vor vielen, vielen Monaten extra für ihn in der Dusche zurückgelassen hatte. Ich fühlte, wie seine Bartstoppeln über mein Kinn kratzten, und seufzte.

Ach, Sex. Wie hatte ich dich vermisst.

»Schorschi! Schorschi! Schorschi!«, raunte Lucas aufgeregt in mein linkes Ohr, weil es das war, das ich gerade nicht ins Kissen presste. Ich öffnete ein Auge. Lucas beugte sich übers Bett und glotzte mich an.

»Was?«

»Schooooorsch! Aufwachen, aufwachen!«

Ich schüttelte den Kopf, um den anstößigen Inhalt daraus zu verscheuchen. Wieso träumte ich von Sex mit Jase? *Es ist vorbei. Genug jetzt, George, es ist vorbei.*

»Was ist?«, nuschelte ich.

»Deine Mami, Schorschi. Deine Mami ist hier.«

Schlagartig riss ich nun beide Augen auf. »Was?«

»Deine Mami ruft an.«

»Ach so.« Ich seufzte erleichtert. Es war noch nicht mal sieben. Ich wusste nicht, ob ich einen Kaffee vertragen hätte, von meiner Mutter ganz zu schweigen. »Wo ist das Handy, Lucas?«

Er zuckte die Schultern und wedelte vage mit der Hand, wie um anzudeuten: »Wer weiß?« Dabei grinste er.

»Hast du es versteckt, Lucas?«

Ein weiteres Schulterzucken.

»Lucas!« Ich bemühte mich um einen strengen Ton und stellte mir vor, er wäre ein Praktikant der Modereaktion, der sich mit einem teuren Paar Schuhe, das wir dringend zurückgeben mussten, aus dem Staub gemacht hatte. »Wo hast du es versteckt?«

»Such es, Tante Schorschi. Such es!«

Ich schlug die Decke zurück und schaute mich um. Das Zimmer, in dem ich nächtigte, war ein kunterbuntes Durcheinander aus meinen Habseligkeiten und Lucas' Spielsachen. Vom Teppich war kaum noch etwas zu erkennen. Auf dem Bücherregal hockte eine Armee Plüschtiere und wartete auf ihren Einsatz. Eins sah bizarrer aus als das andere. Ich hatte sie umgedreht, weil mir die Vorstellung nicht behagte, dass sie mich mit ihren gruseligen Gesichtern anstierten, während ich schlief.

»Lucas, es ist kein lustiges Spiel, jemandes Handy zu verstecken! Wo hast du es hingetan?« Er schüttelte den Kopf und lachte wie ein Irrer. Dann rannte er weg.

»Ich verstecke es, Schorschi! Du musst suchen!«

Arrgg. Ich kannte meine Mutter. Wenn sie tatsächlich in der Leitung war, würde sie geduldig warten, bis Lucas sich ihr wieder widmete, als wäre er ein vielbeschäftigter Empfangschef. Was bedeutete, dass ich mein Handy nicht einfach anrufen konnte, um es aufzuspüren.

»Ellie!« Ich realisierte, dass ich im Begriff stand, einen Dreijährigen zu verpetzen.

Sie steckte den Kopf durch die Tür. »Ja?«

»Lucas hat mein Handy geklaut.« Jawohl, ich verpetzte ihn.

Sie lachte. »Wo ist es?«

Ich warf die Hände in die Luft. »Es ist verschwunden, Ellie. Er hat es versteckt. Ich weiß nicht, wo. Ich dachte, du hättest vielleicht eine Idee.«

Noch immer lachend, schüttelte sie den Kopf. »Er steht total auf Handys und liebt es, sie zu verstecken. Er hat das mit meinem schon ganz oft gemacht.«

»Na super. Ich freue mich, eurem Club anzugehören.«

Ellie rollte übertrieben mit den Augen. »Beruhige dich, George, es ist doch nur ein Telefon. Normalerweise legt er sie in den Brotkasten. Komm mit.«

Ich zog meinen Frotteebademantel über und schlurfte hinter Ellie her in die Küche.

Sie öffnete den Brotkasten und fischte triumphierend mein Smartphone heraus. »Ta-da!«

Eine gedämpfte Stimme drang aus dem Gerät. Meine Mutter. Wie vorherzusehen, war sie noch dran.

Ich riss es Ellie aus der Hand. »Mum?«

»Schätzchen! Wo ist Lucas?«

»Er hat mich geholt und mir gesagt, dass du am Apparat bist. Wie viele Minuten sind vergangen, seit er mit dir gesprochen hat?« Ich nahm einen Laib Sauerteigbrot aus dem Kasten. Selbst gebacken von Ellie natürlich. Sie wollte nicht, dass Lucas etwas aß, das sie als »Päckchengift« bezeichnete, darum verzichtete sie gänzlich auf industriell verarbeitete Lebensmittel. Einmal hatte sie sogar ihre eigene Sojasauce hergestellt. An Lucas' erstem Geburtstag hatte sie mir anvertraut, dass sie auf nichts so stolz war wie darauf, dass sie zwölf Monate lang ein Baby ernährt hatte, ohne sich dazu »hinreißen« zu lassen, es aus Gläschen zu füttern. Ohne meine Hilfe würde dieser arme Junge niemals in den Genuss weichen, fluffigen, nährwertlosen Toastbrots kommen.

»Ach, etwa eine Viertelstunde.«

»Mum! Du hättest auflegen sollen.«

»Wir haben ein Spiel gespielt, Schätzchen.«

»Schon klar. Hast du angerufen, oder hat Lucas' Hintern dich angerufen?«

»Hat wer mich angerufen?« Ich hörte ein Glucksen am anderen Ende.

»Lucas' Hintern. Das passiert, wenn man sich auf ein Telefon setzt und dabei die Anruftaste betätigt.«

»Ich kann dir noch immer nicht folgen. Wieso sollte ein Hintern mich anrufen?«

»Weil man sich auf ein Handy setzt, Mum.« Ich dachte an das meiner Mutter, welches sie aus unerfindlichen Gründen nie mitnahm, wenn sie aus dem Haus ging. Sie ließ es Tag und Nacht in der Ladestation stecken. Manchmal rief ich sie darauf an, nur um mich zu vergewissern, dass es noch funktionierte. Allerdings war ich mir nicht sicher, ob sonst noch jemand die Nummer kannte.

»Wieso sollte man sich auf sein Handy setzen?«

Ich seufzte. »Nur aus Versehen, Mum.«

»Ach so.«

»Also, hast du nun angerufen?«

»Ja, das habe ich. Mir scheint, als würden wir kaum noch miteinander sprechen. Als Kevin und ich gestern beim Abendessen saßen, fragte er mich, ob du und Jason vorhabt, euch seinen Einzug bei der diesjährigen Blumenschau anzusehen, und da dachte ich bei mir: ›Ich habe Georgie noch nicht einmal wegen der Blumenshow *gefragt!*‹ Darum beschloss ich, zum Hörer zu greifen.«

»Oh, ach so.« Ich versuchte, Zeit zu schinden, weil ich meiner Mutter nicht erzählen wollte, dass a) Jase und ich uns getrennt hatten, b) ich schwanger war und c) ich überhaupt keinen Bock auf die Blumenschau hatte.

»Sie ist erst in ein paar Wochen, aber du kennst ja Kevin. Er möchte gern im Vorfeld wissen, wer kommen wird. Dann ist er weniger nervös, als wenn plötzlich alle auftauchen und er nicht darauf vorbereitet ist, der arme Schatz.«

Kevin war der Ehemann meiner Mutter. Ihr dritter. Ihr erster, mein Vater, hatte nicht lange durchgehalten. Er war Koch und hatte auf einem Kreuzfahrtschiff angeheuert, als sie ein paar Monate schwanger und ihre Ehe gerade mal ein Jahr alt gewesen war. Ich hatte ihn einige Male getroffen, aber es war immer extrem sonderbar, hauptsächlich weil ich in Bezug auf ihn rein gar nichts empfand. Keine Liebe, keine Enttäuschung, keinen Zorn. Einfach nichts.

Auf meinen Vater war Edward gefolgt, aber das hatte nicht viel länger gehalten. Er und meine Mutter hatten sich auf der Hochzeit einer Freundin kennengelernt. Es war gleichzeitig Edwards Hochzeit, doch hatte ihn das nicht davon abgehalten, mit meiner Mutter zu flirten. Zwei Tage nach der Vermählung hatte er seine Frischangetraute sitzen lassen und nach einer Blitzscheidung meine Mutter geheiratet. Dreimal dürft ihr raten, was als Nächstes passiert ist.

Aber mit Kevin hatte sie das große Los gezogen. Er war die Butter auf ihrem Brot, der Zuckerguss auf ihrem Törtchen. Endlich ein solider, verlässlicher Mann. Ein waschechter KERL. Bei ihm konnte man immer darauf zählen, dass er kaputte Glühbirnen auswechselte, widerspenstige Marmeladengläser öffnete und ein Steak grillte, bis es nicht mal mehr vage an etwas Essbares erinnerte. Er war ein leidenschaftlicher Hobbygärtner und irrsinnig stolz auf seine Rosen, denen er akribische Pflege angedeihen ließ. Einmal hatte er einem Jungen aus der Nachbarschaft angedroht, er würde ihn »übers Knie legen«, wenn er auch nur auf seine David-Austin-Rosen nieste. Er war ein stiller Mann, der seinen Gartenschuppen liebte und sich allabendlich zwei helle Biere gönnte. Das Einzige, worum er meine Mutter je gebeten hatte, war, dass sie mit ihm an die Nordküste zog, damit er in der Nähe des Ozeans und der Bananenplantagen – seine Lieblingsfrucht – leben konnte.

Mum hatte Nein gesagt. Sie waren füreinander geschaffen.

»Verständlich.«

»Was hältst du davon?«

»Es klingt toll, aber eventuell muss ich die Schau dieses Jahr sausen lassen. Wegen unseres Redaktionsschlusses bei *Jolie.*«

Sie ließ das sacken. »Das ist schade. Wieso bist du eigentlich bei Ellie?«

Ich durchstöberte meine Fantasie nach Ideen. Ellie und ich waren um die Häuser gezogen, und ich hatte hier gepennt? Nein, das würde Ellie niemals tun. Simon war verreist, und sie hatte mich gebeten, ihr mit Lucas zu helfen? Nein, das würde ich niemals tun. Und Ellie würde mich niemals fragen.

Am Ende beschloss ich, dieselbe Methode wie beim Abziehen eines Pflasters anzuwenden und es kurz und schmerzlos zu machen.

»Ich bin schwanger, Mum. Außerdem haben Jase und ich uns getrennt. Nicht wegen des Babys, wegen anderer Dinge.«

»Du bist *schwanger?*« Ich hörte die Schnappatmung am anderen Ende. *Gott, gib mir Kraft.*

»Äh, ja … aber …«

»Schätzchen, warum hast du mir nichts davon gesagt? Wie lange weißt du es schon?«

»Mum, freu dich bitte nicht zu früh, okay?«

»Ach, Georgie, mach dir keine Gedanken wegen dieser dummen Regel, von wegen man soll es vor der zwölften Woche niemandem erzählen. So etwas gab es zu meiner Zeit nicht. Es ist Nonsens, purer Nonsens.«

»Nein, Mum, es ist nicht … tatsächlich bin ich schon weiter als zwölf Wochen, es ist also alles in Ordnung. Ich meine, nichts ist in Ordnung, aber …«

»Du bist schon weiter als zwölf Wochen?« Sie sagte das nicht unfreundlich und auch nicht auf diese patentierte passiv-aggressive Mutter-Tochter-Weise. Nun fühlte ich mich noch schäbiger, weil ich es ihr nicht gesagt hatte.

»Mum, sei bitte nicht sauer.«

Sie schwieg.

»Ich weiß noch nicht, was ich tun werde, Mum.«

»Was heißt das?«

»Es heißt … dass ich Optionen habe.«

Sie erwiderte nichts. Fühlten sich andere Frauen – außer Rory Gilmore vielleicht – wohl dabei, mit ihren Müttern über das Thema Abtreibung zu sprechen? Meine Mutter hätte allen Grund gehabt, mich nicht zu bekommen, trotzdem hatte sie es getan. Sie war zweiundzwanzig und alleinstehend gewesen, und dank ihrer überbehütenden Eltern hatte ihre einzige für das reale Leben taugliche Fähigkeit darin bestanden, einen spitzenmäßigen französischen Zopf flechten zu können. Wieso hatte sie sich für ein Kind entschieden? Was hatte sie sich davon versprochen?

»Ist es wegen Jason?«

»Nein, eigentlich nicht. Nicht wirklich.«

»Was ist zwischen euch passiert?«

»Nichts und alles.« Ich zupfte ein Stück von dem Brot ab, war innerlich jedoch zu aufgewühlt, um es essen zu können. Stattdessen spielte ich damit, indem ich den weichen Teil fest zusammenpresste und kleine Kugeln daraus formte.

Sie seufzte. »Jason ist ein wundervoller Mann, Georgie.« Georgie. *Würg*. Es störte mich ungemein, dass sie sich weigerte, George zu mir zu sagen, so wie alle anderen. »Das ist ein Männername, Georgie! So habe ich dich nicht getauft!«, empörte sie sich jedes Mal, wenn ich mich darüber beschwerte.

»Dessen bin ich mir bewusst, Mum.«

»Was hast du angestellt?«

»Mum! Ich habe gar nichts angestellt! Es hat einfach nicht funktioniert, okay?«

»Schätzchen, wenn es um kalte Füße geht, sag es einfach. Daran ist nichts Schlimmes. Die bekommt jeder. Ich hatte sie sogar noch bei Kevin, dabei war es schon meine dritte Hochzeit.«

»Nein, Mum, wir werden nicht heiraten. Das ist vollkommen am Thema vorbei.«

»Jason hat eine sehr traditionelle Einstellung.«

Tatsächlich? Wie kam es, dass sie das wusste und ich nicht?

»Hör auf damit, Mum. Ich werde nicht heiraten. Ich bin mir nicht mal sicher, ob ich dieses Baby will.«

»Mach dich nicht lächerlich, Georgie.«

»Mum, bitte. Ich kann darüber jetzt nicht reden.«

»Wieso nicht?«

»Weil es zu früh am Tag ist.« Wenn auch nicht für meine Mutter. Sie stand jeden Morgen um halb sechs auf und turnte zu ihrem Jane-Fonda-Video. Seit sie es in den Achtzigern gekauft hatte, war kein Tag vergangen, an dem diese verflixte VHS nicht lief. Ich kannte jedes Wort in- und auswendig. Mit dem Ergebnis, dass ich, wenn ich beispielsweise beim Einkaufen anstehen musste, unbewusst meine Pobacken anspannte, wie Jane es uns beigebracht hatte.

»Mir will einfach nicht einleuchten, wieso du nicht zu der Blumenschau kommen kannst. Lass uns dort über alles reden.«

Ich biss die Zähne zusammen. »Mum, ich werde nicht hingehen. Ich muss allein zu einer Entscheidung finden, verstehst du?«

»Zu was für einer ›Entscheidung‹ musst du finden?« Ich wusste, dass sie Anführungsstriche in die Luft malte, obwohl niemand ihr dabei zusah.

»Das habe ich dir gerade erklärt, Mum.«

»Was willst du damit sagen?« Sie klang aufgebrachter, als ich sie je zuvor gehört hatte – sogar noch schlimmer als damals, als sie darauf beharrt hatte, Russell Crowe in ihrer örtlichen Woolworth-Filiale gesehen zu haben, nur einen Tag, nachdem er den Oscar gewonnen hatte.

»Mum …« *Bitte, zwing mich nicht, es auszusprechen.* Ich listete im Kopf die Personen auf, die bislang davon wussten und meinen Entschluss hinterfragen könnten. Jase, Ellie, Simon, Nina, Matt und jetzt meine Mutter. Sechs. Na toll. »Wie schon gesagt, muss ich mich zu einer *Entscheidung* durchringen.« Ich machte eine Pause, bevor ich hinzufügte: »Und zwar allein.«

Ihr Ton wurde verhaltener. »Willst du damit andeuten …«

»Ja, Mum.«

Ich hörte, wie sie seufzte. »Nun gut. Zumindest verstehe ich jetzt, warum du mir nichts davon erzählen wolltest. Ich lasse dich jetzt in Ruhe, Georgie.«

»Okay.«

Noch bevor ich mich verabschieden konnte, hatte sie aufgelegt. Meine Mutter hatte noch nie einfach aufgelegt, noch nicht einmal als ich – jugendlicher Kotzbrocken, der ich damals war – ihr gesagt hatte, dass ich sie hasste, weil sie mir nicht erlaubte, ein Aufhellungsspray für meine Haare zu benutzen. Ich schaute auf mein Handy, um mich zu vergewissern, dass sie das wirklich getan hatte. Sie hatte.

17

Woche 19

»Was wir meiner Meinung nach vorrangig brauchen, ist eine ausgefeilte Strategie für den Umgang mit den sozialen Medien«, setzte Lucy ihren von unzähligen Instruktionen durchwobenen Vortrag fort, dabei lächelte sie Meg und mich an. »Wir haben Tumblr und Instagram, Twitter und Facebook, aber es gibt keine klare Linie, keinen roten Faden.«

Meg nickte und bedeutete Lucy mit einer »Fahren Sie fort, das ist unglaublich spannend«-Geste weiterzusprechen. Sie strahlte übers ganze Gesicht.

Ich hatte Mühe, nicht zu würgen, wenn ich an den McMuffin mit Ei und Speck dachte, den ich mir auf dem Weg zur Arbeit genehmigt hatte. Niemand hatte mir gegenüber je erwähnt, dass eine Schwangerschaft einem Dauerkater gleichkam. Ich war ständig müde, mein Kopf fühlte sich benebelt an, mein Körper wurde von Wehwehchen geplagt, und ich hätte sogar eine Socke verputzt, wenn sie nur gut gesalzen war.

Nachdem ich dem Team erklärt hatte, dass wir an unserem digitalen Profil arbeiten mussten, war Lucy mir zu Hilfe geeilt. Sie schickte mir in einer Tour E-Mails mit Links zu Blog-Einträgen über vertikale Integration, flexible Bereitstellung und

Ähnlichem. Ich warf immer nur einen flüchtigen Blick darauf, bevor ich Lucy für ihre Mühe dankte und mich wieder darauf verlegte, das Problem »Website« zu ignorieren. Bis Lucy dann angefangen hatte, Meg Kopien ihrer Mails zu schicken. Als Folge davon hielten wir nun ein »Brainstorming zu *Jolies* digitaler Revolution« ab. Plötzlich ging es nicht mehr nur darum, mehr iPad-Abonnenten zu gewinnen oder Videos mit irgendeinem Internet-Niemand zu drehen. Jetzt war es eine »digitale Strategie«, eine »neue Denkweise«. Es jagte mir höllisch Angst ein.

»Einige Magazine in Amerika und England beschäftigen eigens Redakteure, die sich um die sozialen Medien kümmern«, führte Lucy weiter aus. Ich verdrehte im Geist die Augen. Eine bezahlte Kraft, die nichts anderes tat, als Fotos auf Instagram zu posten? Also bitte. »Natürlich besteht die Herausforderung bei den sozialen Medien darin, das Ganze in Verkaufszahlen umzuwandeln. Nur weil das Cover eine Million Mal geteilt wird, bedeutet das nicht, dass eine Million Menschen das Magazin kaufen werden.«

»Ganz genau!«, pflichtete ich ihr bei. Dasselbe hatte ich schon die ganze Zeit gedacht. »Likes« und »Shares« zu bekommen war nett, aber was bedeutete es letztendlich? Würden sie für die Gehälter meiner Mitarbeiter aufkommen? Mein Gefühl sagte Nein. »Ich sehe keinen Sinn darin, so viel Zeit in einen Facebook-Post zu stecken, wenn es nicht dazu beiträgt, das Magazin an die Frau zu bringen.«

»Facebook ist eine vollkommen andere Kiste«, widersprach Lucy mir lebhaft. »Die Vorteile eines Likes oder Klicks bei Facebook sind wesentlich direkter, weil sie alle über unsere eigene Website laufen, die selbstverständlich monetarisiert ist. Dementsprechend sollten wir so viel Energie wie möglich in Facebook investieren. Was wiederum bedeutet, dass wir für die Updates jemanden brauchen, der etwas mehr Berufserfahrung mitbringt als Fran.« Sie sah mich erwartungsvoll an.

»Ich verstehe«, behauptete ich nicht ganz wahrheitsgemäß. »Aber wer sonst in unserem Team hat die Zeit, sich um diesen Kram zu kümmern?«

»Tatsächlich würde ich das gern übernehmen«, entgegnete Lucy wie aus der Pistole geschossen. Ich spürte, wie sich meine Nasenflügel leicht blähten.

»Ausgezeichnete Idee, Lucy. Ganz ausgezeichnet«, lobte Meg sie. »Sehen Sie, Georgie, das ist es, was ich meine. Wir müssen uns ein Beispiel an Lucy nehmen und dies als eine Chance begreifen.«

Ich gab mir alle erdenkliche Mühe, mir mein innerliches Brodeln nicht anmerken zu lassen, weil Meg vor einer mir unterstellten Kollegin meine Autorität untergrub.

»Wir dürfen uns nicht verrennen. Vielleicht sollten wir unsere Online-Redakteurin damit betrauen«, schlug ich vor. Gott, wie hatte ich nur glauben können, dass Lucy die Antwort auf meine Gebete war? Sie demütigte mich, und ich fühlte mich persönlich angegriffen. »Ich verstehe ja, dass wir uns der digitalen Neuzeit anpassen müssen. Trotzdem ist dies ein Bereich, den wir alle lange Zeit vernachlässigt haben«, sagte ich, um zu verhindern, dass die Schuld allein auf meine Schultern geladen wurde. »Ich denke, wir müssen uns mit vollem Einsatz ins Zeug legen. Aber dein Arbeitspensum als Kulturredakteurin ist auch ohne diese zusätzliche Verantwortung groß genug, Lucy.«

Ich hatte nichts mit *Jolies* Online-Transformation zu tun haben wollen, doch Lucys Übereifer zwang mich dazu, mich einzubringen.

»Ich schaffe das schon«, versicherte sie. »Außerdem finde ich, wir sollten das ganze Team miteinbeziehen, sodass wir alle plattformübergreifend arbeiten.«

Ich schürzte die Lippen.

»Die meisten amerikanischen Zeitschriften tun das inzwischen«, erklärte sie. »Die künstlerischen Leiter, die Beauty- und

Moderedakteure und natürlich die Autoren – sie alle bringen sich nicht nur in der Print-, sondern auch in der Online-Ausgabe ein. Es bedeutet eine große Veränderung, doch am Ende wird sie sich bezahlt machen.«

»Das ist ein hervorragender Vorschlag«, bemerkte Meg. »Er gefällt mir sehr.«

»Warte, warte – wir sind eine kleine Truppe, besonders im Vergleich zu den amerikanischen Magazinen, die du hier anführst. Sie verfügen über die notwendigen Ressourcen, ganz im Gegensatz zu uns. Zudem möchte ich nicht, dass meine Kulturredakteurin einen Abgabetermin für eine wichtige Geschichte im Magazin versäumt, weil sie zu beschäftigt ist mit einem Blog über die zwanzig auffälligsten Anzeichen für eine Sucht nach Saftkuren. Die Print-Ausgabe muss immer Priorität haben. Wir müssen uns einfach eine Methode einfallen lassen, wie wir die Online-Schiene optimal integrieren.« Ich verstummte und schaute mein zweiköpfiges Publikum gespannt an.

»Ich denke, wir können das stemmen, George«, sagte Meg, ohne auf meine Worte einzugehen. »Und wir werden das erste australische Magazin sein, das auf diesen Zug aufspringt. Das ist eine tolle PR. Lasst uns das für die Jubiläumsausgabe in den Sattel heben.«

»Was in den Sattel heben?«

»Das mit dem redaktionellen Zusammenschluss. Jeder arbeitet sowohl für das gedruckte als auch für das digitale Magazin. Ich möchte online Exklusivgeschichten sehen, Interviews mit Stars – das volle Programm. Lucy, vielleicht können wir Ihnen ein Fototraining für Instagram organisieren.«

Ich saß wie festgenagelt auf meinem Stuhl und wusste nicht, wie ich auf all das reagieren sollte. Ich fühlte mich alt und verbraucht, wie ein Schwamm, der alles Wasser aufgesaugt hatte, das er je aufsaugen würde, und kurz davor stand, im Müll zu landen.

»Dabei sollten wir auch das Potenzial für unsere Werbekunden nicht vergessen«, sagte Lucy, als wäre dieser Aspekt Teil ihres Jobs. »Wir können den Wert über die sozialen Medien steigern, indem wir ihnen beispielsweise anbieten, einen Schlussverkauf auf Facebook oder das Foto eines Produkts auf Instagram zu posten. Das wird ihnen gefallen.«

Ich schüttelte den Kopf. »Nein. Kommt nicht infrage. Das werden wir nicht tun.«

Lucy starrte mich an. »Ich halte das für eine fantastische Chance, um neue Kunden an Land zu ziehen.«

»Indem wir ihnen Gratis-Anzeigen offerieren? Nein. Das oberste Gebot eines jeden Magazins lautet, dass es nichts umsonst gibt, Lucy. Wir sind nicht die Geschenketüte am Ende einer Party.«

Eine der größten Belastungsproben für mich als Chefredakteurin bestand darin, mich mit Inserenten herumschlagen zu müssen, die auf die ganze Welt schielten, sich (angeblich) jedoch nur Kamerun leisten konnten. Erst letzte Woche hatte ein Schreibwarenhersteller angefragt, ob sie eine Warenprobe von einem ultrahässlichen Notizblock auf unser Cover kleben konnten, obwohl sie keine Kunden von uns waren und auch kein Interesse daran hatten, es zu werden. Sie hatten es wie eine Gefälligkeit angepriesen! Ich hatte höflich abgelehnt, mit dem Hinweis, dass wir das nicht tun konnten, es sei denn, sie inserierten bei uns und wären bereit, die zusätzliche Gebühr für die Coverplatzierung zu berappen. Sie waren empört gewesen. Ich nicht minder.

»Ganz wie du meinst, George – wenn du so ein Problem damit hast«, grummelte Lucy, bevor sie und Meg ihr Geplapper über die iPad-Edition und eine den sozialen Themen gewidmete Ausgabe fortsetzten. »Ich habe mir schon einen Sponsor einfallen lassen«, sagte sie, während Meg sie mit derselben Verehrung anschmachtete wie junge Mädchen die schmalzhaarigen Mitglieder einer Boygroup. »Es gibt da dieses neue Smartphone, das sich via Bluetooth mit den Handys sämtlicher Freunde, egal wo sie gerade sind, verbinden lässt, sodass man fortwährend miteinander telefoniert. Es besteht keine Möglichkeit, es auszuschalten. Ist das nicht irre?«

Ich fand, es klang grauenvoll – wie sollte man sich da noch irgendjemandem entziehen –, doch es wurde immer augenfälliger, dass meine Meinung a) nicht zählte und b) nicht gefragt war.

»Das ist einfach nur fantastisch«, befand Meg. »Lucy, das sind alles ganz wunderbare Ideen. Gute Arbeit, Darling.«

Darling? Ich war Megs Darling. Plötzlich bekam ich eine Ahnung davon, wie es sein musste, einen Bruder oder eine Schwester zu haben.

Ich räusperte mich. »Ich bin lediglich in Sorge, dass wir damit das Niveau herunterschrauben. Unsere Leserinnen sind intelligente Karrierefrauen. Wollen sie wirklich ein ganzes Heft über Twitter? Ich denke noch immer, wir sollten uns auf die feministischen Themen fokussieren. Sie sind weitaus relevanter.« Ich bedachte Lucy mit meinem besten »Netter Versuch«-Blick, aber sie war nicht bereit einzulenken.

»Die Frauen, die wir in unserer Soziale-Medien-Ausgabe porträtieren«, sagte sie, als wäre das längst beschlossene Sache, »werden dem Typus angehören, zu dem unsere Leserinnen aufschauen. Damit greifen wir deine feministische Idee auf. Ich spreche von Frauen, die erstaunliche Apps entwickelt haben oder in innovativen Technikunternehmen tätig sind. Frauen, die ihre Karrieren über die sozialen Medien gestartet oder Crowdfunding benutzt haben, um ihre Firmen in Gang zu bringen. Es geht also nicht allein um Twitter, George.«

»Nun, Meg und ich werden uns deine Vorschläge durch den Kopf gehen lassen, Lucy. Vielen Dank für dein Engagement.« Ich bemühte mich um einen möglichst neutralen Tonfall, doch natürlich merkten beide, dass er aufgesetzt war. Und das nicht zu knapp.

Nachdem Lucy gegangen war, stand Meg auf und schloss die Tür. Sie drehte sich zu mir um und sagte: »Sie sollten auf das Mädchen hören.«

Ich hatte das Gefühl, wieder im Büro meiner alten Schulleiterin zu sitzen und mir einen Tadel für etwas abzuholen, das ich nicht verbrochen hatte.

»Sie sägt an meinem Stuhl, Meg. Und das direkt vor Ihren Augen.« Dabei ließ ich aus, dass sie selbst ihren Beitrag dazu geleistet hatte.

»Sie gibt sich alle Mühe, um *Jolie* wettbewerbsfähig und am Leben zu halten. Ich weiß, Sie mögen keine Veränderungen – wir haben solche Gespräche schon früher geführt. Sie müssen sich damit abfinden. Und Lucy schielt nicht auf Ihren Job, sie möchte nur ihren eigenen gut machen. Tatsächlich erinnert sie mich sehr an Sie, als Sie in ihrem Alter waren.«

Ich schaute sie fassungslos an.

»Lucy ist klug, und sie ist ein Teamplayer. Lassen Sie sich von ihr helfen.«

Ich nickte. Meg schenkte mir ein flüchtiges Lächeln, dann ging sie. Verdammte Kacke. Sie hatten mich in die Ecke getrieben. Was sollte ich jetzt tun?

Ich holte tief Luft und versuchte, meine Gedanken zu ordnen. Die bessere Frage lautete: Was würde Lucy tun?

18

Woche 19

Meine Brüste führten inzwischen ein Eigenleben.

Sie erinnerten mich an einen voll beladenen Einkaufswagen, der sich selbstständig machen wollte, während ich mich nach Kräften bemühte, ihn über den Parkplatz zu navigieren.

Ich hatte versucht, sie mit meinen normalen Büstenhaltern zu bändigen, nur passten die mir nicht mehr, was den unerfreulichen Effekt nach sich zog, dass mein Busen darin aussah wie eine nicht ganz fest gewordene Pannacotta.

Obwohl mir noch immer die Bereitschaft fehlte zu akzeptieren, dass ich schwanger war, konnte eine heilsame Shoppingtour nicht schaden. Graubart gab inzwischen Kommentare darüber ab, dass meine Blusen knapper saßen als früher. Ich wollte ihm keine weitere Munition liefern. Nachdem ich mir meinen vierten Schinken-Käse-Toast in dieser Woche und circa zwei Liter Limonade (ein Getränk, das ich seit meinem elften Geburtstag nicht mehr getrunken hatte, nach dem ich inzwischen jedoch so süchtig war, dass ich Diabetes als unvermeidbare Folge in Kauf nahm) einverleibt hatte, machte ich mich auf den Weg zu David Jones. Ich hoffte – besser gesagt erwartete –, dass mir das Shoppen wie gewöhnlich ein Gefühl von fokussierter innerer Ruhe bescheren würde. Oder zumindest ein paar neue Teile Unterwäsche.

Vor der Schwangerschaft hatte ich eine 75E gebraucht. Ohne einen BH kam ich nicht aus, aber meine Oberweite besaß noch lange nicht die Blusensprengkraft einer Kate Upton. Es war die neunzehnte Woche, und meine Büstenhalter waren inzwischen derart unbequem, dass ich lieber ganz darauf verzichten und meine Zwillinge frei schaukeln lassen würde, als sie so fest einzuquetschen, dass meine Brustwarzen fast meinen Hals berührten.

Eine mütterlich wirkende Verkäuferin namens Grace geleitete mich zur Ankleidekabine. »Sind Sie auf der Suche nach einem Umstands-BH, Liebes?«

Ich schüttelte wild den Kopf.

Sie schaute skeptisch drein und taxierte kurz meine Babykugel.

Es wurde immer schwerer, die Schwangerschaft zu verheimlichen. In der Arbeit erkundigten meine Kolleginnen sich betont nach meinem Befinden und starrten dabei auf meinen Bauch. Meist nickte ich nur und murmelte »Danke, alles bestens«, während ich eine weitere Tüte Chips aus dem Verkaufsautomaten zog.

Meine anderen Umstände publik zu machen wäre gleichbedeutend damit, eine Entscheidung getroffen zu haben. Doch das hatte ich noch immer nicht. Mir blieben noch exakt sechs Tage, und ich plante, jeden einzelnen in Anspruch zu nehmen. Ich war pro forma in der Klinik angemeldet, und Ellie hatte sich bereit erklärt, als meine Begleitperson zu fungieren. Was gut war, denn sie entpuppte sich neuerdings als überaus fürsorglich und gab mir sogar frisch gebackenes Bananenbrot mit in die Arbeit. Glutenfrei, versteht sich.

»Normalerweise trage ich eine 75E, aber ich fürchte, ich brauche eine Nummer größer. Ich habe zugenommen«, sagte ich und versuchte, die roten Striemen in meiner Haut zu verbergen, wo der BH den ganzen Tag eingeschnitten hatte.

»Mhm«, machte Grace und sparte sich jeden Kommentar darüber, dass ich nur in der Körpermitte ordentlich zugelegt zu haben schien. Deren Form gespenstisch an einen Babybauch erinnerte. Sie zog von dannen, um ein paar Büstenhalter für meine gewaltigen Brüste aufzutreiben.

Schließlich kehrte sie mit nur drei Exemplaren zurück. Sie waren alle beige, wenn auch in verschiedenen Nuancen, und so groß, dass man in ihnen hätte zelten können.

»Das ist eine Doppel-D«, sagte sie, als sie den BH hinter meinem Rücken schloss und die Träger korrigierte. Zu behaupten, dass er nicht ganz passte, wäre eine maßlose Untertreibung gewesen. Die beigen Stoffdreiecke (anscheinend sind alle großformatigen BHs beige, daher lohnt es sich nicht, auch nur nach einer anderen Farbe Ausschau zu halten) spannten sich derart straff über meine Brüste, dass die nicht bedeckten Bereiche hervorquollen wie schlecht eingefüllte Wurstmasse. Ich sah in den Spiegel. Und schloss sofort die Augen. So konnte mein Körper *unmöglich* aussehen. Diese Frau im Spiegel brauchte noch nicht mal einen BH. Sie konnte sich ihre Brüste unter die Arme klemmen und Feierabend machen.

Grace seufzte. »Sie haben keine Doppel-D. Warten Sie einen Moment, Liebes.«

Sie kam mit drei weiteren abscheulichen Teilen zurück. Alle waren formlos, beige (was sonst?) und absolut riesig. *Das kann nicht die richtige Größe sein*, dachte ich.

Und ich sollte recht behalten. Die F-Körbchen waren ebenfalls zu klein.

»Liebes«, meinte Grace sanft. »Sind Sie sicher, dass Sie nicht doch ein paar Schwangerschafts-BHs anprobieren möchten? Sie würden feststellen, dass sie um einiges komfortabler sind.«

Ich schüttelte den Kopf, konnte dieses Mal aber nicht einmal mich selbst überzeugen. Darum fing ich an zu weinen. In ihrer mütterlichen Weisheit nahm Grace mich in den Arm, tätschelte meinen Rücken und murmelte beschwichtigend, während ich schluchzte, wie Lucas es tat, wenn er nicht zum siebenundvierzigsten Mal an einem Tag *Toy Story* gucken durfte.

»Beruhigen Sie sich, Liebes. Es ist nur ein BH. Machen Sie sich deswegen keine Gedanken.«

»Es ist nicht ... nur ein BH ... Grace ... es geht ... um mein ... ganzes Leben«, stammelte ich zwischen tiefen Schluchzern. »Alles ... läuft total ... schief.«

Grace nickte, dabei tätschelte sie meinen Rücken ein wenig nachdrücklicher und legte bei den »Schsch«-Lauten mächtig nach. »Ich weiß, Liebes, ich weiß.«

»Nein, Grace ... es ist ... wirklich ... alles so ...« Ich brachte das »verkorkst« nicht mehr heraus, bevor ich auf dem Boden der Ankleidekabine kollabierte, nackt von der Taille aufwärts, meine Brüste über meinen kugelrunden Bauch schwappend, den nun alle (na ja, eigentlich nur Grace) sehen konnten. Nachdem die Tränen sich einmal Bahn gebrochen hatten, gab es kein Halten mehr. Ich musste unwillkürlich daran denken, wie ich in den Neunzigern als junges Mädchen siebenmal *Titanic* gesehen und jedes Mal losgeflennt hatte, noch bevor das Licht gedimmt worden war. Ich hatte bis zum Abspann nicht mehr damit aufgehört. Es war kräftezehrend und zugleich seltsam süchtig machend gewesen.

Grace hatte so etwas eindeutig schon früher erlebt, denn sie setzte sich ganz ruhig neben mich, legte die Hand auf meinen Rücken und tätschelte mich wieder, als wäre ich ein Baby, das in den Schlaf gehätschelt werden musste.

»Schon gut, Liebes, reden Sie es sich von der Seele.«

Ich schaute sie an, meine neue Freundin-Schrägstrich-Mutter Grace. Sie trug – wie es der Dienstvorschrift von David Jones entsprach – dunkelblaue Strümpfe, in Kombination mit einem Rock, der aussah, als hätte sie ihn erst gestern erstanden. Frauen wie sie erhoben ihr Erscheinungsbild zur Kunstform. Ich wusste das, weil meine echte Mutter ebenfalls dieser Gattung angehörte. Graces Haare waren kurz und blond und hatten an diesem Morgen eine ordentliche Ladung Haarspray abbekommen. Sie lächelte sanft und wartete, dass ich mit der Sprache herausrückte.

Also tat ich es.

Ich erzählte ihr alles.

Als ich fertig und mein Tränenvorrat für diesen Tag aufgebraucht war, seufzte ich, erfüllt von einer Erleichterung, wie ich sie seit Wochen nicht verspürt hatte.

Während meines Redeschwalls hatte Grace die ganze Zeit über genickt, als hätte sie das alles schon einmal gehört. Sie konnte nichts schockieren. Sie war der perfekte Kummerkasten.

Ich wartete, dass sie etwas sagte, mir einen Rat gab. Einer Frau mit einem Helm blonder Haare konnte man vertrauen. Das wusste jeder.

Sie erhob sich und streckte mir ihre makellos manikürte Hand entgegen, um mir aufzuhelfen. Ich zögerte, weil ich derzeit die Ausmaße eines kleinen Wals hatte, während Grace zerbrechlich wie ein Streichholz wirkte, doch sie fasste einfach meine Hände und zog mich auf die Füße.

»Wir werden es mit den G-Körbchen probieren.«

»Okay.« Konnte es eine andere Antwort geben?

Grace schleppte fünf BHs an, die allesamt aussahen, als könnten sie mühelos ein Kätzchen beherbergen. Jeder passte, bis auf einen. Ich hatte ihn gerade an, als sie an den Trägern zuppelte und meinte: »Hmm, der hier hat nicht ganz die richtige Größe. Ich hole ihn rasch in H.«

Auf gar keinen Fall werde ich höher als G gehen.

»Nein, Grace. Das ist genug. Meine Körbchengröße ist G. 75G.«

Grace schaute mich mit hochgezogenen Brauen an, und ich entdeckte ein winziges Lächeln in ihrem Gesicht, als sie sich zum Gehen wandte. Ich sammelte die BHs ein, die mir passten. »Grace?«

Sie drehte sich noch einmal zu mir um.

»Sie haben nichts gesagt zu dem, was ich Ihnen erzählt habe.«

»Was möchten Sie denn, das ich sage, Liebes?«

»Keine Ahnung. Bitte, entschuldigen Sie … wir kennen uns nicht, trotzdem habe ich meinen ganzen Müll bei Ihnen abgeladen.«

Sie schmunzelte. »Ach, Liebes, machen Sie sich darum keine Gedanken. Ich habe schon alles gehört. ›Mein Mann ist schwul‹, ›Der Mann, mit dem ich meinen Mann betrüge, ist schwul‹ … Glauben Sie mir, es kommen oft Frauen in diese Ankleidekabinen, die, ohne es zu ahnen, nach mehr suchen als nach ein paar neuen Simone-Pérèle-Schlüpfern.«

Ich grinste.

»Was Sie betrifft, gibt es nicht viel, das ich sagen könnte, Liebes. Sie haben Ihre Entscheidung getroffen, nicht wahr?«

»Äh, nein.« *Darum hatte ich fast einen Nervenzusammenbruch, Grace. Weil ich noch immer unentschlossen bin.*

Sie lächelte verständnisvoll. »Liebes, eine Frau, die nicht schwanger sein möchte, weiß, was sie zu tun hat. Sie hätten diese Maßnahme schon vor Wochen ergreifen können, doch das haben Sie nicht. Ihr Entschluss steht fest.«

Damit zog sie die Tür hinter sich zu und ließ mich allein mit einem Sammelsurium von Büstenhaltern. Ich betrachtete mich im Spiegel und überlegte, wie ich in diesem Zustand zurück ins Büro gehen sollte. Auf meinen Wangen prangten dunkle Mascara-Rinnsale, meine Augen waren vom Weinen gerötet, mein ganzes Gesicht verkündete der Welt: »Diese Frau sieht verlottert aus«. Und das nicht auf eine sexy Weise.

Ich zog mich wieder an, inklusive eines der neuen BHs, die

Grace für mich ausgewählt hatte. Er besaß keine Formbügel. Ohne es mir zu sagen, hatte sie mir einen Umstands-BH untergejubelt. Aber er war ungelogen das bequemste Teil, das ich je getragen hatte. Es war das Bekleidungsäquivalent zu einem großen, kuschligen Bett. Ich hatte mich verliebt, darum beschloss ich, ihn zu behalten.

Ich fand mich mit meiner neuen Körbchengröße ab, bezahlte und machte mich auf den Rückweg zur Arbeit, dabei achtete ich darauf, ob mir Passanten sonderbare Blicke zuwarfen. Doch mein neues Styling schien Früchte zu tragen; niemand schaute mich zweimal an.

Ich schrieb Ellie eine SMS:

> Habe gerade einen neuen BH erstanden. Körbchengröße H. Das H steht für »Halleluja, sind das riesige Möpse!«

Ich sonnte mich in dem Gefühl, das Ganze gut zu verkraften, als Ellie, die auch nach ihrer Schwangerschaft noch die Knochenstruktur einer Schwalbe aufwies, antwortete:

> Ich wusste gar nicht, dass es so große Körbchen gibt.

Das wirklich Praktische daran, mit einem Dreijährigen zusammenzuwohnen, ist, dass man keinen Wecker braucht. Man konnte die Uhr nach Lucas stellen. Er erwachte ausnahmslos jeden Morgen um zehn vor sechs. Außerdem musste man nie putzen. Es hatte buchstäblich keinen Zweck, denn kaum war man mit der Küche oder dem Bad fertig, stellte man fest, dass Lucas währenddessen einen anderen Teil des Hauses verwüstet hatte. Es war so nutzlos, als würde man einen Donut mit einem grünen Smoothie runterspülen. Ich verstand nicht, wie Ellie das mit einem Lachen abtun konnte, als wäre es vollkommen normal, dass ihr Sohn sich ihr permanent widersetzte und das Haus in etwas verwandelte, das den Memoiren von Mötley Crüe entsprungen sein könnte.

Es gab immer eine Rechtfertigung für sein schlechtes Benehmen, seine miserablen Schlafgewohnheiten oder seine Nahrungsverweigerung. Er zahnte. Er war in einer Übergangsphase (zwischen was, entzog sich meiner Kenntnis). Er machte einen Wachstumsschub durch. Er war ein Junge. Er war kein Mädchen. Er war noch klein. Er war erst hundertsechsundfünfzig Wochen alt. Was immer Lucas anstellte, jedes Mal fand Ellie eine Erklärung für den Unsinn, den er verzapfte.

Langsam verstand ich, wieso man das Mutter-Sein als härtesten Job auf der Welt bezeichnete (allerdings hätte ich darauf verzichten können, ständig von Ellie daran erinnert zu werden). Wenn ich im Verlag etwas tat, wie beispielsweise ein Meeting anzuberaumen oder mir Vorschläge für das Cover anzusehen, dann tat ich es einfach. Ich notierte es auf meiner To-do-Liste, erledigte es und hakte es ab.

Aber wenn Ellie etwas tun wollte – damit meine ich noch nicht einmal etwas, was Spaß machte, wie zum Beispiel sich die Nägel zu lackieren, sondern eher so etwas wie den Abwasch zu machen oder Wäsche aufzuhängen –, musste sie sich zuerst eine Aktivität für Lucas ausdenken, die ihn während der zehn Minuten, die sie dafür brauchte, ablenken würde. Dinge, die gewöhnlich drei oder vier Minuten in Anspruch nahmen, dauerten mit einem kleinen Kind dreimal so lang. Es erschöpfte mich, ihr nur dabei zuzusehen.

Gleichzeitig hatte ich ihre scheinheilige Einstellung gegenüber dem Elterndasein satt. Es war »ermüdend« und garantierte ihr pünktlich um halb sechs ein halb volles Weinglas. Sie war ein Füllhorn an Klagen, über die sie sich, ob gefragt oder nicht, mit den anderen Spielplatzmüttern austauschte, die ihr eigenes Scherflein an Kümmernissen zu tragen hatten. Sie stritt wegen Nichtigkeiten mit Simon (zum Beispiel als er Lucas sieben

Milliliter Kinder-Panadol gab anstelle der üblichen fünf, die Ellie ihm verabreichte, oder als Simon vorschlug, Coldplay zu hören und Ellie einen Anfall bekam, weil sie meinte, die Band sei »nichts für Kinder«.) Trotzdem setzte sie alles daran, dass ich mich für das Baby entschied, weil es »die überwältigendste Bindung auf der ganzen Welt« wäre.

Sie begann die Diskussion jedes Mal mit denselben Worten. »Sag mal … wie fühlst du dich?«

Auch meine Antwort lautete immer gleich. »Gut.« Und ich fühlte mich gut. Ich gab das perfekte Bild einer gesunden Schwangeren ab. Nur dort, wo es drauf ankam, nämlich im Oberstübchen, herrschte noch immer heillose Verwirrung. Nichts an dieser Situation ergab Sinn für mich. Ohne wie eine dumme Kuh klingen zu wollen – auch wenn sich das wahrscheinlich nicht vermeiden lässt –, war ich es einfach gewöhnt, dass andere meine Probleme für mich regelten. Oder ich zumindest einen Sündenbock hatte, wenn etwas in die Hose ging. Ich war der schlimmsten Mitbewohnerin auf diesem Planeten entronnen, indem ich bei Jase einzog. Wenn eine Ausgabe floppte … tja, eine Zeitschrift herauszugeben war nun mal eine Kunst. Und Kunst war subjektiv. Außerdem hatte Ellie nach meinem Dafürhalten als Freundin versagt, weil sie Lucas bekommen hatte.

»Und wie fühlst du dich … wegen des Babys?«, hakte sie jedes Mal nach.

Ich zuckte wie immer die Achseln. »Keine Ahnung.«

Warum konnte nicht jemand anderes die Entscheidung für mich treffen? Ich hatte dem Baby keinen offiziellen Räumungsbescheid zugestellt, gleichzeitig scheute ich aus irgendeinem Grund vor einem eindeutigen, tief empfundenen Ja zurück. Wie würde mein Leben mit einem Kind sein? Wer würde *ich* sein? Und würde ich mit einem Kind im Schlepptau je eine neue Liebe finden? Waren Männer nicht darauf programmiert, sich von der DNA anderer Artgenossen fernzuhalten?

Das größte »Was-wäre-wenn?« war zugleich das schlimmste. Es war eine Frage, die ich mir nicht einmal selbst, geschweige denn anderen gegenüber eingestehen wollte. Was wäre, wenn ich das Baby bekäme, es aber nicht lieben könnte? Ich hatte von Frauen gehört, die sich unbedingt ein Kind wünschten, doch sobald es da war, versuchten sie, es mit einem Kissen zu ersticken oder von einem Gebäude zu werfen, weil sie von Depressionen aufgezehrt wurden. Ich hatte keinen blassen Dunst, ob ich dieses Baby wollte oder nicht, wie konnte ich also darauf hoffen, dass ich es nicht eines Sommertags auf dem Rücksitz eines Autos vergaß?

»Ich möchte meine Nase nicht ungebeten in fremde Angelegenheiten stecken«, würde Ellie in dem Ton sagen, den die Leute anschlagen, wenn sie exakt das tun und zwar in voller Absicht, »aber ich glaube, du würdest eine wundervolle Mutter sein.«

Woraufhin ich mit hochgezogenen Brauen entgegnen würde: »Wirklich, El? Wie kommst du darauf?« Ich war eine vierunddreißigjährige Frau, die in einer sterbenden Branche tätig war und sich versehentlich von ihrem Ex hatte schwängern lassen, obwohl sie eigentlich ihrer besten Freundin dabei helfen sollte, sich fortzupflanzen. Was genau an dieser Vita verleitete Ellie zu der Annahme, dass ich mich für die Mutterrolle eignete?

Sie würde das mit einem Seufzen abtun und sagen: »Man erkennt immer erst, welche Fähigkeiten in einem stecken, wenn es hart auf hart kommt. Niemand ist je wirklich bereit für ein Baby. Es passiert einfach, und dann *wird* man bereit.«

Nun würde ich den Kopf schütteln und kontern: »Aber was, wenn es passiert, und man doch nicht bereit ist? Was, wenn ich mit der Situation nicht zurechtkomme? Wenn ich das durchziehe, El, werde ich es allein tun müssen. Da wird niemand sein, der auf das Baby aufpasst, wenn ich eine Atempause brauche. Es wird keine Atempausen geben.«

»Was ist mit mir?«

»Was soll mit dir sein?«

»Du kannst auf meine Hilfe zählen.«

Bizarrerweise verhalf mir eine dieser Debatten, inklusive der Vorstellung, wie Ellie mir dabei half, mein hypothetisches Kind großzuziehen, zum Durchbruch.

Nein.

Ich wollte nicht, dass Ellie mir vorschrieb, wie ich mit meinem Baby umzugehen hatte.

In derselben Sekunde, als dieser Gedanke durch meinen Kopf schoss, wusste ich, dass ich eine Antwort hatte. Ellie quasselte weiter, aber ich konnte sie nicht mehr hören. Ich saß einfach nur in mich vertieft da, in dem Wissen, dass mein Entschluss feststand, auch wenn er mir panische Angst bereitete.

Ich wollte nicht, dass Ellie sich bei meinem Kind einmischte, weil es *mein* Kind war.

Später an diesem Abend holte mich die Biologie dann ein und gab mir (wenn man an diese Dinge glaubt, was ich, hormonbedingt oder nicht, langsam tat) das Zeichen, auf das ich die ganze Zeit gewartet hatte.

Ich rasierte mir gerade in der Dusche die Beine, als ich spürte, wie mir auf untrügliche Weise der Speichel im Mund zusammenlief.

Oh Gott. Ich würde mich übergeben müssen. *Heilige Scheiße.*

Ich warf den Rasierer weg und beugte mich gerade noch rechtzeitig vornüber, als mir mein Abendessen in einem Schwall hochkam.

Ich schloss die Augen und ließ sie fest zu, während die Brause und der Abfluss sich um die Bescherung kümmerten.

»George? Ist alles in Ordnung? Ich dachte, ich hätte etwas gehört«, ertönte Ellies Stimme hinter der Tür. Wahrscheinlich war sie sauer, weil ich bestimmt Lucas geweckt hatte.

»Ich bin okay«, versicherte ich ihr.

»Nein, bist du nicht«, sagte sie, und da realisierte ich, dass sie im Bad stand.

Ich öffnete die Augen. »El, ich bin unter der Dusche!«

»Stell dich nicht so an. Da ist nichts, was ich nicht schon an deinem neunundzwanzigsten Geburtstag gesehen hätte. Was ist passiert?«

»Was denkst du wohl?«

Sie warf einen Blick auf den Boden der Duschkabine und verzog das Gesicht. »Geht's dir besser?«

»Ja. Es kam wie aus heiterem Himmel. Aber es ist überstanden.«

Ellie drehte das Wasser aus und hüllte mich in ein Handtuch. »Du musst etwas Falsches gegessen haben.«

»So etwas wie ein Baby?«

»Haha.«

»Ich habe nichts Falsches gegessen. Ich bin schwanger, das ist alles.«

»Es ist ungewöhnlich, so spät noch von Übelkeit geplagt zu werden.«

Ich bemühte mich, nicht die Augen zu verdrehen. Seit Ellie exakt *einmal* schwanger gewesen war, hielt sie sich für eine Expertin in Sachen Fortpflanzung. Besonderes Vergnügen hatte es ihr bereitet, über jedes Detail der In-vitro-Fertilisation zu dozieren und Nina anschließend zu schildern, was auf sie zukam.

Doch in diesem Moment fühlte ich mich endlich schwanger. Und ich wollte nicht, dass Ellie mir erklärte, was ich gerade durchmachte, oder mich mit sinnlosen, ungebetenen Ratschlägen überhäufte. Wenn ich das hier durchziehen würde – und auf einmal hatte ich das Gefühl, dazu imstande zu sein –, würde ich es auf meine Art tun. Was mir plötzlich gar nicht mehr so abwegig erschien.

Mit Erbrochenem bekleckert oder nicht, es war eine Erleuchtung. Gewissermaßen.

Grace, meine gute Fee aus der Ankleidekabine, hatte recht gehabt.

Würde ich das Baby nicht wollen, hätte ich die Schwangerschaft längst abgebrochen. Mein Zögern rührte einzig und allein daher, dass ich nicht wie Ellie werden wollte. Oder wie meine Mutter.

Ich hatte meine Entscheidung schon vor Wochen getroffen. Ich würde das Baby bekommen.

Ich würde ein Baby bekommen. *Verdammt, verdammt, verdammt.*

»Vielleicht sollten wir einen Arzt konsultieren. Nur für den Fall, dass etwas nicht in Ordnung ist. Ich könnte den Notdienst anrufen«, schlug Ellie vor.

»Nein, ist schon gut«, wiegelte ich ab. »Jetzt ist alles gut.«

19

Woche 22

An: George Henderson
Von: Lucy Fitzgerald
Betreff: »Neue Liebe trotz Anhang«-Shooting

Hi, George,
ich habe Probleme dabei, ein Kind für das Fotoshooting »Mann mit Anhang« zu finden. Meine Freunde haben alle keinen Nachwuchs. Hast du eine Idee?
Lucy

Kinder. Allem Anschein nach konnte ich ihnen nicht einmal bei der Arbeit entgehen. Doch das Letzte, worauf ich Lust hatte, war, meine Beziehung zu Ellie mit noch mehr nachwuchsbezogenen Reizthemen zu belasten. Ich konnte mir ihre Reaktion bildhaft vorstellen.

»Lucas soll an einem Fotoshooting für *Jolie* teilnehmen? Worum geht es? ›Knirpse mit Stil‹, so was in der Art?«

»Äh, nein. Es ist für eine Geschichte über Beziehungen mit Ballast. Du weißt schon, eine junge Frau lernt einen älteren Mann mit Kind kennen … diese Art von Ballast.«

»Ist das dein Ernst? Kinder sind *Ballast?*«, würde sie entgegnen, als wollte ich in Wahrheit andeuten, dass sie menschlicher Müll waren.

Betretenes Schweigen.

»Na ja, für manche Leute …«

»Tut mir leid, aber wir möchten Lucas keinem grellen Licht aussetzen.«

Aber nicht nur bei der Arbeit verfolgten mich Kinder auf Schritt und Tritt. Wenn sie nicht im Bus saßen, begegnete ich ihnen in dem Café neben dem Verlag oder auf dem Weg zum Mittagessen. Halb rechnete ich damit, dass eine Schar rotznasiger Dreikäsehochs in Geschäftsanzügen nachempfundenen Stramplern (geistige Notiz: super Idee) bei unseren Redaktionsmeetings auftauchte. Inzwischen wurde ich täglich unzählige Male auf kugelrunde Schwangerschaftsbäuche aufmerksam und erkannte nun, wie es sich für Nina angefühlt haben musste, so oft damit konfrontiert zu werden. Jede Fernsehwerbung schien Muttermilchersatz anzupreisen oder Kinder-Aspirin oder Kissen, die wie menschliche Hände geformt waren, »um die liebende Berührung einer Mutter zu imitieren, während das Baby schlummert«.

Und zu Hause erwartete mich natürlich Lucas. Allerdings hatte ich zu meinem eigenen Erstaunen begonnen, seine Gesellschaft zu genießen. Es machte unerwartet viel Spaß, Lego zu spielen oder mit Buntstiften zu malen und dabei *Ich – Einfach unverbesserlich* zu gucken, bis ich jedes Wort auswendig konnte. Er gab mir inzwischen Gutenachtküsse, was das Süßeste war, woran ich mich erinnern konnte, seit ich David Beckham zusammen mit Harper in der vordersten Reihe bei Victorias erster Modenschau auf der New York Fashion Week gesehen hatte.

Dennoch hatte ich mich nicht zwingend als geborenes Muttertier entpuppt. Ellie war stinksauer auf mich, weil ich Lucas vor ein paar Tagen im Supermarkt »verloren« hatte.

Genau genommen hatte ich ihn nicht verloren, sondern schlimmstenfalls »verlegt«. Vorübergehend. Außerdem war *er* von *mir* weggerannt. Was ein himmelweiter Unterschied war, wie ich argumentierte. Doch wie ich in diesem Zusammenhang lernte, war es generell nicht ratsam, mit Müttern zu diskutieren, deren Kind man verlegt hatte. Auch nicht, wenn es nur vorübergehend war.

Alles war gut gegangen – sehr gut sogar –, bis Lucas beschlossen hatte, dass er ein paar Keksies (ich beherrsche seine Sprache mittlerweile fließend) brauchte. Ich nickte und lud meinen Einkaufswagen weiter mit all den Dingen voll, von denen ich meinte, dass *ich* sie brauchte, wie zum Beispiel Limonade und Kartoffelchips und Popcorn mit Karamellgeschmack. Als ich wieder nach unten schaute, war er verschwunden. *Mist, Mist, Mist.*

Tatsächlich war er nur ein paar Minuten weg und auch nur zwei Gänge weiter südlich, doch als ich Ellie davon berichtete (was sich rückblickend als der größere Fehler herausstellte), war sie ausgetickt. »Du hast mein Kind verloren?«, hatte sie mir schluchzend (was für meine Begriffe vollkommen unnötig war) vorgeworfen.

»Ganz und gar nicht. Er ist doch hier. Und es geht ihm gut. Er war nur zwei Gänge weiter und hat seine Kekse gefuttert.«

Ellie fiel die Kinnlade runter. »Er hat *Kekse* gegessen?«

Ich zuckte mit den Schultern. »Ja. Das ist doch keine große Sache, El.« Es war das Schlimmste, was ich hätte sagen können.

»Doch, das ist es, George. Es ist unsere Aufgabe – nein, nicht unsere, sondern *meine* –, ihm beizubringen, was richtig und was falsch ist. Ehrlich, George, muss ich dir das wirklich erst sagen?«

Was ich ihr nicht erzählte: Als ich Lucas fand, bot er mir etwas von seinem Schatz an, und so saßen wir im Gang des Supermarkts, mampften unsere Kekse mit Schokostücken und erzählten uns Geschichten über die Minions aus *Ich – Einfach unverbesserlich*. Es war eins der cooleren Erlebnisse der letzten Monate. Lucas hatte diese beneidenswerte Begabung, sich ganz auf den Moment einzulassen. Unsere Leserinnen ließen mehrere Tausend Dollar für einen einwöchigen Aufenthalt in einem Yoga-Retreat springen, um diese innere Mitte finden.

Abgesehen von dem entsetzlichen Chaos, das ich in meinem Privatleben angerichtet hatte, sowie der Tatsache, dass ich offenbar nicht mehr zur Chefredakteurin von *Jolie* taugte, bekam ich auch ansonsten nicht viel auf die Reihe. Ich sah beschissen aus, konnte kaum klar denken und hatte niemanden, dem ich mich anvertrauen konnte.

Auch wenn Meg es nicht zugab, spürte ich instinktiv, dass bei *Jolie* etwas Furchtbares im Gange war. Mein Bauchgefühl sagte mir, dass es bei diesem Richtungswechsel weniger darum ging, »das Magazin ins digitale Zeitalter zu befördern«, als um ein drastisches Senken der Kosten – bis es keine Kosten mehr zu senken gäbe. Megs Reaktion auf meine Idee, anlässlich des vierzigsten Jubiläums eine Party zu schmeißen, war bestenfalls lau gewesen.

»Wir haben für so etwas kein Geld, George. Ich glaube nicht, dass wir das machen können.«

»Wir besorgen uns einen Sponsor. Zum Beispiel einen Alkoholhersteller, was relativ einfach sein dürfte. Wir suchen uns einen Veranstaltungsort, den wir gratis bekommen – mir schwebt da diese neue Bar in der Crown Street vor, wo Sam Worthington neulich abends vor die Tür gesetzt wurde. Es ist sehr nett dort. Wir laden alle großen Inserenten ein und begeistern sie neu für *Jolie*. Wir könnten Eintrittskarten an unsere Leserinnen verkaufen – oder sie verlosen. Wir müssen *irgendetwas* tun, Meg.«

Sie nickte, aber ich wusste, dass wir nicht auf derselben Wellenlänge waren.

»Wenn es sein muss, treibe ich das Geld eigenhändig auf, Meg. Wir könnten einen Kuchenbasar veranstalten oder Autowäschen anbieten«, sagte ich, nur halb im Scherz. »Die Party wird der Hit werden. Wie in den alten Zeiten. Wir werden neben den üblichen Verdächtigen einen Superstar überreden zu kommen. Wir brauchen eine echte Berühmtheit, damit die Zeitungen über uns berichten und wir in aller Munde sind. Wie wär's mit Jessica?«

Meg lächelte geziert. »George, bis die Party in der Sonntagszeitung erwähnt wird, hat *jeder* sie vergessen.«

»Früher haben wir es mit unseren Partys immer in die Zeitungen geschafft.«

Sie nickte wieder, und diesmal stimmte sie mir sogar zu. »Ja, George. *Früher*. Ich möchte keine Idee vorgesetzt bekommen, die ich zu *meiner* Zeit als Chefredakteurin aus dem Hut gezaubert hätte. Das ist Jahre her. Die Dinge haben sich geändert. Eine Party wird nicht zum Erfolg führen. Wir müssen innovativer denken. Abgesehen davon haben wir momentan nicht das Geld dafür, und hätten wir es, wäre es pure Verschwendung. Wir sollten es dann besser darauf verwenden, einen Stargast-Blogger auf unserer Website zu bringen.«

Ich versuchte, meinen Abscheu zu verhehlen, doch ich wusste, dass Meg in mir las, wie in einem offenen Buch.

»Abgesehen davon«, fuhr sie fort, »haben wir uns bereits auf Lucys Vorschlag, eine Soziale-Medien-Ausgabe herauszubringen, festgelegt. Das ist perfekt. Wieso haben Sie noch nicht mit der Arbeit daran begonnen?«

Tja, warum nicht? Weil ich es noch immer für eine lausige Idee hielt und überzeugt war, dass unsere Leserinnen ebensowenig begeistert sein würden. Deswegen.

Doch ungeachtet der dramatischen Entwicklungen gab es für mich keinen Ort, an dem ich lieber war als im Verlag. Jetzt, da ich meine Schwangerschaft akzeptiert hatte, machte sie mich erwartungsgemäß völlig hysterisch. Ich ging auf die Weise damit um, die ich am besten beherrschte: Ich ignorierte sie komplett. Meine Arbeit bot die perfekte Ablenkung. Wie niemals zuvor konnte ich mich dafür begeistern, die Layouts an den Wänden zu studieren, weil mich das zehn Minuten lang davor bewahrte, mir den Kopf zu zerbrechen, wie zum Kuckuck ich es Jase und Nina beibringen sollte.

Ich hatte mich sogar freiwillig erboten, die Blattplanung zu übernehmen – die am meisten gehasste Aufgabe in jedem Zeitschriftenverlag –, weil ich mein Hirn lieber mit Paginierungsproblemen und kniffligen Anzeigenplatzierungen beschäftigte, als unentwegt zu denken: »Du wirst ein Baby bekommen und kannst es nicht Nina geben.«

»Georgie?« Fran klopfte so sachte an meine Tür, als würde eine Maus auf Zehenspitzen über ein Stück Filz trippeln. Ich war dankbar für die Unterbrechung. Heute konnte ich keinen weiteren Gedanken an Babys bewältigen. Auch morgen nicht. Wenn ich den Rest der Woche, besser noch ein ganzes Jahr, nicht mehr an Babys zu denken bräuchte, das wäre ideal.

»Ja?«

Mit einem Auge las ich Megs neueste E-Mail auf meinem Bildschirm.

> Christys Manager sagt Nein zu einem Cover. Lassen Sie uns Jennifer noch mal bringen.

Ich seufzte resigniert. Wir hatten sie in den letzten zwölf Monaten schon zweimal im Magazin, dabei hatte sie nichts zu promoten außer einem Flaschenwasser, von dem ich befürchtete, dass wir es in dem Interview stark in den Vordergrund würden rücken müssen. Ich sehnte mich nach der Zeit zurück, als Promis noch scharf darauf waren, in Illustrierten zu erscheinen und ihren neuesten Film in einem von einer intelligenten Journalistin geführten Interview für ein angesehenes Magazin zu promoten anstatt über einen Instagram-Post.

»Hast du *Game of Thrones* geguckt?«

»Was?«

»*Game of Thrones*. Hast du es geguckt?«

»Äh, nein. Ist das nicht diese Serie mit den Drachen? Ich steh nicht wirklich auf Fantasy.«

»Oh George, du musst das unbedingt sehen. Sogar mein Vater war begeistert, dabei würde er sich nicht mal *Der Hobbit* anschauen.«

»Mhm.«

»Es würde dir ganz sicher gefallen. Es geht darin mehr um Politik als um Drachen oder Magie. Und ähm, du weißt schon …« Fran kicherte. »Sex.«

»Echt?«

»Ganz echt.«

Ich schaute sie an, die süße, wunderliche Fran, von der ich angenommen hatte, sie würde von den anderen bei lebendigem Leib gefressen werden, die jedoch entgegen aller Wahrscheinlichkeit von allen gemocht und respektiert wurde. Es kam mir vor, als wäre sie die Einzige im Büro, die auf meiner Seite stand.

Ich schrieb Meg eine Antwort.

Jen hat nichts zu promoten. Was ist mit Jessica Moran?

Noch unterm Tippen wusste ich, dass Meg sich niemals darauf einlassen würde. Jessica Moran war zu riskant. Sie war eine australische Komikerin mit echtem Witz, die gerade ihre ersten Rollen in Hollywoodfilmen ergatterte. Wenn Meg sie dann irgendwann auf einem *Jolie*-Cover bringen wollte, weil sie endlich populär genug war, würde sie zu berühmt für uns sein und niemals einem Shooting zustimmen. So etwas passierte ständig. Wir hatten nicht genügend Abonnenten, um den Schlag zu dämpfen, wenn sich ein Star nicht an den Zeitungsständen verkaufte, darum griffen wir immer wieder auf das Altbewährte zurück – wie auf die Jennifers dieser Welt.

»Ich werde dir eine Kopie besorgen.«

Ich schaute auf. »Fran, ich habe zu tun. Bist du nur gekommen, um mit mir über Drachen zu reden, oder gibt es sonst noch was?«

»Ich wollte dich an das Twitter Q&A erinnern. Es beginnt in zehn Minuten.«

»Ach ja. Danke, Fran.«

Mist. Das verflixte Twitter-Frage-und-Antwort-Spiel. Bevor Meg in mein Büro gekommen war, um mir mitzuteilen, dass ich meinen Job vollkommen falsch machte, war ich noch nicht mal bei Twitter angemeldet gewesen. Zum einen begriff ich das Konzept nicht ganz, zum anderen schien die Katastrophe vorprogrammiert. Ich war es gewohnt, ohne Zeitdruck zu schreiben, auf Grundlage von Recherchen und mit einer gewissen Distanz zum Thema. Auf Twitter war *ich* das Thema, und mir standen nur hundertvierzig Buchstaben zur Verfügung. Außerdem schien das alles zu viel harte Arbeit zu sein.

Doch im Hinblick auf unsere neue digitale Strategie nahm ich (widerwillig) in Kauf, dass mir nichts anderes übrig blieb. Lucy hatte einen Account für mich eingerichtet, und inzwischen hatte ich vierzehntausend Follower. Vermutlich war nur etwa die Hälfte davon gekauft.

Trotzdem war ich jedes Mal halb gelähmt vor Panik, wenn ich einen Tweet verfassen sollte (sagte man das überhaupt so?). Was, wenn ich einen Kommentar abgab, den außer mir niemand lustig fand? Ich hatte schon erlebt, wie andere wegen absoluter Banalitäten auf Twitter praktisch gelyncht wurden. Was erklärte, warum ich erst zehn Tweets gepostet hatte. Mein letzter von vor ein paar Tagen war auf eine Mauer des Schweigens gestoßen, was nicht zwingend verwunderte.

Toast zum Abendessen. So geht leben auf großem Fuß.

Es war von Ellie gebackener Sauerteigtoast, belegt mit Strauchtomaten und selbst gezogenem Basilikum, aber offenbar verstieß es gegen den Ethos von Twitter, dergleichen zu berichten. Als ich Lucy davon erzählte, hatte sie den Kopf geschüttelt und gesagt: »Du hättest es auf Instagram posten sollen.«

Verdammt, ich *musste* das auf die Reihe kriegen.

Das Q&A war Lucys Idee gewesen. Offenbar machten andere Magazine das auch, und der Leserschaft gefiel das. Mir erschloss sich nicht, worin der Vorteil liegen sollte, die Fragen von Leserinnen online zu beantworten, anstatt sie zu ermutigen, das Heft zu kaufen, um alles über uns zu erfahren, aber ich fühlte mich zu sehr wie ein Dinosaurier, um aufzubegehren. Abgesehen davon wusste Lucy, was das Beste war, richtig?

Das Q&A sollte erst in ein paar Minuten beginnen, aber es war schon eine Frage eingegangen.

@GeorgeJolie Warum bringt ihr immer dünne, weiße Mädchen auf der Titelseite?

Ich hätte gern ehrlich geantwortet und geschrieben: »Weil niemand die Ausgaben mit ethnischer Vielfalt auf dem Cover kauft. Sorry, aber ihr seid ein Haufen verkappter Rassisten mit einem Faible für Hungerhaken.« Stattdessen besann ich mich auf meine Rolle als Chefredakteurin und tippte:

Hallo @CarlyG83, interessante Frage. Die Wahl der Person auf dem Cover hängt von ihrem Bekanntheitsgrad ab, von ihrem Image und ob wir Zugang zu ihr haben. Es ist ziemlich komplex.

@GeorgeJolie Ja, aber warum sind es immer dieselben Gesichter?

Mist, ich hatte gewusst, dass das passieren würde. @CarlyG83 ließ einfach nicht locker. Sekunde – nein, es war jetzt jemand anderes. @cupcakes4life. Während ich noch verdaute, dass ich inzwischen von zwei verschiedenen Personen attackiert wurde, ging eine Reihe von Updates auf meinem Monitor ein.

@GeorgeJolie Stimme voll zu. Habe es satt, jeden Monat Jennifer zu sehen.

@GeorgeJolie Ich will eine echte Frau auf dem Cover. Jemand, mit dem ich mich identifizieren kann.

@GeorgeJolie Darum liest heutzutage niemand mehr Zeitschriften. #eurebrancheistdemuntergangeweiht

@GeorgeJolie Würde mich sehr interessieren, wie Sie darüber denken. #eurebrancheistdemuntergangeweiht #Joliecoverkernschmelze

Jolie-Cover-Kernschmelze? Was?

Ich versuchte es mit yogischem Atmen (hatte ich vor langer Zeit mal in einem Kurs gelernt), um mich zu beruhigen, doch es half nicht.

Ich hatte gerade begonnen, @cupcakes4life zu antworten, als ich sah, dass weitere Tweets mit dem Hashtag #Joliecoverkernschmelze eingingen. *Schöne Scheiße. Danke für die kostenlose Publicity, Lucy.*

Na gut, dachte ich. Ich würde ihnen die *Wahrheit* sagen. Warum nicht? Falls sie richtig lagen und Magazine tatsächlich dem Untergang geweiht waren, wozu die Lage beschönigen?

Der Grund, warum ihr jeden Monat dieselben Gesichter auf dem Cover seht, ist, weil sie sich verkaufen.

Gefolgt von:

> Das letzte Mal, als wir ein Plus-Size-Model (PS: Wir benutzen diese Bezeichnung nicht, die Modeindustrie tut es) auf dem Titel gebracht haben, ist die Ausgabe gefloppt.

Gefolgt von:

> Mein Job ist es, eine Zeitschrift abzusetzen. Ich muss die Promis auf das Cover packen, die sich am besten verkaufen. Leider sind die nun mal schlank, hübsch und weiß.

Ich erinnerte mich an das, was Lucy mir über Hashtags gesagt hatte, und fügte als finale Triumphgeste einen eigenen hinzu:

> #Jolierealitätscheck

Schwer schluckend sah ich zu, wie die Worte auf dem Bildschirm erschienen und nie wieder zurückgenommen werden konnten. Meg würde mich auf einen Spieß stecken und über einem Feuer aus eingestampften Ausgaben rösten.

Ich lehnte mich zurück und wartete auf die Lawine aus Antworten. Die prompt erfolgte.

> @GeorgeJolie Wann habt ihr zuletzt eine Frau auf dem Titel gebracht, die nicht blond und dünn war, hm?

Ich linste zu der Wand hinter mir, die mit *Jolie*-Covern tapeziert war. Ich zeichnete lediglich für die letzten zwanzig direkt verantwortlich. Die kurze Überprüfung bestätigte, was ich bereits wusste: Unser April-Covergirl war ein atemberaubend schönes Plus-Size-Model namens Simona Davis. Sie war die erste Australierin – Übergröße hin oder her –, die es auf den Titel der französischen *Vogue* geschafft hatte. Es war ein Risiko gewesen, jemand Neues auf dem Cover zu bringen – vor allem, da Simona brünett war *und* Größe vierzig trug. Der Horror! –, aber ich hatte Vertrauen in unsere Leserinnen. Sie hatten nach mehr Vielfalt verlangt, und die sollten sie auch bekommen.

Wir hatten dreißigtausend Exemplare weniger verkauft. Und ich hatte meinen Arsch dafür riskiert. In der nächsten Ausgabe brachte ich Kate Hudson auf dem Titel. Sie war weggegangen wie warme Semmeln.

Hi @gamergurl Wir hatten Simona Davis auf dem April-Titel. Ein wunderschönes Foto von einer wunderschönen Frau. Das Heft hat sich nicht gut verkauft.

Lucy stürzte mit vor Panik geweiteten Augen in mein Büro. »Was treibst du da? Du musst das *sofort* beenden, George!«

Ich winkte ab. »Es ist nur eine lautstarke Minderheit. Nichts, worüber man sich Sorgen machen müsste.« Dabei versuchte ich, ein tapferes Gesicht aufzusetzen. Um ehrlich zu sein, war ich sehr besorgt über das, was da passierte. Hauptsächlich weil ich es nicht genau einordnen konnte.

»Nein, George. So etwas wie eine lautstarke Minderheit existiert heutzutage nicht mehr. Die Leute sehen das gerade in Echtzeit. Die Medienaufsicht, die Zeitungen, *Confidential* – sie alle lesen das in diesem Moment und ergötzen sich an den Hass-Tweets. Logg dich aus.«

Ich rang die Hände. »Wenn ich mich auslogge, kann ich ihre Fragen nicht beantworten. Ich werde mich nicht verstecken. Ich kümmere mich um diese Sache, Lucy.«

Ihr Mund wurde verkniffen, dann zuckte sie die Schultern. »Wie du meinst. Falls du Hilfe brauchst …«

Ich räusperte mich. Allmählich nervte es mich, dass Lucy sich als *Jolies* digitale Leiterin aufspielte. »Ich denke, ich bekomme das hin, Lucy. Könntest du dich bitte auf die Redaktionssitzung heute Nachmittag konzentrieren? Ich habe keine Zeit, daran teilzunehmen, darum musst du das allein wuppen.«

Sie nickte. »Kein Problem.«

Ich sammelte meine Gedanken und fokussierte sie auf das, was ich zu tun versprochen hatte: mich darum zu kümmern. Wie Lucy es mir gezeigt hatte, klickte ich auf den Hashtag #Joliecoverkernschmelze und stieß auf Hunderte Tweets.

> Hab seit Jahren keine Illustrierte mehr gekauft. Wozu auch? Steht doch überall derselbe Müll drin. #Joliecoverkernschmelze

> Zeitschriften lese ich nur im Wartezimmer beim Zahnarzt. Reine Geldverschwendung! #Joliecoverkernschmelze

> Ist Jolie nicht sowieso für Teenies? #Joliecoverkernschmelze

> Die Printmedien sind tot! Ihr letztes Stündlein hat längst geschlagen, Leute. #Joliecoverkernschmelze

Später würde ich erkennen, wie ironisch es war, dass *Jolie* zwar binnen weniger Minuten zu Hunderten von Twitter-Nachrichten ansporme, es dabei aber das ganze Jahr noch nicht geschafft hatte, eine einzige Steigerung der Verkaufszahlen zu erzielen.

Als ich durch die Antworten scrollte, schlug mein Herz ein wenig höher angesichts der (zugegeben sehr wenigen) noblen Versuche seitens loyaler Leserinnen, *Jolie* zu verteidigen. Leider waren diese Tweets rarer als frische Garnelen in einer Gefängniskantine.

> Ich verehre Jolie! Haltet euch zurück, ihr Hasser. #Joliecoverkernschmelze

Hi @GeorgeJolie. Ich liebe das Magazin, und ich liebe Sie. Sie leisten gute Arbeit, weiter so! Ich freue mich immer auf die nächste Ausgabe! #Joliecoverkernschmelze

Jolie schlägt sich tapfer! Ich wette, ihr Hasser habt das Magazin noch nie GELESEN! #Joliecoverkernschmelze

Ich hatte das alles schon früher gehört und wusste, dass es bei den meisten Menschen unmöglich war, ihre Meinung über *Jolie* zu ändern, weil sie – auf Grundlage überholter Klischees und sexistischer Stereotypen –, längst entschieden hatten, dass Frauenzeitschriften trivial und albern waren, wenn sie nicht sogar versuchten, dem Feminismus und seinen Errungenschaften aktiv Schaden zuzufügen. Ich hätte jeden erdrosseln können, der behauptete, dass Magazine dumm und überflüssig waren und keinen anderen Zweck erfüllten, als Lippenstifte zu bewerben. Das war nicht wahr, schon gar nicht in unserem Fall. Wir hatten bei der Regierung erfolgreich eine Petition für bezahlten Mutterschaftsurlaub eingereicht, ein Exklusivinterview mit der kürzlich aus ihrem Amt gemobbten ersten Premierministerin geführt und einen Riesenskandal über Sexismus in einer der größten Anwaltskanzleien des Landes enthüllt. Und das alles in den letzten zwei Jahren. Ich ersparte es mir, mich noch über schlechte Presse zu ärgern, doch es frustrierte mich weiterhin maßlos, wenn ich mir pauschale Lästereien über Frauenzeitschriften anhören musste oder erfuhr, dass ein Autor von *Jolies* männlichem Pendant einen Medienpreis für dieselbe Geschichte kassiert hatte, über die wir als Erste berichtet hatten. Erschien sie in *Duke*, war sie seriös. Druckten wir sie, war sie für Frauen und somit seicht wie ein Groschenroman. Es war ein derart augenscheinlicher Sexismus, dass ich es satt hatte, die Leute darauf hinzuweisen.

@GeorgeJolie Wieso schreibt ihr, dass wir unsere Körper lieben sollen, bevor ihr anschließend Frauen wie Gisele auf dem Cover bringt? Ich werde niemals aussehen wie sie.

Ich schnaubte. *Nicht einmal Gisele sieht aus wie Gisele*, hätte ich am liebsten geantwortet. Es waren grob drei Stunden für Haare und Make-up, zahllose Fotos und ein Tag Retusche erforderlich, um selbst die genetisch Gesegnetsten unter uns in eine Titelbildschönheit zu verwandeln. Was die Scheinheiligkeit anbelangte, mit der wir das körperliche Selbstwertgefühl der Frauen zu stärken versuchten, während wir gleichzeitig Werbungen für gewichtsreduzierende Mittelchen druckten (worauf ich gern verzichtet hätte) – ich war nun mal für ein Unternehmen zuständig, und nicht für ein kommunales Hilfsprojekt. Ich tippte etwas in mein Textfenster und wartete, dass der Sturm seinen Höhepunkt erreichte.

Stattdessen läutete mein Telefon. Meg. *Kacke.*

Beim dritten Klingeln nahm ich ab. Beim zweiten war ich noch zu nervös, doch bis zum vierten zu warten, würde Ärger heraufbeschwören.

»Hi, Meg.« Ich legte so viel Leichtigkeit in meine Stimme, wie ich konnte.

»Hallo, George. Wie läuft's?«

Mir fiel ein klitzekleiner Stein vom Herzen. Sie hatte es nicht gesehen. Gott sei Dank. Vermutlich rief sie nur wegen des Jennifer-Covers an. Welches ich jetzt logischerweise nicht mehr bringen konnte.

»Gut, danke. Und bei Ihnen?«

»Dito. Jedenfalls bis vor einer Minute, als meine Assistentin mich auf Ihre kleine Twitter-Tirade aufmerksam machte. Was hat es damit auf sich?«

Ich hätte lügen oder ihr sagen können, dass ich hormonell aus dem Gleichgewicht und unglaublich gestresst war, dass ich ausflippen würde, wenn mir nicht bald jemand einen frittierten Bounty-Riegel brachte. Ich wollte ihr erzählen, dass ich kein Zuhause und keine beste Freundin mehr hatte und nebenbei ein klein wenig schwanger war von einem Mann, der sich bereits neu orientiert, mir jedoch versprochen hatte, mich in jedem Fall zu unterstützen. Ich wollte ihr sagen, wie sehr ich jede Änderung verabscheute, die sie für *Jolie* plante. Dass mein Leben gerade implodierte und ich die Trümmer herabregnen sah, während ich zu retten versuchte, was von meiner geistigen Gesundheit noch übrig war. Ich wollte ihr sagen, dass mir bewusst war, dass ich karrieremäßig Selbstmord beging, wenn auch nur, weil es mir die beste Option zu sein schien.

Ich wollte ihr sagen, dass ich ehrlich sein wollte zu unseren Leserinnen und es leid war, sämtlichen Forderungen unserer Werbekunden nachzugeben. Ich wollte ihr sagen, dass die Print-Ausgabe so großartig war wie eh und je, und sie daran erinnern, dass *Jolie* sich an gescheite, coole, weltgewandte Frauen richtete, die mehr über die Dinge erfahren wollten, für die sie sich interessierten. Sie kauften unser Magazin wegen der wunderbaren Fotos und witzigen Beiträge, und nicht wegen Auflistungen der besten und schlechtesten Filme, in denen Mary-Kate und Ashley je mitgespielt hatten.

Ich tat es nicht. Stattdessen seufzte ich und sagte: »Sie haben mir ehrliche Fragen gestellt, Meg. Ich fand, dass sie ehrliche Antworten verdienten. So einfach ist das.«

»Georgie!« Sie klang so erschöpft, wie ich mich fühlte. Ich konnte praktisch hören, wie sie den Kopf schüttelte. »Das war extrem unprofessionell von Ihnen. Sie sind die Chefredakteurin. Wir tragen die Verantwortung für ein Multimillionen-Dollar-Unternehmen. Ich kann nicht zulassen, dass Sie uns vor unserer Leserschaft herabsetzen. Sie lassen uns alle aussehen wie Idioten.«

Meg hatte recht. Ich hatte sie aussehen lassen wie Idioten,

weil ich selbst keiner mehr sein wollte. Ich hatte es so satt, mir neue Strategien einfallen zu lassen, um roten Lippenstift zu vermarkten, oder mich mit faulen, knauserigen Inserenten herumzuplagen, die von meinen Autorinnen verlangten, dass sie sich clevere Taktiken einfallen ließen, um Waschpulver für sie zu verkaufen.

Ich hatte es satt, mich im reifen Alter von vierunddreißig zu alt für diese Branche zu fühlen, die ich liebte, die einzige, die ich je wirklich gekannt hatte. Ich wollte mir keine Tricks mehr einfallen lassen, um mein Magazin zu verkaufen, wo ich doch überzeugt war, dass es das aus eigener Kraft schaffte.

Ich hatte das alles so satt.

»Sie haben recht, Meg. Wir sehen tatsächlich wie Idioten aus. Ich denke, wir sollten reden.«

20

Woche 22

Ich wusste, dass er mich taxierte und sein Urteil fällte, doch ich war fest entschlossen, ihn zu ignorieren. *Hör auf, mich zu überwachen. Lass mich in Ruhe. Maß dir nicht an, über mich zu richten. Was würdest du an meiner Stelle tun?*

Ich kehrte ihm den Rücken zu, um nicht länger seinem Blick ausgesetzt zu sein. Er war attraktiv – auf die Weise, wie ein Mann es sein sollte –, doch das tat nichts zur Sache. Er benahm sich wie ein Flegel. Symmetrische Gesichtszüge hin oder her, er war ein Blödmann.

Es war nur ein einziger Drink. Den ich wahrscheinlich nicht mal austrinken würde. Nicht dass er das ahnen konnte oder ich mich ihm gegenüber rechtfertigen musste, trotzdem war es nur ein Glas Wein. Und ich hatte es *nötig*. Ich war seit *Wochen* trocken. Es reichte. Ich wollte ein paar Schlucke seidenweichen, pfeffrigen, entspannenden Shiraz. Den teuersten auf der Karte, bitte.

Nach dem Tag, der hinter mir lag, brauchte ich das. Nicht zu vergessen eine Lobotomie, um mich nie wieder an die gemeinen Twitter-Kommentare über meine Frisur erinnern zu müssen.

Und überhaupt – was taten Französinnen neun Monate lang? Etwa keinen Wein trinken, keine Gauloises rauchen und nicht rundherum fabelhaft aussehen? Wohl eher nicht. Außerdem weiß jeder, dass französische Babys mit die süßesten auf der Welt sind.

»Ich gebe Ihnen eine allerletzte Chance, George«, hatte Meg gesagt, als ich mich nach meinem Twitter-Desaster oben in ihrem Büro eingefunden hatte.

Ich hatte keine Idee gehabt, was ich darauf erwidern sollte, also hatte ich geschwiegen.

»Ich gebe Ihnen diese letzte Chance nur deshalb, weil Sie mir viel bedeuten. Wir kennen uns eine sehr lange Zeit. Doch diese Ablehnung gegenüber jeder Veränderung, diese Dickköpfigkeit kann ich nicht tolerieren.« Meg stand über ihrem Schreibtisch, die Handflächen auf die letzte Ausgabe von *Jolie* gepresst. »Ich habe Sie zur Chefredakteurin ernannt, weil Sie klug sind, George. Ich wusste, dass Sie das hinbekommen. So wie ich weiß, dass Sie den digitalen Wandel vollziehen könnten. Sie müssen aufhören, so kurzsichtig zu denken.«

»Meg, ich habe das Gefühl, in einen Hinterhalt geraten zu sein.«

»Natürlich sind Sie das! Was hatten Sie erwartet? Sie haben sich dem Wahnsinn des Internets geöffnet! Dachten Sie, man belohnt Sie mit einer Tasse Tee und einer Gruppenumarmung?«

Ich öffnete den Mund, aber es kam kein Wort heraus. Plötzlich argwöhnte ich, dass Lucy mich möglicherweise absichtlich in die Falle hatte tappen lassen. Wäre ihr so etwas zuzutrauen? Es war beinahe undenkbar, dass eine Kollegin dazu fähig wäre, andererseits haftete dem Ganzen ein Beigeschmack an, der es plausibel erscheinen ließ.

»Was hatten Sie sich nur dabei gedacht?«, fragte Meg. »Wissen Sie eigentlich, wie hart ich arbeite, um *Jolie* wettbewerbsfähig zu halten?«

Ich stand vor ihr und schaute sie an, während mein Herz viel zu schnell schlug. Es war ein Kinderspiel, eine eigene Meinung zu vertreten, bis sie einen in ernsthafte Schwierigkeiten brachte. Es war an der Zeit, mein Pokergesicht aufzusetzen.

»Es tut mir leid, Meg. Ich habe mich unprofessionell verhalten. Aber …«

»Nein. Kein Aber. Ihre Gründe interessieren mich nicht. Tun Sie so etwas nie wieder.«

»Ja, andererseits …«

Meg senkte den Kopf, bis er fast parallel zum Fußboden war, und schaute mich durchdringend an. »Nein, George. Sie haben unsere Leserinnen beleidigt. Dabei sind sie genauso wichtig für uns wie unsere Werbekunden. Sie bezahlen unsere Rechnungen. Sie bezahlen *Ihr* Gehalt!«

Ich nickte schwach. »Das weiß ich. Aber lassen Sie mich bitte ausreden, Meg. Ich denke, dass uns diese Sache vielleicht sogar zugutekommen könnte, weil …«

Sie unterbrach mich, indem sie beide Hände hochhielt. »Genug jetzt, George. Es kommt uns nicht zugute, das können Sie mir glauben. Ich hatte bereits Linda von Beauty Savers an der Strippe. Sie drohen, den Videodeal *und* ihre Print-Anzeigen zurückzuziehen.«

»Das können sie nicht tun. Wir gehen in zwei Tagen in Druck. Es ist alles gebucht.«

»Nun, dann werden sie diese Buchung eben rückgängig machen. Denken Sie nach über das, was Sie getan haben«, sagte sie, als wäre ich ein Teenager, der sich einen dummen Streich erlaubt hatte.

Scheiß drauf. Wer A sagt, muss auch B sagen.

»Meg, ich denke wirklich, dass es sich positiv für uns auswirken könnte. Sagen Sie nicht immer, dass wir unser Unterscheidungsmerkmal finden müssen? Das hier könnte es sein. Wir könnten uns dadurch von der Konkurrenz abheben, dass wir die

Wahrheit sagen. Wenn Leserinnen uns kritisch hinterfragen, geben wir ihnen aufrichtige Antworten ohne Beschönigung und nicht den Schwachsinn, den andere Magazine verzapfen. Wir können *glaubwürdig* sein!«

Ich versuchte, mir vorzugaukeln, dass meine kämpferische Ansprache auf fruchtbaren Boden fallen würde, doch tief im Herzen wusste ich, dass meine Beziehung zu Meg, und damit zu *Jolie*, schwer auf der Kippe stand.

Meg verschränkte die Arme. Ihre Lippen waren fast verschwunden, so fest presste sie sie zusammen.

Ich fuhr fort, obwohl ich ziemlich sicher wusste, dass ich mich um Kopf und Kragen redete.

»Und stimmt es denn nicht, dass jede Werbung gute Werbung ist? *Sie* haben mir das beigebracht, Meg.« Ich setzte ein Lächeln auf, das übertriebener war als das Make-up einer Kardashian.

»Sie müssen diese Sache bereinigen, George. Zuallererst: Hände weg von Twitter. Überlassen Sie es Lucy, sich um diesen Bereich zu kümmern. Zweitens: Diese Jubiläumsausgabe sollte besser das meist verkaufte Heft sein, das Sie je produziert haben, verstanden? Im Ernst, George. Ich will, dass die Verkaufszahlen steigen.«

Ihr Ton war derart endgültig, dass sich jede Antwort erübrigte.

Darum nickte ich wortlos, bevor ich mich schnurstracks in die Bar um die Ecke begab, um mir einen Drink zu genehmigen.

Wo irgendein Vollpfosten, der offenbar nicht über die neuesten wissenschaftlichen Erkenntnisse im Bilde war, mich böse anguckte, weil ich Alkohol trank, obwohl ich schwanger war. Trotz meines ihm zugewandten Rückens konnte ich seine Blicke spüren. Dieser selbstgerechte Arsch. *Lass mich in Frieden.* Mein Drink war streng medizinisch. Ganz zu schweigen davon, dass es ihn einen Quark anging.

»Entschuldigen Sie«, hörte ich hinter mir jemanden sagen.

Ihn.

Ich fuhr mit einer Geschwindigkeit zu ihm herum, die ausgereicht hätte, um einer Gulfstream Auftrieb zu geben. »Ja bitte?«, sagte ich gedehnt und reckte das Kinn vor, um ihn wissen zu lassen, dass er sich lieber verziehen sollte.

Doch das tat er nicht. Er deutete auf den Stuhl mir gegenüber, als wollte er fragen, ob er sich setzen durfte. Ich reagierte nicht. Also setzte er sich.

»Hallo«, sagte er. Sein Ton war warm.

Na toll. Er war vermutlich ein Mormone oder so was. Aber keiner von den netten, wie auf HBO. Er würde freundlich tun, um mich einzuwickeln, und – zack! – ehe ich es mich versah, würde ich einer Sekte angehören.

»Hallo«, antwortete ich, dabei bemühte ich mich, nicht völlig in den Bann seines beinahe perfekten Gesichts zu geraten. Er sah aus wie eine hübschere Version von Gerard Butler. Ich versuchte vergeblich, mein wild klopfendes Herz zu beruhigen. Es war schwer, im Hinterkopf zu behalten, dass er ein Idiot allererster Güte war, wo er doch die sexuelle Anziehungskraft von Jack Donaghy besaß.

»Wie geht's?«

»Gut. Warum?«

Meine Schroffheit schien ihn nicht zu erschüttern. Er lächelte. »Entschuldigung, ich habe mich nicht vorgestellt. Ich bin Colin. Colin Bennet. Zwei N, ein T.« Er streckte mir die Hand hin. »Kraftvoll«, sagte er.

»Verzeihung?«

»Ihr Handschlag. Er ist sehr fest. Das gefällt mir.«

»Nun, ich hatte nicht um Ihre wohlwollende Meinung gebeten, Colin. Es interessiert mich eher wenig, ob Ihnen mein Handschlag gefällt oder nicht. Wenn Sie jetzt bitte Ihre Strafpredigt vom Stapel lassen würden, damit ich Ihnen den Marschbefehl erteilen kann.«

»Was?«, meinte er lachend. »Wovon sprechen Sie?«

»Wollen Sie mir etwa nicht aufs Dach steigen, weil ich trinke? Ist das nicht der Grund, aus dem Sie hier sind?«

»Äh, nein. Wieso sollte ich Ihnen deswegen aufs Dach steigen?« Zu seiner Ehrenrettung muss gesagt sein, dass er ernsthaft verwirrt schien.

»Weil … weil ich schwanger bin«, platzte ich schließlich heraus. Es war das erste Mal, dass ich es jemandem gestand, den ich nicht kannte. Tatsächlich war ich mir ziemlich sicher, dass es überhaupt erst das dritte Mal war, dass ich es laut aussprach.

»Oh«, sagte er und wirkte nun doch leicht erschüttert. »Gott nein, das war mir nicht einmal aufgefallen. Es tut mir leid, ich, äh …« Er spähte zu meinem Ringfinger. »Ich dachte, Sie wären Single. Entschuldigen Sie, ich werde Sie allein lassen.«

»Nein, ist schon okay. Ich muss mich entschuldigen. Ich dachte, deshalb hätten Sie mich so angesehen.«

Er schüttelte den Kopf und lächelte.

Alter Falter, war dieser Kerl attraktiv. Wenn das nicht mal eine überraschende Wendung war. Ein Mann, der so gut aussah, dass er ohne jeden Weichzeichner auskam, hatte beschlossen, sich zu mir zu setzen. »Nein, bleiben Sie doch.«

»Einverstanden. Was trinken Sie? Ich würde mich Ihnen gern anschließen, wenn Sie nichts dagegen haben.«

»Natürlich nicht. Es ist ein Craggy Mountain. Dieser hier.« Ich zeigte auf die Karte. Colin fasste gleichzeitig mit mir danach, und für einen Sekundenbruchteil berührten sich unsere Hände. Dem winzigen Kontakt haftete die Elektrizität eines ersten Dates an. Anders ausgedrückt: Er war unbeschreiblich sexy. Ich versuchte, mein überschnelles Hirn abzuschalten, bevor mein übergroßes Mundwerk sich mit ihm kurzschloss und etwas Dummes von sich gab.

»Klingt gut«, meinte er. »Möchten Sie auch noch ein Glas?«

»Nein, vielen Dank. Dieses eine ist genug.«

Colin ging zur Bar, und ich lehnte mich auf meinem Stuhl zurück. Abgesehen von meinem merkwürdigen Traum über Jase hatte ich außergewöhnlich lange nicht mehr an Sex gedacht, und plötzlich vermisste ich ihn sehr, vielleicht sogar mehr als Gin Martinis. Ich war mir sicher, dass Colin mit mir flirtete, gleichzeitig fragte ich mich, ob ich meine Chance auf einen horizontalen Tango durch mein Schwangerschafts-Outing komplett ruiniert hatte.

»Sollen wir noch mal von vorn anfangen?« schlug er vor, als er sich mit einem Glas Wein in der Hand wieder setzte.

»Von mir aus gern.«

»Hallo, mein Name ist Colin. Colin Bennet. Ich bin alleinstehend und von Beruf Buchhalter. Ich mag lange Spaziergänge am Strand und so weiter und so fort.«

Ein Buchhalter? Dieser Mann war viel zu umwerfend für einen Buchhalter. *Er sollte Architekt oder freischaffender Bühnenautor oder in irgendeinem anderen Job tätig sein, den nur 0,000 002 Prozent der Bevölkerung ausüben.*

»Georgie Henderson. George. Chefredakteurin eines Magazins. Zumindest bis auf Weiteres. Single. Schwanger. Ich mag Pina Coladas, muss sie mir in den nächsten paar Monaten jedoch verkneifen.«

»Nett, Sie kennenzulernen.«

Wir stießen mit unseren Gläsern an. Ich war nervös, weil ich jemandem von meiner Schwangerschaft erzählt hatte. Einem Fremden. Dadurch hatte ich sie schlagartig real werden lassen. Das Seltsame war, dass Colin sich nicht daran zu stören schien, dass die Frau, mit der er anbändelte, zwar Single war, jedoch ein Kind erwartete. Für einen Buchhalter wirkte er ziemlich locker. Was bedeutete, dass er fast ohne Zweifel Mormone sein musste, wenn auch einer in den Klamotten von Alec Baldwin.

»Eigentlich stehe ich gar nicht auf lange Strandspaziergänge«, revidierte Colin sich und schaute ein bisschen verlegen aus der Wäsche. »Ich mag nämlich keine Strände.«

»Nehmen Sie mich auf den Arm?«

»Nein, leider nicht. Ich bin einfach kein Fan davon. Sie sind so … sandig.«

»Du liebe Zeit. Ich bin noch nie jemandem begegnet, der keine Strände mag.«

»Tut mir leid. Ist das so etwas wie ein K.-o.-Kriterium für Sie?«

»Nein, nein, ich bin begeistert. Ich hasse Strände. Ich kann mich nicht mal mehr entsinnen, wann ich zuletzt an einem war. Ich finde sie schrecklich.«

»Im Ernst?«

»Absolut. Wow. Sie sind zu gut, um wahr zu sein. Als Nächstes erzählen Sie mir noch, dass Sie Nora-Ephron-Filme mögen.«

Seine Augen weiteten sich, er setzte sein Glas ab und schaute mich verblüfft an. »Aber unbedingt.«

Mir klappte der Mund auf. »Ehrlich?« Dieser Mann war der Hammer. Wer war er, und wer die erstaunliche Frau, die ihn großgezogen hatte?

»Nein.«

»Was?«

»Ich hab nur Spaß gemacht. Ich habe keine Ahnung, wer das ist.«

»Oh. Ach so.« Ich lachte, und er stimmte ein. *Gut gespielt, Colin. Wenn er wüsste, dass dies genau die Art von Szene war, wie sie in einem Nora-Ephron-Film vorkommen würde.*

»Ist sie Schauspielerin?«

»Nein. Drehbuchautorin. Und Regisseurin. Na ja, das war sie. Sie besaß ein ganz außergewöhnliches Talent für das Erschaffen weiblicher Charaktere.«

»So wie Sie.«

Ich schüttelte den Kopf.

»Sie sind doch Autorin, oder? Was schreiben Sie so?«

»Inzwischen nicht mehr sehr viel. Hauptsächlich redigiere ich. Für eine Frauenzeitschrift.«

»Ach ja? Das klingt cool. Für welche?«

»*Jolie.*«

»Wirklich? Meine Schwester liest die *Jolie*. Sie ist ein großer Fan.«

»Dann gehört sie zu einer aussterbenden Gattung.«

»Wieso das?«

Ich nippte an meinem Wein. Ich wollte, dass er so lange wie möglich vorhielt, aber es fiel mir schwer. Er schmeckte köstlich, und ich gierte so sehr danach, dass ich viel zu große Schlucke machte.

»Ach, nicht wichtig. Es würde Sie bestimmt nur langweilen.«

Colin schüttelte den Kopf und forderte mich mit einer Handbewegung auf weiterzusprechen.

Also tat ich es.

Etwa neunundzwanzig Minuten lang.

»Dieses Mal habe ich es richtig verbockt«, schloss ich.

Colin schnitt eine Grimasse. »Klingt ganz danach.«

Ich lachte, weil es das einzig Gescheite war.

»Ich hasse das Internet«, sagte ich. »Nieder mit dem Internet!«

»Nieder mit dem Internet!«, echote er.

Dann lachten wir beide und stimmten einen »Nieder-mit-dem-Internet«-Sprechchor an. Ich brach ab, als ich merkte, dass uns die anderen Gäste anstarrten, aber Colin machte weiter. Als er endlich verstummte, hatten wir beide feuchte Augen vom Lachen. Ich hatte seit Wochen nicht mehr so viel Spaß gehabt.

»Was werden Sie jetzt tun? Wollen Sie wirklich kündigen?«

»Nein. Ich möchte bei der alten *Jolie* bleiben. Aber diese neue Entwicklung – davon steht nichts in meinem Arbeitsvertrag.

Ich habe keinen blassen Schimmer von iPads oder Leaderboards oder Klickraten – oder wie auch immer das heißt.«

»Sie könnten es lernen. Das kann nicht so schwer sein.«

»Ja, vermutlich. Aber ich weiß nicht. Eigentlich habe ich keine Lust dazu. Mein Bauchgefühl sagt mir, dass, wenn ich das tue – wenn ich mir all das aneigne –, es niemanden mehr gibt, der sich noch für die Print-Ausgabe einsetzt. Sobald das passiert, werden sie sie einfach einmotten, und dann bin ich plötzlich die Chefredakteurin einer Website. Wie eine Siebzehnjährige.«

»Was haben Sie für Alternativen?«

Ich schüttelte den Kopf und zuckte die Achseln, während ich die letzten Tropfen des herrlichen Weins trank. »Keine Ahnung. Ich habe nie etwas anderes gemacht.«

Colin nickte. »Ich weiß, was Sie meinen. Was würde ich tun, wenn die Menschen keine Buchhalter mehr bräuchten?«

»Eine Strandbar eröffnen. Sie könnten dort Nora-Ephron-Filme zeigen.«

»Gute Idee.«

Mich überlief ein kleiner Wonneschauer, weil wir stolze Besitzer eines Insiderwitzes waren, obwohl wir uns erst eine Stunde kannten. Dabei hatte ich gedacht, die einzige Person, mit der ich noch über Insiderwitze lachen konnte, wäre Lucas. Sie hatten ausnahmslos Ellie zur Zielscheibe.

Die Sache lief so gut, die Unterhaltung derart geschmeidig, dass meine Probleme fast in Vergessenheit gerieten. Als Colin fragte, ob ich noch etwas trinken wollte, machte ich das internationale Zeichen für »Nein«, indem ich mein Glas mit der Hand abdeckte. Er kehrte mit einem Glas Wein für sich und einer teuren Flasche Mineralwasser für mich zurück.

»Meine Schwester hat immer über ihren unstillbaren Durst geklagt, als sie schwanger war«, erklärte er.

»Danke.« Ich wollte die Hand ausstrecken und ihn berühren, um mich davon zu überzeugen, dass er aus Fleisch und Blut war und nicht ein Phantom, das ich mir in meiner wirren emotionalen Verfassung zusammengesponnen hatte. Ich begnügte mich damit, ihm zuzusehen, wie er seinen Wein trank. Falls er nur eine Ausgeburt meiner Fantasie war, würde ich auf keinen Fall zulassen, dass er ihn allein süffelte. »Pinot Noir?«, riet ich.

»Ja, ich wollte ihn mal probieren. Wahrscheinlich ist das unvernünftig, aber …«

»Zwei Gläser an einem Wochentag? Bestimmt können Sie das vertragen«, meinte ich. »So, ich schätze, Sie möchten meine Geschichte erfahren.«

Colin winkte ab. »Wir müssen nicht darüber reden. Es sei denn, Sie wollen es.«

»Ist schon gut. Nein, eigentlich ist es das genaue Gegenteil von gut, aber es ist auch kein großes Geheimnis.« Ich lachte ein bisschen zu herzhaft, dabei deutete ich auf meinen Bauch. Dann erzählte ich Colin alles. Ich berichtete ihm von der Leihmutterschaft und den Injektionen und der ungeplanten Schwangerschaft, sogar von der *Lateline*-Sendung, nach der es (sehr wahrscheinlich) zur Empfängnis gekommen war. Obwohl er nicht nach Details fragte, lieferte ich sie, bis er schließlich sagte: »Wow. Was für eine Geschichte.«

»Ich weiß.« Ich griff nach meinem Wasser, aber es war leer.

»Hätten Sie gern noch eins?«

Ich nickte, und er machte sich auf den Weg zur Bar.

Ich nutzte die Gelegenheit, um mein Smartphone auf #Joliecoverkernschmelze-Tweets zu checken. Ein Fehler, wie sich herausstellte. Dem Anschein nach waren Hunderte Nachrichten eingegangen. Ich entschied, dass es das Ratsamste war, von nun an für immer die Finger von Twitter zu lassen.

Auf einmal realisierte ich, dass Colin ungewöhnlich lange brauchte. Ich schaute auf, konnte ihn jedoch nirgendwo entdecken. Meine Brust wurde eng, als mich dieses untrügliche

Gefühl beschlich, dass etwas nicht stimmte. Ich wusste, dass er nicht zurückkommen würde. Trotzdem blieb ich noch ein paar Minuten sitzen – wie viele genau, konnte ich nicht einschätzen –, während ich mir sagte, dass es mehr als dumm wäre, wegen eines Mannes zu heulen, den ich kaum kannte.

Irgendwann stand ich auf, ging zur Bushaltestelle und fuhr nach Hause.

Zu Ellie.

21

Woche 25

An: Georgie Henderson
Von: Kelly Burns

Hallo, Georgie!!!!!
Hier ist Kelly Burns, von der St. Jude. Erinnerst du dich an mich? Damals hieß ich Kelly Hooper. Jedenfalls wollte ich dich fragen, ob du zu dem Klassentreffen kommst. Ich weiß, es ist ein bisschen schräg, in einem ungeraden Jahr eins zu veranstalten, aber eine von unseren ehemaligen Lehrerinnen (Mrs Griggs, weißt du noch?) hat mich darum gebeten, und wie hätte ich da Nein sagen können? Und warum auch nicht, wir müssen alle mal wieder einen Abend rauskommen, oder? Bestimmt bist du schwer beschäftigt mit deiner Zeitschrift und so, aber es wäre schön, dich wiederzusehen. Ach ja, vielleicht könnte meine Kleine mal ein bisschen Arbeitserfahrung bei dir sammeln?
Gib mir Bescheid.
Kelly xoxox

Kelly Hooper. Über die Jahre hatte ich versucht, meine Abneigung gegen Kelly abzulegen, ein Mädchen, das mir auf der

Highschool derart zuwider war, dass ich einen sauren Geschmack im Mund bekam, wenn ich nur ihren Namen aussprach. Es war nicht ihre Schuld, dass sie schon mit achtzehn ein Kind bekommen hatte und offenbar noch immer wie ein Teenager sprach. Doch dann erinnerte ich mich daran, wie sie in der Schule umherstolziert war, als würde sie täglich einen Schönheitswettbewerb gewinnen, und auf jene von uns, die nicht ihrem verabscheuungswürdigen Kreis von Speichelleckern angehörten, herabgeschaut hatte.

Kelly war außerdem der Grund, warum Nina und ich uns überhaupt angefreundet hatten. In der siebten Klasse hatte unsere Englischlehrerin – Ms Graham? Ms Gray? – uns eines Tages gebeten, über das Für und Wider von Euthanasie nachzudenken. Ich hatte diesen Begriff nie zuvor als Synonym für aktive Sterbehilfe gehört und gefolgert, dass sie von japanischen Teenies sprach. Als ich anfing, über den Roman »Naokos Lächeln« zu referieren, was, wie ich finde, ziemlich reif von mir war, stiftete Kelly den Rest der Klasse dazu an, mich auszulachen. Das ging den ganzen Vormittag so, bis Nina sich beim Mittagessen zu ihr umdrehte und drohte: »Ich reiß dir den Arsch auf, wenn du nicht die Klappe hältst.« Seitdem hatte sie nicht mehr damit aufgehört, Leuten für mich den Arsch aufzureißen.

»Georgie?«

Ich sah zu Fran hoch.

Gott segne dieses Mädchen. Die Kacke war richtig am Dampfen bei *Jolie* – ich hatte das Team darüber spekulieren hören, wann (nicht ob) mir wohl gekündigt und ob man mich nach meinem Twitter-Fiasko freistellen würde. Ich hatte meine Kolleginnen bei geflüsterten Unterhaltungen ertappt, die abrupt verstummten, sobald ich den Raum betrat, trotzdem entging mir nicht, dass die Worte »schwanger« und »alleinstehend« in ein und demselben Satz fielen. Mein veränderter körperlicher Zustand heizte die Gerüchteküche logischerweise weiter an.

Nur Fran wuchs über die anderen hinaus und lehnte es ab, sich hineinziehen zu lassen. Sie war keine Klatschbase und würde ihr Menschenmöglichstes tun, um sich von dem Getratsche fernzuhalten. Sie verhielt sich mir gegenüber, als wäre überhaupt nichts passiert.

»Ja, Fran?«

»Lee Stone ist hier und möchte mit dir sprechen.«

Lee Stone? Woher kannte ich diesen Namen?

»Tut mir leid, Fran … hatten wir einen Termin?«

Sie schüttelte den Kopf. »Ich sagte ihr, dass sie zuerst hätte anrufen sollen, aber sie behauptet, dass ihr euch kennt. Nein, warte – ihr habt einen gemeinsamen Bekannten.«

»Ah ja! Das stimmt.« Lee. Lee Stone. Dr. Tim Kanes Freundin von der Uni, die einen Walkley Award gewonnen hatte. »Schick sie bitte rein.«

Ich brachte gerade noch hastig meinen Schreibtisch in Ordnung, als Lee auch schon schnurstracks und *ohne* anzuklopfen in mein Büro marschierte.

»Hallo, Georgie«, sagte sie in herzlichem Ton.

Ich kannte sie nur von dem Profilfoto neben ihrer Kolumne. Darauf sah sie ernst und unscheinbar aus. Ihr Blick durchdringend, ihr Mund streng. Im wahren Leben wirkte sie, als käme sie gerade vom Set von *Bauer sucht Frau*. Sie sah aus wie eine von McLeods Töchtern, die den Weg nach Sidney gefunden hatte. Schmale dunkle Jeans, R.M.-Williams-Stiefeletten – über deren Kauf ich selbst kurz nachgedacht hatte, bis ich mich an die hohe Wahrscheinlichkeit erinnerte, dass ich bald schon keinen Job mehr haben würde – und ein Holzfällerhemd. Aus *Seide*. War das zu fassen?

»Hallo.« Ich stand auf, um ihr die Hand zu schütteln. Ihr Blick glitt über meinen Bauch. Er ließ sich nun nicht mehr verstecken, und es hätte auch keinen Sinn gehabt. »Ich bin schwanger«, informierte ich sie überflüssigerweise.

Lee schmunzelte. »Das ist nicht zu übersehen. Herzlichen Glückwunsch! Das wusste ich nicht.«

»Niemand hier weiß es. Sie bekommen die Information sozusagen exklusiv.«

Sie runzelte die Stirn und legte den Kopf schräg, erwiderte jedoch nichts.

Ich bedeutete ihr, sich zu setzen.

»Möchten Sie einen Kaffee? Oder Wasser?« Meine Hand schwebte über dem Hörer, um Fran anzurufen.

»Nein, ich brauche nichts. Danke.«

»Und, wie geht es Tim so?«

»Tim?«

»Tim Kane. Sie sind mit ihm zur Uni gegangen, oder?«

»Ach ja. Tim Kane. Der Arzt.«

Ich nickte, dabei rückte ich einen Stapel internationaler Zeitschriften zurecht.

»Ich habe ehrlich gesagt keine Ahnung. Ich hatte in der vergangenen Zeit nicht viel Kontakt zu ihm. Sie?«

»Nein, ich auch nicht. Als ich ihn zuletzt sah …« Ich brach ab, als mir klar wurde, dass ich mir besser auf die Zunge beißen sollte. Tim und Lee waren befreundet. Ich hatte schon genügend Schaden in meinen eigenen Freundschaften angerichtet und musste nicht auch noch die von jemand anderem kaputt machen.

»Lassen Sie mich raten. Er hat sich Ihnen gegenüber wie ein Idiot benommen.«

Ich lachte. »Ja, so was in der Art. Ich dachte, Sie und er wären Freunde?«

»Das wäre zu viel gesagt. Wir kennen uns, aber der Kerl hat den Kopf so tief in seinem Arsch, dass er an seiner Prostata lecken könnte.«

»Wow, das ist mal ein Spruch, den wir in *Jolie* noch nicht hatten. Wollen Sie einen Job?«

»Tatsächlich hatte ich gehofft, Sie würden einen wollen.«

»Wie darf ich das verstehen?«

»Wir führen beim *The Standard* eine neue Feuilleton-Beilage ein. Sie wird ein wenig Zeitschriftencharakter haben, wenn auch eher bodenständig. Seriös, mit ein bisschen Unterhaltung. Allerdings nicht vergleichbar mit einem Hochglanzmagazin.«

Ich stand wortlos auf, ging zur Tür und zog sie zu.

»Entschuldigung«, meinte Lee. »Das war unbedacht von mir.«

»Kein Problem. Es gibt nichts, das die morgen nicht ohnehin über *Confidential* erfahren würden.«

»Das ist wohl wahr. Hören Sie, George, dies ist eine einmalige Gelegenheit. Sie würden zwar nicht Chefredakteurin sein, trotzdem ist es eine große Sache. Ich möchte, dass Sie eine Kolumne schreiben – Sie haben einen beeindruckenden Stil. Was Sie auf Twitter über die Zeitschriftenindustrie sagten, hat mir sehr gefallen. Ich habe noch nie erlebt, dass jemand – zumindest niemand in einem Angestelltenverhältnis – sich derart offen über die Herausforderungen eines Jobs wie Ihrem äußert. Ich fand das ... erfrischend. Ich möchte so jemanden – jemanden wie Sie – in meiner Truppe. Die schreibende Zunft ist nicht tot, wir brauchen einfach nur Leute, die bereit sind, eine eigene Perspektive zu vertreten, und nicht nur einen Blog nachplappern, den sie gebookmarked haben. Gott, wie ich das verabscheue. Und so was passiert ständig.«

Ich nickte. »Ja, ich weiß, was Sie meinen.«

»Da wäre also die Kolumne, aber Sie würden auch andere Beiträge schreiben. Zum Beispiel Kurzbiografien und hin und wieder einen Reisebericht.« Wieder huschte Lees Blick über meinen Bauch, während ich mir schon vorstellte, wo ich meine Topfpflanze hinstellen würde, um das beste Feng Shui zu gewährleisten, und mir im Geist notierte, bei kikki.K neues Briefpapier zu bestellen.

»Ich werde Ihnen wahrscheinlich nicht so viel zahlen können, wie Sie hier verdienen, doch es wird sich in anderer Hinsicht für Sie lohnen. Zum Beispiel sind wir nicht so abhängig von Werbekunden. Und wir können auf dem Titel bringen, wen wir wollen – die Leute sehen es sowieso erst, nachdem sie die Zeitung gekauft haben. Es wird ein kleines Team sein, dafür können wir über die Dinge berichten, die uns wirklich interessieren. Keine Beauty-Seiten, das verspreche ich.«

Die Aussicht, für ein Magazin zu arbeiten, das nicht von Beauty-Anzeigen abhängig war, erschien mir derart verlockend, dass ich auf der Stelle meinen Computer ausschalten und mit Lee das Gebäude verlassen wollte, vielleicht sogar Arm in Arm und steppend. Klienten aus der Schönheitsbranche sorgten im Endeffekt dafür, dass eine Zeitschrift weiter in Druck gehen konnte, doch sie waren im Allgemeinen schwer zufrieden zu stellen. Pingelig bis hin zur Pedanterie, dabei dürsteten sie nach Aufmerksamkeit wie ein kleines Kind. Allein der Gedanke, nie wieder mit ihnen zu tun haben zu müssen, war eine Befreiung. Doch es galt, mehr zu bedenken.

»Ich kann jetzt nicht kündigen.«

»Warum nicht?«

Eine gute Frage. Weshalb fühlte ich mich *Jolie* noch immer so verbunden? Ich kam mir vor wie ein kleines Mädchen, das bei einer Geburtstagsparty länger als vorgesehen blieb. Die Kerzen waren ausgeblasen, vom Kuchen nur noch Krümel übrig, trotzdem weigerte ich mich, nach Hause zu gehen.

»Ich hänge noch immer an *Jolie*. Und meine Verlegerin hat mir trotz des gigantischen Mists, den ich gebaut habe, noch eine Chance gegeben. Ich denke, ich bin es ihr schuldig, mein Bestes zu versuchen, damit diese Sache funktioniert.«

Meg setzte Vertrauen in mich – wenn auch nicht viel –, darum verdiente sie, dass ich ihr dasselbe Vertrauen entgegenbrachte. Doch tief im Inneren wusste ich, dass es die *Jolie*, die ich liebte, nicht mehr gab. Meg mochte Vertrauen haben, aber sie hatte nicht die Macht, eine finanzielle Rückendeckung zu bewirken. Wir senkten überall die Kosten, was sich bald bemerkbar machen würde. Anstatt von den Schauen in New York zu berichten, indem wir unser eigenes Modeteam hinschickten, würden wir uns mit einem Live-Streaming begnügen. Wir würden verstärkt auf Beiträge und Fotos aus den internationalen Ausgaben zurückgreifen, um Geld einzusparen. Bald schon würden wir anfangen, das zu verlieren, was *Jolie* so einzigartig machte. Ich war mir dieser Realität bewusst, dennoch musste ich es bis zum bitteren Ende durchziehen.

»In Ordnung«, meinte Lee. »Hier ist meine Visitenkarte. Melden Sie sich, sollte sich irgendetwas ändern.«

Ich nahm sie.

22

Woche 26

Ein neues Wartezimmer, dieses zum Glück nicht voller Frauen, deren Geschichten Schuld- und Schamgefühle in mir weckten. Nein, hier strotzte es vor Kindern mit geröteten Augen und rotzverkrusteten Nasen und erschöpften Eltern, die sich mit Kaffee belebten, um ihren kranken Nachwuchs betüdeln zu können. Ich sah eine ältere, etwa achtzigjährige Dame, die allein saß und in einem eselsohrigen Exemplar von *Fifty Shades of Grey* schmökerte. Ich stellte mir vor, wie meine Mutter – die mit ihren fünfundsechzig geradezu ein junger Hüpfer war – in aller Öffentlichkeit einen Softporno las. Sie würde schätzungsweise nach spätestens dreißig Sekunden die Person neben sich fragen müssen, was es mit »Faustverkehr« auf sich hatte.

Dennoch war es eine Erleichterung, nicht länger unter Frauen zu sein, die verzweifelt auf eine Schwangerschaft hofften. Ich fragte mich zum gefühlt vierzigtausendsten Mal, woher Nina die Kraft genommen hatte, es immer weiter zu versuchen. Mich hatte es schon fix und fertig gemacht, in der Klinik aufzukreuzen und diese Frauen zu sehen, deren Niedergeschlagenheit mit Händen greifbar war. Wie hatte Nina das ausgehalten? Ob ich sie das je würde fragen können?

»Georgie?« Ich schaute von der alten *Jolie*-Ausgabe auf, die ich in einem Stoß Zeitschriften aufgestöbert hatte und in der ich auf der Suche nach einer Inspiration blätterte. Ich fand keine. Das Baby hatte mein Hirn in Geiselhaft genommen.

Eine hochgewachsene Frau ließ den Blick durchs Zimmer schweifen. Ich lächelte, woraufhin sie mir mit einem Winken bedeutete, ihr zu folgen.

Ihr Büro war klein und nüchtern, ganz anders als das von Dr. Fisher, das der *Vogue Living* entsprungen sein könnte. Den einzigen Hinweis darauf, dass es tatsächlich ein Arztzimmer war, lieferte das gerahmte Foto des Babys einer Oscargewinnerin, dem eine signierte Karte beigefügt war, auf der stand: »Danke, Dr. Fisher, dass Sie diese Freude in unser Leben gebracht haben.«

Die fehlende Wärme ihres Büros glich Dr. Tan durch ihre herzliche Art aus.

»Hallo, George, ich bin Dr. Tan. Aber nennen Sie mich Anna. Aus welchem Grund sind Sie hier?«

»Ich, äh, bin schwanger.«

Sie nickte. »Was denken Sie, wie weit Sie in etwa sind?«

»Ich würde auf die sechsundzwanzigste Woche tippen.«

Ein weiteres Kopfnicken, etwas nachdrücklicher diesmal. »Ich verstehe. Waren Sie zuvor bei einem anderen Arzt?«

»Nein. Nicht wirklich. Es ist eine lange Geschichte. »

»Okay, lassen Sie uns den Herzschlag überprüfen und ein paar Messungen vornehmen, um festzustellen, wie die Dinge stehen. Einverstanden?«

Ich stimmte zu, und Dr. Tan gab mir einen Untersuchungskittel. Ich zog mich rasch um, dabei entging mir nicht, wie mein Bauch das Papiergewand ausbeulte. Ich legte mich auf die Liege und wartete, dass sie zurückkam. Dann hörte ich das Schnalzen von Latexhandschuhen, bevor sie die Umrisse meines Bauchs abtastete.

»Wie fühlen Sie sich?«

»Gut. Einmal war mir übel. Aber nichts Dramatisches.«

»Können Sie normal essen?«

»Oh ja.« Das Essen war kein Problem, sondern das Weglegen der Cadbury-Schokolade.

»Gibt es einen besonderen Grund, warum Sie bisher keine medizinische Betreuung in Anspruch genommen haben?«

Wie viel Zeit haben Sie? »Na ja, es war ein Unfall. Eigentlich wollte ich keine Kinder. Im Sinne von nie. Darum musste ich, als ich herausfand, dass ich schwanger bin, erst einmal reiflich nachdenken.«

Dr. Tan nickte. »Die Schwangerschaft ist zu weit fortgeschritten, um …«

»Ich weiß«, fiel ich ihr schnell ins Wort. »Ich werde das Baby bekommen.«

»Das ist schön.« Sie spannte ein Maßband von meinem Bauchnabel zu meinem Becken. »Das mit der sechsundzwanzigsten Woche kommt gut hin. Haben Sie sich schon überlegt, wo Sie entbinden möchten?«

Ich schüttelte den Kopf. Würde ich nicht einfach ins Krankenhaus fahren, sobald meine Fruchtblase platzte, so wie jede Frau in jedem Film, der von einer Schwangerschaft handelte?

»Wir werden Sie heute noch anmelden. Das RPA ist eine ausgezeichnete Klinik, mit einer Top-Entbindungsstation. Aber es gibt auch Alternativen.«

Auf einmal begriff ich, dass diese Baby-Kapriole Planung, Aufwand und Arbeit erforderte. Bis zu diesem Punkt war alles nahtlos ineinander übergegangen. Ein bisschen zu nahtlos.

»Ja, okay.«

»Haben Sie eine private Krankenversicherung?«

»Nein, sollte ich?«

»Es würde jetzt keinen großen Unterschied mehr machen. Die Kassen verlangen, dass man mindestens ein Jahr bei ihnen versichert sein muss, ehe sie irgendwelche Kosten im Rahmen einer Schwangerschaft übernehmen.«

»Ach so.« Wusste das jeder außer mir?

»Würden Sie gern den Herzschlag hören?«

»Ähm, ja. Sicher. Danke.«

Lächelnd legte Dr. Tan den Schalter an einem riesigen Apparat um, der meiner Aufmerksamkeit bisher entgangen war. Sie schob meinen Kittel hoch, verteilte ein kaltes Gel auf meinem Bauch und berührte ihn mit einer Sonde. Das *Wumpwumpwump* des Herzschlags meines Babys schallte durchs Zimmer. Heilige Scheiße. Das war der Herzschlag meines Kindes. Mein Kind hatte einen Herzschlag.

»Oh, mein Gott.« Ich bekam Gänsehaut.

»Das ist sie«, erklärte Dr. Tan.

»Was? *Sie?*«

Sie schüttelte den Kopf. »Entschuldigen Sie. Das war nicht so gemeint. Es passiert mir ständig, dass ich über ein Baby rede, als würde ich sein Geschlecht kennen.« Sie kniff die Brauen zusammen und hob entschuldigend die Hände.

»Kein Problem.«

»Wenn Sie es wissen möchten, können wir in etwa einer Woche einen Ultraschall machen.«

»Okay. Ich denk drüber nach.« Ich lauschte noch immer dem Herzschlag. »Er kommt mir sehr schnell vor.«

»Das ist völlig normal«, beruhigte sie mich.

»Dann muss ich mir keine Sorgen machen?«

Sie lächelte. »Nein, es ist alles in Ordnung. Jeder Babyherzschlag klingt so. Und alle Eltern fürchten, dass er zu schnell ist. Doch das ist er nicht.«

»Wenn Sie das sagen.«

Dr. Tan nahm die Sonde von meinem Bauch weg. Das Wummern hörte abrupt auf. »Wir sind hier fertig. Wenn Sie möchten, können Sie sich anziehen.«

Ich wischte das klebrige Gel von meinem Bauch und schlüpfte wieder in mein aus echtem Gewebe gefertigtes Kleid. Als ich mir die Haare hinter die Ohren klemmte, musste ich unwillkürlich daran denken, dass ich einst das Paradebeispiel einer kinderwunschlosen Frau gewesen war. Meg hatte mich sogar zur Beteiligung an einer Diskussion im Frühstücksfernsehen überredet, wo ich argumentiert hatte, dass manche Menschen schlichtweg keinen Nachwuchs wollten, ohne dass sich dahinter eine herzergreifende Geschichte verbarg. Sie waren einfach so gepolt. Genau wie ich.

Ich erinnerte mich, wie der selbstgefällige Moderator mich gefühlte Stunden (obwohl es kaum mehr als dreißig Sekunden gewesen waren) in die Mangel genommen hatte.

»Was wäre, wenn Sie jemanden kennenlernten, der Kinder möchte, aber Sie wollen ihm keine schenken? Halten Sie das nicht für etwas unfair?«, hatte er mich mit einem schmierigen Lächeln gefragt.

»Ich halte es eher für unfair, von einer Frau, die keine Kinder will, zu erwarten, dass sie aus Gefälligkeit welche bekommt, Ken«, hatte ich gekontert, dabei hörte ich, wie meine Widersacherin neben mir missbilligend mit der Zunge schnalzte.

»Ich glaube nicht, dass jemand es wirklich *ernst* meint, wenn er behauptet, keinen Nachwuchs zu wollen«, sagte sie an Ken gewandt, der seinem Namensvetter in Puppenformat frappierend ähnlich sah. »Auch auf die Gefahr hin, mich damit unbeliebt zu machen, bin ich der Überzeugung, dass Frauen das nur sagen, weil sie meinen, es sei das, was Männer hören wollen.«

Ich fühlte, wie meine Miene starr wurde vor Entrüstung. Ich räusperte mich – was man niemals live im Fernsehen tun sollte, weil es weniger nach einer menschlichen Kehle klingt als nach einer Figur, die Michael Bay sich ausgedacht haben könnte –, dann lachte ich humorlos. »Sie haben recht. Das ist tatsächlich ein überaus beleidigender Kommentar. Ihre Annahme, dass es sich bei meinem nicht vorhandenen Kinderwunsch um eine Flirttaktik handelt, ist lächerlich und ausgesprochen unsensibel. Ich will keine Kinder, weil ich keine Kinder will. So einfach ist das. Und ich hoffe, die Zuschauer begreifen, dass ich nicht die Einzige bin, die so empfindet. Viele Menschen möchten sich nicht fortpflanzen, und zum Glück leben wir in einer Welt, in der wir solche Entscheidungen selbst treffen können. Falls Sie …«

»Vielen Dank, Georgie, aber uns läuft die Zeit davon«, schnitt Ken mir das Wort ab, bevor er sich der Kamera zuwandte und einen Beitrag über die Vorzüge von Power-Walking anmoderierte.

Meine Gegnerin richtete das Augenmerk auf mich und lächelte. »Ich hoffe, Sie sind mir nicht böse«, sagte sie mit ihrer Singsang-Stimme. »Die Produzenten wiesen mich an, hart mit Ihnen ins Gericht zu gehen und das Klischee aufzubauschen.«

Ich zog die Brauen hoch. »Welches Klischee?«

»Ach, Sie wissen schon, das kaltschnäuzige Biest, das keine Kinder bekommen will«, antwortete sie beiläufig und zupfte ihre falschen Wimpern ab, bevor sie davonstakste. Ich blieb wie vom Donner gerührt sitzen.

Ich fragte mich, was Ken und diese Barbie aus der Sendung denken würden, könnten sie mich jetzt sehen. Wahrscheinlich wären sie noch überheblicher. »Sie hat *geglaubt*, keine Kinder zu wollen, aber sie war im Irrtum. Jeder will Kinder, die meisten stehen nur ehrlicher dazu. Wir wussten, dass sie irgendwann zur Besinnung kommen wird. Jeder tut das.«

»Wenn Sie fertig sind, Georgie, würde ich Sie bitten, auf die Waage zu steigen. Keine Sorge, das ist reine Routine«, sagte Dr. Tan, die an ihrem Schreibtisch etwas eintippte.

»Ja, okay.«

Ich kam hinter dem Vorhang hervor. Ich musste bei der Erinnerung an das Frühstücksfernsehen etwas blass um die Nase geworden sein, denn als Dr. Tan mich ansah, runzelte sie besorgt die Stirn.

»Geht es Ihnen gut? Haben Sie einen Schwächeanfall?«

Ich schüttelte den Kopf. »Nein, nein. Ich muss mich nur erst an die Situation gewöhnen.«

Sie lachte sanft. »Ja, das wird Ihnen immer wieder passieren. Etwa die nächsten zwanzig Jahre lang.«

Ich hatte beinahe jede Nacht denselben Traum. Er handelte vom Tod von Ninas Mutter. Jedes Detail hatte sich mir eingeprägt, und ungefähr jede zweite Nacht durchlebte ich das alles noch einmal in meinem Unterbewusstsein.

Am Morgen, nachdem sie gestorben war, aß ich nichts zum Frühstück. Ich weiß noch, dass ich überhaupt keinen Hunger verspürte, was in meinem Leben erst einmal vorgekommen war. Damals hatte ich eine Blinddarmentzündung gehabt, nur hatte meine Mutter erst geglaubt, dass ich krank war, als ich einen Schokoriegel ablehnte. Die Lage musste ernst sein, wenn die achtjährige George Schokolade verschmähte.

Ich hatte mich im Bett aufgesetzt, als meine Mutter mir weinend erklärte, dass Mrs Doherty »zu krank« geworden war. Da sie nichts von »gestorben« sagte, stellte ich mir minutenlang vor, wie Ninas Mutter Jan sich wieder und wieder erbrach. Ich wunderte mich, wovon ihr so übel geworden war.

»Wo ist sie jetzt?«, fragte ich.

Meine Mutter blickte auf, während noch immer Tränen aus ihren Augen kullerten. »Sie ist von uns gegangen, Georgie«, antwortete sie nach einer Weile.

»Wohin?«

Meine Mutter ließ die Schultern hängen, dann flüsterte sie kaum hörbar: »Sie ist tot. Sie hat es nicht geschafft, Georgie.«

Das ergab keinen Sinn. Offen gestanden tat es das heute, zwanzig Jahre später, noch nicht. Wie konnte Jan tot sein? Sie war eine der wenigen Erwachsenen, die ich wirklich *kannte*. Wenn man ein Kind ist, kommt einem ein Erwachsener vor wie der andere. Aber über Ninas Mutter, die mir erlaubte, sie Jan anstelle von Mrs Doherty zu nennen, wusste ich eine Menge. Erstens: Sie hatte genau wie ich lockiges Haar, nur föhnte sie es glatt. Sie hatte versprochen, mir eines Tages zu zeigen, wie man das macht, was meine Mutter mir niemals erlaubte. Zweitens: Sie mochte Shania Twain und hörte oft ihre Songs. Vermutlich zu oft. Drittens: Sie ging jeden Samstagmorgen mit Nina und Jill zum Schwimmen.

»War sie gestern schwimmen?«

»Wer?«

»*Jan.*« Von wem sollte ich sonst sprechen?

Meine Mutter schüttelte den Kopf. »Ich weiß es nicht, Schatz. Wie kommst du darauf?«

»Weil sie samstagmorgens immer schwimmen geht. Mit Nina und Jill. Sie nimmt sie jedes Mal mit und steigt sogar in den Pool.« Meine Mutter tat das nicht. Sie hatte eine Dauerwelle, die nicht nass werden durfte.

»Nun, dann waren sie gestern wahrscheinlich schwimmen.« Sie zog mich ein bisschen fester an sich. *Sie hat sich dabei erkältet*, ging es mir durch den Sinn. *Sie muss sich im Pool eine Erkältung geholt haben.*

»Hatte Jan eine Erkältung?«

»Nein, Süße. Sie hatte einen Herzinfarkt.«

Einen Herzinfarkt? So etwas bekamen nur alte Leute. Menschen mit grauen Haaren und Gehstöcken und falschen Zähnen. Jan hatte rote Haare und ging schwimmen und trug pinkfarbenen Revlon-Lippenstift, der ihre (echten) weißen Zähne betonte.

Es ergab einfach keinen Sinn.

Ich weiß noch, wie ich, als meine Mutter es mir sagte, dachte: »Das wird der schlimmste Teil gewesen sein.« Ich glaubte, dass die Dinge von da an jeden Tag ein bisschen besser würden. Doch die schlimmen Teile hörten einfach nicht auf. Da war zum Beispiel die Beerdigung. Ich saß bei meiner Mutter und Kevin, während Nina ganz vorn Platz nahm und die Hände auf dem Schoß verschränkte. Sie trug ihre Schuluniform, weil sie kein schwarzes Kleid besaß. Es wurde ein Shania-Twain-Song gespielt, und ich heulte mir die Augen aus dem Kopf, dann fühlte ich mich schlecht, weil Nina überhaupt nicht weinte. Ich befahl mir, stärker zu sein. Wenn Nina das konnte, konnte ich es auch.

Der nächste schlimme Teil folgte, als zwischen Nina und Kelly Hooper ein Streit um Ryan Hastings entbrannte, und Kelly sagte, dass sie froh über Jans Tod sei. Ich stürzte mich auf sie, landete jedoch bäuchlings auf dem Boden. Anschließend verunzierte wochenlang eine Schramme mein Kinn. Nina war einfach weggegangen.

Der nächste schlimme Teil war, als Nina viele Monate später bei mir übernachtete und ein Nachbarsjunge aus unserem Jahrgang rüberkam. Wir redeten über ein Mädchen aus der Schule, als Adam meinte: »Ist das nicht die, deren Mutter gestorben ist?«

Ich fühlte, wie mir der Atem stockte, doch Nina entgegnete sachlich: »Nein, das bin ich.«

Ganz allmählich wurden die Dinge besser, aber es dauerte eine ganze Weile. Viel länger, als ich gedacht hatte. Doch allem Anschein nach empfand ich das stärker als Nina. Im Rückblick weiß ich natürlich, dass das nicht zutraf. Trotzdem fühlte ich mich – wir waren damals beide vierzehn – wie eine Heuchlerin, als ich bei der Erwähnung eines Shania-Twain-Songs in Tränen ausbrach, während Nina stoisch lächelte und sich weigerte, die Rolle des Opfers zu spielen.

Ich drehte mich um, umarmte das Kissen und versuchte, mein Hirn abzuschalten. *Ist das schon mal jemandem gelungen?* Mir war seit Tagen nicht mehr schlecht geworden, dafür plagte mich ein solcher Hunger, dass er einer Krankheit gleichkam. Doch mein Körper akzeptierte beileibe nicht alles. Der Anblick von Salat verursachte mir Würgereiz, wenn ich Obst aß, drehte sich mir der Magen um. Stattdessen gab ich sämtlichen Arten von Chips den Vorzug und allem, das in die Kategorie salzig/süß fiel. In Puderzucker getauchte Brezeln waren mein neuer Tiefpunkt. Wahlweise Höhepunkt. Ich konnte mich nicht recht entscheiden.

An Jan zu denken machte mich zornig. Wieso war es in Ordnung für Nina, so zu tun, als wäre ihre Mutter nie gestorben, während sie mich behandelte wie einen schwangeren Paria? Ich hatte das nicht gewollt, und es war nicht meine Schuld. Zugegeben, ein bisschen schon, aber ich hatte es nicht bewusst herbeigeführt. Ja, okay, in gewisser Weise doch, aber … oh verdammt, irgendwo hatte ich recht. Ich konnte mich nur nicht erinnern, wo genau. *Diese Runde geht an euch, Hormone.*

Ich schnappte mir mein Handy und checkte meine E-Mails. Kelly hatte mir ein zweites Mal geschrieben. Lieber Himmel, es musste ihr wirklich wichtig sein, dass ihre Tochter Arbeitserfahrung sammelte. Ich überlegte, welchen Namen die damals achtzehnjährige Kelly ihrem Baby gegeben haben mochte. Vermutlich Maddee-sunn oder Meeyah, jedenfalls einen, der vollkommen berufsuntauglich war.

An: Georgie Henderson
Von: Kelly Burns

Hallo, Georgie,
ich weiß, du bist bestimmt schrecklich mit deiner Illustrierten beschäftigt (ich hab in der Zeitung alles drüber gelesen), aber ich wollte noch mal nachhaken, ob du die Einladung zu unserem Schultreffen annimmst. Es findet auf dem Rennplatz statt, wo wir unsere Abschlussfeier hatten, du erinnerst dich bestimmt. Kommt

es dir nicht auch wie eine Reise in die Vergangenheit vor? Jenayah hatte dort in diesem Jahr ihre Graduiertenparty! Ist das zu fassen? Gott, sind wir alt!

Jedenfalls wäre es super, wenn du mir bis morgen Bescheid geben könntest, ob du kommen wirst. Ich habe Nina gefragt, aber sie sagte, sie weiß nicht mit Sicherheit, ob du kommst. Darum melde dich bitte.

Küsschen,

Kelly Burns (geb. Hooper)

Jenayah. Nah dran.

Obwohl ich mit jeder Faser meines Seins wusste, dass ich – mit Ausnahme von Nina – niemanden von der Highschool je wiedersehen wollte, tippte ich folgende Antwort:

Hi, Kelly,

schön, von dir zu hören. Ich nehme gern an dem Treffen nächsten Samstag teil. Danke für die Einladung, und entschuldige die späte Rückmeldung.

Ich konnte es mir einfach nicht verkneifen hinzuzufügen:

Wie du ganz richtig vermutet hattest, war ich beruflich extrem eingespannt. Ich freue mich darauf, euch alle wiederzusehen!

George x

Ich grübelte, wie Kelly heute aussehen könnte. Ihr Foto auf Facebook war wenig hilfreich, denn es zeigte ihre Kinder (dies schien ein Trend unter den mir bekannten Eltern zu sein: Man bekam ein Baby, dafür verlor man im Gegenzug seine Identität). Hoffentlich hatte sie ordentlich Hüftspeck angesetzt und eine hässliche Narbe von ihrem Bauchnabelring zurückbehalten. Bestimmt trug sie bevorzugt Jeggings, in Kombination mit

Tanktops, für die niemand von uns mehr die Arme hatte, und billige Sandalen, die sie in Kuta kaufte, wo sie jedes Jahr ihren Urlaub verbrachte. Das Ganze krönte sie mit breiten, augenfälligen, billigen Strähnen.

Ich gab mir einen mentalen Ruck. *Verdammt, George, hast du nicht schon genug Drama in deinem Leben, ohne dass du dich zwanghaft mit dieser Idiotin befassen musst, die du seit mehr als zehn Jahren nicht gesehen hast?* Das war der Grund, warum ich eine schlechte Mutter abgeben würde. Ich konnte mich nicht einfach mit meinen eigenen Problemen befassen, sondern lechzte danach, andere Menschen nach ihren zu beurteilen.

Ich rieb mir den Schlaf aus den Augen und setzte mich auf. Es wurde Zeit, die Dinge in Angriff zu nehmen. Genug mit dem Suhlen in Selbstmitleid. Genug mit der Kopfarbeit. Jetzt war Tatendrang gefordert.

Ich fand einen Stift – was angesichts von Lucas' Verhau, der mich umgab, an ein Wunder grenzte – und erstellte eine Aufgabenliste.

Mach dich an die Arbeit. Die Jubiläumsausgabe muss die beste aller Zeiten werden (nur wie?)

Ruf Lee an – vereinbare ein Treffen.

Ruf Jason an.

Und abschließend: *Ruf Nina an.*

Kaum dass ich das notiert hatte, strich ich es durch und griff stattdessen zu meinem Handy. Es reichte jetzt.

»Hi«, meldete sie sich nach dem dritten Klingeln.

»Hallo.«

Es trat eine lange Pause ein.

»Ich habe jetzt genug davon«, sagte ich und legte möglichst viel liebevolle Strenge in meinen Ton. Mich überzeugte er nicht, doch das spielte keine Rolle. Nina sprang drauf an.

»Okay«, sagte sie nach einem Moment.

»Wir werden zu diesem albernen Highschool-Treffen gehen.

Und du wirst wieder meine beste Freundin sein. Ich brauche dich, Nina.«

Es kam mir vor, als wäre ich wieder sechs und säße am Rand einer Gruppe untereinander befreundeter Kinder, bei der ich unbedingt dazugehören wollte. Gleichzeitig fühlte ich mich wie die schwangere Vierunddreißigjährige, die zugelassen hatte, dass Colin aus Höflichkeit ein Glas Wein mit ihr trank, bevor er Reißaus nahm. Ich hasste dieses Gefühl von Verletzbarkeit, wollte es abschütteln wie eine zu schwere Decke.

»George …«

»Nein. Du wirst das nicht tun, Nina. Ich verstehe dich. Wie könnte ich dich nicht verstehen? Immerhin bin ich deine beste Freundin. Ich kenne dich besser als jeder andere, sogar besser als Matt. Du weißt, dass ich recht habe. Du kannst unsere Beziehung nicht von dieser Sache definieren lassen. Das ist nicht fair.«

Ich holte tief Luft und zog die Knie an die Brust. »Was, wenn ich verheiratet gewesen und schwanger geworden wäre? Wärst du dann auch wütend auf mich? Was, wenn du mich nicht gebeten hättest, als Leihmutter einzuspringen, und ich trotzdem ein Kind erwarten würde? Was, wenn ich mir ein Baby gewünscht hätte? Würdest du dann ebenfalls nichts mit mir zu tun haben wollen? Ich weiß, warum du zornig bist. Ich weiß, warum du nicht mit mir sprechen willst. Aber das Maß ist jetzt voll. Ich werde dieses Kind bekommen, Nina, und vielleicht hältst du das nicht für die richtige Entscheidung, aber ich schon. Ich habe nie wirklich gedacht, dass ich das durchziehen werde, aber ich glaube inzwischen, dass ich das hinkriege.«

»Es tut mir leid, dass du traurig bist, aber ich bin es auch. Ich fühle mich schrecklich allein, Nina. Alles ist so …« Ich brach ab, um mir die Tränen aus den Augen zu wischen, als ich überrascht feststellte, dass ich schon länger geweint haben musste, denn die Decke über meinen Knien war feucht. »Alles ist völlig verworren, Nina. Ich bin ein Dinosaurier. Und ein Wal. Worauf ich hinauswill, ist … ich bin alt. Und irrelevant. Und ich bin fett. Ich habe nicht mal mehr Speckrollen am Bauch. Ich bestehe nur noch aus Bauch. Es ist absolut abstoßend, und ich hasse es.«

»Und Jase hat eine neue Freundin, und Colin wollte noch nicht mal einen weiteren Drink mit mir nehmen, so widerwärtig fand er mich, und ich weiß nicht mehr, was ich anziehen soll, und jetzt steht dieses blöde Wiedersehenstreffen an, und ich habe Kelly gesagt, dass ich kommen werde, aber was soll ich anziehen, Nina? Hm? Was werde ich bei diesem beschissenen Anlass tragen, in dem ich nicht aussehe, als hätte ich ein Krabbelkind zum Frühstück verspeist?«

Nun brachen alle Dämme, ich konnte die Tränenflut nicht länger kontrollieren. Während ich laut und theatralisch schluchzte, vernahm ich ähnliche Geräusche am anderen Ende. *Wow*, dachte ich. *Tränen von Nina. Ich hätte nicht gedacht, dass ich den Tag noch mal erlebe.*

Ich hörte genauer hin. Nein, Nina weinte nicht. Sie lachte.

Ich hörte auf zu schluchzen.

»Lachst du mich etwa aus?«

Keine Antwort, nur mehr Gelächter.

»Nina! Lachst du über mich?« Ich stand nun auf den Füßen, so erschüttert war ich. Was fiel ihr ein?

»Entschuldige, George, ich …« Sie unternahm offenbar den beherzten Versuch, mein tragisches Leben nicht länger saukomisch zu finden, scheiterte jedoch und schüttete sich wieder aus vor Lachen.

»Hör verdammt noch mal auf damit, Nina! Das ist nicht witzig!«

»Doch, George, irgendwie schon. Natürlich hast du recht damit, dass alles beschissen ist, aber du kannst an nichts anderes denken als daran, was du anziehen wirst? Gib zu, das ist schon witzig.«

Meine Empörung verpuffte. Es *war* witzig.

Sobald unser Kichern nachließ und wir wieder verständliche Sätze herausbrachten, sagte Nina: »Sieh dich bei ASOS um. Dort gibt es die beste Umstandsmode.« Sie machte eine Pause. »Zumindest habe ich das gehört.«

»Vielen Dank. Das ist ein guter Tipp.«

»Ich werde dir helfen, etwas für das Treffen zu finden.«

»Echt?«

»Echt.«

»Dann wirst du daran teilnehmen?«

»Glaubst du, ich würde mir die Chance entgehen lassen herauszufinden, wie dieses Flittchen Kelly heute aussieht? Vermutlich hat sie diese furchtbaren Blocksträhnen, so als wären sie mit Wandfarbe auf die Haare gepinselt.«

»Oh mein Gott, ich habe genau dasselbe gedacht!«

»Natürlich hast du das.«

23

Woche 28

Anstatt mich darauf zu konzentrieren, dass die nächste Ausgabe von *Jolie* noch spektakulärer wurde als Michael Fassbenders Penis, hatte ich eine neue, weit unnützere Obsession entwickelt.

Die Kombination aus Schwangerschaft und drohender Entlassung hatte eine Art Modekrise bei mir heraufbeschworen. Plötzlich schien es unerlässlich, dass ich so cool und jugendlich wie möglich aussah. Ich hatte meine unifarbene Garderobe mitsamt den altersgemäßen Seidenhosen und unerschwinglich teuren Basic-Shirts (ernsthaft, wieso kosteten die Dinger dreihundert Dollar? Das war nicht nachvollziehbar) gegen Farben, die so grell waren, dass sogar Rihanna Kopfweh bekäme, und derart kurze Röcke eingetauscht, dass ich geradezu zu sexuellen Belästigungen einlud. Es war mein verzweifelter Versuch zu sagen: »Seht mich an! Ich bin noch da!«, doch was stattdessen rüberkam, war: »Seht mich an! Der Status meiner Würde hat sich von angekratzt zu nicht existent verschlechtert!«

Ich machte mir über alles Sorgen. Am meisten darüber, dass ich mir womöglich nicht genügend Sorgen machte. Ich hatte angefangen, mir mit tiefer Verachtung Ellies Exemplar von *In Erwartung von Liebe* vorzuknöpfen, doch anstatt dass sich ein

Gefühl der Überlegenheit einstellte, weil ich niemals einen der komplett abstrusen Ratschläge der Autorin befolgen würde, geriet ich in Sorge, ob ich das jemals richtig hinbekommen würde. Wobei »das« stellvertretend dafür stand, ein Kind großzuziehen, ohne dass es sich zu einem Psychopathen entwickelte. Was ich definitiv nicht würde verhindern können, solange ich saphirblaue Hotpants mit Zickzackmuster trug.

Allerdings erklärte die Lektüre viel über Ellie.

Babysitter

Ihr Kind der Obhut eines vertrauenswürdigen Verwandten oder Bekannten anzuvertrauen, während Sie und Ihr Partner eine wohlverdiente Pause genießen, ist eine wundervolle Methode, sich die Romantik zu bewahren und einen mentalen Ausgleich zu verschaffen. Allerdings kann es eine Weile dauern, ehe Sie die Bereitschaft aufbringen, Ihren kleinen Schatz in fremde Hände zu geben, was allzu verständlich ist. Denn wer wäre besser geeignet als Sie selbst, Ihr Kind zu hüten? Ich empfehle die Einführung eines Babysitters, sobald Ihr Kind vierzehn oder fünfzehn ist. Manche Eltern werden besser damit zurechtkommen, manche schlechter, doch es ist wichtig, dass sich Ihr Kind niemals bei einer anderen Person aufhält als bei Ihnen, Ihrem Partner oder den Pädagogen seiner Privatschule, bis es ein zweistelliges Alter erreicht hat. Kinder leiden während der ersten einundzwanzig Jahre – viele auch noch darüber hinaus – an Trennungsängsten, darum ist es von höchster Bedeutung, dass sie wissen, ihre Mama und ihr Papa sind immer für sie da.

Wenn Sie das Gefühl haben, dass Sie und Ihr Kind bereit sind, einen Babysitter einzuführen, gehen Sie behutsam vor. Kinder haben Probleme damit, sich auf abrupte Veränderungen einzustellen, sie benötigen Zeit, um sich an eine neue Bezugsperson zu gewöhnen. Beginnen Sie damit, dass Sie den Babysitter (im Idealfall eine Großmutter, die sieben bis zehn Jahre Erfahrung mitbringt) zu einem beaufsichtigten Spieltermin mit Ihrem Kind einladen. Verbinden Sie das Ganze mit einer Beschäftigung – beispielsweise Cello-Stunden oder den Anbau von biologischem Gemüse –, und binden Sie den Babysitter so stark wie möglich ein. Ziehen sie sich nach einer halben Stunde still und leise zurück, und lassen Sie Ihr Kind mit dem Babysitter allein. Sollten Sie ein Babyfon mit Monitor besitzen (ich rate dringend dazu, dass Sie eins benutzen – der »Babywächter« von Panoptico ist für 449$ auf meiner Website erhältlich), aktivieren Sie es, um die Interaktion zwischen Ihrem Kind und dem Babysitter zu beobachten. Machen Sie sich wenn nötig Notizen, und sobald die zwei ihr Spiel beendet haben (entweder nach einer zuvor festgelegten Zeitspanne oder sobald Ihr Kind nach Ihnen ruft), nehmen Sie den Babysitter beiseite und geben Sie ihm ein konstruktives Feedback.

Wenn der große Tag gekommen ist, an dem Ihr Babysitter zum ersten Mal die extrem verantwortungsvolle Aufgabe übernimmt, Ihr Kind zu hüten, empfehle ich, dass Sie spätestens nach drei Stunden nach Hause zurückkehren. Wissenschaftler haben herausgefunden, dass das Gehirn nach drei Stunden eine Botschaft an das Herz sendet, der zufolge man nicht länger geliebt wird.

Ich blätterte zu einem früheren Kapitel.

Die Namensfindung

Es ist eine immense Verantwortung, den richtigen Namen für sein Kind zu wählen. Mit einem oder zwei Wörtern können Sie über sein Schicksal in dieser großen, bösen Welt entscheiden. Lassen Sie uns der Wahrheit ins Auge blicken: Noch nie wurde eine Brianna Premierministerin, und es ist eher unwahrscheinlich, dass ein kleiner Junge namens Jaxxx'hon jemals CEO einer der fünfhundert größten Unternehmen des Landes sein wird.

Zweifelsohne haben Sie bereits eine vage Vorstellung, wie Sie Ihr Kind nennen möchten, und womöglich schon eine kurze Liste zusammengestellt (ich rate dringend dazu – Sie können für 11,99$ eine Liste mit empfohlenen Namen auf meiner Website erwerben). Sobald Sie eine engere Auswahl getroffen haben, behalten Sie diese im Hinterkopf, während Sie sich weiter unten aufgeführte Fragen stellen, um die Krystals von den Rubys auszusortieren. Apple, Plum und Clementine sind Fruchtbezeichnungen, mehr nicht.

Trägt ein kürzlich geborenes Prominentenkind oder der Protagonist einer erfolgreichen Romanverfilmung denselben Namen? Gut gemacht. Bleiben Sie dabei.

Haben Sie den Namen mit einer neuen und innovativen Schreibweise versehen? Hier sollten Sie achtsam sein. Für jede Cate (wie in Blanchett) gibt es tausend Jodhis oder Aydans. Gelegentlich kann das funktionieren, doch im Regelfall muten Sie Ihrem Kind zu, seinen Namen ein Leben lang buchstabieren zu müssen.

Stammt der Name von den alten Griechen oder Römern ab? Sehr gut. Bestnote.

Das Wichtigste, was es bei der Namenswahl zu berücksichtigen gilt, ist die Zukunft Ihres Kindes. Catherine Middleton wurde nicht wegen ihres seidigen Prinzessinnenhaars die Herzogin von Cambridge, sondern weil sie nicht Jemma oder Amber heißt. Halten Sie sich das stets vor Augen.

Ich versuchte, Gemma Knights dumme Ratschläge aus meinem Kopf zu verbannen, aber sie hatten sich darin eingenistet. Vermutlich erging es jeder werdenden Mutter so, die dieses Buch las.

Ich hatte das Gefühl, als liefe mir die Zeit davon – in meinem Job wie in meiner Gebärmutter – und ich müsste wieder so jung und spritzig und lässig sein wie früher – bis zum Tag X, besser gesagt zum Tag E.

Was zur Folge hatte, dass ich ein neongrünes, knallenges Kleid und rosa gepunktete Pumps trug, als ich meinen Job verlor.

»Wie wäre es mit: ›Lasst uns sozial sein‹«, schlug Dom vor, während sie auf ihrem Handrücken Lippenstifte testete. Sie stand ständig unter Zeitdruck und war gerade erst von einem Spa-Resort in Byron zurückgekehrt, bevor sie morgen zur Fashion Week nach New York fliegen würde. Es war ein Wunder, dass ich ihr überhaupt noch im Verlag begegnete. Während wir anderen uns so gut es ging mit den Kürzungen arrangierten, reiste Dom auf Kosten der großen Kosmetikunternehmen durch die Weltgeschichte. Das gehörte zum Standardprogramm einer Beauty-Redakteurin.

»Nein«, sagte Lucy. »Wir *sind* bereits sozial – genau wie die Leserinnen. Das würde keinen Sinn machen.«

Wir waren dabei, der Soziale-Medien-Ausgabe – dem großen Special anlässlich unseres vierzigsten Jubiläums – den letzten Schliff zu verpassen, und es brachte mich schier um. Man hatte mich dazu genötigt, eine Person auf dem Titel zu bringen, über die ich fast nichts wusste – außer, dass sie für einen Blog mit dem dämlichen Namen »We the Sheeple« verantwortlich war –, Geschichten zu drucken, die nach jeder Definition irrelevant und albern waren (»Was Ihr Instagram-Auftritt über Sie verrät«), und mir eine Titelzeile aus den Fingern zu saugen, die *Jolies* Einstellung zu den sozialen Medien (über die ich noch immer kaum etwas wusste) perfekt auf den Punkt brachte.

»Wie wäre es mit einem Facebook- oder Instagram-Wortspiel?«, schlug Fran vor.

»So etwas wie Insta*glam?*«, meinte Dom.

Lucy schüttelte den Kopf. »Das gab es schon. Außerdem macht es genauso wenig Sinn. Nein, Leute, wir brauchen etwas, das den Leserinnen zeigt, wie wir zu diesem neuen Zeitalter stehen, und nicht so eine abgelutschte Titelzeile, wie wir sie jeden Monat drucken.«

»Wie bitte?« *Hatte ich da eben richtig gehört?*

Lucys Wangen färbten sich tiefrot. »Ach, du weißt schon, was ich meine, George.«

Ich starrte sie an. »Eigentlich nicht, nein.«

Sie senkte den Blick zu dem Laptop auf ihrem Schoß, und ich entschied widerwillig, es ihr durchgehen zu lassen, auch wenn ich keinen Zweifel daran hatte, dass sie sich absichtlich wie ein kleines Kind benahm. Nein, schlimmer als ein kleines Kind. Lucas hätte sich wenigstens entschuldigt.

»Weiter im Text, Mädels«, sagte ich. »Wir sind noch nicht durch.«

»Mir gefällt die Idee, mit Wörtern zu spielen«, beharrte Fran. »Wie wäre es mit so was wie: ›Alles Twitter oder was?‹?«

Lucy rollte mit den Augen. *Sie wagte es, mit den Augen zu rollen.* »Nein, Fran.«

Mir klappte der Mund auf. »Lucy, das reicht. Ich bin durchaus imstande, dieses Meeting zu leiten.«

Sie kicherte.

Ich wiederhole: Sie kicherte. Das letzte bisschen eines Hauchs an Zweifel verpuffte.

»Gibt es ein Problem, Lucy?«

Sie schwieg.

»Ich halte es für das Beste, wenn wir dieses Gespräch unter vier Augen fortsetzen.«

Dom runzelte ihre perfekten Brauen, dann legte sie den Lippenstift weg und packte ihren Krempel zusammen. Sie gab Fran ein Zeichen, woraufhin beide das Zimmer verließen und die Tür hinter sich schlossen.

Lucy gesellte sich zu mir an den Schreibtisch.

Ich konnte mein Gesicht kaum mehr spüren, es schien versteinert zu sein.

»Was ist hier los?«, stellte ich sie zur Rede.

Ich versuchte, mich an die Führungstechniken zu erinnern,

die man mir, nachdem ich diesen Job ergattert hatte, bei einem grauenvollen Seminar vor zwei Jahren eingetrichtert hatte. Ich war sicher, dass es irgendein Akronym gab, das ich benutzen sollte, um Lucy auf ihren Platz zu verweisen, aber es wollte mir ums Verrecken nicht einfallen.

Vor ein paar Monaten – vielleicht sogar noch vor ein paar Minuten – wäre Lucy dieses Gespräch peinlich gewesen. Aber jetzt war da kein Erröten, kein Duckmäusern. »Wir müssen endlich mit dieser alten Leier aufhören.«

»Wie darf ich das verstehen?«

Sie räusperte sich. »Wir geben uns mit minderwertiger Arbeit zufrieden. Nimm nur diese Titelzeile. Sie ist alles andere als perfekt, aber du machst den Mädchen keinen Druck. Ich könnte zahllose Beispiele anführen. Und das, George, ist der Grund, warum es *Jolie* nicht sehr gut geht.«

Es war, als hätte sich im Zimmer ein Schuss gelöst.

Alles lief wie in Zeitlupe ab, inklusive meiner Reaktion.

Ich schwieg eine Weile, ehe mir klar wurde, dass ich Lucy verbal eins vor den Bug geben musste.

»Ach, wirklich, Lucy?« Ich hörte, wie hoch und angespannt meine Stimme klang. »Was genau würdest du denn anders machen?«

Lucys Blick irrlichterte kurz, dann richtete er sich auf mich. »Hör zu, George. Ich habe eine Menge Respekt vor dir. Immerhin bist du eine der großen Redakteurinnen vom alten Schlag. Aber ich sitze in diesen Meetings und traue manchmal meinen Ohren kaum. Ich versuche, dir das schon seit einer Weile zu sagen – und zwar höflicher als jetzt –, aber die Sache ist die: Du kapierst es einfach nicht.«

Ich fühlte diesen Adrenalinstoß aus Furcht und Zorn, während mich eine Welle nervöser Energie durchströmte, als hätte ich zu viel Kaffee getrunken. Ich versuchte, die Fassung zu bewahren, nicht überzureagieren, professionell zu bleiben. Das

Einzige, was ich hörte, war das »vom alten Schlag«-Echo in meinem Kopf. Ein abscheulicher Teil von mir wollte dieser Rotzgöre Lucy eine knallen. Aber ich tat es nicht. Das wäre unprofessionell gewesen.

»Du bist gefeuert.«

Lucy senkte die Augen. Und fing an zu lachen.

»Du kannst mich nicht feuern. Weißt du denn nicht, was hier im Gange ist?«

Ich kniff die Brauen zusammen. *Scheiße*. Etwas war im Gange? Das war nicht gut.

Meine Atmung beschleunigte sich, mein Hirn arbeitete fieberhaft.

Lucy hingegen wirkte völlig gelassen. Sie lehnte sich in ihrem Stuhl zurück, als hätte ich nicht gerade das Wort »gefeuert« in den Mund genommen, als könnte ihr nichts und niemand etwas anhaben.

»Meg und ich hatten einige Unterredungen, George. Eigentlich sollte sie dir das sagen und nicht ich, aber sie wird mich zur Chefredakteurin ernennen.«

Meine Hand fasste wie aus eigenem Antrieb nach dem Telefon und wählte Megs Nummer. Mein Herz dröhnte in meiner Brust, mein Magen überschlug sich. Das konnte nicht wahr sein. Meg würde so etwas niemals tun. Sie nahm beim vierten Läuten ab. Beim *vierten?* Das war immer ein schlechtes Zeichen.

»George«, sagte sie mit monotoner Stimme. »Wie geht es Ihnen?«

»Um ehrlich zu sein, nicht so gut. Lucy ist hier, und mir scheint, wir sollten uns unterhalten.«

»Nun, George, was Lucy betrifft …«

»Also ist es wahr?«

Sie schwieg einen Moment. »Ja, Darling. Es ist eine rein geschäftliche Entscheidung. Wir brauchen jemanden, der uns in das neue Zeitalter befördert, in die nächste Generation. Jemanden, der sich in dieser digitalen Welt auskennt, die Sie so sehr hassen. Es ist eine gute Entscheidung, George. Lucy wird Ihnen Freiraum schaffen, und Sie werden noch immer eine Menge Kontrolle ausüben.«

»Also wird Lucy meine Chefin sein?«

Sekunden verstrichen. »Ja.«

Erinnert ihr euch noch, wie es war, wenn ihr in eurer Kindheit etwas falsch gemacht habt, aber nicht wusstet, wie falsch es war, bis eure Eltern eure Strafe verkündeten? Sie schien so viel schlimmer als das Vergehen, und erst da habt ihr realisiert, dass es ziemlich gefährlich war, euren Cousin an der Wäscheleine aufzuknüpfen und ihn kreiseln zu lassen. Genauso fühlte ich mich jetzt. Die Vorstellung, dass Lucy zu meiner Vorgesetzten befördert werden könnte, war mir niemals in den Sinn gekommen. Mein einziges Vergehen bestand darin, dass ich mich nicht für das blöde Internet mitsamt seinen blöden Katzenvideos interessierte, und *dies* war meine Strafe? Sie stand in keinem Verhältnis.

»Nein danke, Meg.«

»Verzeihung?«

»Nein danke. Ich kündige. Mit sofortiger Wirkung.«

»Aber, George, dazu besteht kein Anlass. Wenn Sie sich die Zeit nehmen, die Sache gründlich zu überdenken, werden Sie feststellen, dass dies die perfekte Lösung ist. Sie wird Ihnen auf lange Sicht zugutekommen.«

Es war *nicht* die perfekte Lösung. Es würde keine lange Sicht geben. Ich wusste, dass die zweiundzwanzigjährige Lucy innerhalb weniger Tage mein Büro annektieren, mich herumkommandieren und vor meinem Team bloßstellen würde, ohne dass ich irgendetwas dagegen unternehmen konnte.

»Nein, Meg. Das ist keine Lösung. Ich kündige. Danke für alles.« Ich legte auf, bevor sie noch etwas einwenden konnte.

Es war mein Ernst. Meg war meine Mentorin gewesen, sie hatte mir beigebracht, wann man eine Geschichte zurückhielt, wie man das meiste aus einem Interview herausholte und warum man die wichtigste Titelzeile in der linken oberen Ecke platzierte. Aber es war vorbei. Ich hatte nicht mehr die Kraft dafür.

»George …«, setzte Lucy an.

Ich hob die Hand.

»Spar dir das.« Ich konnte die Tränen nur mit knapper Not zurückhalten. Wenn sie mir jetzt auch noch sagte, wie sehr sie mich vermissen werde oder so einen Schwachsinn, wäre es um meine Beherrschung geschehen. Ich hatte gerade meinen Job verloren; was wollte sie noch von mir? Eine Abschiedsszene wie beim *Bachelor*, inklusive Nervenzusammenbruch?

Ich raffte meine wichtigsten Habseligkeiten zusammen – meine Handtasche, die Tüte Schokolinsen in meiner zweitobersten Schublade, das gerahmte Teamfoto vom *Woman of the Year Award* letztes Jahr – und schrieb Fran eine kurze E-Mail, damit sie alle meine früheren Ausgaben per Kurier zu Ellie schickte. Sollte ruhig der Verlag dafür blechen.

Ich wusste nicht recht, was ich zu meinen Kolleginnen sagen sollte. Vielleicht wäre es das Beste, so zu tun, als ginge ich nur zum Mittagessen, und ihnen später Abschiedskarten zu schreiben. Doch dann dachte ich an die vielen Jahre, die ich bei *Jolie* verbracht hatte, an all die Tage und Nächte in diesem Büro, in denen ich versucht hatte, die Verkaufszahlen anzukurbeln oder einem widerwilligen Star ein Interview zu entlocken, während sein Agent mich mit Argusaugen beobachtete, oder mir etwas einfallen zu lassen, um eine Geschichte zu retten, nachdem das Fallbeispiel einen Rückzieher gemacht hatte. Ich dachte an die unzähligen Stunden, die Katie und ich über Covern gebrütet und uns wieder und wieder gefragt hatten: »Ist das so gut? Können wir es noch besser machen?« Ich schaute hinüber zu der Wand mit den Layouts für die nächste Ausgabe. Es war alles für die Katz gewesen, trotzdem sollte ich mich von meinen Mädels verabschieden. Das schuldete ich ihnen.

Ich würde mich nicht davonschleichen wie eine gedemütigte Ehefrau, die gerade herausgefunden hatte, dass ihr Mann sie betrog. Obwohl etwas durchaus Vergleichbares passiert war.

Ich betrat die Layoutabteilung. »Leute? Wir müssen kurz reden.«

Sie kamen alle hinter ihren Schreibtischen hervor, in gespannter Erwartung, was zur Hölle passiert war, nachdem Lucy und ich mitten im Meeting das Einzelgespräch gesucht hatten.

»Ich werde *Jolie* verlassen. Ihr werdet die ganze Geschichte zu gegebener Zeit erfahren. Jedenfalls habe ich gekündigt.« Ich blinzelte meine Tränen weg, während das Team unisono nach Luft schnappte. Ich sprach hastig weiter, um die Sache so schnell wie möglich hinter mich zu bringen. »Ihr seid die beste Truppe, die ein Magazin sich wünschen kann, und es war wunderbar, mit euch zusammenzuarbeiten. Aber ich werde … zu neuen Ufern aufbrechen. Ich danke euch für eure fabelhafte Unterstützung.« Ich seufzte. Es war überstanden.

Als ich mich zum Gehen wandte, schloss zuerst Katie mich in die Arme, dann Dom und Jen und Fran und der Rest.

Lucy war noch immer in meinem Büro.

'tschuldigung – ihrem Büro.

24

Woche 30

»Zuallererst brauchen wir einen großen Korb von dem hausgebackenen Brot«, sagte Nina zu der Bedienung. »Und bringen Sie uns bitte nicht so ein winziges Töpfchen Butter. Es darf keine sein, die sich nicht streichen lässt. Sie sollte Zimmertemperatur haben.«

Nickend notierte die junge Frau Ninas Anweisungen.

»Anschließend hätte ich gern das Steak mit Pommes – halb durch, die Soße extra –, und für meine Freundin das Pilzrisotto. Nicht als Vorspeise, sondern als *Hauptgericht*.«

Sie schaute zu mir. »Was möchtest du trinken?«

»Jack Daniel's?«

»Sie nimmt ein Mineralwasser. Ein großes.«

Nachdem die Bedienung mit einem »Ja, Ma'am« davongehuscht war wie eine Maus, die sich schon als Beute einer Katze gesehen hatte, ging Nina dazu über, *mich* zu gängeln.

»Ich denke noch immer, dass man die besten Klamotten im Internet bekommt, aber lass es uns ruhig bei David Jones *versuchen*.«

Ich nickte und dachte an meinen letzten Besuch dort. Vielleicht würde ich Grace wiedersehen. »Okay.«

»Ich brauche auch ein Outfit für das Schultreffen, darum schlagen wir zwei Fliegen mit einer Klappe.«

»Was schwebt dir vor?«

Sie zuckte die Achseln. »Keine Ahnung. Ich schätze, irgendetwas, das meinen schwangerschaftsunbeschädigten Astralkörper perfekt zur Geltung bringt.« Sie sagte das in diesem theatralischen, selbstironischen Ton, den sie, seit wir wieder miteinander sprachen, immer anschlug, wenn es um Schwangerschaft oder Babys ging. Vielleicht fühlte Nina sich besser, wenn sie sich über ihre Unfruchtbarkeit lustig machte – auch wenn ich das stark bezweifelte –, doch in mir rief sie damit nur neue Schuldgefühle hervor. Ich konnte den Witz nicht aufgreifen – er war einfach zu daneben. Mir war klar, dass es ein Bewältigungsmechanismus war, eine Taktik, um ihr Herz gegen vergangene und künftige Schläge zu stählen, gleichzeitig hatte ich den leisen Verdacht, dass Nina – wenn vielleicht auch nur ein bisschen und sogar unterbewusst – es genoss, mir Unbehagen einzuflößen. Wir trafen uns wieder regelmäßig, und es war eine ungeheuere Erleichterung, Ninas Freundschaft zurückgewonnen zu haben. Doch wir hatten noch immer nicht wirklich darüber geredet, dass ich das Kind bekommen würde. Ich wollte es nicht ansprechen, gleichzeitig fragte ich mich, ob es egoistisch von mir war, Nina den Schwarzen Peter zuzuschieben. Ich war hin- und hergerissen, darum hatte ich noch immer nichts gesagt. Wir hatten Frieden geschlossen, nur änderte das nichts an meinen Umständen. In Ninas Augen waren die Rahmenbedingungen noch immer extrem unfair.

»Du kannst dir doch bestimmt etwas von Jill borgen«, neckte ich sie. »Wie läuft's eigentlich mit ihrer Nasenverschönerung?«

»Die hat sie hinter sich. Sie hat mir ein Foto geschickt. Sieht gut aus. Aber wenn du mich fragst, besteht kein großer Unterschied zu ihrer Originalnase. Der Eingriff muss sie ernsthaft traumatisiert haben, denn sie ist nach Ibiza geflogen, um zu entspannen und sich zu erholen.« Nina grinste ironisch.

»Sie ist nach *Ibiza* geflogen, um zu *entspannen?* Seit wann ist Ibiza entspannend?«

»Da fragst du mich zu viel. Unser Vater kommt für die ganze Nummer auf. Kannst du das glauben? Sie ist inzwischen dreißig und lässt sich noch immer von ihrem Papa finanzieren.«

»Darum bin ich froh, ein Einzelkind zu sein.«

Nina nickte. »Mit dem zusätzlichen Vorteil, dass du selbstsüchtig sein darfst und immer eine Rechtfertigung dafür hast. Niemand kann dir einen Vorwurf machen.«

»Ja, nicht wahr? Das perfekte Verbrechen.«

Wortlos brachte uns die Bedienung das Brot, und wir machten uns darüber her.

»Also, was wirst du jetzt tun?«, nuschelte Nina, während sie auf einem Bissen Sauerteig herumkaute.

»Ich denke, ich werde bei Lee anheuern. Ich habe ein gutes Gefühl bei ihr. Zudem kann ich, was meine Optionen betrifft, nicht gerade aus dem Vollen schöpfen.« Nach meinem alles andere als feierlichen Abgang bei *Jolie* hatte Lee mich angerufen. »Treffen wir uns zum Mittagessen.« Es war keine Frage, sondern eine Feststellung gewesen, also hatten wir uns getroffen. Wir plauderten beinahe vier Stunden über Magazine, die wir liebten, Autoren, die wir bewunderten, und Cover-Ideen, die wir gern umsetzen wollten. Ich warnte sie, dass ich keinen Account bei Twitter oder Instagram oder MyFace oder wo auch immer führen würde. Sie hatte lachend entgegnet, dass das vollkommen in Ordnung sei, um all das kümmere sich eine jüngere Kollegin.

Ninas Augen begannen zu leuchten. »Mm … ich male mir gerade aus, wie du einen dieser Blogs betreibst, für den dein Freund Fotos von dir knipst, während du dir mit allen möglichen Leuten Spaßkeilereien lieferst. Oder du könntest einen

YouTube-Channel ins Leben rufen, wo du nichts weiter tust, als zu zeigen, was du am jeweiligen Tag gekauft hast.«

»Das ist kein Witz – so etwas gibt es tatsächlich. Und die Leute scheffeln Geld wie Heu damit.«

»Ich weiß! Aber wie stellen sie das an? Ich schnall das einfach nicht.«

»Keine Ahnung. Ich kann noch nicht mal eine nationale Illustrierte leiten. Wie sollte ich da vom Wohnzimmer aus einen YouTube-Kanal managen?«

Ich lachte, aber seit ich bei *Jolie* gekündigt hatte – oder zur Kündigung gezwungen worden war –, hatte ich das Gefühl, komplett den Halt verloren zu haben. Ich wusste nicht, wer ich war, wenn ich nicht arbeitete. Das Leben ergab keinen Sinn ohne eine Aufgabe, ohne gebraucht zu werden. Nun verbrachte ich den Großteil meiner Zeit damit, Ellie und Lucas in den Park zu begleiten, was mich angeblich auf die Mutterschaft vorbereiten sollte (jedenfalls verkaufte Ellie es so), in Wahrheit jedoch zu Überlegungen verleitete, ob eine Adoption nicht der klügere Weg wäre.

Jeder Morgen verlief exakt nach demselben Schema: Ellie verfrachtete Lucas in seinen Buggy und schnallte ihn an wie einen psychisch gestörten Patienten, während er allein schon beim Anblick der Karre – aus Gründen, die für jeden, der das Alter von drei überschritten hatte, rätselhaft blieben – einen hysterischen Anfall erlitt, wie ich ihn außerhalb der Modewelt nie zuvor erlebt hatte. Und Letzteres auch nur im Zusammenhang mit einem Musterkollektionsverkauf bei Ginger&Smart – was komplett nachvollziehbar war.

Sobald Ellie die Gurte erfolgreich um den strampelnden, kreischenden Lucas festgezurrt hatte, machte sie sich auf den Weg zu dem wenige Häuserblocks entfernten Park. Dort angekommen, hüpfte Lucas mit einem Enthusiasmus aus dem Wagen, den mir persönlich nur das Lamm im Porteño entlocken konnte, und rannte zum Rest der unkontrollierbar lauten Kinder, um mit ihnen eine Vielzahl von Aktivitäten zu betreiben, von denen die meisten mit Geschubse, Rangeleien und dem Kampf um die letzte Bio-Reiswaffel (die ausnahmslos von einem anderen Kind geklaut und deren Verzehr widerwillig von Ellie erlaubt wurde, der es zu peinlich war, »Päckchengift« mit in den Park zu bringen, weil die anderen Frauen sonst glauben könnten, dass sie die Supermutter nur vorspielte) einhergingen. Trotz alledem beharrte Ellie darauf, dass Lucas jede Sekunde genoss. In mir regten sich leise Zweifel, während ich zusah, wie Lucas einem Kollegen namens Oliver, der ein wildes Kreischen ausstieß, wie ich es ebenfalls nur aus der Modebranche kannte, halb das Ohr abriss, aber ich sagte nichts.

So kurios diese kleinen Rangen auch sein mochten, ihre Mütter waren noch abstruser. Ich studierte sie aufmerksam, um herauszubekommen, wann sie von normalen Menschen mit Interessen, Karrieren und regelmäßigen Friseurterminen zu diesen … diesen Mamis mutiert waren. Sie waren Berufsmütter, und sie sprachen über nichts anderes als über ihre Sprösslinge. Oder ihre Ehemänner. Und dann gab es für sie kein Halten mehr.

»Hallo, ich bin George. Ich bin mit Ellie hier«, sagte ich zu einer Frau, die ich bewusst herausgepickt hatte, weil sie mit ihrem Fischgrätenzopf und dem Céline-T-Shirt einen jugendlichen Eindruck erweckte. Wenn ich schon mit Müttern herumhing, sollten sie wenigstens so cool sein, wie ich mir vorstellte, es zu werden.

»Hallo«, antwortete sie. »Ich bin Emma. Das ist Callie.« Sie tätschelte den Kopf eines kleinen, dunkelhaarigen Mädchens.

»Grüß dich, Callie«, sagte ich, als Emma sich nach unten beugte und versuchte, ihrer Tochter das Gesicht abzuwischen.

»Sie müssen das entschuldigen.« Sie richtete sich wieder auf und sah mich an. »Sie hasst es, wenn man sie sauber macht. Offen gesagt zweifle ich manchmal daran, ob sie wirklich mein Kind ist. Sie liebt Schmutz. Wenn sie könnte, würde sie sich darin suhlen.«

»Oh, das muss …«, setzte ich an, wurde jedoch von Emma unterbrochen.

»Sie hat das von meinem Mann, fürchte ich. Es ist widerwärtig. Sie muss endlich lernen, wie wichtig Hygiene ist, verstehen Sie?«

»Na ja …«, begann ich, bevor sie mir wieder das Wort abschnitt.

»Ich hatte Jared gebeten, ihr beizubringen, wie man sich gründlich wäscht, aber selbst das war zu viel verlangt. Als wäre es eine unzumutbare Aufgabe, seine Tochter unter die Dusche zu stecken und ihr zu zeigen, wie man eine Gesichtsreinigung vornimmt.« Emma machte eine Atempause und trank einen großen Schluck von ihrem Sechs-Dollar-Kaffee. »Er hat einfach das Badezimmer verlassen, und als er zurückkam, heulte Callie sich die Augen aus dem Kopf, weil sie ein halbes Stück Seife gegessen hatte. Sie war natürlich organisch, trotzdem mussten wir sie in die Notaufnahme bringen.« Sie lachte verbittert auf. »Korrektur: *Ich* musste sie in die Notaufnahme bringen.«

Ich nickte schweigend, während ich insgeheim dachte: *Kannst du dieses Gespräch nicht mit jemand anderem führen?*

Aber sie war bei Weitem nicht die Einzige.

Da war zum Beispiel Jane, Mutter der dreijährigen Ava und des sieben Monate alten Curtis. Bei unserer ersten Begegnung legte sie Ava Knieschützer an und setzte ihr einen Helm auf, um sie für den Spielplatz zu rüsten. Sogar Ellie, die Lucas nur mit den allerweichsten Samthandschuhen anfasste, fand das überzogen.

Dann gab es noch Claire. Die kaukasische Mutter eines kaukasischen Mädchens, das verwirrenderweise auf den Namen Akira hörte. Und Bernadette, die Mama von Greer, die im

Kindergarten nicht bei »Alle Vöglein fliegen hoch« mitmachen durfte, »weil dieses Spiel die Konformität fördert«.

Rivka war eine wunderhübsche israelische Philosophie-Doktorandin, die kürzlich mit ihrem bei Google tätigen Ehemann nach Sidney gezogen war. Anfangs hatte ich mich unbedingt mit ihr anfreunden wollen und überlegt, wie bald ich sie fragen könnte, ob sie einen Buchclub mit mir gründen wollte. Ich fand sie hinreißend. Bis sie mir erklärte, dass sie, ihr Mann und ihre kleinen Zwillinge sich nach der Steinzeit-Diät ernährten, und nein, Baby Henry nichts von meinem Bananenbrot abhaben konnte, weil er »absolut intolerant gegen Gluten« war. Er hatte zwar noch nie welches zu sich genommen, aber Rivka wusste – mit dem Instinkt einer Mutter –, dass schon ein einziges Weizenkorn ihren Sohn vergiften würde.

Zum Schluss war da noch Brenn, die Mutter der fünfzehn Monate alten Evie, die mir eines Tages ganz ernsthaft von der Diät erzählte, die sie eingehalten hatte, um ein Mädchen zu bekommen.

»Ich wusste, dass die vielen Ananas das bewirken würden«, informierte sie mich, während ich dachte: »Könnte es wahlweise an den X-Chromosomen gelegen haben?«

Trotzdem konnte ich verstehen, warum Ellie gern hierherkam. Die Mütter, selbst wenn manche absurde Erziehungsmaßnahmen befürworteten, waren ziemlich nett, sogar im Umgang mit fremden Kindern. Es herrschte die unausgesprochene Regel, dass sämtliches Essen Gemeinschaftseigentum war (allerdings nicht die Trinkflaschen. Falls ein Kind die Tommee-Tippee-Wasserflasche eines anderen auch nur berührte, war nach Dafürhalten dieser Mütter eine Ebola-Epidemie nicht mehr zu verhindern). Die Frauen unterhielten sich zwanglos darüber, ob sie in ihre Jobs zurückkehren würden, welche Babytrage die beste war oder über das neue Café, in dem es Cronuts gab, während sie aufmerksam sämtliche Kinder auf dem umzäunten

Spielplatz im Auge behielten. Fiel irgendeins hin oder weinte oder bekam einen Koller, konnte man darauf zählen, dass eine der Mütter ihm zu Hilfe eilte. Das war ein sympathischer Zug.

Für mich war es gleichzeitig eine Lektion darin, was man nicht tun sollte. Ich wollte keine endlosen Diskussionen darüber führen, welche organischen Reisflocken sich am besten eigneten, um ein Baby an feste Nahrung zu gewöhnen, oder warum Aldi-Windeln Geldverschwendung waren. Ich wollte nicht über einen Knirps ins Schwärmen geraten, der meiner Meinung nach keine Schwärmerei verdient hatte (ja, ich weiß, das klingt abscheulich). Ich wollte mein Kind bekommen, es in praktische Latzhosen stecken und ihm *Madeline* vorlesen. Das würde mir absolut genügen.

Was ich gar nicht ertrug, war Ellies Heuchelei gegenüber diesen Frauen. Sie benutzte sie, damit sie ihr Gesellschaft leisteten und die Langeweile unterbrachen, die sich einstellte, wenn man täglich zehn Stunden mit einem Kleinkind verbrachte; aber sobald sie außer Hörweite waren, begann sie, über ihre im Discounter gekauften Windeln und ihre geschlechtsbeeinflussenden Diäten zu lästern.

Nina nippte an ihrem Pinot Grigio – *Neid* – und sah mich mit schräg gelegtem Kopf an, um mich in die Gegenwart zurückzuholen. »Hör zu, George. Ich muss dich das jetzt fragen, sonst werde ich es nie tun.«

Sie machte eine Pause, und ich schaute sie erwartungsvoll an.

Sie atmete tief durch. »Warum hast du ... Ich dachte, du würdest ... warum bekommst du das Baby?« Die letzten Worte sprudelten so schnell aus ihrem Mund, dass sie fast miteinander verschmolzen.

Mir war klar gewesen, dass Nina mir diese Frage stellen würde, aber ich war mir noch immer nicht ganz sicher, wie ich sie beantworten sollte.

Ich ließ die Luft durch meine zusammengebissenen Zähne entweichen und setzte eine »Keine-Ahnung«-Miene auf. In Wahrheit gab es eine ganze Reihe von Gründen, nur wusste ich nicht, wie ich sie Nina gegenüber zum Ausdruck bringen sollte, oder ob es überhaupt fair wäre, das zu tun.

Weil ich fürchtete, eine Entscheidung gegen das Kind könnte sich als die falsche entpuppen.

Weil am Ende meine Angst, dass ich es irgendwann bereuen könnte, nie ein Kind bekommen zu haben, die Oberhand gewonnen hat.

Weil ich an etwas zu zweifeln begonnen hatte, von dem ich viele Jahre überzeugt gewesen war, und mir keinen Reim darauf machen konnte.

Weil ich zu dem Schluss gelangt bin, dass es vielleicht gar nicht so schlecht war und ich mich die ganze Zeit geirrt haben könnte. Möglicherweise hatte ich einfach nur einen Schubs gebraucht. Eine ungeplante Schwangerschaft mit Mitte dreißig, die vielleicht meine letzte Chance war.

Und zu guter Letzt: Weil ich glaubte, dass ich es schaffen kann. Vielleicht konnte ich es schaffen, ohne wie Ellie zu werden.

»Es hat sich einfach richtig angefühlt«, sagte ich stattdessen und hätte mich kaum weiter von der Wahrheit entfernen können.

Der Hauptgrund war, dass ich mich nicht hatte überwinden können, diese Schwangerschaft abzubrechen. Wie schon gesagt: Die Angst hatte obsiegt.

Nina nickte lächelnd.

»Ich, ähm … kann es nicht wirklich erklären. Es ist …« Es gelang mir nicht, die Worte zu einem verständlichen Satz zusammenfügen. Darum beschloss ich, es mit Ninas Methode zu versuchen und über mich zu lachen. »Vielleicht war ich schon immer eine Fünfzigerjahre-Hausfrau und brauchte nur einen eigenen Braten im Ofen, um das zu erkennen.«

Sie gluckste. »Na klar, bestimmt verwandelst du dich noch in ein waschechtes Donna-Hay-Hausmütterchen.«

»Das bin ich schon. Meine ganze Welt dreht sich um organische Produkte und handgenähte Pucksäcke und …«

»Pucksäcke? Wo hast du den Begriff aufgeschnappt?« Nina klang so erschüttert, als wäre ich eine Sechsjährige, die gerade ein unerhört schmutziges Wort gesagt hatte.

»Wahrscheinlich bei Ellie.« In Wirklichkeit konnte ich mich nicht erinnern. Mutierte ich durch Osmose zu einer Mutter, die sich auf magische Weise neues Vokabular aneignete?

Nina lächelte, doch fühlten wir uns noch immer zu beklommen, um freimütig über all das reden zu können.

Zum Glück wechselte sie das Thema.

»Als du neulich Nacht angerufen hast, erwähntest du jemanden namens Callum … oder …«

»Colin?«

»Genau. Wer ist das?«

Ich verdrehte die Augen und zuckte mit den Schultern. »Niemand.«

Nina grinste und beugte den Kopf vor – die universelle Geste für »Verarschen kann ich mich selbst«. »Raus mit der Sprache.«

»Ach, nur so ein Kerl, mit dem ich einen Drink genommen habe.«

»Wann war das?«

»Vor etwa einem Monat.«

»Wie hast du ihn kennengelernt?«

»Ich habe ein Glas Wein getrunken – verurteil mich nicht, es war wirklich nur eins –, er hat sich zu mir gesellt, und wir haben uns unterhalten. Dann ist er verschwunden.«

»Was heißt das?«

»Na ja, ich habe ihm von der ganzen … Baby-Geschichte erzählt, dann ging er an die Bar, um mir noch ein Mineralwasser zu holen, und kehrte nie zurück.«

Eine steile Falte erschien zwischen ihren Brauen. »Er kam einfach nicht zurück?«

Ich schüttelte den Kopf. »Er war ein Arsch im Wolfspelz.«

»Das ergibt keinen Sinn.«

»Ich weiß! Er hat mir zugehört und genickt und Fragen gestellt – nein, Fragen hat er mir eigentlich nicht gestellt, aber er schien sich für mich zu interessieren, und dann war er wie vom Erdboden verschluckt.«

»Nein, ich meinte deine Metapher. Ein Arsch im Wolfspelz. Das ist kompletter Quatsch.«

»Ach so.« Ich tat ihre Kritik mit einer Handbewegung ab. »Der springende Punkt ist, dass er sich einfach abgesetzt hat. Alles lief so gut ... bis er spurlos verschwand.«

»Das ist schon seltsam.«

»Ich habe ihn in die Flucht geschlagen.«

Nina kniff die Augen zusammen. »Denkst du wirklich, er war so oberflächlich? Wie hat er das mit der Schwangerschaft aufgenommen?«

»Gut! Er hat sich großartig verhalten. Wir haben sofort einen Draht zueinander gefunden. Wir schienen uns prima zu verstehen. Er machte einen sehr netten Eindruck.«

»Dann begreife ich das nicht. Ich meine, er konnte sehen, dass du ein Kind erwartest. Wenn er trotzdem mit dir flirten wollte, wieso sollte er sich dann plötzlich in die Flucht schlagen lassen? Das leuchtet mir einfach nicht ein.«

Ich zuckte die Achseln und mümmelte mein Brot, das in diesem Schwangerschaftsstadium nicht mehr war als eine Unterlage für Butter.

»Da muss etwas anderes passiert sein«, mutmaßte Nina. »Ich glaube nicht, dass du ihn verschreckt hast. Warum rufst du ihn nicht an und fragst, ob ihr noch mal von vorn anfangen könnt?«

»Weil ich nicht will. Ich fühle mich gedemütigt. Außerdem habe ich seine Nummer nicht.«

»Wie lange hast du auf ihn gewartet?«

Ich winkte ab. »Können wir bitte aufhören, darüber zu reden? Spielt es eine Rolle?«

»Ja, das tut es. Also, wie lange?«

»Ein paar Minuten.«

»Ein paar Minuten? Das ist nicht lange genug! Vielleicht hatte er einen Toiletten-Notfall.«

»Igitt.«

»Das ist typisch für dich. Du erwartest, dass alles reibungslos nach Schema F läuft und die Dinge auf die Weise passieren, wie du sie haben willst.«

»Das stimmt nicht.«

Nina lachte und schüttelte den Kopf. »Du erinnerst dich an Robin? Dieser abartige Typ, mit dem du ein Techtelmechtel hattest, als ich von der Contiki-Reise zurückkam?«

»Ja.«

»Er war ein böser Junge, den du in einen guten verwandeln wolltest. Und als er sich dann doch als klassischer Durchschnittswichser entpuppte, konntest du es einfach nicht glauben. Dann gab es Brandon, ein netter, normaler Kerl, aber du hattest etwas an ihm auszusetzen. Anschließend kam Dave, der witzig und klug und bei allen beliebt war, aber du konntest dir aus nicht nachvollziehbaren Gründen keine Beziehung mit ihm vorstellen. Ganz zu schweigen von Jase, der wirklich toll war, aber du hast es vermasselt. Niemand ist perfekt, George. Es ist nicht wie an der Highschool, als wir diese langen Listen mit den Merkmalen schrieben, die ein Freund aufweisen sollte. Dies ist das wahre Leben. Das Leben von Erwachsenen.«

Ich konnte nicht fassen, dass sie so mit mir redete. »Hör auf, Nina. Wieso bist du so gemein?«

Sie lehnte sich zurück. »Das bin ich nicht. Ich spreche nur aus, was ich denke.«

»Mag sein. Aber wenn wir Freundinnen sein wollen, kannst du mich nicht als Prellbock benutzen, verstanden?«

»Das tue ich nicht.« Sie klang ungehalten.

»Bist du sicher?«

»Jawohl!« Sie verschränkte die Arme vor der Brust.

Mein Blick wurde weicher. »Entschuldige. Ich wollte dich nicht anblaffen, aber begreifst du, worauf ich hinauswill? Du kannst mich nicht wie eine Feindin behandeln, Nina.«

Sie atmete hörbar aus. »Du hast recht. Es tut mir leid. Ich halte jetzt die Klappe.«

Ich schenkte ihr das beste Lächeln, das ich zustandebringen konnte, und lenkte das Gespräch zurück auf ungefährlicheres Terrain. »Nimm das nicht persönlich, aber es ist ziemlich schwer, Beziehungsratschläge von jemandem anzunehmen, der ein Märchen wahr gemacht und seine Highschool-Liebe geheiratet hat.«

Nina lachte, aber nicht so, wie sie es sonst tat, wenn ich sie damit aufzog, dass sie praktisch nie mit einem anderen als Matt auch nur Händchen gehalten hatte. Es schwang ein bitterer Unterton darin mit.

»Mm.« Sie nickte, senkte jedoch den Blick.

Unsere Bedienung kehrte zurück. »Das Steak mit Pommes für Sie, Ma'am, und der Risotto für Ihre Freundin.«

Sie verstummte und wartete.

»Ist noch etwas?«, sagte ich freundlich.

»Hätten Sie gern etwas frisch gemahlenen Pfeffer?«

»Gern. Danke«

Nina nickte wortlos.

Die Frau wartete.

»Soll ich Ihnen noch ein Wasser bringen?«

»Das wäre toll. Vielen Dank.«

Sie wartete noch immer. »Dann werde ich es Ihnen jetzt holen.«

Ich schaute sie an. Sie rührte sich nicht vom Fleck.

»Ist alles in Ordnung?«, fragte ich.

Sie nickte und blieb, wo sie war.

»Sind Sie … Georgie … Georgie Henderson?«

»Ja, warum?«

»Ich bin ein großer Fan von *Jolie*«, sagte sie schüchtern. »Es ist meine Lieblingszeitschrift. Ich kaufe sie jeden Monat.«

»Das freut mich zu hören. Leider arbeite ich nicht mehr dort.«

»Ich weiß! Trauriges Gesicht«, sagte sie und setzte ein theatralisch trauriges Gesicht auf. »Lucy Fitzgerald übernimmt Ihren Posten, nicht wahr? Ich finde das alles sehr aufregend. Ich folge ihr auf Instagram. Sie ist wahnsinnig witzig.«

»Mm«, murmelte ich angespannt.

»Wegen des ›Erschafft-euren-eigenen-Ryan-Gosling‹-Mems, das sie auf der Website eingestellt haben, und des neuen Live-Stream aus dem Verlag werde ich nie wieder zum Studieren kommen«, verkündete sie lachend.

»Verständlich. Könnten Sie uns jetzt bitte das Wasser bringen?«

Ihre Augen weiteten sich, als ihr klar wurde, dass sie sich wie ein eingefleischtes Fangirl aufführte. Wegen Lucy. »Oh, natürlich. Ich bin sofort zurück.«

»Meine größte Anhängerin«, sagte ich mit ausdrucksloser Miene zu Nina.

»Sie ist ein Teenager und hat keine Ahnung, was passiert ist. Sie denkt, du hast gekündigt, und Lucy hat deinen Job übernommen.«

»Ja, vermutlich.« Ich litt noch immer unter dem Verlust meines Arbeitsplatzes. »Aber was ist nur mit den Leserinnen los? Warum wollen sie Mems und Live-Video-Streams und dreitausend Fotos von Katy Perrys manikürten Fingernägeln anstelle von guten, soliden Inhalten? Was ist an dem einfachen, geschriebenen Wort so falsch, Nina? Sind wir alle verblödet?«

»Das reicht jetzt!« Sie wedelte mit der Hand vor meinem Gesicht. »Das ist genau das, was ich meinte. Die Dinge ändern sich, George. Du musst dich darauf einlassen. Ich bedaure, dass dir das passiert ist und du aufs Kreuz gelegt wurdest. Trotzdem … Ich will dir nicht zu nahe treten, aber …« Nina war der einzige Mensch auf der Welt, der einen Satz so beginnen und dabei erwarten konnte, dass ich ihn mir zu Ende anhörte. »Du hast immer noch einen Hotmail-Account, George. *Hotmail.* Wir leben inzwischen in einer anderen Zeit. Es gibt da diese Sache, die sich Internet nennt. Ich denke, sie wird voll einschlagen.«

»Haha.«

»Ich meine es ernst. Komm schon, George. Für dich mag das alles neu sein, doch damit stehst du allein auf weiter Flur. Mir ist bewusst, wie schrecklich das klingt, aber hast du es wirklich nicht kommen sehen? Ich meine damit nicht, dass du durch jemanden ersetzt wurdest, der zwölf Jahre jünger ist als du, aber – Meg hat dir gesagt, dass du diese Sache in den Griff bekommen musst. Du hast es nicht getan. Warst du dir denn nicht im Klaren darüber, welche Folgen das haben könnte?«

Ich schüttelte den Kopf.

»George, du zählst zu den klügsten Menschen, die ich kenne. Aber manchmal scheint es, als würdest du auf eine Welt blicken, in der niemand lebt.«

»Wie ein brillanter autistischer Künstler?«

»Nein, eher wie jemand, der nicht sehen kann, was er nicht sehen will.«

Sie hatte recht. Ich wusste, dass ich loslassen musste, aber ich war noch immer zu zornig. Ein Teil von mir – ein zugegebenermaßen übermächtiger Teil – hoffte, dass Meg sich irrte. Ich wollte, dass die Leserinnen empört ihren Protest kundtaten und meine Wiedereinstellung forderten. Natürlich wusste ich, dass das nicht geschehen würde, trotzdem konnte ich nicht aufhören, es mir zu wünschen.

»Kann sein.«

Sehnsüchtig betrachtete ich Ninas perfekt gebratenes Steak, weil ich nach einem Stück Fleisch gierte, das nicht innen wie außen schwarz verkohlt war, was Ellies Schwangerschaftsregeln zufolge die einzige Zubereitungsart war, die für mich infrage kam.

»Meiner persönlichen Meinung nach war *Jolie* unter deiner Leitung toll, George. Meg ist eine verdammte Idiotin, wenn sie glaubt, dass eine Zweiundzwanzigjährige bessere Arbeit leisten könnte als du.«

Darf ich vorstellen: Nina Doherty. Meine Schutzpatronin seit dem Jahr 1993.

25

Woche 31

»Ist der kleine George nicht herzig?«

Ich hatte gerade das Kapitel über Windelentwöhnung zu Ende gelesen und sah auf.

> Sobald Ihr kleiner Liebling bereit ist, sich von seinen Stoffwindeln (denken Sie daran, es gibt zunehmend stichhaltige Beweise dafür, dass Wegwerfwindeln zu Hautschädigungen wie gelegentlichen Rötungen führen können) zu trennen und die wunderbare Welt der Unterwäsche für sich entdeckt, ist beständiges Loben der Schlüssel zum Erfolg. Selbstverständlich ist beständiges Loben für jede kindliche Entwicklungsstufe von grundlegender Bedeutung, doch in diesem Fall ist es absolut unerlässlich. Darauf kann ich nicht oft genug hinweisen.
>
> Wenn Ihr Kind erste Anzeichen dafür zeigt, dass es auf seine Stoffwindeln (siehe Warnung bzgl. Wegwerfwindeln oben) verzichten möchte, indem es zu einem Paar Unterhosen greift, die Sie gut sichtbar in seinem Zimmer platziert haben, spenden Sie ihm Beifall, weil es so clever war, sie zu finden. Anschließend sagen Sie zu ihm: »Du bist so ein kluges Kind, darum denke ich, du bist bereit, die Toilette zu benutzen und wie ein großes Kind

Pipi zu machen.« *Sollte Ihr Goldschatz in irgendeiner Weise nervös wirken, brechen Sie den Versuch sofort ab und lassen Sie mindestens drei Monate vergehen. Dann können Sie wieder bei Schritt eins beginnen.*

»Der kleine George?« Ich guckte meine Mutter verwirrt an, dabei zermarterte ich mir das Hirn, welchen Großcousin ich diesmal nicht auf dem Schirm hatte.

»Windsor. Nein, Cambridge. Wie heißen sie gleich noch mal?«

»Wer?«

»Du weißt schon, *George!*« Meine Mutter schlug mit dem Handrücken auf die offene Seite der Illustrierten, die sie gerade las. Ich warf einen Blick darauf. Herzogin Kate und ihr kleiner Sohn George strahlten mir entgegen.

»Ach, *der* George«, sagte ich. Meine Mutter redete über gewisse Berühmtheiten, als wäre sie mit ihnen befreundet. Wenn man ihr zuhörte, wie sie über Nicole Kidman sprach, könnte man meinen, sie würden sich von Geburt an kennen.

»Ist er nicht niedlich?«

»Ja, er ist niedlich. Er sieht aus wie William.«

»Natürlich tut er das.«

»Na, so sicher ist das nicht immer. Nimm beispielsweise Harry … wem sieht der ähnlich?« Ich wackelte mit den Brauen, doch wie erwartet, ließ meine Mutter sich nicht darauf ein.

»Er sieht aus wie Charles Spencer«, fauchte sie. »Es ist bewiesen, dass viele Zweitgeborene mehr nach ihren Tanten oder Onkel schlagen.«

Ich verkniff mir ein Lachen, obwohl es mehr als verlockend war, mich über die seltsame, unverbrüchliche Loyalität zu amüsieren, die meine Mutter einer Gruppe von Menschen entgegenbrachte, die sie niemals kennenlernen würde, deren Leben jedoch von ihren Steuergeldern finanziert wurden.

»Wenn du das sagst.«

»Und ist Kate nicht wunderschön?«

»Doch.« Ich nickte.

»Und man erkennt auf den ersten Blick, was für eine gute Mutter sie ist. Sieh nur, wie sie ihn hält.« Sie zeigte auf die Seite, als wäre das die eidesstattliche Versicherung dafür, dass Kate Middleton eine gute Mutter war. Widerspruch zwecklos.

»Mhm«, machte ich und vertiefte mich wieder in *In Erwartung von Liebe.*

»Hast du dir schon überlegt, wo du das Baby zur Welt bringen willst?«

»In einem Krankenhaus.«

Ich konnte es nicht sehen, trotzdem wusste ich, dass meine Mutter die Backen aufblies. »Wirklich sehr witzig, Georgie. In welchem?«

»Ich bin im RPA angemeldet.«

»Und wo wirst du mit dem Baby wohnen?«

»Ich bin auf der Suche, Mum.«

Und das war ich. Leider führte sie zu nichts. Das Großartige an Sidney ist, dass man wohntechnisch gesehen eine Riesenauswahl hat. »Sie möchten ein Ein-Zimmer-Apartment, das eher an einen begehbaren Kleiderschrank mit ein paar Wasserhähnen erinnert? Ausgezeichnet. In dem Fall kommt jeder Vorort von Bondi bis Burwood in Betracht, solange Sie mindestens fünfhundert Dollar pro Woche berappen können, eher jedoch siebenhundertfünfzig aufwärts. Oder würden Sie ein Haus mit vier Schlafzimmern, einem großzügigen Garten, sechs Stellplätzen, einem Heimkino, einem Wohn- und einem Esszimmer sowie einem gemauerten Grill auf der hinteren Veranda bevorzugen? Fabelhaft! Dann sollten Sie sich in Penrith umsehen.« Ja, so groß ist die Auswahl.

»Du könntest hier einziehen«, meinte sie in einem Ton, der etwa so neutral war wie violette Strähnchen.

»Danke für das Angebot. Aber ich regle das schon.«

»Einem geschenkten Gaul schaut man nicht ins Maul, Georgie.«

»Was soll das nun wieder heißen?«

Meine Mutter seufzte tief. »Es soll heißen: Sei kein verzogener Fratz.«

»Ich bin kein verzogener Fratz«, sagte ich mit einer Stimme, die mich stark an die von Lucas erinnerte, wenn er Ärger mit Ellie oder Simon hatte.

Meine Mutter lächelte, und ihre Züge wurden weich. »Entschuldige, Liebes. Ich mache mir nur Sorgen um dich. Und um das Baby.«

»Das musst du nicht, Mum. Es wird sich alles fügen.«

Die Dinge liefen schon jetzt unglaublich gut. Ich war ein bisschen über das zweite Schwangerschaftsdrittel hinaus und hatte den Umfang eines Campingzelts, aber dank eines tollen Paars Umstandsjeans von Topshop fühlte ich mich behaglicher als wahrscheinlich je zuvor in meinem Leben. Auf meinem Vorbau hätte man ein Glas Bier abstellen können, doch Grace hatte dafür gesorgt, dass er Bewegungsfreiheit hatte und trotzdem gestützt wurde. Es war wie ein Wunder. Meine Knöchel hatten sich angewöhnt, jeden Tag gegen sechzehn Uhr anzuschwellen, aber da ich keiner Arbeit nachging, konnte ich buchstäblich die Füße hochlegen.

Ich konnte das niemandem gestehen – nicht Ellie, die kein Verständnis dafür hätte, nicht Nina, für die es vermutlich der Gipfel der Arroganz wäre, und auch nicht meiner Mutter, die … ihr konnte ich generell nicht viel sagen –, aber ich fühlte mich eigenartig abgespalten von diesem neuen Leben, das in mir heranwuchs. Es war eine surreale Vorstellung, dass in meinem vorgewölbten Bauch ein kleiner Mensch wohnte, der mich für immer begleiten würde. So surreal, dass ich schlichtweg keinen Zusammenhang zwischen beidem herstellen konnte. Ich hatte meine Entscheidung getroffen, doch in vielerlei Hinsicht befand ich mich weiterhin im Schwebezustand. Ich hauste noch immer in Ellies Gästezimmer und hatte bisher kein einziges »Baby-Teil« gekauft. Es sei denn, man ließ die Wickeltasche von Marc Jacobs gelten – in diesem Fall hätte ich tatsächlich schon eine Sache erstanden.

Die Leute erkundigten sich ständig nach dem Geschlecht und dem voraussichtlichen Geburtstermin, danach, wie lange ich beruflich pausieren würde oder wie ich mich fühlte. Wie neunundneunzig Prozent aller schwangeren Frauen beantwortete ich ihre Fragen mit einer Höflichkeit, von der ich nicht geahnt hatte, dass ich sie besaß, während ich insgeheim dachte: »Das geht euch überhaupt nichts an. Und wieso kümmert euch das so sehr? Ich weiß das alles selbst kaum, dabei ist es mein Baby. Warum seid *ihr* so interessiert daran?«

Das verbliebene eine Prozent werdender Mütter, die, die den Mumm hatten, tatsächlich zu sagen: »Bitte, verzieht euch, damit ich in Ruhe meine siebzehnte Packung Schinken-Käse-Bällchen essen kann«, waren meine persönlichen Heldinnen.

Ich hatte Angst, dass ich das Baby vielleicht nicht lieben würde, weil es nicht geplant war und ich ernsthaft mit dem Gedanken gespielt hatte, es nicht zu bekommen. Weil andere Menschen jahrelang auf Nachwuchs warten mussten, während mir mein eigener einfach in den Schoß – besser gesagt in den Unterleib – geplumpst war. Das wiederum weckte Schuldgefühle in mir. Zu oft drehte sich ein Karussell ängstlicher Gedanken in meinem Kopf.

Ich bin ein schlechter Mensch, weil ich dieses Baby nicht so sehr will, wie Nina sich eins wünscht, dachte ich mit schöner Regelmäßigkeit. Ich war ein schlechter Mensch, weil ich nicht richtig zuhörte, wenn andere mir Vorträge über Abpumpen und Bäuerchen und kontrolliertes Schreien hielten, weil mich das alles nicht interessierte. Nina würde es interessieren. Sie wüsste längst darüber Bescheid. Ich war ein schlechter Mernsch, weil ich meiner Mutter nicht zugestand, die Situation so zu genießen, wie sie es gern getan hätte. Aber was mich zu einem besonders schlechten Menschen machte, war die Tatsache, dass ich mich nicht zum Wohl des Kindes erneut mit Jase einlassen wollte.

Ich hatte ihm schon vor Wochen gesagt, dass ich das Baby bekommen würde, und, wie es seiner zuverlässig gutmütigen Art entsprach, hatte er sich aufrichtig gefreut und ganz aufgeregt verkündet, dass er seine Mutter anrufen werde. Wir sprachen kurz über Geld und darüber, ob er Kontakt zu dem Kind wollte beziehungsweise wie intensiv dieser Kontakt sein sollte, bevor wir uns darauf geeinigt hatten, später darüber zu reden, sobald das Baby auf der Welt war.

Folglich kann man sich meine Überraschung vorstellen, als er vor wenigen Tagen bei Ellie aufkreuzte und sich erbot, eine ehrbare Frau aus mir zu machen.

»Oh, hallo«, hatte ich beim Öffnen der Tür gesagt.

Lucas war nicht zu Hause, andernfalls hätte er auf sein Recht aufzumachen gepocht. Ich hatte nicht mit Jase gerechnet – wir hatten zwar Nachrichten ausgetauscht, uns jedoch nicht mehr gesehen, seit ich ihn über den Baby-Status informiert hatte.

»Hi. Ich bin froh, dass du daheim bist. Sind Ellie oder Simon da?«

»Nein, sie sind beim Mandarin-Unterricht.«

»Die beiden lernen Chinesisch?«

»Schön wär's. Lucas lernt es.«

Jase zog die Stirn kraus. »Ist er dafür nicht ein bisschen klein?«

»Aber nein, Jase!«, sagte ich mit übertriebenem Nachdruck. »Es ist das beste Alter, um sich eine neue Sprache anzueignen, weil Kinder sie auf eine Weise in sich aufsaugen, zu der das Gehirn eines Erwachsenen nicht fähig ist.« Ich kannte diese Worte aus Ellies »Gründe, warum Sprachkurse für Kinder unerlässlich sind«-Rede.

»Schon kapiert. Kann ich reinkommen?«

»Na klar. Bitte, entschuldige.« Ich winkte ihn nach drinnen. »Möchtest du einen Tee?«

Jase nickte und trat ein. Er setzte sich an Ellies und Simons Küchentisch, und ich musste unweigerlich daran denken, wie er und ich – vor Monaten – an unserem Küchentisch gesessen hatten und er furchtbar verärgert über mich gewesen war und ich nicht ganz begriffen hatte, warum. So viel war seitdem passiert, dass es mir vorkam, als wäre ich damals ein komplett anderer Mensch gewesen.

»Ist Earl Grey okay? Oder lieber Pfefferminz?«

»Nein, Earl Grey klingt gut. Danke, George.«

»Kein Problem.« Ich setzte den Wasserkessel auf und holte die Teebeutel heraus. Als ich mich wieder zu Jase umsah, murmelte er gerade etwas vor sich hin – ähnlich, wie Graubart es vor meinem Büro tat. Meinem ehemaligen Büro.

»Ist alles in Ordnung?«

Er hob den Blick. »Ja … aber könntest du dich bitte setzen? Der Tee kann warten.«

Oh Gott. Jase ist todkrank. Mein Baby wird vaterlos aufwachsen. Wer wird seine – ihre? – männliche Bezugsperson sein? Kevin?

Ich setzte mich, fasste über den Tisch und verschränkte die Finger mit seinen. »Jase, was ist los?«

»Nichts. Ich bin nur ein bisschen nervös.« Er ließ einen Atemzug entweichen, dabei schaute er von mir weg und zu dem Stapel Bilder auf dem Boden, die Lucas mit Fingerfarben gemalt hatte.

»Weil du Vater wirst? Wir kriegen das schon gebacken. Wie schwer kann das sein? Teenager bewältigen so etwas am laufenden Band. Britney Spears hat zwei Kinder! Es kann also nicht so kompliziert sein.«

»Wir werden es nicht nur gebacken kriegen, sondern fantastische Eltern sein, George. Aber darauf wollte ich nicht hinaus.«

Ich starrte ihn an und begann zu ahnen, was als Nächstes kommen würde, konnte es aber nicht recht glauben. Das war nicht Jase' Stil. Oder doch? Nein. Absolut nicht. Ausgeschlossen.

»George«, begann er in einem Ton, der mehr als verräterisch war. Das Herz schlug mir bis zum Hals. *Nein, nein, nein, nein, nein. Bitte, tu das nicht, Jase. Bitte nicht.* »Als wir uns trennten, war ich am Boden zerstört. Ich hatte geglaubt, dass wir … auf etwas zusteuerten. Weil wir schließlich nicht jünger werden und all das.« Ich runzelte wortlos die Stirn. »Ich weiß, wir haben nie viele Worte über das Thema Nachwuchs verloren …« *Genauer gesagt gar keine*, berichtigte ich ihn im Stillen. »… aber ich bin so glücklich, dass wir das gemeinsam durchziehen.« *Wir ziehen es nicht gemeinsam durch*, wollte ich einwenden. »Du wirst eine wundervolle Mutter sein, und ich kann es nicht erwarten, Vater zu werden. Und ich habe mir überlegt, dass wir es diesem Baby zuliebe richtig machen sollten. Man bekommt nur einmal die Chance und darf sie nicht verspielen.« Er sah mich an, als stünde er kurz davor, etwas Bedeutsames zu sagen. »Ein Kind braucht zwei Elternteile.«

Ich nickte. »Dieses Kind hat zwei Elternteile.«

»Ich spreche von Eltern, die ein Team sind. Wünschst du dir nicht, du wärst mit deinem Vater aufgewachsen? Hast du nicht das Gefühl, dadurch etwas versäumt zu haben?«

»Nein, eigentlich nicht. Ich hatte ja Kevin. Und meine Mutter. Mit ihr habe ich genug am Hals. Aber das hat nichts mit unserer Situation zu tun. Du wirst für das Baby da sein, Jase. Wir müssen nicht …«

»Willst du meine Frau werden, George?«

Oh Scheiße.

Ich wägte meine Optionen ab. Sollte ich klipp und klar Nein sagen und mich mit den Konsequenzen abfinden? Oder in Jase' kleiner Fantasiewelt mitspielen und mit Ja antworten? Wollte ich in den Hafen der Ehe einlaufen? Während ich schwanger war? Gab es überhaupt Umstandsbrautkleider?

»Jase …«

Seine Miene war so hoffnungsvoll, dass es mir schwerfiel weiterzusprechen. Aber es musste sein.

»Das ist keine gute Idee. Und hast du nicht eine neue Freundin?«

»George, dass ich nach unserer Trennung ein kleines Techtelmechtel hatte, sollte uns nicht daran hindern zu heiraten.«

»Das ist es nicht allein. Es gibt eine Vielzahl von Gründen. Ich denke einfach nicht, dass wir füreinander bestimmt sind, Jase. Wir können auch ohne Trauschein gute Eltern sein. Es wäre viel schlimmer für das Kind, wenn wir heiraten und später zu der Einsicht gelangen, dass wir nicht zueinander passen. Was, wenn wir ehrlich sind, sehr wahrscheinlich passieren würde.«

Jase' Augen wurden schmal, sein Blick hart. »Dann ist das also ein Nein?«

Ich nickte.

»Du willst keine Ehefrau sein?«

War er schon immer so konventionell gewesen? Hatte ich es früher einfach ignoriert, weil ich es nicht sehen wollte?

»Keine Ahnung, Jase. Auf mich kommt so vieles zu, das ich erst ausloten muss. Im Übrigen waren wir uns relativ einig, dass das mit uns vorbei ist. Ich habe dich hintergangen und belogen, du erinnerst dich? Gleichzeitig hatte ich das Gefühl, dass du mich nicht verstehst. Das sind ziemlich große Differenzen. Man könnte sie auch unüberbrückbar nennen.«

»Aber das Baby …«

»Das Baby wird keins unserer Probleme lösen. Du weißt das, Jase.«

Ich merkte, dass wir noch immer Händchen hielten und entschied, dass es ein guter Zeitpunkt war loszulassen.

Dann war er gegangen.

Meine Mutter holte mich in die Gegenwart zurück. »Möchtest du einen Tee?«

Ich nickte in dem Wissen, dass ich ihr keine weiteren Instruktionen erteilen musste. Meine Mutter wusste, dass ich meinen Tee exakt so mochte, wie ich meinen Kaffee *nicht* mochte: dünn, mit viel Milch und Zucker. Ich fragte mich, ob ich das eines Tages auch über mein Kind wissen würde. Es dauerte noch zehn Wochen bis zur Geburt, was mir wie eine Ewigkeit vorkam. Wie merkwürdig musste es für meine Mutter sein, mich als Erwachsene zu sehen – als einen fertig geformten Menschen, der seine Vorlieben in Bezug auf Tee hatte und himmelweit entfernt zu sein schien von dem kleinen, hilflosen Kind, das sie einmal gekannt hatte.

Mann, das Leben war verdammt seltsam.

26

Woche 32

»Wo sind wir?«, zischte Nina.

»Im Jahr 1997?«

Es sah bei dem Schultreffen wirklich aus wie 1997, allerdings nicht auf diese coole Weise wie in Baz Luhrmanns *Romeo und Julia*.

»Wer sind diese Leute?«

Ich schüttelte den Kopf. »Da bin ich überfragt.«

In Wahrheit waren es dieselben, mit denen wir anno dazumal sechs gemeinsame Jahre verbracht hatten. Aber wie es für die meisten Menschen typisch ist, hatten wir diese belanglosen Erinnerungen gelöscht und nur die besonders schönen oder absolut grauenvollen Momente unserer Highschool-Laufbahn im Gedächtnis behalten. Wir erinnerten uns an die tollen Zeiten, die wir zusammen verbracht hatten, und an die schrecklichen Dinge, die uns Biester wie Kelly Burns (geb. Hooper) angetan hatten, während der Rest, sprich die anderen fünfundneunzig Schüler, mit denen wir unseren Abschluss gemacht hatten, in Vergessenheit geraten waren, weil sie entweder zu nett oder zu fies gewesen waren, um einen bleibenden Eindruck zu hinterlassen.

Es war wie mit *Jolie*. Ich wusste, dass ich mich an die außergewöhnlichen Momente – wenn große Stars wunderschöne Blumensträuße schickten, um mir dafür zu danken, dass ich sie auf dem Titel gebracht hatte, die tollen Partys oder die Leserbriefe, die mir vor Augen führten, dass die Menschen dort draußen das Magazin wirklich kauften – erinnern würde. Und ich würde die schlechten Zeiten – wie die vergangenen drei Monate – im Gedächtnis behalten, während der Rest nichts weiter sein würde als im Job verbrachte Tage.

»Findest du nicht, dass es Namensschilder oder so etwas geben sollte? Damit wir wissen, wen wir vor uns haben?«

»Keine Ahnung. Lass uns einfach was trinken.« Ich fragte mich seufzend, ob ich eine verkappte Alkoholikerin war. Ich hatte diese Woche schon zweimal beinahe einen Drink geordert, bevor ich mich meiner babybedingten Alkoholsperre entsann.

Nina zwinkerte mir zu. »Ich genehmige mir ein Glas für dich mit.«

Wir hielten auf die Bar zu, wurden jedoch von einem hochgewachsenen, rothaarigen Mann gestoppt. Er gehörte zu dem Typus, der eigentlich dünn sein sollte, es aber nicht war. Sein Gesicht und seine Beine hatten etwa den Durchmesser einer Zigarette, nur um die Hüften wirkte er noch schwangerer als ich. Er sah aus wie eine Comic-Version von sich selbst.

»Hallo, hallo!«, bellte der Comic-Typ in unsere Richtung.

»Hallo«, gab ich zurück. *Wer ist dieser Heini?* Ich schaute Nina an, die meinen Blick ratlos erwiderte.

»Wie, zum Teufel, geht es euch, Georgie Henderson und Nina Doherty?« Ich starrte ihn an, als könnte das meiner Erinnerung auf die Sprünge helfen, dabei wartete ich darauf, dass Nina ihn darüber aufklärte, dass sie seit ihrer Hochzeit Ingleton hieß. Seltsamerweise tat sie das nicht.

»Gut, gut«, versicherte ich ihm und versuchte, meinen Weg zur Bar fortzusetzen.

»Noch immer wie Pech und Schwefel, hm?« Offenbar hatte der Comic-Fritze sich irgendwo zwischen Highschool und Gegenwart einen irischen Akzent zugelegt. Ob sich das jeder bei Colin Farrell abgucken konnte?

»Allerdings«, bestätigte Nina. »Und du bist immer noch …«

»Bei der Bank. Die reinste Plackerei.« Er grinste. »Trotzdem versuche ich rüberzukommen, wann immer ich es einrichten kann.«

»Rüber?«

»Nach Sidney. Dublin ist klasse, nur das Wetter lässt zu wünschen übrig.«

»Das kann ich mir vorstellen.« Ich sah wieder zu Nina, aber sie war keine Hilfe. Sie schaute sehnsüchtig zur Bar.

»Ihr erinnert euch nicht an mich, stimmt's?«

Ich lachte, vielleicht ein wenig zu herzhaft. »Aber klar doch. Natürlich erinnern wir uns an dich. Wie könnten wir dich vergessen …?«

»*Adam*«, sagte Nina mit übertriebener Betonung. »Selbstverständlich erinnern wir uns an dich, Adam.«

Adam? Mein ehemaliger Nachbar? Der Adam, der mit uns zur Schule gegangen war und trotzdem nicht gewusst hatte, dass Ninas Mutter gestorben war?

Adam, der jetzt in Dublin lebte und sich offenbar für Bono hielt. »Bingo!« Er vollführte eine Bewegung mit den Fingern, die ich von den *Wiggles* kannte (danke, Lucas). »Ich könnte euch beide nie vergessen.«

»Echt wahr?« Adam sah kein bisschen so aus, wie ich es erwartet hätte. Trotzdem hatte ich richtig gelegen. Er war früher einmal sehr, sehr dünn gewesen, doch jetzt hatte es den Anschein, als wäre er von innen aufgepumpt. Wie war das möglich?

Er nickte lebhaft. »Ihr zwei wart wie siamesische Zwillinge. Allerbeste Freundinnen. Wir anderen waren alle ein bisschen neidisch auf euch.«

Ich zog eine Braue hoch. »Du warst neidisch auf zwei vierzehnjährige Mädchen?«

Er nickte. »Ja, ein klein wenig. Ich selbst hatte keinen so engen Freund. Sicher, da waren meine Kricket-Kumpels, aber das war nicht dasselbe. Ich habe inzwischen selbst eine kleine Tochter und muss zugeben, Frauen sind einfach besser in Freundschaften als Männer. Sogar wenn sie erst vier sind.«

»Danke«, sagte ich, plötzlich verlegen.

»Es ist echt schön zu sehen, dass ihr immer noch befreundet seid.« Wow. Adam hatte um die zehn Kilo zugenommen und sich im gleichen Atemzug offenbar eine neue, verbesserte Persönlichkeit zugelegt. Was mich für ihn freute.

»Ja, danke«, pflichtete Nina mir bei.

Wir sahen uns lächelnd, wenn auch ein wenig hilflos an. Nach den Ereignissen der letzten Monate grenzte es tatsächlich an ein Wunder, dass wir noch Freundinnen waren. Gleichzeitig wusste ich, dass meine Freundschaft mit Nina wie ein warmer, vertrauter Pulli war, der selbst nach Jahren noch passte, als hätte ich ihn erst gestern getragen. Nicht dass ich vorhatte, ihn je wieder auszuziehen.

»Wir wollten uns gerade einen Drink holen. Möchtest du auch einen?«

Adam schüttelte den Kopf. »Ich trinke nicht mehr. Hab's in meinem ersten Jahr in Dublin leicht übertrieben. Das Zeug ist nichts für mich.«

»Oh, ich verstehe.«

Also steuerten Nina und ich allein zur Bar.

»Er scheint nett geworden zu sein.«

»Ja. Das ist schon komisch, nicht? Dass er nett ist?« Nina bedachte mich mit diesem mir wohlvertrauten Blick, bei dem sie die Stirn in Falten legte und mit den Augen eine Bestätigung für eine uns beiden bekannte Wahrheit suchte.

»Definitiv.«

»Dann kommt es nicht nur mir so vor.« Sie wandte sich der Theke zu und fischte unsere Getränkegutscheine aus ihrer Handtasche. »Ein Mineralwasser für sie, bitte, und ein Glas von dem offenen Weißwein für mich«, sagte sie zu der Barkeeperin, die ich vage als die Frau erkannte, die früher bei dem McDonald's neben unserer Schule gearbeitet hatte. Sie nickte und schenkte mir ein Glas schales Mineralwasser aus einer Flasche ein, anschließend zapfte sie für Nina einen Fruity Lexia aus einem Fass.

Nina musterte mein Getränk. »Hätten Sie etwas Zitrone?«, fragte sie die Barkeeperin, die den Eindruck erweckte, als interessierte sie sich weit mehr für den neuesten NPR-Podcast als dafür, mein Wasser mit Zitrone aufzupeppen.

»Danke, das passt schon«, sagte ich.

»Ist es etwa zu viel verlangt, um eine Zitronenscheibe zu bitten?«, echauffierte Nina sich.

»Sieh dich mal um, Fürstin Gracia von Monaco. Du bist hier in Kansas gelandet.« Ich mischte meine Metaphern absichtlich, weil ich wusste, dass Nina beide verstehen würde.

Sie grinste.

»Erzähl mal, wie Matt sich aus dieser Nummer rausgemogelt hat.«

Ninas Grinsen erstarb. »Er fühlt sich nicht gut«, sagte sie knapp.

»Ach so. Bitte entschuldige, es sollte nur ein Witz sein. Ist er so weit okay?«

Nina schürzte die Lippen. »Ja.«

»Männergrippe?«

»So was in der Art.«

Sie hatte schon jetzt zwei Drittel ihres Weins geleert, dabei hatten wir uns kaum zwei Meter von der Bar entfernt.

»Mach langsam, Soldatin. Du verwandelst dich gerade in Prinzessin Stephanie.«

Entweder kapierte sie den Witz nicht, oder sie hatte keine Lust dazu. Sie stand reglos wie ein Laternenpfahl da und starrte auf das Meer von Menschen, die wir früher einmal gekannt hatten.

»Geht's dir gut?«

Sie schüttelte stumm den Kopf.

»Möchtest du nach draußen gehen?«

Ein angedeutetes Nicken.

Wir begaben uns auf den Balkon, traten jedoch sofort den Rückzug an, als wir feststellten, dass er mit unseren ehemaligen Klassenkameraden vollgepfercht war, von denen einige sich mithilfe von Bierbongs abfüllten.

»Lass uns dort reingehen«, schlug ich vor und zeigte zum Garderobenraum.

Ich schloss die Tür, während Nina sich, eingerahmt von zwei Kleiderständern, an denen Jacken aller Formen, Größen und Marken hingen, auf dem mittig platzierten Tisch niederließ.

»Was ist los? Hattet ihr einen Streit?«

Sie schüttelte den Kopf. »Nein, ich fürchte, es war der Streit.«

Ich setzte mich neben sie. »Was meinst du mit ›der Streit‹?«

»Der Streit, der darüber entscheidet.«

»Worüber?«

»*Darüber*, ob wir uns trennen oder nicht.«

»Was?« Ich stand auf. Wie könnten Nina und Matt sich trennen? Wenn die beiden sich trennten, wer sollte dann noch Hoffnung haben? Sie waren in jeder Hinsicht perfekt für einander. Alle liebten sie. Jeder wollte sein wie sie. Sie waren sozusagen das weiße, in Marrickville ansässige Pendant zu Jay-Z und Beyoncé.

»Ich weiß. Es ist ein Schock, hm?« Nina lächelte wehmütig.

»Wovon sprichst du überhaupt? Ich bin sicher, du interpretierst zu viel hinein. Nichts könnte euch zwei auseinanderbringen. Ihr seid wie Ross und Rachel. Wie Donna und Josh. Wie … Angela und Jordan.«

»Angela und Jordan haben sich getrennt.«

»Aber das hätten sie nicht tun sollen. Sie waren ein Traumpaar.«

»Nein, das waren sie nicht. Sie war eine ich-bezogene Fünfzehnjährige und er ein analphabetischer Loser. Manche von meinen Erstklässlern verfügen über mehr emotionale Reife als die beiden.«

»Was fällt dir ein?« Für einen Augenblick vergaß ich, dass Nina in einer tiefen Gefühlskrise steckte, und verstieg mich darin, *Willkommen im Leben zu verteidigen*, als hätte ich die Serie erschaffen. »Aber darum geht es jetzt nicht. Wir sprechen über dich und Matt. Was ist passiert?«

Nina schob die Schultern vor. »Wir wissen nicht, was wir tun sollen.«

»In Bezug auf was?«

»Das Baby. Oder eine Schwangerschaft. Gott, ich denke immer ›das Baby‹, als gäbe es irgendwo dort draußen wirklich ein Kind, das mir gehört. Als wäre es verloren gegangen, und ich müsste es nur finden.« Sie schüttelte den Kopf. »Was ich damit sagen will, ist, dass wir nicht wissen, ob wir es weiter versuchen sollen.«

»Oh.« Mir fehlten die Worte. Ich wollte nicht den Anschein erwecken, als würde ich diese Entscheidung komplett befürworten – Nina könnte es mir so auslegen, als hielte ich es für idiotisch, dass sie es überhaupt je versucht hatten. Andererseits wollte ich ihren Entschluss nicht infrage stellen. Gleichzeitig hätte ich Matt am liebsten eine ordentliche Tracht Prügel verabreicht, weil er sich Nina gegenüber wie ein gefühlskalter Mistkerl benahm. Seit dem Tag des geplanten Transfers hatte er auf keine meiner Textnachrichten geantwortet, dafür hatte er mir auf Facebook die Freundschaft gekündigt und schien generell kein Interesse mehr an einer Bekanntschaft mit mir zu haben. Wie konnte er es wagen, nach allem, was sie durchgestanden hatten, einfach aufgeben zu wollen? Nina brauchte jetzt mehr denn je ein Kind.

»Ich bin mir nicht sicher, ob ich das noch einmal verkraften kann.«

Ich runzelte verwirrt die Stirn. *Nina* wollte kein Baby mehr?

»Ich kann auf keinen Fall so weitermachen, George. Ich möchte es ja. Ich möchte es wirklich. Ich wünsche mir noch immer ein Kind. Aber das geht jetzt seit sieben Jahren so. Weißt du, wie viele Tage das sind? Ich habe es letzte Nacht ausgerechnet. Zweitausendfünfhundertsechsundfünfzig. Zweieinhalbtausend Tage, die ich darauf verschwendet habe, mich nach einem Baby zu verzehren. Ich habe alles versucht. Nun ja, fast alles. Natürlich hast du mir bei meinem Leihmutter-Plan einen Strich durch die Rechnung gemacht.« Sie lächelte ironisch, und ich spürte, wie sich mein Herz zusammenkrampfte. »Ich kann so nicht weitermachen, nicht auf Grundlage eines winzigen Hoffnungsschimmers. Ich bin zu erschöpft.«

Nickend setzte ich mich wieder. Nina und ich umarmten uns selten, aber ich fand, dass es in diesem Moment okay wäre. Ich lehnte den Kopf an ihren und legte den Arm um sie. Sie schmiegte sich an mich.

»Ich weiß nicht, was ich sagen soll.«

»Ist schon gut.« Sie vergrub das Gesicht in den Händen. »Es fühlt sich schrecklich an, aber ich glaube, ich gebe es auf. Der Gedanke, wieder etwas Neues zu versuchen und zu scheitern … ich mag es mir nicht einmal vorstellen.«

Ich nickte. »Wie denkt Matt darüber?«

Nina schüttelte den Kopf, den sie noch immer zwischen den Händen barg. »Er hasst mich.«

»Das ist nicht wahr, Nina. Matt liebt dich. Er betet dich an.« Obwohl es mich damals überrascht hatte, Nina und Matt als Paar zu sehen, kam es mir jetzt vor, als würde der eine ohne den anderen keinen Sinn ergeben. Ich hatte nie erlebt, dass Matt eine andere Frau auch nur ansah. Er war nicht nur heterosexuell, er war Nina-sexuell.

Sie schwieg.

»Ihr zwei bekommt das hin«, fuhr ich fort. Doch noch während ich das sagte, dämmerte mir, dass wir das Alter erreicht haben könnten, in dem es nicht immer für alles eine Lösung gab.

Nina wandte sich mir zu und lächelte hinter ihren Händen. »Ich weiß nicht. Matt möchte weitermachen. Es gibt da eine neue Methode, mit der wir es versuchen könnten, aber …« Sie rang die Hände. »Wir haben kein Geld mehr. Und das meine ich nicht in dem Sinn, dass ich mich beim Kaffee zum Mitnehmen einschränken sollte. Wir könnten unser Haus verlieren. Ich musste meinen Vater um ein Darlehen bitten. Matt weiß nichts davon. Er würde ausrasten. Wir führen kaum noch eine Beziehung. Ich kann mich nicht erinnern, wann wir zuletzt ein Gespräch hatten, in dem es nicht um Babys, Schwangerschaften oder Finanzen ging. Mir ist bewusst, dass vieles davon meine Schuld ist. Ich wollte ein Kind. Ich *will* ein Kind. Ich kann einfach nur nicht mehr so weitermachen. Diese neue Technik, die Matt ausprobieren möchte … ich kann nicht aufhören, mir auszumalen, dass es genau wie bei den anderen Versuchen sein wird. Wir werden die Klinik aufsuchen, wo man uns erklärt, wie das Ganze abläuft, und uns Hoffnungen macht, bevor wir am Ende erfahren, dass lediglich eine dreißigprozentige Erfolgsquote besteht, nur werden wir uns an dem Punkt so sicher sein, dass die Zukunft ein Baby für uns bereithält, dass wir uns darauf einlassen werden, aber … Ich kann nicht länger mit dreißig Prozent leben. Es ist einfach nicht genug.«

Draußen ertönten die ersten Klänge dieses grauenhaften Greenday-Songs, der meist bei Beerdigungen und Ehemaligentreffen gespielt wird, gefolgt von den Jubelrufen der Menge.

»Dann glaubst du also nicht, dass du je ein Kind haben wirst?«

Und die Gewinnerin von Miss Unsensibel 2015 ist … Georgie Hen-

derson! Gut gemacht, wir sind alle furchtbar stolz. Dein Preis ist ein lebenslanger Vorrat an Socken, um sie dir in den Mund zu stopfen.

Nina zuckte die Achseln. »Ich weiß es nicht. Vermutlich nicht.«

Ich wartete auf einen klassischen Nina-Witz, aber es kam keiner.

»Die Dinge laufen nicht immer wie geplant, hm?«

»Danke für den Hinweis.«

»He, das hast du vor ein paar Tagen selbst zu mir gesagt!«

»Oh ja.«

»Und du hattest recht, was untypisch für dich ist.«

Nina grinste schief.

»Das mit dir und Matt kommt wieder in Ordnung.«

»Ich möchte wirklich, dass sein Kinderwunsch in Erfüllung geht. Er verdient es.«

»Genau wie du. Aber das Leben ist nicht immer fair. Matt sollte das einsehen. Außerdem bist du diejenige, die der physischen Belastung ausgesetzt ist. Es sind deine Eizellen, es ist dein Körper. Wenn du Schluss machen möchtest, sollte er Verständnis dafür aufbringen.«

»So einfach ist das nicht.«

»Ich weiß. Es tut mir so leid, Nina.« Es war das, was ich gleich zu Anfang hätte sagen sollen. Wir schwiegen eine Weile. Wie formulierte man am besten: »Ich bedaure, dass deine Ehe am Ende und dein Traum von einem Kind geplatzt ist, aber wie du siehst, bin ich schwanger, darum versuch bitte, dich für mich zu freuen«?

»Es ist okay«, meinte sie schließlich, obwohl es das keineswegs war. »Komm, lass uns wieder rausgehen. Ich möchte Kelly und ihre nichtsnutzigen Freundinnen sehen und Wetten darauf abschließen, wie viele von ihnen sich die Brüste haben machen lassen.«

»Bist du sicher?«

»Oh ja. Lass sie uns fragen, welchen Bacardi Breezer sie am liebsten trinken. *Immer noch den purpurnen?*«

»Du kannst ein ganz schönes Miststück sein, weißt du das?«

Nina grinste. »Man muss selbst eins sein, um …«

»Ist angekommen.«

In dem zum Tanzsaal umfunktionierten Konferenzraum schwoften unsere angeheiterten ehemaligen Mitschüler zu einem Lied, das ich nur vage erkannte. Es könnte von einer Ashanti oder Aaliyah sein. Ich versuchte, den Gesichtern Namen zuzuordnen, aber es war nicht so einfach, weil diese Leute *gealtert* waren. Sie waren auseinandergegangen und ergraut, manche schienen gar geschrumpft zu sein. Plötzlich kam mir in den Sinn, dass sie exakt dasselbe über mich denken könnten.

»Möchtest du tanzen?«

Nina schüttelte den Kopf. »Auf keinen Fall.«

»Wozu sind wir dann hier?«

»Um unsere Lebensentscheidungen zu überprüfen, George. Das ist doch offensichtlich.«

Eine Gruppe Frauen, von denen ich einige wiedererkannte, hatten ihre Handtaschen an der Tanzfläche deponiert, um ihre Bewegungen besser koordinieren zu können. Sie bildeten einen Kreis um eine Frau – Jessica? Sarah? –, die in der Mitte abzappelte, während die anderen sie anfeuerten. Es machte mich hibbelig, ihr nur zuzusehen. Ich hasste Tanzkreise, weil mir die Person in der Mitte immer leidtat und ich ihr so laut und vehement wie möglich applaudieren wollte, so als ob ihr tänzerischer Erfolg ein Indikator war für ihren Erfolg im Leben und damit abhängig von meinem Beifall. Es war ermüdend und kein bisschen amüsant. Highschool-Discos waren die pure Folter.

»Seht nur, wer da ist!«, ertönte hinter uns eine schrille, von einem breiten Akzent gefärbte Stimme. Ich schaute zu Nina. Es bestand kein Zweifel, wer das war. Nina warf einen Blick über ihre Schulter, schnitt eine Grimasse und nickte. Ich verabscheute Kelly, aber Nina hasste sie abgrundtief. Und das aus gutem Grund. Kelly hatte ihren Ruf als offizielles Schulluder wie eine Auszeichnung angesehen, die ihr von einem Gremium verliehen worden war, inklusive Aktienanteilen. Sie hatte sich aufgeführt wie ein Oberbefehlshaber: »Drangsaliert Georgie Henderson gnadenlos, bis sie irgendwann im Sportunterricht zu flennen anfängt … und das jeden Monat wieder«, »Schmeißt Nina Doherty möglichst viele blöde Sprüche über ihre tote Mutter an den Kopf«, »Hackt jeden Tag auf mindestens fünf Zufallsopfern herum, um zu zeigen, dass ihr es könnt«, und so weiter und so fort. Das Einzige, was mich hinsichtlich Kellys Existenz tröstete, war die Tatsache, dass es weltweit an jeder Schule jemanden wie sie gab und ein Exemplar so bedeutungslos war wie das andere.

»Georgie! Nina! Halloho!« Sie schlang ihre nach der Tracy-Anderson-Methode gestählten Arme um uns beide und drückte uns. Sie war nicht fett. Das war ärgerlich. Irgendwo zwischen Kellys Schulter und ihrem Ohrläppchen – das drei Ohrringe aus der letzten Diva-Kollektion zierten – entdeckte ich Nina und wechselte einen Blick mit ihr. *Arschloch-Alarm! Arschloch-Alarm!*

Ich löste mich aus der Umarmung. »Hi, Kelly. Wie geht's?« Ich versuchte, etwas Begeisterung vorzuheucheln, aber es war schwer. Die Frau hatte einmal einen unserer Klassenkameraden dazu angestiftet, bei mir zu Hause anzurufen und eine Nachricht auf dem Anrufbeantworter – dem meiner Familie! – zu hinterlassen, um mich ins Kino einzuladen. Hätte ich sie mir nicht ganz angehört, wäre mir der Tag nicht als der im Gedächtnis geblieben, an dem mir zum ersten Mal das Herz gebrochen worden war. Am Ende der Nachricht, nachdem er einen Film (*Ich kann's kaum erwarten!*) und den Zeitpunkt (die Samstagsvorstellung um Viertel nach sieben) vorgeschlagen hatte, hatte er geseufzt und gesagt: »Kelly, ich kann das einfach nicht. Es ist zu gemein.« Danach war nur noch Kellys Gelächter zu hören gewesen.

»Einfach großartig! Was für ein toller Abend, findet ihr nicht?« Wenn Kelly sprach, tat sie das mit dem ganzen Gesicht. Sie schien für alle Zeit in der Siebtklässler-Theatergruppe stecken geblieben zu sein.

Wir nickten. Nina, die inzwischen bei ihrem dritten Glas Fruity Lexia angelangt war, trank einen großen Schluck. Von der Sorte, die man auch als kräftigen Zug bezeichnete.

»Ich hatte ja keine Ahnung, dass du verheiratet bist, Georgie. Glückwunsch!«

»Hä?«

Kelly zeigte auf meinen Bauch. »Ich gratuliere. Zu dem Baby.«

»Oh, danke. Aber ich bin nicht verheiratet.«

»Oje!« Sie gab sich tatsächlich einen spielerischen Klaps auf die Hand. »Ich Dummerchen. Ich weiß doch, dass du in der Stadt lebst. Dort ist so etwas wahrscheinlich an der Tagesordnung.«

In der Stadt? Wir wohnten exakt eine Stunde auseinander, und diese Frau tat, als hätte ich eine Weltreise unternommen, um heute hier zu sein.

»Was ist dort an der Tagesordnung?«, hakte Nina nach.

Kelly lächelte leicht unbehaglich. »Ihr wisst schon … ein Baby zu bekommen, ohne den Bund der Ehe einzugehen.«

Nina brach in schallendes Lachen aus. »Den Bund der Ehe? In welchem Jahr lebst du? 1950? George ist eine erwachsene Frau, Burns. Sie kann tun und lassen, was sie will.«

Kelly trat von einem Fuß auf den anderen, dabei glitt ihr Blick von Nina zu mir. »Das weiß ich ja. Ich meine, ich bin schließlich auch Mutter, Georgie. Ich wollte dich nicht beleidigen. Es hat mich nur ein bisschen überrascht, dass du … ich meine, ich hätte mir nur nie vorstellen können, dass ausgerechnet du ein Kind bekommst. Ich weiß nicht, warum, ich dachte einfach … Bestimmt verstehst du, warum ich dich nie in der Mutterrolle gesehen habe.«

Ich legte den Kopf schräg und spielte mit. »Nein, nicht wirklich.«

Ich ließ das in der Luft hängen, in dem Wissen, dass Kelly den Braten zwar riechen, aber dennoch beschließen würde, dass sie noch hungrig war.

Sie bedachte mich mit einem nervösen Lächeln. »Ich meine ja nur … du warst immer so sehr auf deine Karriere fixiert, hattest, klug wie du bist, immer so gute Noten. Darum konnte ich mir dich nie als Mutter vorstellen. Ich denke, das ist der Grund.« Ich konnte Ninas Gesicht nicht sehen, doch mein Gefühl sagte mir, dass ihre Brauen gerade mit ihrem Haaransatz auf Tuchfühlung gingen. Aber Kelly haspelte weiter. »Außerdem schienst du dich nie für Leute oder Dinge zu interessieren, hast immer die Toughe markiert, und ich konnte dich nie ganz durchschauen, verstehst du? Aber ich finde es großartig, dass jemand wie du ein Baby bekommt. Selbst wenn es vermutlich nur die Panik vor den Wechseljahren ist.«

Ich war kurz davor, Kelly die Hand in den Rachen zu rammen und ihr den Kehlkopf zu zertrümmern, damit sie nie wieder derart idiotische Sachen von sich geben konnte, als Nina mir zu Hilfe eilte. Wie immer.

»Wirklich?«, sagte sie in sarkastischem Ton. »Denn weißt du, das Witzige ist, dass ich es wirklich seltsam finde, mir *dich* als Mutter vorzustellen, Kelly. Ich meine, ich weiß nicht, woran es liegt, aber ich meine, du weißt schon …« Sie war nun voll in ihrem Element und imitierte Kellys Sprache, ihren verwirrten Gesichtsausdruck und die fuchtelnden Handbewegungen. »Ich meine, ich kann mir dich einfach nicht als liebevolle und fürsorgliche Person vorstellen, weil du eine solche Fotze bist.«

Wow. Darauf war nicht einmal ich gefasst gewesen.

Kellys Mund klappte weit auf, sehr weit auf. »Wie hast du mich gerade genannt?«

»Du hast richtig gehört«, antwortete Nina. »Du bist eine Fotze. Eine hinterfotzige Oberfotze. Und weißt du, was das Verrückte ist? Ich kann nicht glauben, dass ich so viele Jahre damit gewartet habe, dir das zu sagen. Denn du warst schon immer eine.« Sie verstummte kurz und ließ den Blick über das Publikum schweifen, das sich um uns versammelt hatte. »Du bist die Mutter aller Fotzen.«

Unter donnerndem Applaus stolzierten wir davon.

Meine beste Freundin ist zurück. Ich fühlte mich so glücklich wie seit Monaten nicht.

27

Woche 34

»Oh mein Gott. Meint die das ernst?«, fragte Nina mich, während wir die hochschwangere Frau beobachteten, die mit gespreizten Gliedern über einem Gymnastikball hing und stöhnend zwei Stressbälle gegeneinanderschlug – zur Schmerzbewältigung –, während sie gebetsmühlenartig wiederholte: »Mein Körper weiß, wie es geht.«

»Ich fürchte ja. Ich hab dir doch gesagt, du sollst nicht mitkommen.«

»Nimmst du mich auf den Arm? Als würde ich mir das entgehen lassen.«

Es war die erste Stunde meines Geburtsvorbereitungskurses. Nina würde mir bei der Entbindung zur Seite stehen, darum wollte sie mich auch zu dem Kurs begleiten. Seit ich Jase gesagt hatte, dass ich keine Zwangsheirat wollte, war ich mir nicht mehr sicher, wie er zu dem Baby stand. Ich hatte beschlossen, ihm Zeit und ein wenig Abstand zu geben, um zu entscheiden, wie stark involviert er sein wollte. Ich hatte mich mit dem Gedanken, es allein durchzuziehen, auf diese Sache eingelassen, und konnte ihn notfalls wieder aufgreifen.

Mich hatten Zweifel geplagt, ob Nina es mental bewältigen

würde, mit zu dem Kurs zu kommen, aber sie hatte mir versichert, dass sie das unbedingt wollte und es kein Problem sein würde. Um ehrlich zu sein, glaube ich, sie suchte in erster Linie eine Ablenkung. Matt war ausgezogen und hatte Nina allein in ihrem Haus zurückgelassen. Ich hatte vorgeschlagen, dass Matt und Jase eine Selbsthilfegruppe für Männer, die von George und Nina enttäuscht worden waren, gründen sollten, aber Nina konnte sich nicht für die Idee erwärmen.

Ich hatte mich auf den Kurs gefreut, bis ich feststellen musste, dass es keiner von der klassischen Sorte war, in dem man zumindest etwas halbwegs Nützliches lernte. Alles, was ich über das Kinderkriegen wusste, stammte aus *Vater der Braut 2*, darum nahm ich an, dass ich auf einem Sitzsack hocken (vielleicht neben Diane Keaton) und lernen würde, wie man auf korrekte Weise stöhnte und hechelte. Aber diese Kurse glichen heutzutage eher Treffen der anonymen Alkoholiker. Man sagte seinen Namen und wie weit man war, anschließend verbrachte man die restliche Zeit damit, sich zu beklagen. Doch da Jammern immer mehr zu meinem Lieblingshobby wurde, machte es mir nichts aus, zwei Stunden meiner Sonntagvormittage zu diesem Zweck zu opfern.

Ich hatte die Anmeldung Nina überlassen. Die Klinik bot alle möglichen Kurse an, ein jeder mit seiner eigenen Geburtsphilosophie, doch sie hatte sich für die ihrer Ansicht nach sicherste Option entschieden: Entspanntes Gebären. *Was könnte natürlicher oder schmerzloser sein als eine entspannte Entbindung?*, hatte sie argumentiert.

»Natürlich« mochte zutreffen, aber von »schmerzlos« konnte keine Rede sein, dämmerte es mir allmählich.

Die Schwangere auf dem Gymnastikball erreichte den Höhepunkt ihrer Vorstellung und ratterte ihr »Mein Körper weiß, wie es geht« nun in so schneller Abfolge herunter, dass die Wörter ineinanderflossen. Es war ihr »Geburtsmantra«, hatte sie uns erklärt. Ich überlegte, was mein Geburtsmantra sein könnte. »Was würde Gwyneth tun?«, war das Einzige, das mir einfiel. Die Augen der Frau waren fest geschlossen, und sie hatte zu schwitzen begonnen. Ihr Gesicht war so rot wie mein Lieblingsnagellack. Es war eine unglaublich intime Erfahrung, und das nicht zuletzt, weil es wie gesagt eine Vorstellung war. Da dies bereits ihr zweites Kind war, wollte Mein-Körper-weiß-wie-es-geht uns in ein paar entspannende Geburtstechniken einführen, von denen eine offenbar beinhaltete, dass einem die Kapillargefäße im Gesicht platzten.

»So, das ist genug. Vielen lieben Dank, Oonagh«, flötete unsere Kursleiterin Jana. »Bedanken Sie sich bitte alle bei Oonagh, die für uns die Entbindung ihres ersten Kindes nachgestellt hat. Ich denke, wir haben nun eine Vorstellung davon, wie es ist, mit der Entspannungsmethode zu gebären. Was die Schmerzlinderung betrifft, liegt die Entscheidung natürlich bei Ihnen, aber denken Sie daran, dass Ihr Körper für diesen Vorgang gerüstet ist. Er wurde *speziell* dafür geschaffen. Ich finde, das ist einen Applaus wert.« Jana schaute erwartungsvoll in die Runde. Ich guckte zu Nina. Sollten wir uns selbst Beifall zollen für das im Stil eines schwedischen Möbelhauses gehaltene Design unserer Körper? Ich sah, wie mehrere Paar Hände zögerlich zu klatschen begannen. War das zu fassen?

Jana strahlte. »Gut gemacht. Wie ich schon sagte, sind Medikamente eine Option. Sie haben die Wahl, Ihre Wirbelsäule punktieren zu lassen, um ein chemisch hergestelltes Schmerzmittel in Ihren Blutkreislauf zu pumpen und jede Empfindung auszuschalten, sodass Sie es nicht einmal spüren, wie Ihr Baby in diese Welt gleitet.« Jana machte eine Kunstpause, dann sprach sie lächelnd weiter. »Oder Sie können Ihre erste Handlung als Mutter auf natürliche Weise und mit vollem Einsatz meistern.« Wieder eine Pause. »Welchen Weg Sie auch wählen, für uns ist beides okay. Immerhin ist dies kein Wettbewerb!« Eine faustdicke Lüge. War diese Frau wirklich von dieser Welt? Ich wusste, dass ich, sobald die Zeit gekommen war (vermutlich dreißig Sekunden nach der ersten Wehe), um die maximale Dosis des stärksten Schmerzmittels bitten würde, das das Krankenhaus auf Lager hatte. Wieso sollte man der modernen Medizin ins Handwerk pfuschen?

Es stellte sich heraus, dass es dafür eine Vielzahl von Gründen gab.

»Ich weiß, dass mein Körper dazu fähig ist«, bemerkte eine der Teilnehmerinnen. *Woher?*

»Jedes Jahr schaffen das Millionen von Frauen«, pflichtete ihr eine andere bei. *Natürlich, mithilfe von Medikamenten.*

»Vor dem zwanzigsten Jahrhundert gab es überhaupt keine Periduralanästhesie.« *Und die Frauen sind reihenweise bei der Entbindung gestorben.*

»Ich möchte wissen, wie es sich anfühlt, Mutter zu werden.« *Oh bitte!*

Und dann der totale Hammer: »Ich finde, es zeugt von Schwäche, den Schmerz zu bekämpfen.« *Arrrrgggg*.

Ich stupste Nina an. »Ich dachte, das entspannte Gebären ist das, bei dem man Medikamente bekommt?«

Sie zuckte mit den Schultern. »Ich auch – ich nahm an, ›entspannt‹ hätte mit der PDA zu tun.«

Offenbar waren wir einem dramatischen Trugschluss erlegen. Während Jana unsere »Optionen zur Schmerzlinderung« näher ausführte, machte sich wachsende Furcht in mir breit. Hauptsächlich weil sie ausgemachter Schwachsinn waren. Wie sollte mir Wasser gegen die Schmerzen helfen? Oder Wärme? Ich brauchte ein Wärmekissen, wenn ich meine Periode hatte, und selbst dann warf ich als Zugabe ein paar Nurofen ein. Und mit der »Ablenkungsmethode« will ich gar nicht erst anfangen. Wie sollte ich Jana beibringen, dass mir das Wiederholen meines Geburtsmantras nach Art der Hare Krishna nicht dabei helfen würde zu vergessen, dass ich gerade einen Menschen aus einer vergleichsweise winzigen, hyperempfindlichen Öffnung im Zentrum meines Körpers presste?

Ich bekam nicht die Gelegenheit, weil eine andere Frau sich meldete. Sie hatte wundervolle hellblonde Haare und war mit einem Bleistiftrock samt Seidenbluse bekleidet. Sie sah aus wie diese Drachenfrau in der Serie, die Fran mir gegeben hatte, wäre diese Drachenfrau von Beruf Kerzenmacherin gewesen. Ich selbst trug dasselbe gestreifte Umstandskleid wie seit Wochen und redete mir ein, Pariser Chic zu verkörpern, wenn ich meine Repetto-Ballerinas dazu kombinierte. Doch da meine Füße mittlerweile zu geschwollen für geschlossene Schuhe waren, musste ich auf meine Flip-Flops ausweichen. Nicht ganz der Look, auf den ich abgezielt hatte.

»Entschuldigen Sie, Jana, aber wann ist der richtige Zeitpunkt, um sich ins Krankenhaus zu begeben? Sobald die Wehen einsetzen oder erst, wenn sie alle paar Minuten kommen?«, fragte Blondie.

»Eine ausgezeichnete Frage. Uns ist es lieber, wenn Sie, solange Sie damit kein Risiko eingehen, zu Hause bleiben – Sie werden sich in Ihrer vertrauten Umgebung behaglicher fühlen. Rufen Sie uns an, sobald Sie Wehen bekommen, damit wir Bescheid wissen, aber wir möchten nicht, dass Sie zum Krankenhaus aufbrechen, ehe sie nicht mindestens alle fünf Minuten erfolgen.«

Blondie nickte und notierte das in dem Smythson-Laptop, den sie aus ihrer Kate-Spade-Handtasche gezogen hatte. Diese Frau verströmte ein reiches Elternhaus aus allen Poren.

»Gut. Dann wäre da noch eine Sache. Ich habe mir sagen lassen, dass die Begleitperson bei der Entbindung im Idealfall drei bis vier Jahre älter sein sollte als man selbst ist. Mein Ehemann ist allerdings sieben Jahre älter, darum würde ich gern wissen, wie sich das auf die Geburt auswirken könnte.«

Jana lupfte ihre Brauen, die noch nie mit einer Pinzette in Berührung gekommen waren. Mit ihrem folkloristischen braunen Rock und dem weiten, rosafarbenen Kaftan sah sie aus, als wäre sie einem Body-Shop-Katalog aus dem Jahr 1989 entstiegen. »Davon habe ich noch nie gehört. Woher haben Sie diese Information?«

Blondie zog ihre Notizen zu Rate. »Aus einer Studie der University of Southern California. Sie stammt von 2000.«

»Nun, ich bin sicher, sie basiert auf dem allgemeinen Durchschnitt und nicht auf konkreten Fällen. Ihr Ehemann – oder Partner«, fügte sie hastig hinzu, wobei sie gezielt zu Nina und mir schaute, weil sie uns vermutlich für Lesben hielt, »ist die beste Wahl, um mit Ihnen zusammen dieses unbeschreibliche Wunder zu erleben. Okay, machen wir weiter …«

»Moment, ich habe noch eine weitere Frage«, wandte Blondie ein. »Meine Yogalehrerin hat mir gesagt, dass man sich nach der Entbindung nicht waschen soll, weil das Baby über einen ausgeprägten Geruchssinn verfügt und es seine Mutter über diesen kennenlernt. Wenn man also Seife oder ein starkes Parfum benutzt, weiß das Baby nicht, wer man ist, darum entsteht keine Bindung. Wie lange sollte ich warten, bevor ich eine Dusche nehme?«

Das war selbst für Jana, die immerhin ein Fußkettchen trug, zu viel Hippie-Müll. Sie konnte ihren Ekel kaum verhehlen. »In der Regel möchten die Frauen nach der Entbindung so rasch wie möglich duschen. Vergessen Sie nicht, es ist, als würde man einen Marathon laufen. Nackt und durch einen Strom von Blut. Sie werden nassgeschwitzt sein und erschöpft und sehr wahrscheinlich klebrig von Körperflüssigkeiten. Bestimmt werden Sie sich nach einer Dusche sehnen, und dagegen spricht rein gar nichts. Ich bin sicher, es wird Ihre Bindung zu Ihrem Baby nicht beeinträchtigen. Sie ist weitaus komplexer, als dass sie sich ausschließlich über den Geruch definiert.«

Blondie wirkte nicht überzeugt. »Nun, ich vertraue meiner Yogalehrerin.«

»Das liegt ganz bei Ihnen. Hat …«

»Verzeihung, aber da wäre noch etwas«, unterbrach Blondie sie. Heiliger Bimbam.

»Ist es eine allgemeine Frage, oder können wir nach der Stunde darüber reden?«

»Allgemein. Es geht ums Stillen …«

»Was das betrifft, werden wir in der dritten Woche darüber sprechen, wie man sein Baby richtig anlegt und es zum Trinken animiert.«

»Darum muss ich die Frage jetzt stellen, denn die Zeit wird allmählich knapp. Wie härte ich meine Brustwarzen fürs Stillen ab? Meine Mutter rät mir, sie mit Stahlwolle zu bearbeiten. Wie viele Male pro Tag ist empfehlenswert?«

Jana konnte angesichts solch blödsinniger Foltermethoden nicht einmal mehr Diplomatie vorgaukeln. Sie schüttelte vehement den Kopf.

»Nein, nein, bitte bearbeiten Sie Ihre Brustwarzen nicht mit Stahlwolle. Sie könnten sich schneiden und eine Entzündung provozieren. In der Regel ist das Stillen nicht schmerzhaft, darum müssen Sie Ihre Brustwarzen nicht abhärten. Machen Sie sich darüber keine Gedanken.« Sie atmete tief durch, und ich stellte mir vor, wie sie gerade noch einen Fingerbreit Whiskey in das Glas goss, das sie sich genehmigen würde, sobald sie mit uns fertig war. »Jetzt zurück zum entspannten Gebären. Sobald Sie sich in Ihrem Krankenhauszimmer eingefunden haben, werden wir Ihnen etwas zur Schmerzlinderung anbieten. Dies kann etwas so Simples sein wie eine Wärmflasche oder etwas Massives wie Ibuprofen.« Jana artikulierte »Ibuprofen«, als meinte sie in Wahrheit Heroin. Eines hatte ich inzwischen begriffen: Wenn man ernsthaft beabsichtigte, in den westlichen Innenbezirken von Sidney ein Kind zur Welt zu bringen, sollte man mit so wenig moderner Medizin wie möglich auskommen.

»Eine Vorbeugungsmaßnahme, die wir empfehlen, um ein zu starkes Reißen zu vermeiden«, sagte Jana, als wäre jede andere Form von Reißen akzeptabel, »ist die perineale Massage.«

Wow, eine Massage. Das klang gut.

»Es ist eine sehr einfache Methode, um den Damm elastisch zu machen und zu gewährleisten, dass er auf die Entbindung vorbereitet ist. Sie müssen dafür nichts weiter tun, als sich mit weit gespreizten Beinen hinzusetzen und mithilfe eines Gleitmittels …« An dieser Stelle nahm Jana abermals Nina und mich ins Visier. »… unter sanftem Druck beide Daumen in Ihre Vagina einzuführen und sie in Richtung Rektum zu pressen, bis Sie ein Kribbeln verspüren. Machen Sie das jeden Tag ein paar Minuten lang, und Sie werden definitiv davon profitieren. Dank dieser Methode benötigen nur etwa siebzig Prozent aller Gebärenden einen Dammschnitt.«

Ich soll meine Daumen in meinen ohnehin schon geschwollenen Intimbereich stecken und ein bisschen darin herumstochern, für eine lausige dreißigprozentige Chance, dass ich nicht genäht werden musste, was ich nicht einmal spüren würde, weil ich mir definitiv eine wunderbare Periduralanästhesie geben lassen würde? Niemals!

»Hinzu kommt der Bonus«, fuhr Jana fort, »dass viele Frauen diese Massage wirklich genießen lernen. Manche beziehen sogar ihren Partner mit ein.« Jana lächelte Nina und mich auf seltsam anzügliche Weise an. Kein Zweifel, sie hielt uns für Lesben.

Blondie nickte die ganze Zeit über. »Ich habe bereits mit meiner Massage begonnen«, sagte sie, ganz die kleine Streberin. *Natürlich hast du das.*

»Ausgezeichnet!« Jana applaudierte ihrer Musterschülerin. Wenn es das war, worauf es im Jahr 2015 bei einer Mutter ankam, war ich komplett aufgeschmissen.

Nachdem meine neue Lebensphilosophie lautete: »Sag es einfach«, streckte ich die Hand in die Luft.

»Könnten wir bitte noch einmal auf die PDA zurückkommen?«

Jana zog eine Braue hoch und seufzte resigniert. »Was möchten Sie wissen?«

Wie bald kann ich eine bekommen? Muss ich bis zum Einsetzen der Wehen warten? Offen gestanden tut mir mein Rücken höllisch weh, und meine Beine müssen zwanzig zusätzliche Kilos tragen, und ich habe so starke Wassereinlagerungen, dass ich offiziell dürreresistent bin.

»Na ja … wann kann ich um eine bitten?«

Nun sprangen beide Augenbrauen nach oben. »Für gewöhnlich raten wir den Gebärenden zu warten, bis der Muttermund zumindest acht Zentimeter geweitet ist. Aber wenn Sie auf einer Periduralanästhesie bestehen, können wir Ihnen im Zentrum für entspanntes Gebären nicht zur Seite stehen. Das ist Ihnen bewusst?«

Ich schaute zu Nina, die mit den Achseln zuckte. »Wie meinen Sie das?«

»Im Zentrum für entspanntes Gebären bieten wir schmerzmittelfreie, natürliche Entbindungen an. Haben Sie sich nicht für diesen Kurs angemeldet, weil Sie Ihr Kind entspannt zur Welt bringen möchten?«

»Ich kann keine Medikamente bekommen?«

»Wir ermutigen zur natürlichen Niederkunft.«

»Also keine Medikamente?«

»Nun, wie ich eben sagte, ermutigen wir zur natürlichen Niederkunft.« Jana lieferte sich ein Blickduell mit mir, als wäre sie eine von den *Real Housewives* und würde mir jeden Moment ein Glas Wein ins Gesicht schütten.

»Das habe ich kapiert. Aber mal angenommen, die Wehen setzen ein … und werden immer stärker, bis es mir ein bisschen zu viel wird. Könnte ich in dem Fall eine PDA bekommen?« Sie starrte mich an, ich starrte zurück. *Los, gieß mir ruhig deinen mentalen Chardonnay in die Visage, Jana. Gib dein Schlechtestes. Ich werde in Kürze einen Menschen aus mir herauspressen. Mit dir nehme ich es locker auf.*

»Nun, theoretisch, ja, aber …«

»Großartig. Mehr wollte ich nicht wissen. Vielen Dank.«

Janas Mund war zu einem langen, schmalen Strich gequetscht. Sie sah aus wie Meg, als ihre Assistentin ihr versehentlich eine Latte mit Vollfettmilch gebracht hatte.

»Darf ich fragen, *wieso* Sie an einem Kurs für entspanntes Gebären teilnehmen, George, wenn Sie in Wahrheit künstlich entbinden wollen?«

»Ich verstehe nicht?«

»Haben Sie die Absicht, überhaupt zu *versuchen*, natürlich niederzukommen?«

»Äh, nicht wirklich.«

»Und warum nicht?«, fragte sie mit spitzen Lippen. Ich begann, mich zu fragen, ob Jana nebenbei als Furcht einflößende Rektorin an einem viktorianischen Internat tätig war.

»Nun, als einigermaßen intelligente Person, die grob die Abläufe einer Geburt kennt, gehe ich nicht davon aus, dass ich dazu imstande bin. Lassen Sie uns den Tatsachen ins Auge blicken: Es wird mörderisch wehtun. Wie auch nicht? Da schlüpft ein Mensch aus einem anderen Menschen. Ich weine schon, wenn ich Kopfschmerzen habe. Einmal habe ich den Arzt gerufen, weil meine Nagelhaut eingerissen war. Für mich besteht kein Zweifel daran, dass ich nach Medikamenten schreien werde, während ich versuche, die knochigen Schultern dieses Babys zwischen meinen Beinen herauszuzwängen.«

»Nun«, meinte Jana mit sauertöpfischer Miene. »Das ist gewiss eine Perspektive. Was wir den Teilnehmerinnen in diesen Kursen mitgeben wollen ist das Wissen, dass es verschiedene

Optionen gibt. Und die Chance darüber nachzudenken, auf welche Weise sie ihr Baby zur Welt bringen möchten. Das ist alles.«

»Meiner Ansicht nach machen Sie den Frauen bewusst Angst, damit sie sich für eine Entbindung ohne schmerzstillende Medikamente entscheiden. Ich halte das für unverantwortlich«, ließ sich Nina neben mir vernehmen.

Ich reckte im Geist die Faust in die Luft.

Janas Blick wurde scharf. »Vielleicht wären Sie beide in einem anderen Kurs besser aufgehoben.«

»Ja, vielleicht wären wir das«, sagte ich und stand gleichzeitig mit Nina auf. *Wir wurden aus einem Geburtsvorbereitungskurs geworfen. Das war der Knüller.* Ich hoffte nur, dass Nina Jana nicht als Fotze titulierte. Das wäre wohl ein bisschen zu viel des Guten.

Als wir aus der Tür waren und den Gang entlangspazierten, vorbei an der Nische mit leeren Bettchen, die darauf warteten, mit Babys gefüllt zu werden, und an den omnipräsenten Flaschen Handdesinfektionsmittel brachen wir in schallendes Gelächter aus.

»Ist diese Jana wirklich echt? Sie klang wie ein Roboter, den die Klinik konstruiert hat, um an PDAs zu sparen und uns allen eine Gehirnwäsche hinsichtlich des Übels von Schmerzmitteln zu verpassen«, bemerkte Nina.

Sie begann, sich wie ein Roboter zu bewegen, dabei sprach sie mit mechanisch klingender, abgehackter Stimme. »Ich – bin – Jana. Verzichten – Sie – auf – eine – PDA – sonst – wird – Ihr – Kind – in – dem – Wissen – aufwachsen – dass – Sie – es – nicht – richtig – lieben.«

»Ich fürchte, sie *ist* ein Roboter«, bestätigte ich. »Periduralanästhesien – sind – nur – für – die – Schwächsten – unserer – Gesellschaft. Stellen – Sie – Ihre – Liebe – zu – Ihrem – Kind – unter – Beweis – indem – Sie – vor – Schmerz – halb – umkommen.«

»Meine Mutter hat sich einmal darüber beklagt, dass bei meiner Geburt die Frau im Nebenzimmer zu laut war«, erzählte Nina. Ich hörte auf, Roboter Jana zu imitieren. Sie sprach fast nie über ihre Mutter, und schon gar nicht auf diese beiläufige »Hier ist eine Anekdote, die du noch nicht kennst«-Weise.

»Du meinst, als die Frau in den Wehen lag?«

»Ganz genau.« Sie schnaubte spöttisch. »Kannst du dir das vorstellen? Meine Mutter war so leise, dass sie ihre Zimmernachbarin hören konnte. Findest du das nicht bizarr? Ich muss jedes Mal daran denken, wenn ich mir den Zeh an der Badewanne anhaue und praktisch einen Tag von der Arbeit frei nehmen muss, um mich zu erholen.«

Ich lachte. »Ja, das kenne ich. Die Schmerzen werden der Horror sein, oder? Bestimmt noch schlimmer als das Waxing an den Beinen.«

Sie nickte. »Aber besser du als ich«, frotzelte sie. Ich bemühte mich, Ninas Selbstzerfleischung möglichst an mir abprallen zu lassen, doch es fiel mir zunehmend schwerer. Oberflächlich betrachtet mochte es den Anschein haben, als machte sie sich über sich selbst lustig, doch ich wusste, dass sie tief in ihrem Inneren nur sicherstellen wollte, dass ich mich ihres gebrochenen Herzens erinnerte. Als könnte ich es je vergessen.

Ich hatte Nina vergangene Woche gebeten, mir die Beine mit Wachs zu enthaaren, weil ich den Gedanken nicht ertrug, mich dem üblichen Smalltalk in einem Kosmetiksalon auszusetzen. Ich hatte ihn schon vor der Schwangerschaft verabscheut, doch inzwischen hasste ich ihn abgrundtief. Jeder, mit dem man als werdende Mutter in Kontakt kam, war entweder selbst schon mal schwanger gewesen oder kannte jemanden, auf den das zutraf. Ergo hielten sie sich für Experten. Wenn ich noch ein einziges Mal einen Satz hören müsste, der mit den Worten »Wussten Sie, dass …« anfing, ich schwöre, ich würde den Betreffenden mit dem Inhalt meiner Fruchtblase bekannt machen.

Darum hatte Nina mir die Beine gewachst. Genauer gesagt hatte sie exakt zwei Streifen mitsamt einer beträchtlichen Menge Haare abgerissen, bevor ich ihr kreischend erklärt hatte, dass ich das nicht aushielte. Ich fragte mich, wie Jana reagiert hätte. Vermutlich hätte sie mir eine Waxing-Doula zur Seite gestellt, damit sie mir durch die Schmerzen half.

»Ist es wirklich okay für dich, Nina? Du brauchst nicht unbedingt mitzukommen.«

»Soll das ein Witz sein? Natürlich werde ich dich begleiten.«

»Aber du musst nicht, wenn es sich komisch für dich anfühlt. Fühlt es sich komisch an?«

Nina lächelte ironisch. »Ja. Doch nach einer Weile wird es normal sein. Mach dir keinen Kopf.«

»Na gut. Wie läuft's eigentlich mit der Gruppe?«

Nach ihrer Trennung von Matt hatte Nina sich einer Infertilität-Selbsthilfegruppe angeschlossen. Es waren allesamt Frauen, die beschlossen hatten, ihre Unfruchtbarkeitsbehandlungen abzubrechen oder zumindest auf Eis zu legen.

»Ganz okay.«

»Sind es nette Frauen?«

»Doch, schon.« Sie zuckte die Achseln. »Ich glaube nicht, dass ich außerhalb der Gruppe mit ihnen befreundet wäre, aber sie sind in Ordnung. Es ist gut zu wissen, dass ich nicht aufgebe. Auch wenn es mir vorkommt, als würde ich genau das tun.«

»Du gibst nicht auf. Das ist nicht die richtige Formulierung.«

»Wie soll ich es sonst ausdrücken?«

»Du lotest andere Optionen aus.«

Sie nickte und blinzelte sich die Tränen aus den Augen. »Ich hatte mir mein Leben einfach nie so vorgestellt.«

»Das weiß ich.« Ich hakte mich bei ihr unter und legte den Kopf auf ihre Schulter. »Ich mir meins übrigens auch nicht.«

Nina verzog das Gesicht. »Bitte, sag so etwas nicht, George.

Das macht es nur schwerer für mich. Ich komme so schon kaum zurecht.«

»Ich wollte nicht …«

»Ist schon gut. Ich muss lernen, manches von dem, was die Leute sagen, einfach auszublenden. Es hilft nicht, wenn ich …«

»Nein! Ich bin nicht irgendwelche ›Leute‹. Du solltest nichts von dem, was ich schwafle, ausblenden müssen. Bitte, sag es mir, wenn dich etwas verletzt, dann halte ich sofort den Mund.«

»Okay. Aber es ist so hart für mich zu hören, dass du das Baby gar nicht wolltest, während ich mir so sehr eins wünsche. Gewünscht habe.«

»Bitte, verzeih mir. Aber auch ich habe Angst. Ich will nicht wie Ellie werden. Auf gar keinen Fall.«

»Das wirst du nicht.« Nina sagte das mit solcher Überzeugung, dass ich geneigt war, ihr zu glauben.

Schweigend verließen wir das Krankenhaus und hielten auf die King Street zu. »He, ich schulde dir noch ein Eis«, sagte ich.

»Wieso das?«

Ich besann mich eines Besseren, um sie nicht an jenen Tag in der Fruchtbarkeitsklinik zu erinnern. »Nicht wichtig. Ich möchte dich einfach einladen. Gib deiner schwangeren Freundin eine Rechtfertigung, sich eine Überdosis Eiscreme einzuverleiben. Einverstanden?«

»Einverstanden.«

»Bist du wirklich okay?«

Nina nickte. »Ja. Ich brauche einfach etwas Zeit. Es ist furchtbar deprimierend, dass keiner meiner Träume in Erfüllung gehen wird. Dabei waren sie doch nicht überzogen, oder? Ich wollte keinen Grammy gewinnen oder so was, sondern nur einen Ehemann und ein paar Kinder.« Sie atmete hörbar aus. »Es ist hart. Früher habe ich mich oft gewundert, wie es sein kann, dass Leute sich scheiden lassen. Nein, eigentlich nicht wie es sein kann, sondern warum sie den völlig falschen Partner geheiratet haben. Nicht dass Matt der falsche Mann für mich wäre, aber ich hatte geglaubt, dass wir Krisen wie diese meistern würden. Sollten Paare dazu nicht imstande sein?«

»Ich weiß es nicht.«

Nina setzte sich auf die Bank an einer Bushaltestelle. »Gib mir eine Minute.«

Ich nickte, dabei grübelte ich, wie sie damit zurechtkommen würde, wenn mein Baby erst mal da wäre. Könnte sie diesen speziellen Sturm unbeschadet überstehen? Selbstsüchtig wie ich war, hoffte ich schwer darauf. Ich brauchte sie. Sie musste stark sein, wenn ich keine Kraft mehr hatte, was künftig sehr, sehr oft der Fall sein dürfte.

»So eine Scheiße«, bemerkte ich.

»Das kannst du laut sagen.« Sie lachte.

»So eine beschissene Scheiße.«

»Die beschissenste Scheiße, die man sich vorstellen kann.«

»Sogar noch beschissener als das.«

»Oh ja.«

Wir saßen eine Weile schweigend nebeneinander. Dabei sann ich über die Traditionen nach, die sich in unserer Freundschaft eingebürgert hatten, über unsere stichwortartige Geheimsprache und darüber, wie undenkbar es war, das noch einmal zu finden. Wer außer Nina würde wissen, wie ich es meinte, wenn ich über Zauberer Graubart lästerte, und mich nicht als Giftspritze abstempeln, sondern verstehen, warum ich ihn nicht ausstehen konnte? Wer sonst würde mich nicht verurteilen, weil mir »Blurred Lines« gefiel, obwohl der Song durch und durch antifeministisch war und ich sogar einmal einen Kommentar über den frauenverachtenden Text geschrieben hatte? Wer sonst würde mir im achten Schwangerschaftsmonat die Beine enthaaren? Wer außer ihr würde mir anmerken, dass ich mir wegen dieses Babys vor Angst in die Hose machte? Wer sonst hatte in jeder Lebenskrise zu mir gehalten – und umgekehrt?

»Wir können übrigens über deine Mutter sprechen, wann immer dir danach ist«, wagte ich den Vorstoß.

»Das ist lieb von dir«, sagte Nina leise. »Aber tatsächlich ...«

»Ist schon gut. Wir müssen nicht, wenn du nicht möchtest.«

»Nein, daran liegt es nicht. Ich kann mich nur nicht mehr sehr gut an sie erinnern.«

Ich verspürte eine Enge in der Brust, die mich fast überwältigte. »Ach so.« Mehr fiel mir nicht ein.

»Ein paar Sachen weiß ich noch, aber ... ich habe den Großteil meines Lebens ohne sie verbracht, woher soll ich also wissen, wie sie war? Jill hat noch weniger Erinnerung an unsere Mum, und unser Vater spricht nicht gern in Leannes Gegenwart über sie, darum bleibt mir nicht viel, um mir ein echtes Bild zu machen.«

»Sie ging gern schwimmen.«

Nina nickte. »Ja, richtig. Sie hat uns jede Woche mitgenommen.«

»Immer samstags.«

»Wieso weißt du das noch?« Sie schaute mich verblüfft an.

»Einfach so halt. Und sie mochte die Swans.«

»Das stimmt. Was merkwürdig war, weil niemand sonst in unserer Familie auf Football stand. Nicht einmal Dad.«

»Sie hatte krauses Haar. Das du Glückspilz nicht von ihr geerbt hast.« Ich wickelte eine meiner eigenen Ringellocken um meinen Zeigefinger.

»Kannst du dir vorstellen, dass ich sie fast nie mit Locken gesehen habe? Ich kann mich nicht mal mehr erinnern, wie sie damit aussah, weil sie sie immer entkrausen ließ. Ich weiß noch, wie ich sie zum Friseur begleitet habe und sie ihr dieses Zeug auf die Haare gepinselt und eine Art Brett darunter gehalten haben, damit sie flach auflagen. Der Geruch ist mir bis heute im Gedächtnis geblieben. Die Dämpfe haben in meinen Augen gebrannt.«

»Sie hatte versprochen, mir die Haare glätten zu lassen, sobald ich alt genug wäre.«

Nina warf mir einen überraschten Seitenblick zu, und ich fing an zu weinen.

Wie immer war sie diejenige, die *mich* tröstete. »Beruhige dich«, murmelte sie und streichelte meinen Rücken wie eine fürsorgliche Mutter.

Ich sah sie an. »Macht dich das nicht traurig?«

»Was denn?«

»Über Jan zu sprechen.«

Nina lächelte. »Ein bisschen. Aber es gefällt mir auch. Du hast recht, ich rede nie über sie. Es ist schön, Dinge über sie zu erfahren.«

»Wie schaffst du es nur, so stark zu sein?«

Sie schnaubte abfällig. »Ich bin nicht stark.«

»Und ob du das bist!« Ich setzte mich gerade hin und schaute ihr direkt in die Augen. »Du verwandelst alles Schlechte in etwas Humorvolles, du vergießt niemals eine Träne, sondern machst einfach weiter. Du hast mir verziehen, unterstützt mich sogar und bist wieder meine Freundin. Meine *beste* Freundin. Wie viele andere Menschen würden das tun? Ich weiß nicht mal, ob ich das könnte.«

»Natürlich könntest du das.«

Ich schüttelte den Kopf. »Ich bin nicht so stark wie du.«

»Man muss nur den Vorsatz fassen, stark zu sein, George. Genau das habe ich getan, als meine Mutter starb. Ich dachte: ›Ich kann mich davon runterziehen lassen, oder ich komm drüber weg und schau nach vorn.‹ Ich habe mich für Letzteres entschieden.«

Ihr Blick war klar und fest. Nina war die rothaarige, aus Marrickville stammende Version von Buffy Summers, die unbeirrt ihrem Weg folgte.

»Hast du nie Trauer verspürt? Oder Zorn?«

»Doch, natürlich. Aber das machte ich mit mir selbst aus. Ich wollte nicht das beklagenswerte Mädchen sein, dessen Mutter gestorben war. So etwas ist nichts als Effekthascherei. Jeder macht im Leben mal was Schlimmes durch, George. Nur verarbeiten es manche eben schneller als andere.«

»Du bist wirklich sehr weise.« Ich fühlte mich mehr und mehr wie das Kind, das ich in Bälde zur Welt bringen würde.

»Dessen bin ich mir bewusst«, konterte sie trocken. »Wie geht es *dir* eigentlich?«

Ich nagte an meiner Lippe. Ich hatte die Wahl, es Nina jetzt anzuvertrauen oder für immer zu schweigen. Mich der schlimmsten Furcht, die ich je verspürt habe, zu stellen oder sie zu einem Päckchen zu verschnüren und mich auf eine Weise davon abzuschotten, vor der eine Therapeutin mich einmal dringend gewarnt hatte.

»Theoretisch gut. Wäre da nicht diese entsetzliche Furcht.« Ich ließ den Satz in der Luft hängen, darauf hoffend, dass Nina wusste, was ich meinte, und wir zum Kern des Problems vorstoßen würden, ohne dass ich meine Panik in Worte fassen musste.

»Wegen dieses Kurses? Du schaffst das schon. Lass dir einfach eine PDA geben.« Nina kramte ein zerknittertes Tempo aus ihrer Handtasche und gab es mir.

»Nein, das ist es nicht. Ich habe Angst, dass ich … was, wenn … ich das Baby nicht liebe?«

Nina furchte die Brauen. »Ich verstehe nicht?«

Ich versuchte, es ihr auf die Weise zu erklären, die für mich die plausibelste war. »Was, wenn mein Herz weiß, dass ich kein Kind wollte, und beschließt, dass ich es deshalb nicht lieben kann, auch wenn ich das möchte?«

Nina legte die Hand auf meine, und da bemerkte ich zum ersten Mal, dass sie ihren Ehering nicht mehr trug. »Das wird nicht passieren.«

»Wie kannst du so sicher sein? Ich habe all diese Artikel über Frauen gelesen, die sich von ganzem Herzen ein Kind wünschen, aber sobald sie es haben, wollen sie es umbringen! Ich meine, buchstäblich umbringen! Sie malen sich aus, wie sie es von einem Balkon fallen lassen oder vor ein Auto werfen. Was, wenn ich mein Baby nicht genug liebe und ihm am Ende etwas antue?«

»George. Hör mir zu.« Ninas Ton war ernst. »Allein die Tatsache, dass du dir darüber Sorgen machst, zeigt, wie sehr du dieses Baby schon jetzt liebst.« Sie legte eine Atempause ein. »Und solltest du anfangs tatsächlich das Gefühl haben, nicht genügend Liebe zu empfinden, werde ich es einfach für uns beide lieben, bis du dich berappelt hast.«

»Echt?«

Nina nickte. »Echt.« Sie drückte meine Hand, und ich drückte ihre. Ich ließ ein Seufzen entweichen, als ich zum geschätzt siebenundzwanzigsten Mal an diesem Tag plötzlich Heißhunger verspürte. Ich hatte sogar meine morgendliche Dusche unterbrochen, um mir ein belegtes Brot zu machen.

»Komm, wir müssen weitergehen«, drängelte ich. »Ich brauche ein Eis, sonst klappe ich zusammen.«

Wir hatten gerade die Ecke Missenden und King erreicht, als ich ihn entdeckte. »Oh mein Gott, Nina! Oh mein Gott!«

»Was ist los? Ist alles okay?« Nina war stehen geblieben und legte mir die Hände auf die Schultern. Sie sah mir so tief in die Augen, als wollte sie hineinspringen.

»Nein, nein, nicht das, was du denkst … Sondern Colin. Colin Bennet. Zwei N, ein T. Der Typ aus der Bar.«

Kein Zweifel. Colin alias Gerard Butler alias der hübscheste Buchhalter der Welt stand auf der anderen Straßenseite, trank einen Kaffee und las die Zeitung.

»Welcher?« Nina folgte mit den Augen meiner Blickrichtung.

»Sieh nicht hin!«, zischte ich.

»Herrgott noch mal, er ist zwanzig Meter entfernt, an einer der belebtesten Straßen der Stadt. Er kann uns nicht hören. Sag schon, welcher?«

»Der unfassbar Gutaussehende, der vor dem Geschäft einen Kaffee trinkt«, flüsterte ich.

»Meinst du den da?«, rief sie und zeigte mit dem Finger. *Gott beschütze mich vor dieser Frau, die seit fünfzehn Jahren kein Date hatte.*

»Ja«, bestätigte ich zähneknirschend. »Könntest du jetzt bitte leise sein.«

»Lass uns Hallo sagen.«

Ich schüttelte den Kopf. »Nein, Eiscreme.«

Nina packte mich am Ellbogen. »Du bist echt ein hoffnungsloser Fall. Komm jetzt. Dieser Mann ist ein wahrer Leckerbissen. Wenn du ihn nicht willst, springe ich vielleicht ein.«

Im Handumdrehen befanden wir uns auf der anderen Straßenseite und steuerten direkt auf Colin zu.

»Hallo!« sagte Nina und grinste über beide Ohren.

Colin sah hoch, dann klappte ihm vor Überraschung der Mund auf. Es war zu niedlich, umso mehr als er sich des Effekts null bewusst zu sein schien.

»George?«

»Hi, Colin.« Ich lächelte, doch es fiel mir schwer, meine Verlegenheit zu überspielen. Ich konnte nicht fassen, dass ich vor diesem Mann weggelaufen war – vor diesem Traumtypen mit seiner sexy Stimme, der mich nicht nur *nicht* kritisiert hatte, weil ich mir trotz meiner Schwangerschaft ein Glas Shiraz gönnte, sondern sich mir sogar angeschlossen hatte. Es dauerte eine Sekunde, ehe mir wieder einfiel, dass *er* vor *mir* weggelaufen war.

»Wie geht es Ihnen? Ich habe versucht, Sie zu kontaktieren, aber …« Er breitete die Hände aus. »Ich nahm nicht an, dass Sie mich wiedersehen wollten.«

»Sie haben versucht, mich zu kontaktieren?«

Er nickte. »Ich habe mein Möglichstes getan. Ich konnte mich nicht an Ihren Nachnamen erinnern, fand jedoch eine für *Jolie* tätige George auf Twitter.«

»Sie wollten mit mir tweeten?«

»Twittern. Ich wollte mit Ihnen twittern.«

»Ja, richtig.«

Nina räusperte sich demonstrativ.

»Colin, das ist Nina. Nina, ich möchte dir Colin vorstellen.« Sie tauschten ein Lächeln, bevor Nina sich mit der faulen Ausrede absetzte, sich unbedingt den Buchladen nebenan ansehen zu wollen.

»Als ich keine Antwort bekam, schloss ich daraus, dass Sie nichts mehr mit mir zu tun haben wollen.«

Ich schüttelte den Kopf. »Nein, nein, es ist nur so, dass ich schon nicht mehr auf Twitter war, seit – nun ja, seit dem Tag, an dem wir uns kennenlernten. Der, an dem ich alles vermasselt habe, wissen Sie noch? Jedenfalls fand ich, dass ich schon genug Schaden angerichtet hatte. Außerdem wollte ich die schrecklichen Kommentare nicht lesen, die die Leute dort über mich abgeben.« Ich laberte wie ein Wasserfall, bekam den Mund einfach nicht zu.

»Ach so.« Colin lächelte, und ich schmolz dahin. *Denk dran, was er dir angetan hat, George! Nimm dich zusammen.* »Ich bin erleichtert, dass das die Erklärung ist.«

»Sie meinen, weil es auch daran liegen könnte, dass Sie sich an dem Abend einfach verdünnisiert haben wie dieser bescheuerte Batman?«

Er trat unbehaglich von einem Fuß auf den anderen. *Gott, wie entzückend.* »Ich, äh … es gab einen Notfall. Ich musste die Toilette aufsuchen, und als ich zurückkam, waren Sie gegangen.«

»Ein Notfall? Dann sind Sie tatsächlich Batman? Gab es Ärger mit dem Pinguin?«

Colin lachte. »Nicht ganz. Ich bin Diabetiker. Ich hatte zwei Gläser Wein getrunken, was ein Fehler war. Doch das begriff ich erst, als ich an der Bar stand und mir ein bisschen schummrig wurde. Ich zog mich in die Toilette zurück, um meinen Blutzucker zu checken und mir etwas Insulin zu verabreichen, doch als ich anschließend zum Tisch zurückkam, waren Sie weg. Ich hatte Ihre Nummer nicht. Das Ganze tut mir furchtbar leid.«

»Ist das eine wahre Geschichte?«

Er nickte und zog ein kleines Plastikrechteck aus seiner Tasche. Es sah aus wie ein elektronischer Wagenschlüssel. »Das ist mein Blutzuckermessgerät«, erklärte er.

»Okay.«

»Ich bedaure sehr, wie der Abend verlaufen ist.«

»Schon gut.«

»Sie sehen bezaubernd aus.«

Das tat ich nicht, trotzdem schmeichelte es mir, das zu hören, auch wenn es gelogen war. In Wahrheit sah ich aus, als hätte ich mir einen Wasserball unter mein Oberteil und Bowlingkugeln in meinen BH gesteckt. Mein Gesicht war inzwischen derart aufgedunsen, dass Graubart begeistert deklamiert hatte: »Jetzt ist alles rund!« Dabei hatte er an meinem Körper auf und ab gezeigt, als wäre ich eine Schaufensterpuppe für Umstandsmode. Ich hatte an mich halten müssen, um ihm nicht meinen schwachen Milchkaffe ins Gesicht zu schütten.

»Oh, danke.« Ich verdrehte die Augen. »Das stimmt zwar nicht, aber trotzdem danke.«

»Doch, es stimmt.«

»Wenn Sie meinen.« Ich ließ das Kompliment sacken.

»Ist Nina die Freundin, von der Sie mir erzählt haben?«

»Ja.«

Wir setzten den bemühten Smalltalk noch mehrere Minuten fort, bevor ich beschloss, den Stier bei den Hörnern zu packen. *Man muss nur den Vorsatz fassen, stark zu sein*, hatte Nina gesagt.

»Hätten Sie Lust, mit mir auszugehen? Im Sinne von einem Date?«

»Wollen Sie das wirklich?«

»Ja. Und Sie?«

Colin nickte. »Sehr gern.«

Ich lächelte, während mich Erleichterung gepaart mit Aufregung durchströmte. Ich hatte ein Date. Mit einem Mann. Obwohl ich im achten Monat schwanger war. Es war nicht ganz wie im Märchen, doch damit konnte ich leben.

28

Woche 37

Nach dem debakulösen Entspanntes-Gebären-Kurs (den Nina und ich in Entspanntes-Gebären-Stuss umgetauft hatten), traf ich eilends Vorkehrungen, um mein Baby auf der normalen Entbindungsstation zur Welt zu bringen. Beim Ausfüllen der Formulare fragte ich die Krankenschwester, wie lange ich warten sollte, bevor ich um eine Periduralanästhesie bat.

»Ach, Liebchen«, sagte sie mit breitem australischem Akzent. »Ich an Ihrer Stelle würde eine PDA bestellen wie eine Pizza, kaum dass sich die erste Wehe ankündigt. Seien Sie ganz unbesorgt – Sie bekommen eine, sobald Sie danach verlangen. Wir sind nicht wie diese Traumfänger am anderen Ende des Flurs.«

Gott sei Dank. Hier bin ich richtig.

Als ich Ellie davon erzählte, zeigte sie sich, wie unschwer zu erwarten, wenig erbaut.

»Es wird nicht so schlimm werden, wie du befürchtest«, behauptete sie.

»Ich denke, es wird noch viel, viel schlimmer werden, El.«

»Dein Körper wurde für diese Aufgabe geschaffen, George. Du bist eine Frau.«

Ich atmete ein und wieder aus, wie Mein-Körper-weiß-wie-es-geht es mich gelehrt hatte, und versuchte, mich nicht verrückt machen zu lassen. Nach Jana und meiner Freundin Hemdbluse heute Morgen im Supermarkt hatte ich die Nase gestrichen voll davon, dass die Leute – *die Frauen* – mir vorschrieben, wie ich mich als Schwangere zu verhalten und was ich zu fühlen hatte. Ellie lag mir seit Wochen damit in den Ohren, dass sie eine Babyparty für mich schmeißen wollte – ein Konzept, das ich als antiquierte Gaunerei erachtete, bis ich realisierte, dass es jede Menge zu essen geben würde. Doch nun war es zu spät.

»Das ist richtig. Trotzdem teile ich nicht deine Auffassung, dass es mich zu einer wertloseren Frau macht, wenn ich nicht auf ›natürliche‹ Weise gebäre.«

Ellie verzog das Gesicht. »Ich meine doch nur, dass du es versuchen solltest. Vielleicht stellst du fest, dass du es auch so schaffst. Und wärst du dann nicht stolzer auf dich?«

»Nein, das denke ich nicht. Dies ist kein Rennen, das ich gewinnen muss. Es reicht, dass ich teilnehme und die Ziellinie erreiche.«

Sie schnaubte verärgert, aber ich wollte das Thema nicht vertiefen. Ich würde mir die Medikamente geben lassen, die erforderlich waren, um dieses Baby aus meinem Leib zu pressen. Ich hatte eine Verabredung (der ich mit solcher – naiven? – Zuversicht entgegensah, dass ich auf dem Heimweg Kondome gekauft hatte. Man konnte ja nie wissen). Ich hatte Pläne.

Doch es ließ sich nicht leugnen, dass unsere Wohnsituation so gespannt war wie meine Bauchdecke. Da ich nun den ganzen Tag daheim war, wo ich mich gelegentlich als freiberufliche Journalistin betätigte, hauptsächlich jedoch Reiswaffeln futterte (und so viele wie möglich Lucas zuschacherte) oder Leihbücher aus der Bibliothek las, die ich neulich wiederentdeckt hatte (den Job zu verlieren, brachte viele solcher Vorteile mit sich), hatten Ellie und ich weit öfter Gelegenheit, uns zu zoffen. Allein in dieser Woche hatten wir uns wegen des Bundesetats in die Wolle gekriegt (Ellie hatte sich darüber empört, dass es nicht mehr staatliche Gelder für nichtberufstätige Mütter gab, woraufhin ich vorgeschlagen hatte, dass nichtberufstätige Mütter sich eine Arbeit suchen sollten – eine Idee, die bei den Hughes überraschend unpopulär war), außerdem wegen eines Muffins, den ich mit heimgebracht hatte und von dem Lucas einen Bissen abhaben wollte (»Er hatte diese Woche schon genug Gluten, George!«), und jetzt wegen meines Plans, mein Baby so zu gebären, wie ich es wollte.

Ich hatte inzwischen eine eigene Wohnung gefunden, leider war sie erst in einer Woche bezugsfertig. Ich zweifelte allmählich, ob unsere Freundschaft weitere sieben Tage überstehen würde.

»Okay, Themawechsel«, sagte ich. »Rate mal, wer heute ein Rendezvous hat.«

Ellie blickte von dem Teller auf, den sie gerade spülte. »Wer?«

Ich zeigte grinsend mit dem Finger auf mich.

»Du triffst dich mit einem Mann?«, fragte sie tonlos.

»Jawohl!«

»Warum?«

»Warum? Was meinst du mit ›warum‹? Weil er mich um ein Date gebeten hat … nein, das ist nicht ganz richtig, in Wahrheit habe ich ihn darum gebeten.«

Ellie wandte sich mit hochgezogenen Brauen wieder dem Teller zu. Sie nickte knapp, machte jedoch keine Anstalten, das Gespräch fortzusetzen.

»Was ist?«

Sie schüttelte den Kopf. »Nichts.«

»Du hast Einwände?«, fragte ich scharf.

Ellie stellte den Teller weg und seufzte. »Ja. Ist es das, was du hören wolltest, George. Ich soll mal wieder die Böse mimen? Die, die dir jeden Spaß missgönnt?«

»Nein, darauf hatte ich nicht abgezielt«, sagte ich in einem Tonfall, der verriet, dass ich exakt darauf abgezielt hatte.

Ellie lachte. Hämisch. »Ich bin die Einzige, die dir die Wahrheit ins Gesicht sagt. Also, hier kommt sie: Du erwartest ein Baby. Das ist kein geeigneter Zeitpunkt, um sich mit einem neuen Mann einzulassen oder eine überteuerte Atelierwohnung in Redfern zu mieten. Es ist auch kein guter Zeitpunkt, um seine Stelle zu kündigen oder den Kindsvater zu verlassen. Ich meine, Scheibenhonig, George …« Ellie fluchte inzwischen nie mehr. »Du kannst noch nicht mal Auto fahren. Was wirst du tun, wenn das Baby ins Krankenhaus muss?« Sie streifte die Gummihandschuhe ab und fuhr sich mit den Fingern durchs Haar. »Wieso ist dir das alles neu, George? Warum bin ich die Einzige, die dich darauf hinweist? Alle anderen reden dir ein: ›Ach, das wird schon. Ein Kind großzuziehen ist doch ein Klacks. Du wirst den Dreh bald raushaben‹.« Sie sagte das mit einer Singsang-Stimme, die mich bis aufs Blut reizte. Ich saß an ihrer Frühstückstheke und kochte innerlich vor Wut. Was erlaubte sie sich, so mit mir zu reden? Ich bemühte mich doch nach Kräften. Oder etwa nicht?

»Es ist *kein* Klacks, George. Das mag biestig klingen, aber ich kann es kaum erwarten, dass du das selbst herausfindest. Du wirst schneller von deinem hohen Ross herunterpurzeln, als du dir träumen lässt. Und zu wem wirst du dann angelaufen kommen? Zu mir. Wieder einmal.«

Ich starrte auf meine Hände. Die Finger meiner linken zitterten. Ich spürte, wie mein Kinn bebte, so überwältigend war der Drang zu weinen, doch ich bezwang ihn mit aller Macht.

»Ich bin keine Idiotin, Ellie. Ich weiß, dass es hart wird. Sei unbesorgt, ich bin mir durchaus bewusst, wie schwer ich es als alleinerziehende Mutter haben werde. Trotzdem sehe ich es nicht als Lösung an, mein Kind zum Zentrum meines Universums zu machen, damit ich, falls etwas schiefgeht, zu meiner Verteidigung vorbringen kann, dass ich aber auch wirklich alles Menschenmögliche getan habe. Ich finde es einfach lächerlich, sich komplett für sein Kind aufzuopfern. Es gibt dafür einen Ausdruck, weißt du? Du bist eine *Märtyrerin*, Ellie. Genau wie die anderen Mütter, mit denen du dich im Park triffst. Sie sind keine eigenständigen Personen mehr und bilden sich auch noch ein, das sei ein nobler Zug von ihnen oder so was.«

Ellies Nasenflügel bebten. »Das ist ganz schön dreist aus dem Mund einer Frau, die geflennt hat, als sie ihren Job verlor.«

Alle Achtung. Die Situation eskalierte in rasantem Tempo.

»Wie darf ich das verstehen? Es ging um meine *Karriere*. Sie war mir wichtig. Du hattest selbst mal einen Beruf, der dir am Herzen lag. Erinnerst du dich?«

»Ja. Und weiter?«

»Es ist, als würdest du gar nicht mehr existieren, Ellie. Was ist aus meiner Freundin geworden? Wo ist sie abgeblieben? Vielleicht sollte ich zur Polizei gehen und eine Vermisstenanzeige aufgeben – weil ich dich schon nicht mehr gesehen habe, seit du schwanger wurdest!«

»Was? Wieso bist du so gemein?« Ihr Gesicht war vor Zorn verzerrt. »Ich habe ein Kind bekommen, George. Es war doch klar, dass ich mich verändern würde.« Sie hielt inne und presste die Lippen zusammen. »Ich hätte mich damals von dir lossagen sollen. Schließlich *wusste* ich, dass du es nicht ertragen würdest, eine Freundin mit Kind zu haben, weil sich dann nicht mehr alles allein um dich dreht, so wie du es gewöhnt bist.«

»Das ist ausgemachter Schwachsinn! Ich habe sogar eine Babyparty für dich ausgerichtet! Ich habe Riesenkonfetti mit deinen Initialen darauf gebastelt und alkoholfreie Cocktails in Mason-Gläsern gemixt!«

»Ja, ich weiß. Und wenn ich mich recht entsinne, hast du so viel Lob dafür eingeheimst, wie du es dir erhofft hattest. ›Oh, seht nur, wie selbstlos George ist – sie hat selbst kein Kind, trotzdem schmeißt sie eine Babyparty für ihre Freundin.‹«

»Was ja auch stimmt. Exakt das habe ich getan.«

»*Du* bist die Märtyrerin! Was ich wollte, war dir schnurzegal. Nur fürs Protokoll: Ich finde Mason-Gläser geschmacklos! Du warst so versessen auf diese große Party, um dich selbst feiern zu lassen.«

»Oh, bitte verzeih mir, dass ich diese Mühe auf mich genommen habe und nett sein wollte.«

Ich spürte ein Rucken an meinem Kleid. Lucas.

»Nicht schreien.« Er drohte mir mit dem Finger wie eine Mini-Ellie.

Sie warf die Hände in die Luft. »*Danke*, George.«

Ich verdrehte die Augen. »Verdammt, Ellie, es ist nur ein Disput. Lass mich raten: Behauptet deine unterbelichtete Freundin Gemma Knight, dass Kinder keinen lauten Diskussionen ausgesetzt werden dürfen, weil sie zu Dieben und Serienkillern heranwachsen, wenn sie auch nur ein einziges Mal eine erhobene Stimme hören?«

»Ja, George, es ist allgemein bekannt, dass man in Gegenwart von Kindern nicht brüllen sollte«, brüllte sie. »Das ist ihnen gegenüber nicht fair.«

»Und wenn schon! Wieso bist du nicht mehr normal? Was stimmt nicht mit dir? Was ist nur aus dir geworden?«

»Was aus *mir* geworden ist? Was ist aus *dir* geworden? Wo war meine Freundin, als ich sie brauchte?«

»Sie war hier. Aber es ist schwer, deine Freundin zu sein, weil sich alles nur um deinen Sohn dreht.« Ich schaute nach unten. »Nicht bös gemeint, Kumpel.« Lucas kniff die Brauen zusammen, schnappte sich einen Behälter mit getrockneten Bioäpfeln und trollte sich. »Sei ehrlich, El. Wann hatten wir zuletzt eine Unterhaltung, die nicht von Lucas handelte oder von ihm gestört wurde? Weißt du eigentlich, wie ich mich dabei fühle?«

Das entlockte ihr ein bitteres Lachen. »Wach verdammt noch mal auf, George. Kurzmeldung: Ich habe ein Kind bekommen. Was meinst du, wie *ich* mich gefühlt habe, als du *ganze drei Jahre* praktisch *nichts* mit mir zu tun haben wolltest? Du behandelst mich, als wäre ich dein allerletzter Notnagel, bis du plötzlich meine Hilfe brauchst und an meine Tür klopfst. Das ist keine Freundschaft, das ist … Bockmist!«

»Wovon redest du?«

»Oh bitte. Stell dich nicht dümmer, als du bist, George. Erinnerst du dich, als Lucas zur Welt kam? Du hast uns nicht ein einziges Mal besucht, als er ein Baby war. Ich weiß noch, wie ich dir eine E-Mail mit einem goldigen Foto von ihm in der Badewanne geschickt habe. Du hast nicht mal geantwortet. Ich dachte: ›Na ja, sie hat viel mit diesem neuen Job um die Ohren, darum kann sie nicht zu Besuch kommen. Dann schicke ich ihr eben ein Foto. Da wird sie sich freuen.‹ Aber du hast nie darauf reagiert. Das war unglaublich mies von dir.«

Ich spürte, wie mich ein Gefühl der Beschämung erfasste. Ich konnte mich nicht einmal an die E-Mail, von der Ellie sprach, erinnern, was vielleicht daran lag, dass ich ihre Nachrichten regelmäßig ungelesen löschte, weil ich sie vorhersehbar und langweilig fand.

»Entschuldige. Das war mir nicht bewusst.«

»Ich habe dir jedes Mal, wenn eine neue Ausgabe von *Jolie* erschien, geschrieben, wie toll ich sie finde. Sogar wenn sie gar nicht so toll war! Es ist nur eine alberne Illustrierte, aber ich wusste, wie viel sie dir bedeutet. Du hingegen hast überhaupt kein Interesse an Lucas gezeigt, bis du hier eingezogen bist. Und jetzt hetzt du ihn fortwährend gegen mich auf oder untergräbst meine Autorität. Wie schon gesagt, kann ich es nicht erwarten, dich in der Mutterrolle zu sehen, damit du endlich kapierst, wie schwer das ist, George. Denn das *ist* es.«

»Danke, Ellie, das ist sehr liebenswürdig von dir. Soll ich dir sagen, weshalb das so schwer ist? Weil du dir viel zu sehr Druck machst, perfekt zu sein.«

»Inwiefern?«

»Lass mal sehen. Da wäre zum Beispiel dein Bio-Wahn. Die Knieschützer, die Lucas im Park tragen muss, für den Fall, dass er ins *Gras* fällt. Die Baby-Einstein-Videos, die du ihm jeden Tag aufnötigst. Der Mandarin-Unterricht, zu dem du ihn fährst ... bist du nicht völlig erledigt?«

»Natürlich bin ich erledigt, George. Ich habe ein kleines Kind. Ich bin seit Jahren erledigt.«

»Aber so muss es nicht sein, Ellie. Du verlangst dir zu viel ab. Ruh dich mal aus.«

»Das ist leichter gesagt als getan, meinst du nicht?«

»Nein, das meine ich nicht. Du musst lockerer werden. Es ist doch egal, ob Lucas hin und wieder Tiefkühlgemüse isst oder seine Bettzeit verpasst. Wen juckt das? Warst du nicht diejenige, die gesagt hat, dass Regeln dazu da sind, sie zu brechen, als du und diese Mieze euch auf deinem Junggesellinnenabschied einen Zungenkuss gegeben habt?«

Ellie funkelte mich böse an. »Das reicht jetzt.«

»Beruhige dich, da war doch nichts dabei.«

»Da irrst du dich gewaltig, George. Ich möchte nicht, dass Lucas seine Mami für eine trunksüchtige Versagerin hält. Er hat etwas Besseres verdient als das. Und ich werde ihm keine Tiefkühlkost vorsetzen, weil sie nicht gut für ihn ist. Ich werde ihn seine Bettzeit nicht verpassen lassen, weil er seinen Schlaf braucht. Zudem *möchte* ich, dass er das Zentrum meines Universums ist, und weißt du auch warum? Weil er es ist! Und ich sehe darin kein Problem. Mir gefällt das. Ich finde es eher seltsam, dass dir die Vorstellung, jemanden so sehr zu lieben, Unbehagen bereitet. Oder deine Sorge, das hier ...« Sie schwenkte den Arm durch die mit Lucas' Essensresten angefüllte Küche. »... könnte nicht cool genug für dich sein.«

»So denke ich nicht«, behauptete ich, leicht erschüttert darüber, wie perfekt Ellie meine Ängste beschrieben hatte. Wieso hielt ich es für überzogen, sein Kind so sehr zu lieben, wie Ellie Lucas liebte? Das war absurd, doch ich kam nicht dagegen an. Ich erschauderte regelmäßig, wenn Ellie ein Foto von Lucas auf Facebook oder Instagram postete, versehen mit einem honigsüßen Zusatz über ihren »lieben kleinen Mann«. Ich grimassierte innerlich, wenn sie davon schwärmte, welche Fortschritte er bei jeder neu erlernten Fähigkeit machte. Dabei hatte Ellie auch in einem anderen Punkt recht: Ich hatte noch nie bewusst das Gespräch auf Lucas gelenkt, weil sie das als einen Freifahrtschein auffassen würde, stundenlang über ihn zu palavern. »Aber darum geht es nicht. Sondern um die Tatsache, dass du dich für ihn aufgegeben hast. Du bist nicht mehr du selbst.«

Ellie guckte mich erstaunt an und zuckte die Achseln, wie um »Na und?« zu sagen. »Man passt sich den veränderten Umständen eben an. Ein Kind zu haben bedeutet eine gewaltige Umstellung. Man wacht nicht auf und tut dieselben Dinge wie zuvor, nur dass auf einmal ein Baby an einem dranhängt. So läuft das nicht. Darum: ja, ich habe mich verändert. Das ist normal.«

Sie legte zwei Finger an ihre Stirn, als würde ihr das Gespräch Kopfschmerzen verursachen. Eine seltsame Welle der Übelkeit überrollte mich, aber ich kämpfte dagegen an.

»Ich weiß, dass ich mich verändert habe, George.« Ihr Ton war nun ruhiger. »Und in mancher Hinsicht magst du recht haben. Vielleicht strenge ich mich wirklich zu sehr an, Lucas eine perfekte Mutter zu sein. Aber du machst dir keine Vorstellung, wie schwer das ist. Wenn so ein kleiner Mensch vollständig von einem abhängig ist, will man einfach sein Allerbestes geben. Das kann einen bisweilen überfordern, gleichzeitig ist es etwas ganz Wunderbares. Ich liebe Lucas und schäme mich nicht, das aller Welt zu verkünden. Ich weiß, dass Nina und du euch über mich lustig macht, weil ich so viel über Lucas auf Facebook poste und so pingelig bin mit seinem Essen, aber wenn dein Kind auf der Welt ist, wirst du vielleicht verstehen, wo ich die letzten drei Jahre war, George.«

Ich atmete tief durch und wünschte mir verzweifelt, dass Ellie unrecht hatte. Ich wollte das Baby einfach meinem Leben hinzufügen und weitermachen wie bisher. Ich wollte es auf Reisen und zu Meetings mitnehmen und Interviews in Cafés führen, während es neben mir saß. Ich war noch immer so naiv zu glauben, dass all das jederzeit möglich sein würde. Darum sagte ich das Schlimmste, das ich hätte sagen können.

»Ich werde nicht wie du enden, Ellie.«

Sie hob kaum merklich die Brauen, bevor ihre Miene völlig versteinerte. Dann lachte sie kurz und verbittert auf.

»Jetzt raffe ich es endlich. Kinder sind für dich öde, und die Mutterschaft erscheint dir wie eine Gefängnisstrafe. Du denkst, du wirst nach der Geburt noch dieselbe Person sein, die du bis dahin warst, doch da irrst du dich. Das ist leider eine Tatsache.« Sie seufzte, dann fuhr sie mit sanfterer Stimme fort. »Dieses Baby braucht dich, George. Nicht nur manchmal oder wenn du gerade Lust darauf hast, sondern pausenlos. Wenn es Hunger hat, wird dir nichts anderes übrig bleiben, als es zu füttern. Wenn es Angst hat, wirst du alles stehen und liegen lassen müssen, um es zu beruhigen. Willst du wissen, was ich von der Einstellung halte, die besagt: ›Dein Kind muss sich *deinem* Leben anpassen‹?« Ellie hob ironisch die Mundwinkel. »Es ist der größte Schwachsinn, den ich je gehört habe. Wir sprechen von einem Baby, George. Du kannst es dir nicht einfach umschnallen und deinen alten Gewohnheiten frönen. Du hast dich dafür entschieden. Du wirst dich an jedem einzelnen Tag neu dafür entscheiden müssen, weil dem Kind keine Wahl bleibt. Sie oder er ist ganz und gar von dir abhängig.«

»Sie.«

Ein winziges Lächeln huschte über Ellies Gesicht.

»Es ist ein Mädchen«, sagte ich und brach prompt in Tränen aus. »Na ja, eigentlich weiß ich es nicht, es ist nur so ein Gefühl.«

Sie schaute mich forschend an. »Du hast behauptet, kein Gefühl zu haben.«

Ich zuckte mit den Schultern. »Keine Ahnung. Vielleicht täusche ich mich.«

»George, du hast ein Gefühl.«

»Ja und?«

»Du hast ein Gefühl in Bezug auf dein Kind! Du lässt dich auf dieses Baby ein!«

»Klar tue ich das.«

»Dann verhalte dich auch so. Werde erwachsen, George. Scheibenhonig noch mal.«

»Oh Gott, Ellie, du hast recht. Bitte verzeih mir. Ich hätte nicht sagen dürfen, dass ich nicht wie du enden werde. Du bist eine gute Mutter. Eine wirklich gute Mutter. Ich werde eine grauenvolle sein. Ich kann das nicht schaffen. Ich kann nicht, ich kann nicht, ich kann nicht. Ich bin zu selbstsüchtig und eitel und cool. Doch in Wahrheit halte ich mich nur für cool, dabei bin ich es gar nicht. Und ich … ich kann das nicht. Ich kann dieses Baby nicht bekommen. Ich hätte es abtreiben lassen sollen. Das wäre besser gewesen.« Ich schob mich hinter der Frühstückstheke heraus – eine beachtliche Leistung in meinem Schwangerschaftsstadium – und begann auf und ab zu tigern, während ich über all die Dinge nachsann, für die ich niemals bereit sein würde, sowie über die Tatsache, dass sich meine gesamte Erziehungsphilosophie darauf reduzierte, bloß nichts von dem zu tun, was Ellie tat. Ich hatte noch nie wirklich einen Gedanken daran verschwendet, wie ich mein Kind aufziehen, was ich Tag für Tag mit ihm anstellen wollte. Mein ganzer Fokus war darauf gerichtet gewesen, nicht wie Ellie zu werden. Es war beschämend.

»Ich weiß doch gar nicht, was ich mit einem Baby tun soll.

Was werde ich mit ihm anfangen? Ich habe noch nicht mal ein Gitterbett oder einen Kinderwagen. Mir bleiben etwa drei Wochen, bis dieses Kind zur Welt kommt, und ich habe ihm noch immer kein Bettchen besorgt. Es tut mir so leid, Ellie. Ich war die schlimmste aller Freundinnen. Und nun werde ich die schlimmste aller Mütter werden. Ich kann das einfach nicht. Ich werde es nicht so hinbekommen, wie Gemma Knight es von mir erwartet.«

Ich konnte wegen meines abgehackten Schluchzens nicht weitersprechen. Vor meinem geistigen Auge lief die Szene ab, wie ich in der Ankleidekabine bei David Jones einen Nervenzusammenbruch erlitt, während ich auf Ellies Küchenboden zusammensackte. Ich hoffte, dass ich dabei eher einem aufgeregten Welpen glich, der die Balance verliert, als einem Seelöwen, der nach einem Fliegenden Fisch schnappt und schwerfällig zurück ins Wasser plumpst. Ich weinte und weinte und weinte. Ellie hatte recht. Ich war ein schlechter Mensch. Und eine schlechte Freundin. Ich hielt Babys tatsächlich für langweilig und Mütter für uncool und fand, dass Leute, die permanent davon schwärmten, wie bereichernd Kinder waren, dringend medikamentös behandelt werden mussten. Wie zur Hölle sollte ich mit einem eigenen Baby zurechtkommen?

Ellie setzte sich neben mich und zog mich in die Arme. Auch ihr liefen die Tränen übers Gesicht.

»Du kriegst das schon hin«, versicherte sie mir sanft.

»Ich werde auf der ganzen Linie versagen.«

»Das wirst du nicht. Du musst nur ein bisschen erwachsen werden, George. Dieses Baby verlässt sich auf dich. Es braucht dich.«

»Oh Scheiße.«

»Was ist?«

Ich fühlte eine warme Pfütze unter mir. »Ich habe mir gerade in die Hose gemacht«, sagte ich und presste meine Hand an die

Stirn. Das hier war noch schlimmer als der Vorfall in der Ankleidekabine.

»Bist du sicher?« Ellie wirkte besorgter als es der Situation angemessen war. Ich nickte. Tatsächlich überraschte es mich nicht allzu sehr. Meine Blase stand seit Wochen unter Hochdruck. Die winzigste Berührung reichte, schon stürzte ich los, um die nächste Toilette ausfindig zu machen.

Ellie, die bei derlei Dingen keine Befangenheit kannte, hob mein Kleid hoch und schnappte nach Luft. »George, du hast dich nicht eingenässt. Deine Fruchtblase ist geplatzt.«

»Was?«

Nein nein nein nein nein nein nein nein. Zu meiner unendlichen Beschämung konnte ich nichts anderes denken als: *Was wird jetzt aus meinem Date?*

Gefolgt von: *Heilige Scheiße im Quadrat, wie steht irgendeine Frau das ohne Schmerzmittel durch?*

29

E-Tag

Wie es das Schicksal wollte, stand ich es tatsächlich ohne Schmerzmittel durch. Ich schaffte es rechtzeitig ins Krankenhaus, wurde unverzüglich auf die Entbindungsstation gebracht und nach einer Dreiviertelstunde Keuchen und Pressen flutschte ein wunderschöner weiblicher Säugling mit rosigen Wangen und molligen Beinchen aus mir heraus.

Ich schwöre, als sie das Licht erblickte, drehte sie sogar den Kopf zu mir, um mich zu begrüßen. »Hallo, Mama.«

Nicht ganz.

»Ich brauche eine PDA«, sagte ich anstelle einer Begrüßung zu der Dame am Empfang. »Unverzüglich, am liebsten noch früher.«

Sie musterte mich mit einem verkniffenen Lächeln und diesem leicht galligen Blick, mit dem ich früher Juniorassistentinnen abgestraft hatte, wenn sie mir erklärten, warum sie »Nur eben auf einen Sprung in der Beauty-Kammer« waren.

»Aha. Ihr Name?«

»George. Georgie. Georgie Henderson. H-E-N …«

»Ich bin ihre Begleitperson. Zumindest für den Moment.

Eleanor Hughes. Hallo.« Ellie streckte die Hand aus und bot der Giftnudel einen Muffin an.

Als Lucas das mitbekam, fuchtelte er wild mit den Armen und brüllte wie ein Irrer: »Lucas auch, Lucas auch!«

Ellie lächelte verlegen und gab ihm hastig einen. »Ab mit dir in die Spielecke, Schätzchen«, flüsterte sie.

»Woher hast du diese Muffins?«, fragte ich.

Wir hatten weniger als zwei Minuten zu Ellies Auto gebraucht. Wann um alles in der Welt hatte sie die Zeit gefunden, ein Picknick einzupacken?

»Ich habe sie heute Morgen gebacken. Eine ganze Wagenladung voll.« An Giftnudel gewandt, fügte sie hinzu: »Sie sind glutenfrei.«

»Georgie Henderson? Ah ja, hier. Haben Sie auf dem Weg hierher angerufen?«

»Ja«, bestätigte Ellie. »Vor etwa …« Sie zog ihre Armbanduhr zurate. »… sechs Minuten.« In der Spielecke begann Lucas zu grölen: »Sechs Minuten! Sechs Minuten! Sechs Minuten!« Auf einmal erschloss sich mir der Sinn von Kindertagesstätten.

Giftnudel nickte knapp und schob mir mehrere Formulare hin. »Füllen Sie die aus, anschließend können Sie einchecken.«

Einchecken? Dies war ein Krankenhaus, kein Hotel. Ich brauchte keine zurückgeschlagene Decke, keine Schokolade auf dem Kissen, kein Dutzend winzige Shampooflaschen. Sondern starke, wirksame Medikamente, die mich für eine Weile lähmen würden. Vielen Dank auch.

Ich schaute Ellie mit panisch aufgerissenen Augen an.

»Ich werde sie für dich ausfüllen, George. Setz du dich solange hin.«

Aber ich konnte mich nicht setzen, weil in meinen Beinen ein Schmerz wütete, wie ich ihn nie zuvor erlebt hatte. Warum taten sie so weh? Ich würde mein Baby nicht aus den Knien pressen, oder doch? Nachdem ich nun seit fünfzehn Minuten Wehen hatte, begriff ich, warum jede Schauspielerin in jedem Film, der von einer Schwangerschaft handelte, kläglich daran scheiterte, den Schmerz glaubhaft rüberzubringen: Er war unerträglicher als die schlimmste Periode, die ich je gehabt hatte, kombiniert mit dem schlimmsten Nähen einer Wunde, das mir je widerfahren war, das Ganze mal sieben Millionen im Quadrat. Ich wollte, dass es vorbei war. Auf der Stelle.

»Kommen Sie mit«, ertönte eine forsche Stimme mit osteuropäischen Akzent.

Ich sah auf. Eine zierliche Frau mit wasserstoffblonden Haaren bedeutete mir, ihr zu folgen. Ellie nickte und wedelte mit den Formularen.

Oh mein Gott. Ich werde mein Baby im Beisein von Roxette gebären.

»Helfen Sie mir«, bettelte ich, als Roxette mich wegführte.

Sie nickte.

»Wohin gehen wir?«

Keine Antwort.

»Wer sind Sie?«

»Almut. Wie heißen Sie?«

»Georgie. George.«

»In Ordnung, George, es wird Ihnen gleich besser gehen. Legen Sie sich bitte auf dieses Bett, dann hole ich den Anästhesisten.«

»Was? Wo ist er? Wieso haben Sie ihn nicht schon verständigt? Ich habe Ihnen am Telefon gesagt – nein, meine Freundin hat Ihnen am Telefon gesagt, dass ich eine PDA will.«

Almut nickte wieder. »Dies ist ein großes Krankenhaus. Der Anästhesist wird kommen, sobald er Zeit hat.«

»*Der* Anästhesist? Es gibt nur *einen*? Wo ist der Rest?«

Sie zuckte mit den Schultern – das konnte sie ja auch leicht, schließlich war es nicht *ihr* Körper, der sich buchstäblich selbst entzweiriss. »Manchmal beschäftigen wir einen, manchmal drei oder vier. Narkoseärzte sind teuer, wissen Sie?«

Ach, wirklich, Almut? Ich hatte gute Lust, ihr ins Gesicht zu springen. *Es interessiert mich einen Dreck, dass der Mann, der über das Wissen und die Mittel verfügt, um mich von meinem Schmerz zu befreien, nicht billig ist.* Ich hatte den Punkt erreicht, an dem ich Lucas verkauft hätte, um meinen kleinen PDA-Trip zu finanzieren.

»Legen Sie sich einfach hin, und versuchen Sie zu entspannen«, entgegnete Almut mit der ganzen Wärme eines toten Fischs.

Ich hoppelte so gut es ging hinüber zum Bett.

Das Zimmer war riesig. *Hier würden vierzig Anästhesisten reinpassen*, ging es mir durch den Kopf. *Mindestens.*

Ich hielt mich am Bett fest, während die nächste Wehe ihr übles Spiel mit mir trieb. Mir fiel ein, dass die verrückte Jana aus dem Entspanntes-Gebären-Kurs uns geraten hatte: »Lassen Sie sich von dem Schmerz durchspülen«, aber das war völliger Quatsch. Die Wehen durchspülten mich nicht, sie begruben mich unter sich, als würde ich von einer unsichtbaren Macht attackiert, die ganz eindeutig einen Hass auf Frauen hatte.

Ich ächzte vor Erleichterung, als die Pein nachließ. Es kam mir vor, als hätte sie mich zehn Minuten in der Mangel gehabt, doch als ich zu der Wanduhr schaute, stellte ich fest, dass nur sechzig Sekunden vergangen waren.

Wie lange würde das so weitergehen? Eine Stunde? Zwei?

Almut kam wieder herein (-geschlendert!), dabei verströmte sie die Agilität eines Faultiers. »Der Anästhesist wurde benachrichtigt.« Sie begann, eine Maschine neben dem Bett mit Papier zu füttern, als würde sie einen Fotokopierer reparieren.

»Oh, Gott sei Dank. Wann wird er hier sein? Ganz bald?«, fragte ich, noch immer völlig außer Atem.

Sie nickte.

»Wo ist meine Freundin? Meine Freundin Ellie? Wissen Sie, wo sie ist?«

»Ich soll Ihnen ausrichten, dass sie nach Hause gefahren ist, um auf ihren Mann zu warten.«

»Ellie ist gegangen?«

Ein weiteres Nicken.

»Wie lange wird sie weg sein?« Ich brauchte hier jemanden bei mir.

Ein Achselzucken.

»Hat sie eine andere Freundin erwähnt? Nina? Sie ist …« Die nächste Wehe fuhr mir in den Leib und brachte mich zum Schweigen. *Scheiße scheiße scheiße, wo bleibt dieser verdammte Anästhesist?* In wenigen Minuten würde der Schmerz unerträglich und ich nicht mehr in der Lage sein, das Wort »Anästhesist« herauszubringen, von der Bitte, dass jemand kam und mir beistand, ganz zu schweigen.

»Sie wird bald hier sein.« Almut schien auf einer Wörter-Diät zu sein.

»Könnten Sie Nina *bitte* anrufen?« Ich holte tief Luft. »Sie ist meine Geburtspartnerin. Sie sollte längst hier sein. Ich muss mich vergewissern, dass sie wirklich kommt.«

Almut nickte und machte sich wieder an der Maschine zu schaffen.

Ich war eindeutig in einem Paralleluniversum gelandet. An einem merkwürdigen Ort, wo eine Schwangerschaft nicht als Krankheitszustand angesehen wurde und eine Entbindung nichts war, worüber man sich Sorgen machen musste, nicht einmal dann, wenn man selbst die Gebärende war.

»Almut?«

Sie schaute mit einem Auge zu mir, während das andere weiterhin hartnäckig das große, ungeschlachte Gerät taxierte, das nun piepende Geräusche von sich gab, die mich gänzlich in den Wahnsinn zu treiben drohten.

»Können Sie mir bitte etwas gegen die Schmerzen geben? Ich flehe Sie an.« Ich umklammerte meinen Bauch und versuchte, mich auf das Bett zu hieven.

Almut schüttelte wild den Kopf. »Nicht doch! Warten Sie, bis ich Ihnen helfe, auf das Bett zu gelangen!«, rief sie.

Ich konnte mich nicht überwinden, dieser Frau, die meine Bitte um ein schmerzstillendes Medikament kaltschnäuzig ignorierte, zu danken, darum nickte ich stumm. Sie kam zu mir, hob meine Beine an, als wögen sie kaum mehr als Pfeifenreiniger, und verfrachtete mich aufs Bett. Sofort spürte ich, wie der Druck auf meinen Rücken stechende Schmerzen in meinem ganzen Körper auslöste. Ich sprang so schnell auf, wie man aufspringen kann, wenn man einen anderen Menschen in sich herumträgt, der kurz davor steht, das Licht der Welt zu erblicken.

Almut war nicht beeindruckt. »Setzen Sie sich! Sie müssen sitzen! Das ist zu gefährlich!«

»Ich kann nicht sitzen! Es tut zu weh! Hören Sie auf, mir zu sagen, was ich zu tun habe, und holen Sie den Anästhesisten!«

Almuts Augen weiteten sich ein kleines bisschen. In ihrem Gesicht ging eine leichte Veränderung vonstatten, und ihre Miene wurde weicher. »Georgie«, sagte sie beschwichtigend. »Sie werden für den Moment allein zurechtkommen müssen. Der Narkosearzt kommt, sobald er kann, aber bis dahin müssen Sie das ohne ihn durchstehen.«

Sie schaute mich direkt an. Sie hatte hellbraune Augen, mit dunkleren Sprenkeln um die Iris und winzigen Fältchen in den Winkeln. Sie war auf eine Weise hübsch, wie man es von deutschen Turnerinnen in den späten Achtzigern kannte.

»Georgie.« Sie senkte die Stimme fast zu einem Flüstern. »Ich weiß, dass Sie das schaffen. Es wird alles gut. Ich bleibe bei Ihnen.«

Damit ging sie schnurstracks zurück zu ihrer kostbaren Maschine.

Mehr und mehr Wehen kamen und gingen, bis ich irgendwann zu weinen anfing. Der Schmerz trieb mich in die Verzweiflung. Er hatte meinen ganzen Körper erfasst, sogar Stellen, mit denen ich nicht gerechnet hatte. Meine Beine waren taub davon, mein Rücken brannte. Ich versuchte, die Uhr im Auge zu behalten, um zu wissen, wie viel Zeit verging, aber ich verlor immer wieder den Überblick. Es spielte ohnehin keine Rolle. Es war nicht vorbei, folglich machte es keinen Unterschied, wie lange es schon andauerte.

Die Tränen liefen und liefen … und dann war er plötzlich da. Der Anästhesist. Mein Ritter im blütenweißen Kittel.

In diesem Moment war dieser kahle, bebrillte Herr für mich der schönste Mann, den ich je gesehen hatte. Er würde mich von den Schmerzen erlösen. Ich liebte ihn. Wir könnten heiraten und sehr, sehr glücklich miteinander werden.

Ich hatte, wie es in den Klassikern so schön heißt, nicht mehr alle Latten am Zaun.

Es gab eine Menge Formulare und Verzichtserklärungen zu unterschreiben, was ich voll Übereifer tat (ja, ja, hören Sie auf zu quatschen, und geben Sie mir meine PDA), bevor der Arzt, der offenbar davon ausging, dass ich Nerven aus Stahl und ähnlich geartete Eier hatte, mich aufforderte »absolut still« zu halten, während er die Periduralanästhesie vorbereitete.

»Warum?« Plötzlich bekam ich Angst.

»Wenn Sie es nicht tun, könnte die Nadel abrutschen, und das wäre sehr, sehr schlecht«, erklärte er in beiläufigem Ton. So als würde bei der Vorstellung, wie die Nadel an meiner Wirbelsäule abrutschte, nicht sogar mein Krankenhauskittel vor Panik die Flucht ergreifen.

»Okay.« Mein Kinn bibberte vor Furcht. Ich klammerte mich am Bett fest und zuckte zusammen, als seine kalte Hand meinen Rücken berührte.

»Beruhigen Sie sich, Georgie.«

Ich nickte.

»Hören Sie auf, sich zu verspannen. Sie müssen ganz still liegen.«

Wie soll ich das anstellen, während Sie eine ziemlich lange Nadel an mein Rückgrat halten und mein Körper alle drei Minuten von einer Wehe gebeutelt wird? Ich atmete ganz tief ein und konzentrierte mich auf Almuts Hände, die immer noch an dem Gerät herumfummelten. Sie trug an ihrer Rechten einen zinnernen Ring mit einem birnenförmigen Türkis. Das Stück sah sehr nach Byron Bay aus – ungewöhnlich für eine deutsche Turnerin. Ich stellte mir Almut als junge Rucksackreisende vor, die sich über Wasser hielt, indem sie ... Obst pflückte? ... und sich eines Nachmittags in Byron ein hübsches Andenken kaufte.

»So, das wäre erledigt«, verkündete der Arzt.

»Was? Echt?« Ich hatte überhaupt nichts gespürt.

»Ja. Die PDA liegt. Sie sollten in etwa zehn Minuten merken, wie die Wirkung einsetzt.«

Nachdem er nun fertig war, mit Furcht einflößenden medizinischen Instrumenten an sensiblen Körperstellen zu hantieren, verwandelte sich mein Ritter unversehens zurück in einen typischen Durchschnittsaustralier.

»Vielen Dank«, murmelte ich, dabei stieß ich ein (selbst für meine Verhältnisse dramatisches) Seufzen aus und ließ mich aufs Bett sinken, bevor mir wieder einfiel, wie verdammt weh das tat.

»Wie viele Zentimeter, Al?«, rief er so laut, als wollte er die Weite meines Muttermunds öffentlich bekannt geben.

Almut zuckte die Schultern. »Es waren gerade mal sechs Zentimeter, als sie ankam. Das war vor einer halben Stunde. Ich denke nicht, dass sich seither viel getan hat.«

»Sechs Zentimeter, hm? Sie haben noch eine Menge Arbeit vor sich, meine Liebe, doch Sie schaffen das.«

»Wie lange wird es dauern?«

»Das kann ich nicht sicher sagen. Ich bin kein Experte. Aber Sie befinden sich in guten Händen. Al ist eine von den Besten. *Die* Beste, wenn Sie mich fragen.«

Mir fiel das zunehmend schwer zu glauben. Abgesehen von ihrem Zuspruch im Stil eines Sportberichterstatters hatte Almut mich seit unserem Kennenlernen hauptsächlich ignoriert. Mein Retter verabschiedete sich mit den Worten: »Legen Sie sich ins Zeug, Mädchen.« Kurz darauf spürte ich, wie die wundervolle, herrliche, betäubende PDA meinem Körper Erleichterung brachte. Es war ein Wunder.

Endlich schmerzfrei lag ich in dem überraschend bequemen Krankenhausbett und checkte mein Handy. Zehn SMS und sieben verpasste Anrufe. Die ersten beiden stammten von Ellie und Nina, die restlichen fünf von meiner Mutter. Natürlich von ihrem Festnetzanschluss.

Von: Ellie
Simon kommt gerade von der Arbeit heim und übernimmt Lucas. Bin bald da. Halte durch xxx

Von: Simon
Hab die Neuigkeit gehört, George! Du wirst das Ding schon schaukeln, keine Sorge! Ellie macht sich gerade auf den Weg.

Von: Nina
Komme so schnell wie möglich. Schreib, falls du irgendwas brauchst. Hab dich ganz doll lieb.

Von: Colin
Hi, George. Ich überlege gerade, ob ich die Uhrzeit falsch verstanden habe oder ob Sie mich versetzen. So oder so, geben Sie mir Bescheid!

Von: Jase
George, Ellie hat eben angerufen. Ich komme, sobald ich es einrichten kann. Du kriegst das hin!

Von: Colin
Hab verstanden, George. Ich glaubte, etwas zwischen uns gespürt zu haben, aber für Sie galt das offenbar nicht. Viel Glück bei allem. Colin

Von: Ellie
Bin auf dem Weg. Es gab einen kleinen Notfall, aber kein Grund zur Sorge. Alles in Butter.

Einen Notfall? Was war passiert? Ich schloss die Augen und befahl mir, so stark zu sein wie Nina. So wie ich Ellie kannte, war der »Notfall« nichts weiter, als dass Lucas mehr als seine von der Regierung erlaubten zehn Minuten pro Tag ferngesehen hatte.

Allerdings war ihre letzte SMS schon eine Stunde alt. Wo war diese Stunde geblieben? Und wo war Ellie, wenn sie zu diesem Zeitpunkt das Haus verlassen hatte? Man brauchte sogar bei extrem dichtem Verkehr nicht länger als zwanzig Minuten von ihr bis zum Krankenhaus.

Mein Kopf fühlte sich angesichts all dieser einander überlappenden Nachrichten an wie ein Venn-Diagramm. Mir war fast schwindlig von den vielen Informationen. Colin glaubte, dass ich ihn versetzt hätte: nicht gut. Jase würde kommen: gut. Er verdiente es, Vater zu sein und all die wunderbaren Dinge zu tun, die mit dieser Rolle verknüpft waren.

Ich schickte Colin eine Antwort.

Colin, es tut mir schrecklich leid. Aber ich liege in den Wehen. Gibt es eine bessere Entschuldigung, um ein erstes Rendezvous zu versäumen? Ich mache es wieder gut. George x

An Jase:

> Danke, danke! Es ist noch immer niemand hier. Komm bitte schnell! Ich brauche dich. G x

Ich lehnte mich in die Kissen zurück, erleichtert darüber, dass Ellie und Nina bald eintreffen würden. Und Jase. Ich hatte gewusst, dass ich Nina brauchen würde, aber dass ich Ellie auch dabeihaben wollte, überraschte mich. Doch trotz unseres Streits würde sie genau die richtige Mischung aus gebieterisch und verständnisvoll verkörpern, um mir zu helfen, dieses Baby zur Welt zu bringen. Ich schloss die Augen und musste eingenickt sein, denn als ich sie wieder öffnete, war es draußen dunkel geworden und die Wanduhr zeigte bereits neun Uhr an. Wo zum Geier blieben alle?

Die Tür wurde aufgerissen. Nina! Na endlich.

Nein, doch nicht.

»Hallo, hallo … wen haben wir denn da?«

Meine Atmung geriet aus dem Takt. Das konnte nicht wahr sein. Ausgeschlossen. Oh Scheiße, er war es tatsächlich. *Tim Kane!*

»Hallo, Tim.« In einem seltenen Aufwallen von Sittsamkeit zog ich die Decke bis zum Kinn hoch.

»Du bekommst ein Baby, hm?«, fragte er, als er ins Zimmer trat und den Apparat überprüfte, an dem Almut den ganzen Nachmittag gefummelt hatte, anstatt sich um mich zu kümmern.

Nein, Tim, ich bin nur hier, um ein wenig auszuspannen. Ein kleiner Tapetenwechsel, du weißt schon.

»Ja«, sagte ich mit zusammengebissenen Zähnen.

»Gut, gut, dann wollen wir mal nachsehen.« Er machte Anstalten, meine Decke zu lupfen.

»Nein!«, stieß ich hervor. »Das kommt nicht in die Tüte!«

Ich schüttelte den Kopf, meine Augen stärker geweitet als mein Muttermund.

Tim schaute mich verdattert an. »Stimmt etwas nicht?«

»Ich will nicht, dass du ... da unten nachsiehst. Okay?«

Er warf einen Blick auf sein Klemmbrett, dann sah er wieder zu mir und schnalzte missbilligend mit der Zunge. Während ich in den Wehen lag!

Dieser Mann hätte nicht abstoßender sein können, wenn er anstelle von Haut Schuppen gehabt hätte.

»Ich bin dein Arzt, Georgie.«

»Was? Bist du denn nicht Gehirnchirurg oder so was? Geh und entfern einen Tumor. Überlass die echte Arbeit jemand anderem. Bitte, Tim.«

Er lächelte blasiert, so als würde er mir jeden Moment den Kopf tätscheln.

Obwohl ich mir Billy Blanks' Tae-Bo-DVD schon seit Jahren nicht mehr angesehen hatte, hoffte ich, dass ich von damals die Reflexe einer sehr jungen, sehr cleveren Straßenkatze zurückbehalten hatte.

»Nein. Ich war schon immer Gynäkologe. In der Geburtshilfe ist am meisten Geld zu verdienen. Und dann ist da natürlich noch das Wunder des Lebens.«

Ich rollte mit den Augen. »Bitte, lass das jemand anderen machen. Ich kann in deiner Gegenwart kein Baby gebären.«

Er rang konsterniert die Hände. »Ich dachte, wir wären Freunde, Georgie.«

Sogar die gefühlsarme Almut hatte sich inzwischen zugeschaltet und ich war mir sicher, dass sie jedem Wort lauschte, während sie vorgab, ganz in ihre Kurvenblätter vertieft zu sein.

Ich schüttelte den Kopf. »Nein, Tim. Wir sind keine Freunde. Du verhältst dich mir gegenüber wie ein Armleuchter. Du kannst dir nicht merken, wer ich bin, und bringst ständig die unsensibelsten Sprüche; außerdem kriechst du dir selbst so tief hinten rein, dass du dir einen Einlauf verpassen könntest.«

Er neigte herablassend den Kopf. »Ist das deine Art, um einen Einlauf zu bitten? Weil wir so etwas eigentlich nicht mehr machen, Georgie.«

»Nein! Raus hier! Ich will nicht, dass du mein Baby holst. Und wo ist überhaupt Nina?«, fragte ich und wandte mich Almut zu, die sofort den Blick senkte, als hätte sie nicht gelauscht, bevor sie achselzuckend aus der Tür verschwand.

»Ach ja, Nina. Ist sie okay?«

»Ja. Sie und Matt genehmigen sich zwar gerade eine kleine Auszeit, aber … doch, sie ist okay. Tim, bitte. Ich flehe dich an. Besorg mir einen anderen Arzt. Bitte!«

Ich schaute ihn so beschwörend an, wie ich es sonst nur bei Ruby's tat, wenn die Blaubeermuffins aus waren. Ein seltsamer Ausdruck huschte durch Tims Augen.

»Nein, ich meinte … Scheiße, du weißt es nicht. Ich hab es gerade auf Facebook gesehen. Ellie hat etwas über ihren Unfall gepostet.«

»Was?«

»Oh verdammt.« Er wischte sich über die Stirn und trat den Rückzug an. »Mist, ich hätte nichts sagen sollen. Aber es klang nicht sehr dramatisch. Sie haben sie ins Krankenhaus gebracht. Sie müsste inzwischen oben angekommen sein.«

»Wer denn? Wer ist oben angekommen?«

»Nina.« Tims Ton war untypisch verhalten und ernst.

»Was ist ihr zugestoßen? Bitte, sag es mir!«

Doch er schüttelte den Kopf und war einen Moment später verschwunden. *Hol dich der Teufel, Tim Kane.*

Der Schmerz war inzwischen zurück. Er strahlte von meinem Rücken in meine Beine aus und hielt mich so sehr in Atem, dass ich es kaum mitbekam, als eine ungewöhnlich groß gewachsene Aborigine mit einem Klemmbrett in der einen Hand und einer Diät-Cola in der anderen eintrat. Almut folgte ihr auf den Fersen.

»Georgie Henderson?«, fragte sie.

Ich schaute auf. »Ja.«

»Ich bin Dr. Gardener. Nennen Sie mich Rita. Ich werde jetzt Ihre Vitalwerte überprüfen und nachsehen, wie weit Sie sind. In Ordnung?«

»Ja.« Ich versuchte, mich zu beruhigen, und schloss die Augen. *Konzentrier dich, George. Bring das Baby zur Welt. Nina wird das schaffen. Sie ist stark.* Ich wollte nicht daran denken, dass Nina ihr ganzes Leben für mich stark gewesen war, und ich jetzt, wo sie *mich* brauchte, buchstäblich gelähmt war.

Rita schwirrte mit knappen, effizienten Bewegungen um mich herum. Sie stellte Almut ein paar kurze Fragen und schien zufrieden mit deren wortkargen Antworten. Schließlich wies sie mich an, mich zurückzulehnen und die Knie anzuheben. Ich versuchte es, aber meine Beine waren trotz der glühenden Schmerzen noch immer taub von der PDA.

»Ach du liebes bisschen, die haben Ihnen aber eine ordentliche Dosis verabreicht. Warten Sie, ich helfe Ihnen.« Rita legte meine Beine auf ihre Schultern, um sie zu stützen, anschließend inspizierte sie meinen schlüpferlosen Schritt. Ich konnte nichts fühlen, doch offenbar sondierte sie die Lage so gründlich, dass es dem guten alten *CSI* zur Ehre gereicht hätte, denn als sie den Kopf hob, hatte sie Neuigkeiten.

»Sie haben bisher großartige Arbeit geleistet, Georgie. Sie sind nun bereit, um zu pressen.«

»Wie bitte?« Ich war bereit, es mir noch ein paar Stunden gemütlich zu machen und vielleicht das Buch fertig zu lesen, das ich beim Verlassen von Ellies Haus noch schnell in meine Handtasche gestopft hatte. Plötzlich flackerte Panik in mir auf. *Was, wenn ich nie mehr die Chance bekommen sollte,* Die Korrekturen *zu Ende zu lesen?*

Rita lächelte mit ihren schimmernd rot geschminkten Lippen. »Es ist an der Zeit, dass Sie pressen. Die PDA wird sehr bald abklingen. Almut, wann hat Georgie sie bekommen?«

Almut bemühte ihre Notizen. »Um achtzehn Uhr«, antwortete sie fast roboterhaft.

»Es dürfte jetzt nicht mehr lange dauern, Georgie.«

»Warten Sie ... warum klingt die PDA ab? Brauche ich sie denn nicht?«

Rita klemmte sich die Haare hinter die Ohren und lächelte milde. »Sie können mit einer PDA nicht pressen. Doch ohne geht es nicht. Wir müssen dieses Baby herausbekommen. In Ordnung?«

Ich nickte schwach. »In Ordnung.«

Von all den Dingen, mit denen ich nicht gerechnet hatte, war dies die absolute Krönung. Ich sollte mein Baby ohne Schmerzmittel zur Welt bringen. Und ohne seelischen Beistand. Ohne jemanden, der mir die Hand hielt. Ein Baby zu bekommen war schon unvorstellbar genug. Aber es allein zur Welt zu bringen, ohne Ninas Hilfe – das war mir niemals in den Sinn gekommen. Ich hatte mir immer ausgemalt, wie wir zusammen das RPA betraten – ich erschöpft, aber trotzdem chic in einer bequemen Baumwollhose und einem Seidenshirt, Nina in völliger Kontrolle der Situation, als wäre sie Russell Crowe in einem seiner Russell-Crowe-Filme.

»Rita?«, quietschte ich mit einer hohen Stimme, die ich nicht kannte. »Ist irgendjemand da draußen, der zu mir will?«

Sie schüttelte den Kopf. »Meines Wissens nicht.«

»Oh.« Ich brachte meine ganze Willenskraft auf, um eine Wehe abzuwehren. »Ist Ihnen irgendetwas von einem Unfall zu Ohren gekommen?«

Sie taxierte mich mit diesem Blick, den wir Australier Amerikanern zuwerfen, wenn die uns fragen, ob wir einen Freund von ihnen kennen, der in Adelaide lebt. »Georgie, Unfälle sind in diesem Krankenhaus an der Tagesordnung. Sie müssen sich jetzt konzentrieren. Sobald wir fertig sind, werde ich alles für Sie herausfinden, was Sie möchten. Aber im Moment müssen Sie mit dem Kopf bei der Sache sein.«

»Nina. Ihr Name ist Nina.«

Rita nickte. »Verstanden.«

Ich wusste nicht, wie ich das Schiff steuern sollte. Ich war kaum mit an Bord, geschweige denn in der Lage, das Ruder zu übernehmen. Ich schaute zu der Maschine, mit der Almut sich am Nachmittag amüsiert hatte. Sie war nun über einen Gurt, der sich um meinen Bauch spannte, mit mir verbunden, um die Herztöne des Kindes und meine Wehen zu überwachen. Ich fühlte das inzwischen vertraute Aufflammen der Schmerzen, die eine nahende Wehe ankündigten. Und tatsächlich tauchte eine Zacke auf dem Papier auf. *Oh Gott. Hilf mir, das zu überstehen. Ich flehe dich an!*

Mir schoss durch den Kopf, wie unglaublich heuchlerisch es war, Gott jetzt um einen Gefallen zu bitten, nachdem ich ihn mein ganzes Leben lang mit Missachtung gestraft hatte, dann entschied ich, dass es keine Rolle spielte. Wenn Gott existierte, würde er Verständnis haben, nicht wahr?

Rita, die kurz das Zimmer verlassen hatte, kehrte mit einem Schwarm Assistenten zurück. Sie stellte mir alle vor, doch es war hoffnungslos, mir ihre Namen merken zu wollen. Wieder durchfuhr mich der Schmerz mit brachialer Gewalt, dieses Mal noch schlimmer als zuvor. Ich konnte nicht fassen, dass das möglich war.

Almut war jetzt an meiner Seite, ihre Hand neben meiner. Ich fasste danach, denn offenbar hatte sie sie zu diesem Zweck dort hingelegt. Ich schaute in ihre hübschen, hellbraunen Augen und flehte sie im Stillen an: *Bitte, helfen Sie mir. Helfen Sie mir.* Almut nickte verständnisvoll und erwiderte meinen Blick. Sie war alles, was ich hatte.

»Ich bin diesen schrecklichen Arzt für Sie losgeworden«, sagte sie verschwörerisch. »Niemand kann ihn leiden. Ich habe dafür gesorgt, dass er zu einem ›Notfall‹ gerufen wird. Dr. Gardener ist viel besser.« Ich öffnete den Mund, um ihr zu danken, brachte jedoch kein Wort heraus. Sie verstand die Botschaft trotzdem und lächelte.

Die Leute um mich herum sagten Sachen wie: »Zehn Zentimeter« oder: »Steht das Gas bereit?« Und dann: »Wo ist der Vater? «

»Er ist nicht da!«, schrie ich.

Almut drückte meine Hand, und ich drückte ihre. Meine Worte hatten es mir glasklar vor Augen geführt. Jase war nicht anwesend. Ellie nicht und Nina auch nicht. Nur ich war hier. Ganz auf mich allein gestellt.

Ritas Gesicht schwebte über meinem. »Georgie, wir sind bereit. Sie müssen anfangen zu pressen. Können Sie das tun?«

Ich schüttelte hektisch den Kopf. »Jana hat mir das nicht beigebracht.« Eine weitere Wehe überrollte mich. »Ich weiß nicht, wie das geht.«

»Schon gut, Georgie.«

»George! Alle nennen mich George!«

Rita nickte. »In Ordnung, George. Ich werde Ihnen jetzt einen Tipp geben, den Sie wahrscheinlich für verrückt halten. Aber er funktioniert. Sind Sie bereit?«

Ich betrachtete Ritas bezaubernde espressofarbene Haut. »Ja.«

»Tun Sie einfach so, als müssten Sie richtig doll groß machen. Okay?«

Zu diesem Zeitpunkt musste ich bereits deliriert haben, denn ich sagte »Okay«, und tat exakt das, was Rita mir geraten hatte. Es funktionierte tatsächlich.

Wenige Minuten später weinte ich vor lauter Erleichterung, dabei hielt ich ein winziges, rosafarbenes, glitschiges kleines Mädchen im Arm.

30

Tag 1

»Georgie? Geht es dir gut? Brauchst du irgendetwas?« Ich öffnete die Augen.

Meine Mutter.

Ich fühlte, wie meine Züge weich wurden. Nie zuvor hatte ich mich so sehr gefreut, sie zu sehen.

»Was tust du hier?«

Sie winkte ab, dann reichte sie mir lächelnd ein Glas Wasser und bog den Strohhalm in Richtung meines Mundes. Ich trank einen Schluck, dabei merkte ich, wie durstig ich war, und saugte das ganze Glas leer.

»Ich hol dir mehr.«

Sie wandte sich zur Tür und ging aus dem Zimmer. Ich wollte mich aufsetzen, doch irgendetwas verhinderte, dass ich ganz hochkam. Ein Kabel oder ein Draht. Was *war* das? Ich hob die Decke an und entdeckte einen Schlauch, der zwischen meine Beine mündete.

Blumensträuße – kleine, große, knallige, pastellfarbene – waren überall im Zimmer verteilt und verströmten einen starken Duft. In der Ecke stand ein Kinderbettchen aus Kunststoff, ausgestattet mit derselben Art von Decke, in die man bestimmt schon mich als Neugeborenes eingewickelt hatte. Würde sich an Krankenhausbettbezügen je etwas ändern?

Aber da war kein Baby.

Es lag kein Baby in dem Bettchen.

»Mum!«, brüllte ich in wilder Panik.

Sie stürzte zurück ins Zimmer, in ihrer Hand noch immer das leere Glas.

»Was ist passiert?«

»*Wo ist mein Kind?* Wo *ist* sie?«

»Oh Schätzchen, du hast mich erschreckt. Sie wird gerade gebadet.« Sie streichelte mir über den Kopf und drückte mich sanft zurück in die Kissen. »Ruh dich aus, Georgie. Du hast das toll gemacht. Und ganz aus eigener Kraft.« Sie lächelte auf diese mütterliche »Was bin ich stolz auf dich«-Weise, und mich durchströmte ein Gefühl von Euphorie.

»Ach so.« *Sie wird gebadet?*, dachte ich. *Sollte nicht ich sie baden?* Dann kehrte schlagartig die Erinnerung an die vergangene Nacht zurück, die ich damit verbracht hatte, meine Tochter *jede* halbe Stunde zu stillen, bevor die Krankenschwestern sich meiner erbarmt und sie mitgenommen hatten, um sie zu »baden«, damit ich schlafen konnte. *Diese lieben, lieben Schwestern.*

Meine Tochter.

Ich hatte eine Tochter.

Was wusste ich bisher über sie? Sie war klein und offenbar komplett rosa, von ihren winzigen Rosenknospenlippen bis hin zu ihren noch winzigeren zartrosa Zehen. Sie war hungrig – ein eindeutiges Zeichen dafür, dass sie meine Gene hatte –, und sie war laut (ein weiterer Beleg).

Sie war mein. Das war vollkommen unglaublich.

Noch unglaublicher war allerdings, dass ich es ganz allein geschafft hatte. Zugegeben, ganz allein mit einer gewaltigen Dosis Schmerzmittel und einem ganzen Team aus erfahrenen Ärzten und Hebammen. Nicht im Sinne von allein in der Wüste, nur in Gesellschaft eines Kojoten, der in mein Geheul einstimmte. Trotzdem war ich verdammt stolz auf mich.

»Mum?«, sagte ich, als sie mit meinem Wasser zurückkam. »Wo sind die anderen?«

»Kevin holt gerade Kaffee für die Krankenschwestern.«

»Nein, ich meine Ellie und Nina. Und Jase. Mum, ist Nina etwas zugestoßen?«

In meinem Kopf waren nur verschwommene Erinnerungen. Tim Kane. Unfall. Nina.

Meine Mutter holte tief Luft, dann kniff sie leicht die Augen zusammen, als überlegte sie, wie viel sie mir sagen sollte. »Da war … es ist etwas passiert.« Der Unfall.

»Was denn? Was ist passiert?« Ich machte mich auf das Schlimmste gefasst. Zumindest versuchte ich es. Aber es war ein Ding der Unmöglichkeit, sich mental auf die Worte »deine beste Freundin ist tot« vorzubereiten, von denen ich annahm, dass meine Mutter sie gleich aussprechen würde.

»Oh Schätzchen, darüber solltest du dir jetzt keine Sorgen machen. Entspann dich einfach. Dein wunderschönes Baby wird jeden Moment zurück sein. Wir sollten uns auf die glücklichen Dinge besinnen. Möchtest du auch einen Kaffee? Ich kann Kevin anrufen.« Sie fasste nach dem Krankenhaustelefon, das direkt neben meinem Handy lag. Ich hatte den Verdacht, dass meine Mutter noch immer nicht wusste, wie man ein Smartphone bediente.

»Mum. Hör auf damit. Sag mir, was geschehen ist. Geht es Nina gut?«

Sie nickte, wandte sich jedoch von mir ab. »Sie ist oben.«

»Wo oben?«

»In diesem Krankenhaus.«

Ich biss die Zähne zusammen. Irgendetwas stimmte ganz und gar nicht. »Das weiß ich, Mum. Aber warum? Aus welchem Grund ist sie im Krankenhaus?«

Sie setzte sich neben mich und nahm meine Hand. »Es war nur ein kleiner Unfall, Liebes.«

Das war wieder mal typisch meine Mutter. Anstatt mir genau zu sagen, was los war, und direkt auf meine Fragen zu antworten, wich sie aus, indem sie bereits bekannte Informationen wiederholte. Im Regelfall tat sie es dann, wenn etwas wirklich Schlimmes passiert war und sie mich schützen wollte. Was war hier los?

»Mum, *bitte*. Sag es mir einfach. Fragiler emotionaler Zustand hin oder her, irgendwann erfahre ich es ja doch. Bitte, erzähl es mir jetzt.«

Sie holte tief Luft und hielt weiterhin meine Hand fest. »Nina, Jase und Ellie wurden in einen Unfall verwickelt.« Sie verstummte.

»Und weiter?«

»Nichts weiter.«

Ich wartete. Da musste mehr dran sein. Sie hätte mich nicht so lange hingehalten, wenn sie unverletzt wären. Vielleicht waren sie zwar am Leben, aber schrecklich verstümmelt oder so was in der Art.

»Das war's?«

Sie nickte und griff wieder nach dem Telefon, dabei ließ sie meine Hand los, die nun schlaff herabhing. Ich schaute mich um, wartete, dass irgendeine Punk'd-Crew hinter dem Vorhang hervorsprang und mir sagte, dass das alles nur ein Streich war. Dieser ganze Zinnober für ein »Nichts weiter«? Manchmal – sehr, sehr häufig – ergab das Verhalten meiner Mutter absolut keinen Sinn. Würde ich eines Tages genauso sein?

Ein Klopfen an der Tür unterbrach meine Gedanken. »Bist du vorzeigbar?« *Nina!*

»Ja! Nee, nicht wirklich. Aber kommt rein.« Ich schaute auf mein dünnes, weißes Nachthemd herab, unter dem sich mein nackter Körper abzeichnete. Ich zog hastig die Decke bis über meine Brüste, die sich empfindlich und unglaublich voll anfühlten.

Später realisierte ich, dass sich in einem Krankenhaus nur Angehörige und Freunde dafür interessierten, ob man vorzeigbar war. Der Belegschaft – den Ärzten, Schwestern, Verwaltungsangestellten, Hausmeistern und so weiter – war das piepegal, denn es gab *nichts*, was sie nicht schon gesehen hatten.

»Oh, Gott sei Dank ist euch nichts passiert«, entfuhr es mir, als die drei im Gänsemarsch hereinkamen.

Ellie und Nina wirkten optisch völlig unversehrt. Jase trug einen Verband um sein linkes Handgelenk und einen um die Stirn, doch ansonsten schien auch ihm nichts zu fehlen.

Die drei schüttelten gleichzeitig lachend den Kopf.

»Nein, alles bestens«, bestätigte Nina. »Wie geht es dir?«

»Gut. Immerhin hatte *ich* keinen Unfall. Was war los?«

»Ich habe Jase im Auto mitgenommen …« setzte Nina an.

»Weil ich nur mein Fahrrad zur Verfügung hatte und nicht wusste, ob es hier einen sicheren Fahrradabstellplatz gibt«, fiel Jase ihr ins Wort.

Ich seufzte innerlich. Nur Jase würde sich Sorgen um sein dummes Fahrrad machen, während gerade sein Kind geboren wurde.

»Nachdem ich Lucas bei Simon gelassen hatte, beschloss ich, mit dem Jeep zum Krankenhaus zu fahren, weil Lucas' Kindersitz noch darin war und ich dachte, wir könnten ihn für die Heimfahrt mit dem Baby einfach herumdrehen – obwohl du natürlich nicht sofort entlassen würdest, aber ich konnte nicht klar denken –, darum habe ich den Jeep genommen, den ich schon seit Monaten nicht mehr gefahren bin«, klärte Ellie mich auf.

»Ja, das war ziemlich offensichtlich«, hänselte Nina sie.

Es folgte weiteres Gelächter.

Was stimmt nicht mit diesen Leuten?

»Jedenfalls nehme ich einen Schleichweg und stehe gerade an der Ampel beim Sidney Park, als mir klar wird, dass ich durch die King Street fahren muss. Was bekanntermaßen aussichtslos ist an einem Freitagabend, nicht wahr?«, fragte Ellie niemanden im Besonderen.

»Also beschließt sie, auf dem Schleichweg zurückzufahren«, führte Jase weiter aus. »Leider vergisst sie dabei, dass Newton fast nur aus Einbahnstraßen besteht.«

»Als ich endlich merke, dass ich in verkehrter Richtung in einer Einbahnstraße unterwegs bin, ist es natürlich zu spät, nicht wahr?« Wieder richtete sie sich an alle und niemanden.

»Und dann sieht sie uns«, sagte Nina.

»Dann sehe ich sie«, echote Ellie. »In dem Moment bin ich mit den Nerven so am Ende, weil ich weiß, dass du in den Wehen liegst und ich gerade in falscher Richtung einer Einbahnstraße folge und keine Ahnung habe, wie man diesen verdammten Koloss von einem Auto steuert, dass ich versehentlich aufs Gaspedal steige anstatt auf die Bremse und, nun ja …«

»Ihr seid wirklich alle okay?«

»Aber ja«, beruhigte Jase mich. »Mich hat's vermutlich am schlimmsten erwischt. Ich habe die Hand vor die Augen gehalten, um sie zu schützen, und mir an der Windschutzscheibe eine Schnittwunde zugezogen. Meinem Kopf hat es im Übrigen auch nicht viel genützt.« Er deutete auf die Bandage.

»Was bin ich erleichtert, dass euch nichts zugestoßen ist. Ich war schrecklich in Sorge, nachdem Mum mir von dem Unfall erzählt hatte.« Meine Mutter lächelte so unschuldig, als wollte sie sagen: »Wer, ich?«

»Wo ist die Kleine?«, fragte Jase mit aufgeregter Miene.

»Sie nimmt gerade ein Bad. Noch nicht mal einen Tag alt und schon im Day Spa. Das ist meine Tochter.«

Jase und ich lächelten uns an. Nachdem es keine Spannungen, kein böses Blut mehr zwischen uns gab, schien es, als könnten wir einander nun mit klaren Augen sehen. Das war großartig.

»Wie fühlst *du* dich?« Nina setzte sich neben mich und hielt meine Hand, trotz der Kanüle.

»Gut. Wund. Sehr, sehr wund. Aber … ich habe es vollbracht.«

»Ja, das hast du. Rita sagt, du warst unglaublich.«

»Rita?«

»Deine Ärztin. Sie kam auf unsere Station, um nach uns zu sehen. Sie erzählte, dass du unsere Namen geschrien und verlangt hast, dass man uns alle anruft. Sie hatte uns schon zuvor gesehen und eins und eins zusammengezählt. Clevere Frau.«

»Sie hat gesagt, ich war unglaublich?«

»Ja, du warst eine sehr strebsame Gebärende«, frotzelte Nina. »Wann bringen sie sie endlich? Ich möchte sie kennenlernen!«

Wie aufs Stichwort ging die Tür auf, und Almut kam mit einer kleinen, rosafarbenen Flanellrolle herein.

»Georgie, hier ist Ihr Kind«, sagte sie mit ihrer unverkennbaren osteuropäischen Warmherzigkeit.

»Danke, Almut. Vielen Dank.« Wir wechselten einen kurzen Blick, ihre hellbraunen Augen trafen meine, und ich hoffte, dass sie meine aufrichtige Dankbarkeit spürte. Wofür es allerdings keinen Beleg gab, denn sie händigte mein Baby sofort Jase aus, dessen Züge zerschmolzen wie warmer Gouda.

»Ich muss Ihren Katheter wechseln«, verkündete sie und machte sich mit einer Emsigkeit daran zu schaffen, als würde sie einen Mojito mixen. Den ich zufälligerweise gut hätte vertragen können.

Ich schaute hilfesuchend zu Ellie, weil sie es gestern so fabelhaft verstanden hatte, das Krankenhauspersonal herumzukommandieren, bevor sie mich mit Almut weggeschickt hatte, die ihren Mangel an Empathie durch nüchterne Produktivität wettmachte. Die Frau war tatkräftig, daran bestand kein Zweifel.

Ellies Mundwinkel hoben sich zu einem wissenden Lächeln. Sie zwinkerte mir solidarisch zu, und ich grinste. Wir waren wieder Freundinnen.

Ein paar Sekunden später raubte Almut mir den letzten Rest meiner Würde, indem sie die Decke wegzog, mein Nachthemd hochschob und vor allen Anwesenden meinen schlabbrigen, plötzlich wieder elastischen Bauch entblößte. Um meiner Autonomie den finalen Schlag zu versetzen, nahm sie meine rechte Brust in die Hände – Plural! –, drückte sie und lächelte triumphierend, als ein gesunder Strahl herausschoss. Nina und Ellie ließen sich zu einem kurzen Auflachen hinreißen, während Jase den Blick unverwandt auf das Gesicht des Babys richtete.

»Wir sind bereit«, sagte Almut und bedeutete Jase mit einem Handzeichen, das Baby zu mir zu bringen. Er gab die Kleine her – als würde sich *irgendjemand* Almut widersetzen –, und sie kuschelte sich auf meinen Bauch, bereit für ihre Mahlzeit. Natürlich war sie hungrig, nachdem ich sie letzte Nacht nur zweiundzwanzig Mal gestillt hatte. Wie auch nicht?

»Das hast du phänomenal gemacht, George.« Jase beugte sich zu mir und küsste mich auf die Stirn. Die Hormone schlugen zu, und ich fing an zu weinen. Nicht um Jase und mich, sondern vor Dankbarkeit, weil alles gut gegangen war. Ein hinreißend seltsam aussehendes Baby lag in meinen Armen, es war gesund und hungrig und schien zu begreifen, dass ich seine Mama war. Oder auch nur sein Reservoir.

Nina war okay. Ellie war okay. Jase war okay. Ich war okay.

»Ist es dir recht, wenn ich meiner Mutter Bescheid gebe?«, erkundigte Jase sich. Ich nickte.

Er war schon fast aus der Tür, als er sich noch mal umdrehte. »Wie soll sie heißen?«

»Ich dachte an Philippa. Pippa.«

»Oh!« Nina schlug lächelnd die Hände zusammen. »Der Name gefällt mir sehr.«

Jase grinste mich an. »Philippa Blake. Das klingt hübsch.«

Ich zog die Brauen hoch und wäre fast zusammengezuckt, als Pippa sich nun richtig an meiner Brust ins Zeug legte. »Träum weiter! Philippa Henderson. Von mir aus Philippa Blake Henderson«, erwiderte ich, als mir aufging, wie perfekt Jase' Nachname sich – ganz im Stil von Hollywood und Hochglanzmagazinen – als Mittelname für ein Mädchen eignete.

»Ich hab nur Spaß gemacht, George. Als würde ich so etwas verlangen.« Er lächelte, dann verzog er sich, um seine Mutter anzurufen, die sicherlich einen Anfall bekäme, wüsste sie von diesem Dialog.

»Philippa?«, hakte Ellie nach. Ich wartete auf die Kritik, darauf, dass sie mir sagte, der Name sei nicht gut, er eigne sich nicht für ein Kind, es gebe keine Promi-Sprösslinge, die so hießen … »Was halten Sie davon, Sue?«, fragte sie, an meine Mutter gewandt.

Sie strahlte wie ein Honigkuchenpferd. »Ich mag ihn. Er passt perfekt.«

Ich kniff die Augen zusammen. »Wieso das?«

»Nun, Kate – Catherine sollte ich sagen – wäre wohl etwas zu offensichtlich. Aber Pippa … das ist eine wunderbare Idee.«

Ich stöhnte. »Oh Gott. Ich schwöre, daran hatte ich nicht einmal gedacht, Mum. Ich benenne mein Baby nicht nach der berühmtesten Brautjungfer der Welt.«

Schon klar, schien ihr Lächeln auszudrücken.

»Knackpopo hin oder her, ich finde ihn zauberhaft«, bemerkte Ellie. »Die Kleine ist zauberhaft. Das war eine grandiose Leistung, George. Wirklich grandios. Ich hätte das nicht ohne moralische Unterstützung hinbekommen, aber du schon.« Sie drückte meine Hand und küsste mich auf die Wange, dann beugte sie sich tiefer, um auch Pippa einen Schmatz zu geben, was gar nicht so peinlich war, obwohl sich der Kopf des Babys direkt über meiner Brustwarze befand.

»Ich hole mir einen Kaffee. Wollt ihr auch einen?«, fragte sie.

»Es kommt mir vor, als hätte ich das schon so oft behauptet, ohne wirklich zu wissen, was ich da sage. Bis heute. ›Ich hatte einen Kaffee noch nie so nötig wie jetzt.‹«

»Dito«, schloss Nina sich mir an.

Ellie zog mit unserer Bestellung von dannen, und meine Mutter folgte ihr, um herauszufinden, wo Kevin abgeblieben war.

Nina und ich waren allein. In einem Krankenhauszimmer, mit einem Baby. Ich konnte nicht umhin, daran zu denken, dass diese ganze Sache völlig anders begonnen hatte und wir, wäre alles nach Ninas Plan verlaufen, jetzt mit *ihrem* Baby hier sitzen würden. Ich im Bett, um mich zu erholen, während sie vermutlich nach einer Möglichkeit fahnden würde, wie sie ihre Brüste dazu animieren konnte, Milch zu produzieren. Matt wäre mit von der Partie. Die ganze Situation wäre eine vollkommen andere.

Ich ahnte, dass in Nina etwas Ähnliches vorging. Darum konzentrierte ich mich darauf, die Klappe zu halten, damit mir nichts herausrutschte, das sie verletzen könnte. Doch sie spürte meinen inneren Aufruhr.

»Alles okay?«, erkundigte sie sich.

»Ja.« Ich hatte Mühe, weitere Tränen zurückzuhalten. »Ich habe da unten zwar Hämorrhoiden, die groß wie Kokosnüsse sein müssen, aber ich bin so stark auf Endone, dass ich kaum etwas fühle.«

»Ich kann noch immer nicht glauben, dass du das allein durchgezogen hast«, sagte sie und streichelte sanft Pippas Rücken.

»Womit wir schon zwei wären.«

»War es beängstigend?«

»Auf einer Skala von eins bis zwölf, bei der die Eins dafür

steht, von Ellie mit dem Jeep überfahren zu werden, würde ich sagen … eine Elf.«

»Es tut mir so leid, dass ich nicht für dich da war.«

Ich schüttelte den Kopf und versuchte noch angestrengter, nicht loszuheulen. »*Mir* tut es leid, dass ich nicht für *dich* da war. Ich dachte, etwas Schreckliches sei passiert. Ich habe mir das … Allerschlimmste ausgemalt.«

»Es war nicht so dramatisch. Vermutlich haben sie uns nur hierbehalten, um sicherzustellen, dass niemand eine Gehirnerschütterung hat. Ellie hat sich ziemlich verrückt aufgeführt.«

»Herrje, das kann ich mir vorstellen.«

Nina lächelte.

Wir schwiegen eine Weile und sahen zu, wie Pippa einschlummerte, ihr Mund noch immer um meine Brustwarze geschlossen, ihr Atem ein sanfter Hauch an meiner Haut. Ein Baby. Ein winzig kleiner Mensch. Gott, wie sollte ich das alles schaffen? Wie könnte ich je gut genug für sie sein, wie all die Dinge bewältigen, die sie von mir brauchte?

»Sie ist so klein«, meinte Nina. »Schwer vorstellbar, dass sie jemals eine erwachsene Frau sein wird.«

»Ja, nicht? Sieh nur ihre Fingernägel. Wie sollen die je groß genug werden, um sie zu lackieren?«

»Ich kann es nicht erwarten, all diese Dinge mit ihr zu machen! Ist es nicht fantastisch, dass du ein Mädchen bekommen hast? Du wirst so viel Spaß mir ihr haben. Du kannst mit ihr Tee trinken gehen und shoppen und ihr Ohrringe stechen lassen und sie zum Ballettunterricht bringen und ihr *Eloise* vorlesen. Gleichzeitig musst du dafür sorgen, dass sie mit Autos und Fußball spielt und Filme ohne Prinzessinnen guckt. Das ist wirklich wichtig, George …«

»Nina?«

Sie hielt in ihrer Tagträumerei inne und schaute mich an. »Hm?«, fragte sie mit geistesabwesender Stimme.

»Wir könnten das zusammen tun.«

Sie nickte halbherzig, dabei biss sie sich auf die Unterlippe, um die Tränen zurückzuhalten, und starrte auf ihren Schoß.

»Es ist mein Ernst, Nina. Würdest du mir helfen? Dieses Baby braucht jemanden, der die Badewassertemperatur checkt, der Kinder-Panadol kauft und weiß, wann es an der Zeit ist, Bücher auf Spanisch zu lesen. Und ich werde in all diesen Bereichen versagen.«

Sie sah wieder zu mir auf. »Nein, das wirst du nicht. Du lernst das schon«, widersprach sie sanft.

»Tust du es mit mir zusammen?« Ich fühlte Pippas kleines Herz wie das eines Rennpferds an meiner Brust schlagen.

»Wie meinst du das?«

»Wohn bei uns. Du könntest mit uns in mein neues Zuhause ziehen. Und Pippas zweite …«

Nina brachte mich mit einem Kopfschütteln zum Schweigen. Ihre Augen waren geweitet, ihr Kinn vor Überraschung leicht vorgeschoben. Ich war zu weit gegangen. Es lag an den Hormonen. An diesen dummen, vorhersehbaren Hormonen. »Nein, ihre erste und beste Tante.«

»Genau.«

Ich ließ mich zurücksinken und zwang mich, still zu sein. Mein Hirn musste sich eindeutig noch immer von all der Konzentration erholen, die erforderlich gewesen war, um einen Menschen aus meinem Körper zu pressen.

Ich machte eine winzige Bewegung, und Pippa bewegte sich mit mir. Wir waren perfekt aufeinander abgestimmt, beinahe ein und dieselbe Person. Für einen kurzen Moment dachte ich: *Vielleicht schaffe ich es ja doch allein.*

Dann wurde mir klar, dass das genau die Art von idiotischem, voreiligem Schluss war, zu dem man unter dem Einfluss von zu viel postpartalem Östrogen gelangte.

»Möchtest du wirklich, dass ich zu euch ziehe?«, fragte Nina, und ich bildete mir ein, einen hoffnungsvollen Unterton in ihrer Stimme wahrzunehmen, wie ich ihn schon lange nicht mehr bei ihr gehört hatte. »Was, wenn ich einen neuen Mann kennenlerne? Was, wenn wir uns am Ende hassen? Was, wenn du dich in Ellie verwandelst? Was, wenn *ich* mich in Ellie verwandle?«

Ich lachte. »Wir treffen eine Abmachung. Du sagst mir, wenn ich auf den Ellie-Abgrund zurase, und ich sage es dir. Was hältst du davon?«

Während meiner Zeit bei *Jolie* hatte ich Geschichten mit glücklichem Ausgang verabscheut. Wenn die Autorinnen Texte einreichten, die zu glatt und in sich zu schlüssig waren, hatte ich mehr verlangt. *So spielt das Leben nicht*, hatte ich argumentiert. Es kam einfach nicht vor, dass eine Frau an Krebs erkrankte, sich in ihren Onkologen verliebte, ein Kind mit ihm bekam, das rosafarbene Haus kaufte, von dem sie immer geträumt hatte, eine Zuckerbäckerei eröffnete und glücklich lebte bis an ihr Ende. Eine Geschichte musste vielschichtiger sein. Wenn sie zu geradlinig war, glaubte ich sie nicht. Wo blieben die Dramen, die Verwicklungen, die Realität?

Doch jetzt wollte ich es geradlinig haben. In sich schlüssig, mit einer hübschen roten Geschenkschleife darum. Nicht für mich selbst. Zumindest nicht ausschließlich. Ich wollte das auch für Nina und für Pippa. Was war so schlecht an einem Happy End?

»Nun, ich ...« Ninas Stimme tremolierte.

Pippa regte sich auf meiner Brust und hob flatternd die Lider, bevor sie wieder zufielen und sie zufrieden weiterschlief.

Ich schaute Nina an. Ihr Blick war gesenkt. Ich erkannte, dass sie innerlich aufgewühlt war. Mist. Schon wieder diese Hormone. Ich hatte sie zu früh und zu stark bedrängt.

»Verzeih mir, Nina. Das war voreilig von mir. Ich habe mich hinreißen lassen«, sagte ich beschämt.

So viel zu dem verdammten Happy End. Wie ich stets argumentiert hatte: *So spielt das Leben nicht.*

»Nein, nein … wir haben eine Abmachung.« Nina sah mit tränenüberströmtem Gesicht auf und fasste meine Hand. »Die Sache ist abgemacht.«

DANKSAGUNG

Zu allererst: Kelly Fagan, vielen Dank! Das alles wäre niemals ohne dich geschehen. Auch dir, Jeanne Ryckmans: Du bist meine Verlagsfee, die stylischste Frau, die ich kenne, und die Frau, die ich selbst irgendwann einmal gern sein möchte. Vielen Dank für alles.

Meiner Mutter, Rochelle Franks, die unermüdlich babysittete und es mir dadurch ermöglichte, zu schreiben: Danke, dass du so bist, wie du bist, und was viel wichtiger ist, dass du nicht bist wie Georgies Mutter (außer was die bedingungslose Kate-Middleton-Liebe angeht, da seid ihr euch ziemlich ähnlich). Es ist die eine Sache, sein Kind dazu zu ermutigen, seine Träume zu verfolgen, aber eine ganz andere, dass du es mir jetzt, wo ich bereits erwachsen bin, noch immer erlaubst. Das ist etwas ganz Besonderes (und als solches habe ich es auch wahrgenommen).

Vielen Dank auch an meine großartigen Schwiegereltern, Maryann und Robert Sams, für all eure Hilfe und eure Unterstützung.

Danke, Kirstie Innes-Will, für dein tolles Lektorat. Du bist so schlau, und dieses Buch ist dank deines Inputs so viel besser geworden.

Vielen Dank an Sophy Williams, Caitlin Yates, Imogen Kandel, Anna Lensky und Elisabeth Young von Black Inc. und Nero, dafür, dass ihr mir eine Chance gegeben habt.

Mein Dank gilt außerdem allen, die mir das Schreiben beigebracht haben, insbesondere Maryanne Grosvenor, Adrian Wels und Jessica Parry. Es ist eine meiner größten Lebensfreuden.

Vielen Dank allen, die mit mir ihre persönlichen Erfahrungen mit Unfruchtbarkeit geteilt haben. Ninas Kampf ist kein Einzelfall – bei Weitem nicht. Ich hoffe ihr findet das, was ihr sucht.

Danke an die witzigen, intelligenten und engagierten Frauen meiner *Cosmo Crew*! Es ist jeden Tag aufs Neue eine Ehre, mit euch zu arbeiten.

Danke an Rachel Kunde von Surrogate Australia für die hilfreichen Informationen.

Vielen Dank an meine Großmutter, Sonya Franks, die mir Pippa's Namen gegeben hat. Ich vermisse dich jede einzelne Minute.

Danke an Laura Collins, die auf den Namen *Jolie* gekommen ist. Du hast quasi dieses gesamte Buch geschrieben.

Danke, Amy Edwards, dafür, dass du weißt, wie man eine Website baut (und dass du sie mir dann auch gleich gebaut hast). Du bist wundervoll.

Und schließlich vielen Dank an meinen großartigen Ehemann, David, und meine unvergleichliche Tochter, Annie. Ihr habt meine gesamte Welt verändert und ich bin so, so dankbar, dass es euch gibt. Annie, ich verspreche, dass ich nicht so wie Ellie sein werde. Zumindest nicht allzu sehr.